一纸流年

侯玲 著

陕西新华出版
太白文艺出版社·西安

图书在版编目（CIP）数据

一纸流年 / 侯玲著. -- 西安：太白文艺出版社，2019.1（2024.1重印）
ISBN 978-7-5513-1558-6

Ⅰ. ①一… Ⅱ. ①侯… Ⅲ. ①散文集—中国—当代 Ⅳ. ①I267

中国版本图书馆CIP数据核字(2018)第284980号

一纸流年
YI ZHI LIUNIAN

作　　者	侯　玲
责任编辑	蔡晶晶　张婧晗
出版发行	太白文艺出版社
经　　销	新华书店
印　　刷	三河市嵩川印刷有限公司
开　　本	787mm×1092mm　1/16
字　　数	300千字
印　　张	18.75
版　　次	2019年1月第1版
印　　次	2024年1月第2次印刷
书　　号	ISBN 978-7-5513-1558-6
定　　价	68.00元

版权所有　翻印必究
如有印装质量问题，可寄出版社印制部调换
联系电话：029-81206800
出版社地址：西安市曲江新区登高路1388号（邮编：710061）
营销中心电话：029-87277748　029-87217872

《一纸流年》序
——读侯玲散文杂记

徐岳

（一）

侯玲是岐山高级中学的语文老师。我虽然有过从事中小学教育的经历，但我们不是师生，更不是同事，偶然读过她的个别篇章，算她的一个读者吧。没料到她要出书了，且托我写个序文，这下我得老老实实读她的作品了。

面对侯玲的散文书稿《一纸流年》，我蒙了一会儿，才忽地生出些另类感慨来。我曾教过一年小学十二年中学。那年月的一个暑期教师学习会上，我因写作投稿得过四块钱的稿费，被人告发公开，初定为"资产阶级名利思想"严重，再上升为我校"阶级斗争新动向"。但我没有挨批判，因为那时我正躺在某县医院的病床上。我感谢疾病，更感谢小小病菌的顽强精神，直拖到暑假结束时，医院和病菌才放我回到任教的那个中学。因为我的"恩人"是乙肝，学校又把我隔离在被师生尊称为"西伯利亚"的那个校园角落里……

我说这故事，是想让读者看到时代进步了，中国进步了。在这样的大背景下去认识今天的"侯玲现象"，侯玲无疑是这两个进步的幸运儿。这当然少不了她的天才加勤奋。听说她的书还没出版（但书里的文章早被人读过），就有领导和教师美言关照，企望本书成为学生的乡土文化教材。这愿望与时代脚步相一致。例如有些大学，随着老师成分的变化（聘作家当老师），出现了一个新名词，叫"驻校作家"或"进校作家"。对其作用，有人这样估计，作家在校园走一走，就有学生指着说：看，他是我们学校的作家老师！这一走一指一说，超过你讲几个小时的什么叫作家、文学。这说法虽夸张，但我有过类似的经验：从前教中学时，各班都办墙报，我写散文诗，学生抄在墙报上，竟然有人拿个小本本站在那里抄我那只发表在墙报上的散文诗。果真有那么好吗？天知道！现在想来，因为我是他们的老师，亲情使然！如今，有侯玲的一本散文书做本校的乡土文化教材，学生岂不感到亲上加亲，从中品出另一番滋味来！它对学生的教育作用之大就可想而知了。

还是回过头说侯玲的散文。

（二）

《一纸流年》共收侯玲散文九十五篇，三大类：岐地风物、岐地美食、三秦盛景。她的写法基本上是传统经典散文的写法。选材是身边的人和事，普通又常见，读来熟悉又亲切，但又经她的陌生化处理，成了她的个性化文学作品。这里有故土风情、人间世象、行旅撷英、美食佳肴，琳琅满目。作者涉笔成趣，读者悦目赏心。

读侯玲的散文，常常逼我变作一个中学生，不时会发现自己喜爱的精彩句子，不时用铅笔勾勾画画，用钢笔抄抄写写。于是，这篇序文就写得有点像读书笔记了。

有人说，父亲母亲之类的散文是最难写的。我认为很有道理，前人立的高标杆太多了，这就引我格外注意了她的《织布娘》："这样搓捻子的姥姥盘腿坐着像尊佛。""母亲纺线更像白鹤亮翅，柔韧而优美，像舞蹈。"两个女性的劳动形象跃然纸上了。女人观察女人，女人写女人，她行。她写男人呢？比如父亲："父亲爱我们，可表现在行动上就成了无休止的劳作。他从没说过爱我们的话语，他羞于表达，却不误每一天的劳作。他对我们的爱，由他种出来的每一朵鲜花、每一颗粮食替他表达。我说他是我的一片天，他自豪地笑笑，仿佛我说的一片天还太小，他还要给我们撑起广袤的天地和遥远的未来！"写母亲和姥姥，她写的形；写父亲，她写的是心。此法写亲情，使人反觉一种淡淡的伤感美。母亲们在苦中作乐，父亲是在把苦变成乐再赐爱予儿女，这就是可怜天下父母心。这样的文章就耐读多了，深刻多了。

（三）

美食散文历来就很时兴，名篇不少。侯玲的美食散文美不胜收，色香味俱佳。好的美食文章有时会胜过美食呢！

侯玲是把岐地美食一网打尽的本土作家。在她的笔下，"年的味道就是臊子面的酸辣香""听着锣鼓点，吃着臊子面，年就这么热气腾腾地来了"。不用我多说，臊子面被她写活了。她不孤立地去写一碗面，她把它放在年的氛围中来写，放在锣鼓声中来写，写出了臊子面是岐地人的乡愁。

"第一场春雨刚过，母亲就忙活，忙得寻不到人影。她和几个婶娘提着竹笼子，说说笑笑一走就是大半天，她们去草滩塄坎人烟少的地方捡拾宝贝。对，她们是拾地软去了。""拉秀嫂子前些个日子殁了，拾地软的人又少了一个。""我们娘儿俩看着蓝蓝的天，一群麻鸽子飞远了，只剩个黑点点。想起离我远去的亲人，他们留下的只是记忆里的某些片段，再往后，我们也是孩子记忆里的片段。这一个片段续上一个片段，一代接着一代，这就是日子。"

以上是她写地软。她把草滩塄坎上捡拾来的地软放在历史的长河中，用感情之水淘一淘，放在一代接一代人的日子里让你品尝它的味道。这味儿自然就长多了。它是地软的味道，又跳出了地软的味道，成了人生过日子的味道。

她写擀面皮："我伯偶尔转去县城，去面皮摊上看看，他不问也不吃，低头纳闷地回来，动手和面、洗面、澄粉、发酵、擀面皮、煮面筋，一丝不苟地做几十张透亮透亮的擀面皮。他东街坊西邻居地送，吃到这份面皮的人叹惋欢欣，不起眼的擀面皮也没落了也红火了。大家议论：张家袄娃在北京卖擀面皮发了，盖楼房；东头李虎在网上卖三味擀面皮，还有能人……""擀面皮的味道是代代相传的烟火味道，它是这方水土孕育的乡土味道。"

岐山擀面皮生意是做大了，但要了一辈子擀面皮手艺的"我伯"却失落了。如今机制面皮挤对了传统的手擀面皮。引起失传的不只是一套历史工艺，而是乡土味道。侯玲是在给岐山擀面皮正名。如今擀面皮的酥软和筋道这对矛盾体是一分为二，"代代相传的烟火味道"没有了，这就是"我伯"的失落感。文学作品要干预生活。怎样干预？侯玲算是做了一个尝试。美食是怎样"炼"成的？无奈的"我伯"以"走老路"再做面皮来警示大家，呼唤我们的"工匠精神"。

搅团作为一个词，在岐山是有贬义的，例如事没办好，没有分出个张道李胡子，就说你打了一锅搅团，也有说你这人咋黏（方言，音rán）得跟搅团一样，是说你人不聪明。但作为一种吃食，好搅团反被人赞美为这搅团光得像凉粉一样。一碗浇了汤的热搅团，是会被看作一幅美景——水围城，且又丰富了岐山语言。

如问你吃的啥?答曰"水围城"。做起文章来,搅团一点也不比臊子面差。看看侯玲是怎么写的:"打搅团要壮汉,还要有一口好铁锅和一根粗实光滑的擀面杖,这都是硬件。人常说搅团要好,八十一搅,力气弱的人无法胜任如此艰辛的劳作。""你可知道,一碗搅团鱼鱼是岐地游子梦里泛起的乡愁。"搅团有多好?不用我回答,你去看去想吧。

美食是一道文化。那些来岐山装了一肚子臊子面、擀面皮、蜂蜜粽子的大作家打着饱嗝,回去写了很花哨的美食文章。岐山人一看,随口就批:"咳,咧(劣)味着哩!不如我们侯老师写的。"侯玲肯定是爱钻研善观察做美食才能写出这样的文章。教学相长,她在教学中提升思想与文化素质,她的写作能不进步吗?侯玲是地道的岐山人,自小耳濡目染岐地美食,她写出的岐地美食是和文化结合的,这种美是融在生命里的,自然就和浅尝者不一样。

(四)

这本书的最后一辑是"三秦盛景"。

写什么一目了然,我不细说了。现在我想就侯玲散文的写作说说,我们在写作上要向她学什么,顺便捎带说说"三秦盛景"中的个别篇章。

第一,侯玲的文章写得好,是苍天不负苦心人。一个语文老师要备课和批改作文,任务繁重,我有多年的亲身体验。语文老师搞创作,只能在业余加班,其劳作苦不堪言。

我曾目睹几个终生难忘的细节。第一个关于路遥。那一年,刚过春节的第二天,在作协楼下,碰见路遥背着大包小包正往外走。我吃惊时,他说要出外给我写稿子。我年前约过他写篇"汉中论",没想到大过年的他就动身。第二个是贾平凹。他在大车家巷住时,我去他家,碰见他要外出,背的大包小包,手里端个药锅锅。他正患肝炎,却要去写第二个长篇。够辛劳了吧?所以谁选择了写作,谁就选择了辛苦。侯玲是深知这一点的。她在课堂上是个有良知的老师,业余还能有如此丰富的创作收获,其劳作精神令人钦佩!

第二,侯玲精细的观察力和独特想象力的结合很值得我们学习。鲁迅告诫写作者要多看看,不要看到一点就写。这话平常,但要把观察和想象结合起来,做到多看看,看和想象相互促进,是不容易的。读《一纸流年》,常有这方面的美文,不由得让人拍案叫绝。在岐山地面,我和许多写作人都见过麦客割麦,但如何用文字把这个场面描绘出来,请看侯玲的这段书写:"金灿灿的麦地里,穿破棉袄的、披个破褂子的麦客们像撒在烧饼上的芝麻粒,又像在黄沙里爬的蚂蚁。小小的黑点一点点挥动着镰刀,一寸寸向前挪动。""麦客们像撒在烧饼上的芝麻粒",这真是前无古人的想象,仅靠你看一看、看两看是不行的。侯玲是把她的看和奇特的想象结合起来,有大格局的美。

第三,我们要像侯玲那样热爱岐山语言。岐山人最爱说"阘"(tà),许多人以为这字太土,其实汉代司马迁的文章里就有这个字。阘即"小户",可引申为"鄙人"。故阘虽有"我"意,却比我字多了一层"自谦"。可见其不土吧!再举一个字"哐",许多人认为这是粗鄙之人说"吃"。其实这不是粗人的话,《易经》里就用着这个字。谓咬、吃也。鲁迅说:"古代的口语摘要,是后人的古语。"岐山历史太悠久了,故保留的古语就多些。许多字会说不会写。甚至天天说,天天不会写;祖祖辈辈说,祖祖辈辈不会写。原因皆在于此。我用这两个例子说明不要小瞧岐山话,倒不是提倡大家写文章都用这两个字。语言也在变化淘汰发展,我们要向人民大众学习语言,学习生命力强、表现力强的语言。一方水土养一方人,也养了一方字、一方语言。

读侯玲的文章,你常常发现岐山的精彩方言。"娃娃走走,麻糖扭扭",儿童文学的气息扑面而来,其实就那么朴素的八个字,一听就懂,形象活灵活现。"父亲说好把式扬出来的麦堆子是鱼状,外行人只能扬个鳖。"如果取掉"鱼"和"鳖",要把内行和外行扬场说清,不知需要费多少文字啊!这些话是在岐山地面长期生活和生产中才炼成的。作家就没有自己的话吗?当然有。这是作家的全部经历和学养炼成的,所以文学又被称为语言艺术,散文就更讲究语言的修辞、诗性和节奏感了。在侯玲的散文里,随处都会得到这种艺术的享受。下面节录《山,是一本书》中的一段:

> 太白山,说到底它还是山,有余力你我就一起攀爬,途中有美景也有艰辛,不抱怨不放弃,所有美好都在路上。我不再把眼光都投在山顶,离大爷海遥遥百米,我们停下来吹吹口哨,唱唱歌,坐下闲聊分享零食。现在的我已能接受人的冷漠,人的热情,山的神秘,山的单纯。你从我的身边走过,对我一笑,我犹如见到冬日的太阳;他从我背后走

过,嘟囔着人生不公,我仿佛看见曾经的自己。我对成功的定义不拘泥于爬到大文公,我对人生的定义不再久远到生死。我能把大长靴脱下藏在山下的花墙下,穿丝袜配临时买的小白鞋嘻嘻哈哈;对着南天门遥望,我能轻轻松松地看着而不去征服它;我能踩着厚厚的积雪吃力地行走,抓着积雪捏个娃娃;我能坐在木栈道上看着夕阳一寸一寸西下,不去心急火燎地想该怎么回家。我想,我是读懂了这座山。

这一段抒情如数家珍。语言的魅力,激情的澎湃,构成了一段美妙的散文,让人拓展了心灵空间。爬了一座山,犹如读了一本好书,一本励志书,一本哲学书。

侯玲不是传统的那种语文老师,书本来,书本去,活动不离三尺讲台。从她散文的题材和灵活多样的构思形式以及遣词造句可以看出,她的思维活动的范围很宽阔,她的文字走得很远,她的探索很深刻。她在努力把自己锻炼成为新时期教育改革所需要的语文老师。

(五)

做一个好教师,写一手好文章,这是我对侯玲的希望。我认为她能办到。

鲁迅就是这样。他只是在他生命的最后十年,才做了专业写作。朱自清一辈子更是教中学、教大学,乐此不疲,可他的《背影》《荷塘月色》,这是我们上中学、上大学时都念过的终生难忘的课文。我还有一段亲身体会。从省作协退休后,我想以教书为业,游教中国,游教到福建仰恩大学(华侨创办)时,我给学生开了一门选修课散文写作。那是一个晚上,学生很多,坐了报告大厅的三分之二,当我给学生讲了我们大学的什么可以写散文时,说到鸟儿。那里虽是鸟的天堂,但并非人人都能想到写散文。我宣布我已写好了一篇,题目叫《以鸟鸣春》。有人高叫念一下。当我念完后,大厅里响起雷鸣般的掌声。《人民日报·大地副刊》(2010年4月3日)发表了这篇散文。它对学生的作用就不用说了。

我还是那句老话,做一个好教师,写一手好文章,侯玲是完全办得到的,一定能够办到!

目 录
CONTENTS

岐地风物

凤凰于飞/003

织布娘/006

真麦实曲岐山醋/010

我远远看见厨房的炊烟/014

娘的心/016

让父母自由地老去/018

为嘴奔波的岁月/021

收麦天长/024

儿时的宝/028

香吃货/031

正月十五大过年/034

走出来的好青春/037

南山下的田园生活/040

父亲撑起一片天/043

阿姐打开一扇窗/046

香椿芽这个念想/049

有些日子总想你/052

我想你才爱月亮/055

只愿度今生/058

早雪一场,你可衣正单?/061

赎身的金贵娃/064

嫁接一段美好/067

游过那条河/070

周公山下一农人/072

农民作家和茨维塔耶娃/075

生如夏花/078

"麻辣卤鸡蛋"的开心/080

有味道的人/083

爱在春分/086

我也赐你一丈红/089

构桃红了/092

野菜的隐士情怀/094

打碗碗花开/097

这精灵生在春天/099

长在房顶的往事/101

我养着勤娘子/103

夜娇娇/106

茑萝松花开/108

茵陈这个狐仙/111

麻雀和杏花谈的一场春事/114

一场下给你的雪/117

我和南瓜说话/120

你从秦岭深处来/123

流年红了樱桃/126

岐地美食

年味不过一碗面/131

二月二的炒货/134

地软这道美味/137

椒蕊煎饼香/140

美味传承着爱/142

《诗经》的触须/144

洋槐花开五月香/147

端午味道/150

麻糖儿/153

四婶的酒麸/155

浆水面,消暑热/157

捞凉粉/160

煎豆花/163

擀面皮,滋味长/166

蜂蜜粽子/169

一碗乡愁/172

粥寄长情/175

饺子宴上的翡翠蒜/177

儿时的八宝甜饭/179

厨娘的等待/182

三秦盛景

一拜,为你续命/187

造一方水色同天/191

做一棵有思想的树/194

法门吉祥(上)/197

法门吉祥(下)/201

赐给爱情三尺白绫/204

山,是一本书/207

王的宝贝/211

历史记住什么/214

水街需静养/218

有个地方叫天堂/221

也做曲中求/224

翻过一座山/227

行到水穷处/230

游园/233

隆重地过春天/236

秦岭生花草/239

把春留下/243

春天里的花树/246

教育是个多元方程/249

最美在心里/252

寻找药王/256

美得像《诗经》/259

繁星满天去抓虾/262

延安是感叹号/265

寻根/268

你等着我/271

四方城里我随意/274

途中遇到你/277

北杨村的红月亮/280

穴居院落的春天/283

写在《一纸流年》后/286

岐地风物

凤凰于飞

岐山是一座小城，可城小辈分大，算算时间，它动辄就到三千年前。你是谈《诗经》还是论《周易》，或者说《封神演义》，都离不开岐山。文王当年可把这一方土地圈定了，在这块水草丰茂的土地上，他退而演周易，潜心制礼作乐。

千年岁月，礼仪教化随着润德泉的水汩汩流淌。岐地学堂的雏形在周公山下，教书先生是周公，他为乡里乡亲端正礼仪，偶尔也用龟甲占卜，也说说《周易》里的天下。岐地学堂的雏形也在甘棠树下，教书先生还有召公，他在甘棠树下明辨是非，对四方百姓传播仁心仁政。岐地百姓和黄土地一样纯朴，也和尘土一样渺小，可有了礼仪教化，这里的树都是汉柏唐槐，棵棵长得精神，它们一站就是千年，风姿挺拔，威严不减。

凤凰鸣矣，于彼高冈。梧桐生矣，于彼朝阳。祖辈为子孙把善心仁义植入血脉，任时光荏苒，好学之风仍在绵延。周公故里，谨庠序之教，申之以孝悌之义，颁（斑）白者不负戴于道路，黎民不饥不寒。凤凰总是伴着梧桐共生，朝阳总照耀在凤凰的头顶。

岐地风貌源远流长。千年百年直到今天，岐山走出一位位贤士，他们造就历史的辉煌，用知识开启智慧。一座座学堂，在西岐大地上就是一面面旗帜。战旗猎猎，它发出一声声宣言。在这里，仁义礼智信和口谱歌谣一样流传千年。岐地学子走向五湖四海，他们的飞翔是知识带去的力量，他们身后有学堂里的一张张桌椅和一个个教书人殷切的目光。

岐山中学,浴火重生后,它成了真正的凤凰。周公召伯的教化绵延千年,到民国二十九年(1940),政、绅、商已不是简单的名词,而是一群先贤,他们是岐地一道光,他们用行动把教育来担当。熔铁铸人是校训,也是敢于锻造铁器卖钱办教育的魄力。张云锦、郭子直,这一辈老人们成了时代的标杆,他们是历史选定的先行者。

一所学校,有了历史就有了魂,有了未来就有了魄,有魂魄就心有梦想,志存高远。办初中、增小学、设职中,十年磨一剑,岐山中学完成了最初的成长。在这里,一个个懵懂的顽童像一枚枚蛋,学校用知识催开壳,顽童在咿呀学语中汲取力量,如沐春风,羽翼渐长。课堂上的习字验算,课外的劳作实践,都促进了孩子的成长。岐山中学孵化着万千人的梦想,让黄土地上飞出金凤凰。

周原膴膴,堇荼如饴。肥沃的土地让后辈安居乐业,礼仪传承让儿孙福泽绵延。家家送儿郎进学堂,一个个泥孩子被知识开蒙被礼仪教化。十六年后,岐山中学又迈出一步,增设高中部,把爹娘的期盼落在教室和桌椅上,把孩子的梦想安放在学习和实践上。这所学校是农人对庄稼的期盼,是父母对孩子的希望,它让岐地人的千年梦想续航。

岁月的河从来都不好好流淌,没有曲折就没有波澜,没有挫折就难爆发力量。历史原因让岐山中学中断教学四年,可这也给学校发展提供了新的方向。它脱胎换骨成真正的高级中学,扩建校舍后只招高中生,它正式称为岐山高级中学,华丽的转身是凤凰又一次飞翔!发展了六十六年后,岐山高级中学这只凤凰,羽翼丰满,引吭高歌。

十年树木,百年树人,撑起一座学校的是无私奉献的精神。学校是一个地方的标签,就像人的脸面。父母的心在儿女上,儿女的明天要交给学堂。简单明了的道理人人都懂,父老乡亲把学堂当作孩子踏入社会的桥梁。当年的熔铁铸人发展到今天,已刻进心里融进血液。教书育人,润物无声。老师捧着一颗心来,学生用谦虚好学接着。桃李不言,下自成蹊,总是黄土地上的泥人性格,纯朴又执着。一座学校渗透的是博学包容,传承的是奋发进取,它就成了周公故里的参天梧桐,它也成就了寻着良木而栖的凤凰!

你若问我,岐山高级中学也是学堂,这所学堂和别的学堂有何不一样?我会带你去看周公庙的树。在这里,横卧的桑树也能生出向天的枝干,百年的古槐哪怕空去一半的树身，仍然足够撑起一树凌霄藤的灿烂。人杰地灵，让这棵树与别处的树有了不同。周公故里造化使然，这片土地上孕育的灵魂都和别处的不一样，人文底蕴才是时间形成的琥珀。

时光过了三千年，教书先生的目标却都是一样。知识教化都在洗涤心灵，所有的讲学只为打开一扇窗。岐山高级中学，它是崭新的模样，可分明散发着诗书礼仪的光芒。寒暑易节，周公的孩子都在和圣贤对话，他们深知，有了品行德行才能有他日的远行！

教育不仅是给学生教知识，当年的周公召公就没有这样，如今的学校又岂敢急功近利？岐山高级中学，它在一步一思地渡河，渡一条历史的河、知识的河，它背上驮着五千孩子和家长的梦想。它看见远方的曙光，也看到漩涡和暗礁。你切莫催它，方向若是正确，行得慢些又有何妨？

君不见黄河之水天上来，奔流到海不复回。志存高远者，方能成大事。鲲之大鹏之大都要幻化，积聚力量绝非储备三日之粮。举着三千年延续的火把，岐山高级中学照亮的就不仅是方寸之地。历史的长河里，大浪淘沙才能留下精华。给你看历史上下几千年，你且容它上下求索孜孜不倦。它是一所学校，也是一个摇篮。在这里，每一个节气都是孩子生命的成长。立秋聚力，立冬发愤，立春潜心，芒种收获。四季轮回是一年，学生的奋斗要比四季长，高中只是三年，周礼传承者要看得更远。

守一座校园，静等花开。岐山高级中学，它在每一位学生的生命里，是最青春的三年，它为无数孩子打开走向世界的窗。农人不会拔苗助长，在这里学生不是只盯着分数，老师也不是渴望着一战成名。这里的人都明白，切莫让灵魂跟不上脚步匆匆。岁月的河缓缓流淌，青春是在奋斗和坚持中闪光。学会学习，端正做人，这是岐山高级中学教给学生的生存技巧和处世之道。

既然选择了地平线，留给世界的只能是背影。一所美丽的学校需要干净的灵魂，干净的灵魂就是坚守和坚持，守一方净土教书育人，持一寸仁心桃李天下。岐山高级中学，它不是在和高考做斗争，它是用老师的年华和孩子的青春拼成一幅画，它是要把梧桐树和凤凰一起护养着长大。

凤凰于飞，飞过岁月长河，栖在周公故里。岐山的这所学堂，让更多的凤凰鸣在高冈！

织布娘

20世纪六七十年代的关中平原上,人除了忙活嘴里吃食,就是顾着穿。让全家吃饱穿周正是每个家庭主妇最大的愿望。

吃,看男人的勤劳;穿,看女人的能巧。穿得齐整全体现在主妇的织布做衣手艺上。织布是细活,黄道婆也不是人人能当。经线和纬线的斤两分配,经布计算花子,从颜色搭配到成匹布缝制,都是动心思费脑筋的事情,这是没有教科书遵循的复杂工艺,全靠女人们口口相传,揣摩积累经验。这活要是全套精通,这女人在村里就是大能人。

每个村里能纺线会织布的女人多,但能经布的人却少之又少。我的母亲在她十八岁时,已熟练掌握复杂的经布工序,这算得上是一个奇迹。

农村的生产队里请人经布、织布,报酬是以工换工。十六岁时她帮人经布、拉线、钉橛都是打杂。两年后她说会经布,我姥姥不信。有人请她去经布,她算得清爽,干活井井有条,毫无差池。多次经布成功后,她声名远扬,隔壁村人也来请她,十八岁的她出名了。生产队一天成年男十分工,女七分工,请经布的人家给她十分工,中午管吃油饼鸡蛋,报酬高也体现了经布手艺的含金量。

寒潭见底清,风色极天净,秋日田里劳作终于要结束。

生产队里分棉花,女人们在漫长的冬天里纺线。桃花盛开,女人们就浆线,经布,这是让女人孩子熙熙攘攘的冬天和春天。能干的女人赶在四五月就能给孩子做好夏衣,家口重手脚慢的人家要用布几十丈,经布织布的活一直拖延到小麦熟。这个季节里，母亲异常忙碌。

织布先纺线，纺线先搓捻子。我姥姥把弹好的棉花揭成薄层，选细致紧实的高粱秸秆卷棉花，她像拢着一层薄云，动作轻快柔美，卷紧后抽去高粱秸秆，这样搓捻子的姥姥盘腿坐着像尊佛。搓捻子为纺线，姥姥纺线全靠拇指、食指、中指拿捏的力道；母亲纺线更像白鹤亮翅，柔韧而优美，像舞蹈。吴伯箫写过周总理纺线极好，当年延安生产自救开展过纺线大比武。纺线凝结着一代人的心酸回忆。母亲十七岁时，姥姥安排给她们姊妹的纺线任务重，念书纺线各半天，每天要纺线到黑夜，每人纺成一两棉花的"瓜儿"。瓜儿是纺好的成品线团，像个切平了底的大萝卜，这些沉甸甸的憨头憨脑的线疙瘩，堆在筐箩里如同丰收一般喜庆。

纺好的线取一半打穗子，等织布时用作纬线。穗杆是母亲的陪嫁。它是中间安装枣核状穗核的细棍。母亲晃动手腕，线乖乖地绕着穗核，渐渐就两头圆中间鼓起，肥嘟嘟的像木瓜。女人们晒着太阳拉着家常，手里绕出一个个饱满的穗子，这样的劳作总是温暖又愉悦。

做经线有难度，要先把瓜儿拐成线束，母亲的竹拐子也是陪嫁，竹子的物件磨用得溜光水滑，像个大写的Z。拐线的女人扎堆，大家挥舞右臂，说个笑话都眉飞色舞。

选大太阳天，母亲用澄面稀糊把拐好的线束浸透，烧大火架蒸锅把线蒸透，及时在浆线杆上搭平摊晾。她强调晾线一定要观察火候，线受风吹四下散开，俗称看线迈脸。我对"迈脸"这个词用在线上尤其感兴趣，明明就是把线当作有脾气的小姑娘，迈过头，转过脸肯定是害羞或微怒，这样说，线也有种娇嗔的媚态。

线轮上把浆线绕成线束叫抖线。我爱看抖线是喜欢玩线轮，线轮是没柄的小纺车，随着拉线的劲转圈，用力不匀就把纺车拉扯得四分五裂，母亲会轻声呵斥，但她允许我摇纺车，毕竟纺车硬扎些，有手柄好操持。母亲在纺车的锭儿上装好粗芦苇秆做的筒筒，棉线从纺车牵到线轮上是个好玩的活。纺车拉，线轮转，线轮就把线"抖"到筒筒上，这活不累人，只是磨人时间。

千山万水的跋涉，经布的准备工作才完成。

母亲终于搬出经布家什，像亮出尚方宝剑，有筒板、木橛、大绳、印子、滕（shèng）子（即筘）。筒板是木的，那横长笔直的厚实木板子上竖起铁杆，铁杆上要插筒筒；木橛是壮实的木头楔子，钉入土下固定线束；大绳是用竹或铁质的长方形框架，它有像梳子一样细密的齿，线从它的齿缝里穿过，形成花样子；印子、滕子用来收卷经好的线。这套家什用太久了，像玉包了浆，油润光滑，它见证了织布的岁月。

春暖花开，母亲带着一帮妇女，有人选了平坦土地刷扫干净，念叨着"一丈两个橛，两丈三个橛"，钉好木橛。架起三十二个竹筒的筒板，母亲穿七百二十孔的大绳，掐花子经布开始了。

母亲两手里牵着各色线，人绕木橛轻巧地走来回，远远近近的线筒跟着转，她像手挥彩带的仙女，轻盈美丽。女人们或盯着筒筒看线够不够，或按住木橛防止线重了拔脱，还有人给线筒和筒板刷清油，当然，给母亲擦汗、端茶倒水自不必提。母亲一心一意看花子成形，她在打一场战役。母亲拉着线走，身后好像衍射出一道道光芒，身影异常高大。她的身后，芦苇筒筒哗啦啦响，像一曲繁复的歌。母亲会听音辨线多少，她能准确地说出哪个筒筒上线不多，屡试不爽，让盯着筒板的媳妇讶异不已。帮忙的媳妇不一会儿就用洋红膏子给线按上拇儿，一丈捏一个拇儿，这也是时间的印记。

母亲也说经布里的迷信。有人经布要关起门摆香案。听见筒筒响声大了，说是筒筒笑，千万不能高喊"没线了"。听见筒筒响心惊肉颤，怕线少绳穿不满，还忌讳来女人串门，男人被老阿婆说成添线人。一代一代人把经布传得神乎其神。母亲的聪慧在经布中千万次被印证，十里八村的人都说她天生就是吃这碗饭的料。母亲不信，她说线是称好算准，花子按版排列，谁来也不影响。我就喜欢她那份笃定和理性。

母亲经布算花子，根据线的质量、粗细、颜色确定花型。四方格子叫石榴格，横纹竖条叫扫帚把，方棱小块是大麦颗。家用织成做床单的布料花形单一，统称粗布或穿布单，边角剩余做包袱或门帘、苫枕。母亲算好的布宽五十厘米，做床单两条或多条缝合能铺满炕，请母亲经布的人总要提前约，早到一年前就要排队，那时的母亲该是欣慰又辛苦的。

排好花子，把刷净卷平的线加印子棍用四爪滕子卷起来，它是布的雏形，和布只差一道纬线。母亲用缯把经线挂在缯叉口和缯棍上，我知道，织布要开始了。

　　织布机抬下楼,四爪滕子搭上织布机,撑起吊绳棍,安上滚丝,母亲坐上织布机,她和线推拉,线和时间对话,白昼黑夜把线交织,不多时日就看到成品布。家里活少时,母亲一日能织一丈。得多久才能给我织个褂褂?母亲织布到夜深,那时我唱:脚一抬,手一扳,吧嗒吧嗒向下拉。她双手交替穿木梭子快又准,梭子像木质的瘦瘦的鱼,用旧的梭子极光滑,槽状的梭子肚子中装着拍了水的穗子。梭子穿梭一次,母亲拉着大绳前后用力打一次,纬线经线交织在一起,布就一寸一寸渐长。梭子就是媒人,母亲用它拉扯着经线与纬线结亲,生出布匹。这一织,就是几十年的光阴。

　　咣当咣当的织布声我听着美妙也疲倦,梦里还是织机声声。母亲把夜织成布匹,我穿的衣裳消磨的是母亲的韶华。

　　人手多的人家要在冬夜里织通宵,人换着睡,织布机不歇,这肩头担子重。娃娃老人要衣穿,谁又敢轻易下织机?这边屋里夙兴夜寐,隔壁人听得心里毛躁,又哪敢贪睡?岁月催人忙催人老,那是一个不敢回首的岁月。

　　唧唧复唧唧,织布的娘辛苦;唧唧复唧唧,娘织的布绵长。一匹匹家织布都是母亲的青春岁月,母亲用青春编织厚实耐用的布,装扮苦难岁月。

真麦实曲岐山醋

　　岐山臊子面名气大,它的灵魂是臊子,臊子的精髓是醋。岐山手工醋造就了岐山太多的经典美食:臊子、臊子面、擀面皮,还有副产品醋糟粉和各类离不开醋的热菜凉菜。

　　外行看热闹,内行看门道。酿醋是一门既有热闹看又有门道学的手艺。它不仅仅是制曲、酿醋、淋醋几个重要环节,在代代传承里还被蒙上一层神秘的色彩,婆婆传媳妇,家家有秘方,这就值得玩味探究。

　　岐山人酿醋讲究真麦实曲,纯粮食酿造。酿醋耗心神费料费时,计算烦琐,工艺繁复,任何一个环节有改动,醋的味道都各不相同。所以岐山手工醋只有好与坏,没有不太好。好就好,味道各有千秋;坏,只能倒掉醋坯,一家人抱怨一年。

　　端午节,大麦黄,收大麦时节家家的老阿婆忙。

　　晾晒干净的大麦粒在机器上被粉碎成小颗粒,就等入中伏,知了叫。老阿婆提前一天发酵头,全家人热热闹闹忙踩曲。壮汉抬出浆水罐,按比例舀酵头糊、老浆水加井水拌大麦碎颗粒,用特制的木质模子压制成块。踩曲的都是壮汉,腿脚有力气才能用脚踏瓷实曲坯。制曲是做醋的第一个环节。

　　踩好的曲坯稍作晾晒,用报纸包裹得严严实实,用皂荚刺封口,斜站一排,窝在晒热乎的麦秸麦壳堆里发酵。曲坯间夹放刚采摘的臭椿叶,苫盖好麦秸麻袋片,叫捂曲。岐山俗语笑话人包裹得严实叫"捂曲"。中伏天,高温下,曲坯自然发酵产生一种青霉素,曲坯上会长满青的黄的红的霉子。二十一天后,曲坯子发烧干透,阿婆们喜滋滋去掉报纸,让曲坯在阴凉透风处静等中秋。这是万里长征第一步。

七月流火,暑热退去,秋风习习。老阿婆带媳妇搬笸篮,手持砍刀,一块块干透的曲坯被砍成拇指大小的块,孩子们围着笸篮闹,家家把酿醋当作有趣又神圣的大事。

农历八月初,老阿婆掐算三六九的好日子,清早在神灵面前燃香祈福后,架起硬柴火,在一大口黑铁锅里煮醋,主要材料是小麦,掺和豌豆、高粱、红豆、黑豆等杂粮,曲坯与小麦按一比三计算,五谷杂粮是陪衬。除曲坯外,原材料加井水熬煮七八个小时,黏稠如八宝粥。从中午饭后煮到晚上,饭时扔几穗嫩玉米进锅,孩子们乐意尝鲜,煮醋也趣味横生。

煮好的杂粮糊兑凉水,要瓮底糊糊攥握在手心不烫。一盆一盆舀着装入深口大老瓮,放入曲坯,稀稠凭经验,极考眼力。这制醋坯糊有诀窍,它能决定每家醋与众不同的口味。大老瓮在门后静静地发酵冒气泡,老阿婆用特制的木範子早晚上下打动,叫打醋。三天后,舀出瓮上沉淀的清汤,用其拌玉米粉,做出纯天然的发酵粉——酵头,这酵头蒸馒头够用一年,天然美味。这一周时间足以让醋坯糊在大瓮里充分发酵,醋坯糊上苫好近十厘米厚的麦麸,用透气家什盖好,大瓮要安静地等待四个礼拜。这是粮食在和粮食对话,也是食物在和老阿婆谈心,时间是见证。

终于到了拌醋这个神秘又神圣的时刻。夜深人静,外人莫入,老阿婆关起门来,净手焚香,心虔诚,忌言语。她们经验多多,洗净晾干的笸篮用麦秸火轻烤,说能辟邪,科学依据是灭菌。拌醋,老阿婆凭经验用醋坯糊兑麦麸,还要卖力搅拌,好醋坯要手轻攥有汁渗出。拌好后用草帘子棉布麻袋苫盖,老阿婆苫的东西太讲究:当家人的外套、铁铧、擀面杖、酸枣枝、罗儿、香炉,物物摆放有序,个个有讲究,却又不细说。笸篮底及四周用麦秸严严实实地围起来。做醋那些天,家里会飞一种类似大蜂般的蛾,岐山人叫醋阿婆。家里飞个蛾,老阿婆念:阿弥陀佛,醋阿婆经管好醋,这是好兆头。拌醋当天,午饭定是臊子面,为敬奉醋阿婆。做醋在女人们心目中是头等大事,怠慢不得。好醋要熬一个多月的心血,这也是一种严谨的匠心精神。

好的醋坯在笸篮里捂三五天就发热,发热的醋坯等其自然凉,此时凭经验和运气,别无良方。醋坯凉时要早晚翻搅两次,笸篮中间要挖空,好让醋坯凉透。好醋坯浓烈的酸味会让人睁不开眼,那几日搅醋的老阿婆满身酸味,洗都洗不掉,她却又乐意去人伙里走,醋酸浓香,这多么值得骄傲。过三四天,醋坯自然凉透,再次被装进大瓮。老阿婆长长喘口气,大功告成。笑容洋溢在她们布满皱纹的脸上,如菊花绽放,人好像头顶光环。没有无缘无故的成功,老阿婆祖祖辈辈身体力行这样的名言。

淋醋是老阿婆颇为炫耀的活,醋坯兑井水,淌出酸香浓郁的醋,这是个美好的事情。淋醋前前后后要一周多时间。讲究人家有专门淋醋的房间,一般人家就在客厅摆摊子,大瓷盆、小瓦盆、瓶瓶罐罐,一溜儿摆开在炕桌上,这架势看得人眼花缭乱。装醋坯是个技术活,要在底层搭上高粱秸,过滤醋糟。淋醋的大瓦缸如大肚罗汉,底侧有小洞,插入引流的"醋筒子"。装好醋坯,加井水,静置半小时,拔开"醋筒子"的堵塞,醋喷涌而出,这是头遍醋,上等醋,燥臊子的恩物。淋完第一遍加水,淋出二等醋,这里有个"田忌赛马"的逻辑,用二等醋去淋下一缸的头道醋,循环往复,最后只有一缸二等醋和三等醋。这样的活需要数学脑子,有经验的老阿婆不识字却能分清,初学者却不一定懂得统筹。话说某家新媳妇淋醋,淋出几大瓮几大盆的淡味醋,招人笑话。

醋坯在笸篮发酵过程中偶有怪事:屋里、院里醋香浓郁,定不是好事。老阿婆说:醋阿婆脚太野,醋味带跑了,淋出的醋必定味道淡。人的想象力会让世界美好又纷杂,让一切合理不合理的都有了源头,人民的智慧无穷。

岐山人说:生娃做醋这活犹如赌博,咧不成嘴(说大话)。极言做醋高深莫测,不仅靠手艺,还有运气。

醋坯在笸篮里的时候最操心,也最容易出状况:不按时热、不按时凉,等凉了醋味尽去;没味道、味发苦、长毛发霉、上层干得裂缝,甚至发臭;发热变凉后又冒热气,神仙也难救。醋坯的疑难杂症说不准是哪个环节出了问题。老阿婆用经验对症治疗,药方各不相同:七天不热要人工加热;不酸或酸味淡,要加炒过的糜子磨成粉煮成糊;笸篮边干燥或发霉,用炒制的苜蓿籽磨碎煮成汤或野菊花熬水还可挽救。这些经验神仙难换,村里主妇的能干好名声此时尽显。

淋尽醋的粮食渣滓叫醋糟,它是宝。老阿婆用它加井水搅拌,捞去渣滓静置汤水,有粉子澄出来,它是原料中的五谷淀粉,用特制的面皮锣锣蒸熟就是醋粉,油亮的褐色,带淡淡的醋香味,用油蒜辣子凉拌,给个神仙都不换,此物只有岐山有,岐山只在九十月间有,过了这个季节,要吃再等一年。天道酬勤,所有的付出都换来美味回报,这些老阿婆们更自信来年会做出更美味的醋,做好醋也成了人活着的一个盼头。

酸甜苦辣,酸字当头,醋是北方人的一味调料。醋,它融进了人老几辈子的血液里,风俗民情里也缺不了它。小孩出生,满月臊子面的味道是头道醋在提味;人殁了,棺材里,脚底下垫块曲坯,意在儿孙发,由此得来笑话人性急的俗语:你急着蹬曲(找死)吗?你看,岐山人的一生里,醋是迎来送往的忠实伴侣。

六月制曲,十月淋醋,岐山手工醋用时近一百天。它耗尽能人心智,展示了周原传统文化。岐山手工醋,真麦实曲,它是岐山人一年的收成和骄傲。

我远远看见厨房的炊烟

远远看见厨房的炊烟,我的心里就温暖。

今天我回家,厨房的炊烟袅袅,我就知道灶间有慈祥的妈妈。年老的风箱吧嗒吧嗒,木锅盖周围蒸汽腾腾,案板上定是切好的菜蔬和肉蛋,菜蔬肯定是菜园子里刚刚摘下的,茄子带着露水,黄瓜顶着黄花,西红柿还有白色的果粉,那长豇豆上还有个蠕动的青虫,更不必说青叶子菜还带着露水和泥巴。鸡蛋一定是大小不一,红皮白皮掺杂。妈妈能说出哪一只是芦花鸡生的蛋,哪一只是黑乌鸡生的蛋,甚至这些鸡昨天吃的什么食,她都记得亮亮清清。唯一的肋条肉是父亲赶集买回家的,偶尔一两个黑毛根还能看见,父亲说江水家的猪肉是粮食喂养。

远远看见厨房的炊烟,我的腿就不由得打战。

那天我离开家,妈妈拉着风箱,灶膛里的火光照得她满面红光,她不停地添柴,锅里沸水咕嘟咕嘟,笼屉里蒸着红薯、老玉米和毛豆。红薯秧子还搁在厨房外的石板上,二伯喂的几只羊正眼馋地盯着它;老玉米的表皮和红褐色的玉米须须杂乱堆着,甘甜的老玉米招虫子,等会儿一群鸡要细细啄它;毛豆秆子整整齐齐摆在窗下,摘去毛豆的光秆子挂着零星的黄叶子,像功成名就的英雄不会自矜功伐,它们等待冬日在灶膛里噼噼啪啪。我家厨房,炊烟里弥漫着秋天的味道,从那以后,我整整记了十二个秋天。

远远看见厨房的炊烟,我的眼眶就会莫名地湿润。

这六年,家里亲人走了大伯、二伯和堂弟。老人虽说也都八十高龄,可没有他们,我的家就冷清了许多。门口的大石头上再也没有大伯吸着旱烟笑吟吟地等待,村口的路上再也没有二伯牵着羊缓缓地走来。以往我回家一趟,大伯送来核桃猕猴桃,二伯送来羊肉银杏果。鲜果子是堂哥园子里的应季水果,大伯慢慢地走到我家厨房门口,放下几颗核桃,等会儿又慢慢地走来,说刚才忘了拿几颗猕猴桃。秋天,银杏果子黄澄澄臭得要命,二伯用脚踩去黄皮,他让我父亲把白果晾晒,等腊月里熬粥。腊月里,二伯宰了心爱的羊,送一吊子肥溜溜的肉,膻气浓郁,他说这羊吃黄豆玉米太多。那年秋天,堂弟走完他年轻的生命历程,我闭着眼都能记起他热情的招呼声。有他在,家里就有笑声,他端碗串个门,和小孩逗个乐,干重活搭把手。如今,这一晃都成梦。现在,这厨房里不再有大伯味道的瓜果、二伯味道的羊肉和堂弟爽朗的笑声,看着炊烟,我牢牢记着他们在我生命里的每一天。

远远看见厨房的炊烟,我的心里有了更多的思量。

走了那么久,我还是回家了。只要妈妈在,我吃过的样样式式都能再找回来。臊子肉,豆腐红萝卜蒜薹的底汤菜,油泼辣子,蒜苗漂花、鸡蛋饼木耳黄花的菜码子,新酿的醋,刚磨的面,一切齐备,就差我呼里呼噜吃几大碗。这一次,我是带着孩子回家,给她看看老厨房的摆设,尝尝老厨房里做的美味,记住老家的味道和亲人的笑脸。我的孩子要远行,她的记忆里存着大爷给的好吃货、二爷挤的鲜羊奶和小舅逗她的笑声。今天,我想让她记住更多家的味道。我想有一天,她能记起我拉着风箱,吧嗒吧嗒烧起一炉灶火,我想让她记住我被灶火照亮的脸,记住这个喂养过我们美食的黑铁锅,记住这个有葡萄架的小小院落。

从此以后,我远远地看着孩子生活的地方。有一天,当她远远地看见厨房的炊烟,她会和我一样,心里澎湃激荡,泪花盈眶。

娘的心

那天,你回来了。天上有淡淡的云,没有一丝风。

你离开家三个月,是破天荒的事情。娘慌慌张张,手足无措。一下子找不到很多东西,一直不离手的佛珠子也不知道哪里去了。说要给你煮面,却把空锅架在火上;要去拿菜,冰箱打开却又发呆。我知道,娘是想你想得有点痴了。我接过娘手里的活计,娘去和你唠嗑。

娘说:老想给你电话里说,可长途呀,贵。你要少吃肉,我吃斋念佛知道,杀生是罪过。再说了,电视里讲,现在的肉呀都是饲料促长的,对人不好。你笑笑,没言语。

娘又说:看你又黑了,还瘦了。我就知道出门在外吃得不好,你要好好吃,别怕花钱,要吃有营养的。你还是傻笑着,一味点头。

娘再说:你干的活肯定累,要休息,现在的人都拈轻怕重,你打小老实,怕你吃亏。你眼睛都眯了,笑容堆满脸。

娘还絮叨:给人家干事,拿人钱就要好好干,不许投机,人要有良心,老天有眼,在上边看着呢。你鸡啄米般点头。

娘说得栖惶。句句都是细碎话。

我在煮面,听得糊涂。是娘的话把我绕得迷糊,分明说不让吃肉却又要加营养,分明是怕干活多累着却又不让偷懒。我没听错,娘是这么说的,可怎么前说后忘?还互相抵触?对着唠唠叨叨的娘,我端碗进去,笑问:娘,这些可难了,做不到一起呀！你冲我挤眉弄眼，意思要我别打岔。娘看见了，叹口气：我知道难呀，可娘就是豌豆心，上下滚。以后你到我这段就明白了。娘的声音已经有点哽咽。我俩都收起嬉笑的脸。活到三十岁的份上，自己都有了半大孩子，多少也能体谅父母的不易，可谁承想，母爱这般纠结。

　　夜深了。往日这时候，娘是在诵经的，隔着窗，我都听得清清楚楚。她大声有节奏地念菩萨经，抑扬顿挫，字字句句含着真情。往日里，女儿总是边做作业边随着经声摇头晃脑。今日这时家里却异常安静。不放心，我轻轻开门进去，娘动也没动，还有轻微的鼾声，睡得踏实。我蹑手蹑脚出来，心里却开水般翻滚思量。

　　你是娘的牵挂，你在外，娘念的经文是佑你平安的静心丸，什么时候念累了，就把心交给菩萨，把你放在枕边睡下，早晨一睁眼，又是虔诚地声声祈祷。原来每个女人只要做了母亲，就自然成了菩萨，成了儿女们的大无量佛，法力无边。儿女的小病小灾小烦恼，菩萨要管；结婚生子买房买车，菩萨要操心。也许母亲比菩萨要忙要累，因为母亲没有菩萨的法力，只有菩萨的心。难为了我们肉身的母亲要操菩萨的心。你已经睡得天昏地暗。想给你说这些纠结的感悟，你迷迷糊糊一句：小女人，老是心思多。道不同不相为谋，看来男人的宽阔心胸天生不能体味枝枝蔓蔓的细节，可谁能说粗犷的男儿不是在柔弱母亲的呵护下成长的？

　　天亮了，一定要给娘说说：娘的心在儿女上，儿女的心在石头上。我知道娘会笑笑，坦然地说：随他去吧，做娘的就爱操那份心。我还得郑重地给女儿说：啥时候我要说话矛盾纠结，那就表示我很爱你。其实，我知道她现在不能明白。

　　天上还是淡淡的云，风倒有了一丝。

让父母自由地老去

前天，我参加朋友父亲的葬礼。单身老头独自守家时猝死，什么时候走的，亲人都不知道，被邻居发现已是两天之后。我的忘年交、五十四岁的中年男人，上周一个雨夜里突然走了。他们的老伴都跟着孩子带孙子，他们一个人就这样走了。

淅沥的雨声敲打着窗户，我心情沉重。生命短暂，人太脆弱。人都是苇草，可每一位父母都想做最顽强的那一棵草，他们拼尽所能活着。老父亲是家里的顶梁柱，是一片天；老母亲是家里的地，包容一切。若有一天，他们突然离开，走得寂静又恓惶，那亲人的世界就塌了一片天！人人心里悲凉绝望。

在儿女的心里，父母很年轻，从来都不会老去；在父母的眼里，儿女一直都很忙，家里有事也要少打扰。

儿女工作的压力让父母义无反顾地做坚强后盾，再艰难也要无条件地服从。儿女工作紧张没饭吃，孩子太小没人带，儿女眼前的困难都是压在老人心头一座座沉重的山。平日里儿女的一根头发疼都会让父母担心，此时，这样巨大的困难，二老怎能无动于衷？可地里有粮食在成长，圈里有鸡要喂养，它们都是给儿孙的绿色食物。老家看门的任务也很重要，儿女城里的房住不下很多人。老人是来帮儿女减负，又怎能让儿女为难？老两口反复思量，很快拿出方案：来一位给儿女帮忙渡难关。面对儿女的困难，父母都是董存瑞一般无畏，不怕牺牲，排除万难。

母亲来最好。母亲来了,家里一切困难迎刃而解,做饭、洗衣、买菜、接送孩子。母亲来了,父亲的困难却增加了。一向不会做饭的老父亲进厨房,笨手笨脚地做一顿,吃一天。上顿吃新饭,下顿热陈饭。晚上喝开水吃馍片,又是一天。父亲吃得简单粗糙,可他心里乐意无比。想到孙子欢天喜地吃美味,老人一脸的灿烂。父亲一个人也孤独呀,可那与儿女的困难相比又算得了什么?以前家里那么多的困难,父母咬咬牙不也就挺过去了吗?

　　儿女的小家团团圆圆,父母却像牛郎织女分了家。年轻时为工作父母两地分居,现在为了儿女他们又自愿分居!年轻时为养活儿女,老了为体谅儿女,六七十岁了,他们还在咬牙扛!要知父母恩,怀里抱子孙。可有父母这棵大树庇护着,哪个儿女都长不大,也不想长大!

　　一年又一年,儿女的困难还是那么多。孩子小时有小的无奈,大了有大的苦衷。儿女的工作永远没有出头的日子。没当官的有人管,当了官的要管人,儿女永远都需要二老做后盾。儿女忙得没时间看父亲微驼的背,也很少看母亲不利索的腿脚。父母心在儿女上,儿女心在石头上。看着儿女的背影,二老却从不责备,乐呵呵地说愿意贡献余热,其乐无穷。不是儿女不孝,只是儿女面前的一桩桩一件件事情,都比父母的琐碎事情大。来日方长,每一个儿女都曾许诺,等有一天带着父母走四方,等有一天陪父母吃遍美味,等有一天给父母一切一切。

　　我们的父母老了,老了就是不再年轻,就要儿女照顾了。儿女的许诺像被时间打落的松果。

　　终有一天,父母突然倒下,儿女才惊觉,顿时天崩地陷。为生活奔波的理由再多,也抵不过父母老去的事实。哭天抢地反思,我们不再用亲情绑架,不再以带孙子为理由,不再说奋斗是给父母提供更好的生活条件。儿女想彻底地把父母放生,允许他们有自己的爱好和朋友圈,让他们有自己的私房钱,让他们为自己自由地活一天。可父母行不远,咬不动,看不清这花花世界。这是多大的悲哀!树欲静而风不止,子欲孝而亲不待。

　　我的侄儿才七岁,他走路从来都是蹦蹦跳跳,有坎上坎有坡爬坡,你想拉着他的手,他总是有意无意地挣脱,拉得紧了他就反抗:老天给人长腿就是让跑,像鸟的翅膀。趁着有牙赶紧咬,趁着有腿赶紧跑。最后一句是他听的卖保健品的广告词。我的心惊得一跳。孩子都知道享受老天赐予的自由,孩子都说腿就是翅膀,父母的自由若被我们以奉献的名义替换,就如同鸟儿失了翅膀。

及人之老,及人之幼。天下事情莫过于将心比心。父母每一天都在老去,他们等不到儿女的誓言实现。在爱父母这件事上,儿女唯有与光阴赛跑,与日月争朝夕。心疼父母,就给他们一块自由的空间。若为自由故,一切皆可抛,让我们的父母自由地老去吧!

让孩子自由地成长,让老人自由地老去,这才是美好世界的模样。

为嘴奔波的岁月

母亲的奶奶曾说：幸亏人的嘴长得小，要是嘴长得和簸箕一样，人就得累死在嘴上头。一句话道出那个时代人活得艰辛可怜。

顾嘴吃饱混肚儿圆，是 20 世纪六七十年代关中人大半年奔波的主要原因。老辈人形容人馋吃东西说：为嘴得很。"为嘴"在那时是贬义词，温饱都解决不了，奢望好吃好喝就是一种罪过。

五十年前，生产队分到每户的是囫囵粮食颗，要吃到嘴里，人要过多少道的手续，可怜见，都是拼力气换。姥姥家成分高，队里饲养的牲口都不能使唤，一家十几口人吃的面，全凭着姊妹五个推磨盘。她们推着石磨，一圈一圈把粮食颗颗磨成面，那是把人当牲口使唤。孩子一下午推磨盘毕了，晕得看啥都转圈圈。厚实的大石板制成的两扇磨盘，一年下来生生磨成平纹，人都等春日请石匠来清磨盘，要用铁钎凿半天才有花纹。年年月月，磨扇越来越薄，石料怕也被人吃进肚了，这粮食吃得人熬煎。

二十年后电磨子出现，壮劳力从推磨的活里解放出来，人的口粮不再在磨道里晃，这是老天爷心疼了一次庄稼人。不担心明天的面粉没着落，逢年过节也不愁要连推几天的磨盘，人终于不做骡马的事了。母亲说起这事，眼睛里都是光，电磨子于她就像亲姊妹。

说起吃高粱和玉米，母亲的话格外稠，就像过去的日子刻在了记忆里。磨筤里装好加湿的玉米粒，选着架石头。用石头的轻重分"二溜糁子"和小米粒般的"细糁子",女人们把筛完糁子的下脚料与壳一起回磨玉米面,一环套一环的活路全靠巧打算。偶尔磨小麦,收四分之一的上等白面,称收白面。这白面要攒着蒸年馍或招待稀罕贵客。黑白面混合叫一混面,体面的富裕人家才能吃上它,母亲和婶子们都靠玉米高粱面果腹。我问是不是喂养我的奶水里都是玉米气息,母亲叹息不语。

玉米也是来之不易。20世纪70年代后期,水利灌溉工程完成,关中平原人才种玉米。有了玉米这物种,庄稼人的吃食才稍稍宽余。高粱生长期长,庄稼人恨不得有今儿种明儿就能吃到嘴的食物,种高粱也就成了捎带。救命的玉米是那个年代的恩物。

金黄滚圆的玉米粒脱外皮后叫大颗糁子。收麦时节,母亲赶早在黑老锅里焖好大颗糁子。灶膛留些柴火煨着,中午就有现成的糁子粥。大颗糁子焖煮得开花,一颗颗如玉粒雕琢,或白或黄,也糯也黏,有嚼劲也管饱。但囫囵颗粒吃得费粮食,煮起来费柴火,精明主妇也不常做。二溜糁子夏天喝,细糁子喝过整个冬天。锅里水开花撒把细糁子,搅几搅,几把火工夫就熬煮成金黄的玉米糁子粥。稠粥碗里能搁住菜,冬天的腌萝卜丝、夏天的拌黄瓜片直接放在糁子粥上,一家人吃得笑逐颜开。活得艰难的人家,没菜也能咽下糁子粥,嘴馋孩子调制盐醋辣子的汁,叫辣子水水,稠糁子粥拌辣子水水照样吃得风生水起。

儿时听笑话,补背篓的人在村里边走边吆喝:补背篓哩!老远看见有人端碗蹴在门墩石上"抹糁子",稠糁子粥要用筷子划拉着吃,家乡人称"抹糁子"。补背篓的人饿肚子看人家吃饭,喊着喊着"补背篓"就成了"抹糁子"。玉米糁子是那个时代的食物符号。

收麦时节有种鸟,家乡人叫算黄虫。它的叫声有特色且符合时令:算黄算割,不割就落。老人说它是勤快鸟,催人收割庄稼呢。还有种鸟叫揭被鸟,它叫得更奇怪:揭被,揭被,麦仁煮锅再睡。它催媳妇们早起做饭,早吃饭早出工。大麦碾掉壳是麦仁,难道鸟儿也知道这种吃食?大概是农人听音以讹传讹罢了。这些鸟儿们知时令,无师自通地做了夏收秋种的监管,它们都是农人的好伙伴,给粗茶淡饭的日子添了些许乐趣。

糜子是五谷杂粮里的配角,但没它过年不丰盛。它拾掇起来太费事,是少而又少的稀罕物。母亲说,有一年糜子成熟,没风扬不出来糜子颗,她和大姐用簸箕簸了半晚上,才簸出来一袋糜子。糜子碾成糜子米做干饭,碾成糜子面炸油糕。糜子面粑粑金黄黏甜,糜子面炸泡泡油糕也稀罕,儿时唱口谱:猪杀哈,磨打哈,糜面磨好蒸粑粑。这是过大年的架势。

  石头磨子一般家里都备,一个村里有一两个碾子。年关近,天天有人碾辣子,红线线辣椒晒一个冬季,干如枯叶。剪成环,油锅略炒,倒在碾子上扑鼻的香。辣子面碾完碾辣子籽,它比芝麻味还香浓。碾辣子人前脚走,孩子们后脚拿馍搁在碾盘上,七手八脚推碾子,馍被碾成饼,两面粘着辣子花,撒点盐当零食。

  主食欠缺的年月,零嘴就成奢望,馋嘴的娃们想尽千方百计弄些吃食。生产队成片种豌豆,那是牲口的精粮。端午前后,嫩豌豆荚脆生生的,清脆爽口,能人吃豆荚内的嫩豆子,还能用豆荚打折,去掉内荚的一层透明硬膜,吃嫩嫩的豆荚皮,那股甜甜的青草气息,吃一次记半辈子。生产队的豌豆地在成熟季节留人看守,只因那时有个不体面的活动叫偷豆角。兔子不吃窝边草,年轻人趁着夜色,背个"红军不怕远征难"的黄书包,去隔壁村地里偷豆角,得手了,第二天同伙的人嘴角都绿着,是昨夜里嫩豆荚吃多了。口粮紧俏的年代,嫩豆荚多吃一个,成熟的豌豆就少几粒,吃嫩豆荚是不道德的事情。媳妇婆子等五月天雨后揽豌豆,连豆子带蔓一起收上场。一场雨后,失散在地里的豌豆粒被泡涨发芽,孩子们欢天喜地地捡,芽豌豆煮熟香味蹿过墙,这才是全家人难得的零食。

  那些年,穷日子过得遭罪,人为嘴奔波日子忙,穷得只剩下日子,过日子简单得只求活着。大人娃娃能吃饱饭就谢天谢地,不挨饥馑老人们就坐在碾盘边夸毛主席,这就是那一代人的青春岁月。

  母亲不愿意回忆往事,她眯着眼说:那都是恓惶的时光,不说也罢。我说:是,也不是。贫困的日子天下一层人都过着呢,奶奶说能活命都要感谢老天爷。是的,穷荒年能活着就是壮举,我们要记住生活不易,才会珍惜后面的好日子。

收麦天长

去年麦子熟得早，那茬麦子受旱了，该分蘖的时候没雨水，该拔节的时候没雨水，该出穗的时候雨水少，紧巴巴在干旱的田里长了一年。今年麦子受涝了，春雨过多，眼看麦子抽穗了蚜虫密压压，燕麦杂草一地，老人们不禁叹息一声：庄稼不好务，白面不好吃啊。说归说，也没见多少人夜不能寐，麦子现在也不是悬在人心头的剑。不缺粮食了，年轻人对麦子的收获就缺了仪式感。

比起现在的五黄六月，前十年，收麦子在人心里可是最隆重的节日。

麦子黄，心里慌，庄稼人夜里瞌睡都少了。自打过了清明，麦地就一天一个样。抽了穗的麦子颜色随天气，岐山人说：晒几个太阳，麦穗就带了色儿。

清明雨后，人们忙光场，孩子都喜欢干这活。趁早起的土场带潮气，还有蚯蚓堆起的土印子，大人们拉着大石料制的碌碡，一遍又一遍把土场碾轧平整，小孩子端着笊篱搁在滚动的碌碡上筛草木灰，防止土场潮湿麦子粘了地皮。那天早晨，家家的土场上都是来来回回碌碡转的吱扭声。土场经过三五个雨后的碾轧才能平整。土场要经受碾麦子、晒麦子，光场面这项活庄稼人都经心。没碾轧好的土场，碾麦子带起土层，麦子口袋里尘土飞扬，这要被人责骂和嘲笑。

算黄虫是会看天气的一种鸟，麦子黄了，它就在枝头欢快地叫：算黄算割，不割就落。叫得人心里发慌。麦子一边黄一边割，麦穗子熟了容易落，辛苦种一年麦穗子却没拾到手，这是罪过。人说：麦子打到"包"才算。农人朴素的唯物观就是盯着粮食口袋不盲目，他们实实在在数麦口袋看收成，颗粒归仓是永恒的信念。

过了立夏,麦子扬花,庄稼人收拾镰刀家具,磨利镰刀子准备开战。割麦是技术活也是体力活,麦子长得厚实,割起来就得更拼体力。麦子厚实得下不去镰,这样的麦子壮劳力一天能割一亩都要玩命。人说:割麦子不能望,望着望着就眼晕,手里就不出活。世间的事情都是埋头苦干才有成绩。地多人手少的人家看天气要请人割麦。甘肃一带麦子成熟晚,壮劳力就来关中赶场做麦客。他们是一支奇特的队伍,人人穿得破烂不讲究,背个蛇皮袋子,戴着黑乎乎的草帽,唯独腰间的刃片子锋利无比。麦客在县城大十字的台阶上休息,谁家要人就去请。村里开拖拉机的人赶早请,谁家要一个两个打声招呼就给捎带上。麦客割麦按亩数算钱,他们是不要命地割麦子。金灿灿的麦地里,穿破棉袄的、披个破褂子的麦客们像撒在烧饼上的芝麻粒,又像在黄沙里爬的蚂蚁。小小的黑点一点点挥动着镰刀,一寸寸向前挪动,身后是一片新麦茬和整齐排开的麦捆子。卖力地割麦不是爱庄稼,是用汗瓣子换钱,可花钱请人割麦子是庄稼人对麦子的爱惜。如此说来,麦客也值得庄稼人爱。

我家偶尔请麦客,母亲做饭尽心从不敷衍。她说麦客下苦力要好好招待。浆水面、炒菜、蒸馍、臊子面,顿顿饭换花样。父亲有时陪一两杯小酒解个乏,发支烟和他们唠唠嗑。麦客走时都说父母是好主家,明年还来。可家里地少利薄,请人劳作到头来连辛苦钱都没了,母亲有时也就充当麦客。

母亲割麦子割得干净又快。她是左撇子,右手揽麦,先割一撮长得长又顺溜的麦子对头打结,做捆麦子的要子。她一刃子下去一抱麦,右脚尖挑起顺势放在要子上,割两下就是一捆。看似轻松的活,我做起来千难万难。成熟的麦子芒似刺,叶子也因干枯像刀片子,轻轻划过,我胳膊脸上就火辣辣地疼。麦秆子带起尘土,割半天麦,人灰头土脸,一笑只露出白白的牙,鼻子窟窿都是黑的。白面馍馍好吃,谁知道麦子怎么来的?我从来就怕割麦天,可父母面朝黄土背朝天用汗水给我换粮食,我又怎敢懈怠?

麦子割倒,一地麦捆。架子车、拖拉机像甲壳虫在乡间小路上爬。一缕夕阳里,每辆回去的车上麦捆子摞得都冒了尖,车子超载,个个头重脚轻,颤颤巍巍小心翼翼。麦捆子一时半会儿碾打不完,要垛起来防雨淋。摞麦垛子是技术活,底大上尖看起来像粮仓,家家场里地里有十个八个这样的麦垛子杵着,人心里高兴又踏实。可麦垛都是娇娃娃,时刻要操心劳神。

天阴下雨得用塑料布苫麦垛,太阳出来要及时晾开,真真是看老天爷脸。割麦天的夜,大人都睡得浅,稍有风吹草动,就起身看天,若有阴云雷声,全家老小抓起草帽,直奔场里地里去苫麦垛,就像抢救溺水的娃娃。田里场里卧倒的麦捆子像一个个死猪,人恨不得有六只手,拉提抱扛,迅速归拢,将它们苫好。每一次睡眼惺忪奔跑在夜里,我都感觉是在和老天抢饭碗。无数次心里埋怨老天爷不长眼,可大人们默默地奔跑在路上,偶尔还有一两句悲壮的秦腔吼着,我也就心无怨念,一心一意跟着父母奔跑。

也有人随手提个收音机,天气预报一天听三次,可割麦的天气像孩子脸,说变就变。任性的老天爷在开玩笑呢,饭碗端手里,干面还没搅开,头顶乌云一片,吓得人赶紧扔下碗去堆麦子苫麦垛,等你堆好苫好,太阳又艳艳地照,湛蓝湛蓝的天没一丝云,哭笑不得的庄稼汉子又爬高下低地拉开苫布,推开麦堆子,一碗干面都坨成石头了,人还是憨憨地笑,摇摇头无奈地吃凉面,只要麦子没受雨就好。我总算在黄土地上认识了人的韧性和顽强,努力挣扎地活着,这是一种求生的力量。

麦黄时节无闲人。成年劳力在地里收割,老人在家里烧水做饭,孩子给田里人送水送饭,各司其职。白天收割,晚上拉麦、摞麦垛子,太阳好的天气要火辣辣地摊场碾麦或脱麦粒。这些天,村里晚上灯火通明,壮劳力都坐在地头眯眼打个盹或边吃饭边休息,龙口夺食,万一没赶在天阴下雨前收了麦,连着两天雨就能让麦粒在穗里涨鼓鼓的,伴着温热潮湿发出麦芽,那老天爷呀,造孽呢,不但是浪费了粮食,还把一家人一年的锅灶给祸害了。我曾学大孩子喊着要吃芽麦甜面角,母亲责骂又赶紧念声阿弥陀佛:小孩子不懂事,今年千万要手脚勤快,一定不敢偷懒贪睡,麦子收到包里才能松口气!这朴素的简单话语让我在以后的人生里信奉一句:人生没有侥幸,看不到成功莫大意。这是麦子地教给关中人的道理。

大太阳天要碾麦子要摊场。麦捆子被解开要子抖散,一层一层铺围成圈,让太阳晒,晒得麦芒刺起来就碾场。拖拉机拉个大碌碡,一圈一圈碾过,麦子渐渐平整,颗粒尽散,及时用杈挑麦秸,松动了再碾,直至麦粒脱壳。人们把抖干净麦粒的麦秸摞起来做烧柴,麦壳堆起来冬天要煨炕。麦子浑身都是宝,可一桩桩一件件要归置到位,全要人不惜力气和汗水。

扬场是高难度的技术活。父亲说好把式扬出来的麦堆子是鱼状,外行人只能扬个鳖。扬场靠自然风,观天象很重要。太阳正红时没风,人们坐在场边树下等风来,桐树叶子哗啦啦摆,男人们起来扬场,一木锨一木锨扬起一条条抛物线,麦粒落下,主妇用扫帚掠扫。老天爷赐的一场风,让麦粒麦壳各是各,人们轻快愉悦地完成最后的收获。主妇们早早收拾粮食口袋,灌满麦粒的蛇皮袋子胖墩墩,砸一拳人都心里踏实,那些天笑眯眯的脸庞到处都是。麦子带着太阳的味道被拉回家,夜里麦香弥漫在屋里,疲惫的庄稼人梦里都乐滋滋的。

收割完毕,妇人孩子拾麦子,拷篮子提袋子,把遗散在田间地头的粮食颗粒捡拾干净。拾一穗麦子磕一次头,这是虔诚艰辛的活。拾麦的人是功臣,母亲夜里用棒槌敲打白日拾的麦穗,一簸箕一簸箕地积攒麦颗,餐桌上就多一个饼、一碗面。母亲叮嘱我拾麦是为了不糟蹋粮食,可不能去拿人家麦捆,坏事不能做。好事坏事就简单地被拾麦穗给定义了。

晾晒麦子是大人捎带的活。早起看见太阳的金边,把麦口袋拉出去摊开。拉着晒笆子搅麦是每家孩子的任务。孩子们穿个背心戴个草帽,来来回回拉着晒笆子在麦场里走来回,不穿鞋子最舒坦,脚趾缝被麦粒拨弄得痒痒。麦子要好,晒时多搅。母亲扔颗麦粒在嘴里嚼,凭响声判断能不能收藏。我要偷懒没好好搅,麦粒干湿不一,耽搁一天的好天气是要挨打的。

晒好麦子装好麦包,家家欢欢喜喜吃新鲜,臊子面、白面饼、搅团凉鱼。村里饭时都是新麦面的甜香。母亲张罗着去看姥姥,父亲操持卖麦子,计算一年的开销用度。这茬麦子收了,这季日子也过去了。一茬麦子一茬日子,好多日子好多茬麦子,曾经的关中人就这样掀着太阳过着日子。那些遥远又清晰的记忆,在今日机器轰轰隆隆的收割声里依旧被人念叨。一年念叨一次,一次念叨记好多年。

收麦天是不夜天,那些年的人为了活着,为了粮食,都在努力和天地争长短。

立夏芒种,风吹麦浪,感谢这茬麦子又唤醒了我尘封的记忆。

儿时的宝

20世纪80年代初,关中平原的黄土地上,孩子们都活泼泼撒丫子奔跑,成长像风一样自由。大人们没时间约束孩子,也没有能力给孩子太多的东西。孩子们像草芽,自己寻找阳光雨露,自己找乐子和玩伴,有很多物件陪伴他们长大。

生产队的饲养室,石槽上经常拴大马、骡子、牛,最多时有二三十头。我每天看它们吃草、干活,比现在孩子逛动物园有意思多了。我趴在门口的土堆上一看就是一上午,三个大石槽并排,牲口们分开站三排,它们有时会很有意思地面对面站着,凝神思考或耳鬓厮磨。饲养室永远弥漫着草料和牲口的怪味道,一般没人来。饲养员都是老头,有的佝偻着背,有的拉着腿,做不动农活的老庄稼汉都被派到这儿,他们身上都有股浓浓的旱烟味。饲养室的大炕永远是光溜溜的席子,泛着茶色,乌黑的大茶缸里泡着大叶酽茶,缸子内壁积着厚厚的茶垢,炕头永远是七零八落的棋子,下雨天这里是老头子们的乐园。石槽里是筛过的干草,偶尔也有各种料面。牲口的眼睛都很大,有的泪汪汪,有的有些呆滞,它们喷着响鼻,呼出成团的气。队里不出工时,它们一排排站在槽边,安静地咀嚼,嘴里泛着白沫。傍晚收工的大马、骡子进门前先撒欢,打个滚,喷响鼻,嘶鸣一声,玩耍的孩子们都来围观。那是孩子们一天里最好玩的时刻。

虎子哥长得皮实,他敢拽马尾。拽根马尾去捉大牛蝇,黄绿色的大家伙和蜜蜂个头一般大,牛蝇隔着牲口毛皮吸血,是坏蛋。牛蝇难捕捉,弄不好会被牲口踢,虎子哥却能逮住。他用马尾绑成结蒂绳的死结,套住牛蝇的细脖子,牛蝇拼命地飞,他拉住马尾就像放风筝。虎子哥一次能捉六只牛蝇,套在一根马尾上,牛蝇四下乱飞,好像要吃人,我们看着又好玩又害怕。他玩腻了,牛蝇死了大半,我蹲着看挣扎着要飞的牛蝇,却不敢动手放了它们。

三四月油菜开花,黄澄澄的一片连一片,我们穿梭在油菜地里,用硬纸叠成镊子捉蜜蜂。虎子哥捉得最多,他捉到蜜蜂,在袖口唾一滴唾沫,蜜蜂屁股上的刺就被唾沫粘下来。他把处理过的蜜蜂装进瓶子,像宠物一般玩。我也逮蜜蜂,往往是菜花黄粉染了头发却劳而无获。我怕被蜂蜇就逮不到,被蜂蜇是最恐怖的事,火烧火燎地疼,疼得跳脚龇牙,抹醋、擦蒜,肿起大包大人还责骂。可虎子哥不怕疼,蜜蜂蜇他,他抹点唾沫就没事了。在三四岁时,虎子哥是我眼里无所不能的大英雄,长大看到硬汉这个词,我第一个反应就是他,就像桑迪亚哥,标签早早就被贴上。

夏天逮蝉最好玩。男孩做铁丝圈装在长竹竿上,去寻蜘蛛网,谁家屋檐下的蜘蛛网大,他们了如指掌,举起竿子把铁丝圈用蛛丝反复糊裹,这是逮蝉的最好装备。我弟是扣蝉能手,一扣一个准,我给他捧着纸盒子,看薄翼如纱的小东西。公蝉叫声响亮,母蝉呆笨一些,孩子们玩也不嫌多,大人们说蝉吸树的汁液,是害虫,这些小家伙就被孩子们肆无忌惮地祸害。早晨或大雨后,我们寻蝉蜕,那空壳像一间轻盈的屋子,站在草尖或者树根,蝉蛹爪子上的绒毛都看得清,后背裂开的缝上还有一丝白线,那是蛹蜕皮的出口。我十个手指套十个蝉蜕,玩一个中午也不倦。闷热的夜里有人打着手电筒寻蜕皮的泥知了——蝉蛹,它从大树根下的湿泥里往外爬。村东头的土场宽敞,一抱粗的桐树下、成排的杨树下都是松软的土,泥知了张牙舞爪却又像瞎子一样只管爬树。孩子们一抓一个准,抓回蝉蛹养在瓶里吐泥巴,第二天洗干净用油煎,据说一只泥知了的营养顶两个鸡蛋,可吃它需要勇气,男孩子为了博得胆大的名声常常闭着眼睛吞。我远远看着,却也从不避开,枯燥的成长里,蝉带给我很多快乐。

下雨天母亲清闲,她给我做高粱秸秆玩具。把干透的高粱秸秆皮剥掉,洁白绵软的秸秆芯截成小段,光滑的皮圈成圈,再用秸秆芯段连接,两个圈中间固定,再用秸秆皮做两个腿子,活脱脱是一副眼镜。我戴着照镜子,哇哇大叫又开心地笑。母亲用秸秆芯做身子,秸秆皮做四条腿,从秸秆芯细细抽出丝做尾巴,这就是一匹马。我用三匹马玩,直到马缺了腿残了尾巴才消停。她用大红帖子剪石榴,一正一反粘在秸秆芯上,装上手柄就是风火轮。我把它朝前方端直了,从前院跑到后院,再从后院跑到前院,它就转成一圈红,我立定,它也停。玩风火轮,我经常会跑得出汗,也容易咳嗽,奶奶宁可我玩泥巴也不让我疯跑。母亲做这些玩意时,都会忆起她的奶奶。老人家无论手里活多忙,孩子要她陪玩她都和颜悦色。母亲做的这些都是她奶奶教她的,有这样好心态的奶奶不急不躁地陪玩,这样长大的孩子也是热爱生活的,就像我的母亲,她不厌其烦地给我做,让我的童年充满快乐。

　　过年时家里都要用大锅煮肉,我最在意拾掇猪拐拐,它是猪腿上四面形状都不一样的骨头。煮熟的猪拐剔了肉,再剔去筋,用刷子蘸肥皂水洗净,红膏子染了晒干,凑够四个或六个我就玩"抓猪拐"。吃肉机会少,过年或红白喜事才能收集到猪拐。我的同学李芳芳有一副祖传羊拐拐,精致小巧,染的红色已经渗透在骨头里,像红色的玉,泛着光泽,惹人眼馋不已。六个羊拐拐至少要两只羊,凑这些多不容易!她的羊拐拐是我们全班孩子的宝贝。摆拐拐看花形我们玩得花样百出,眼疾手快才能赢,我们常常为练习一个动作反反复复,手指甲都磨花了,指头生倒刺是常事。这让人惦念的玩意啊!

　　腊月到了,生产队要架秋千。选南北通透地段,用粗壮木头做架子,东西两个三脚架支撑,中间架横梁,横梁上绑红布、贴横批图吉庆,一架秋千虎虎生威!横梁两端绑紧大绳,麻绳粗得小孩手都攥不住。这架秋千是给村里的精壮劳力的玩具。青年男女意气风发,一个人玩荡秋千,两个人玩踩秋千,这都需要勇气和技巧。秋千荡高了,耳边呼呼风声,人像在云端。每年都有荡秋千冠军,能把秋千凳踩得与横梁一般平,下面看的人呐喊尖叫声不断。我担心把秋千凳荡到横梁那边去,但这事从来没发生过。二姐带我踩秋千,我手抓紧坐在秋千凳上,闭了眼睛,二姐用力蹬踩。秋千上去了,我想吐,二姐笑话我没出息。我们村的秋千用两根椽架得大而高,隔壁村里的青年男女都赶来赛秋千,一架秋千,一伙精力旺盛的青年人能玩到二月二。拆了秋千架后,地上被荡秋千的人踩得溜光溜光,好久都不变,仿佛热闹的年,过了三月三还惦记。

　　它们都是我们的玩具,时光偷去那段岁月,它们也消逝得无影无踪。少年们长大了,玩具理所当然地退出了历史。我的孩子说不在的东西就不再惦念,毕竟有更好的玩物替代了它们。可在我成长的一溜苦涩单调的岁月里,它们就是一抹彩虹,我怀念它们,也感激陪我成长的人!

香吃货

20世纪60年代初的关中农村，吃饱饭是一家人的奋斗目标。零嘴就是稀罕物，人们将它们统称为香吃货，吃货在此是名词。

我家六叔那时是二十几岁的小伙，身材高大魁梧，有的是力气。每年冬季他都在生产队的油坊帮工。油菜籽五六月上场，收了秋种上麦，田里的活少油坊就开工。一个乡也就一两家油坊，每个村的人要约时间榨油。油坊的活，断断续续就持续到年底。

土法子榨油，凭的是力气，小伙子能吃饱饭，就舍得出力气。六叔也是不惜力气，在油坊人缘好。家里有时捎点玉米面粑粑，六叔留几片粑粑馍，回家时浸成油馍馍，这是油坊成员的福利。奶奶把油汪汪、黄澄澄的馍片切碎，掺和些杂粮馍块，爆根葱，全家人热热乎乎吃顿炒油馍。母亲回忆说，在肚里缺油水的年代，一顿油汪汪的炒馍能让人心里滋润好几天。油馍馍是香吃货，每次听到这些，我脑海里就会浮现出六叔汗滴滴的脊背。

第一场春雨后，趁着没响雷声，妇人孩子挎着篮子，去莎草垄上捡拾地软。地软，形状和颜色都极像木耳，但比木耳软、薄。荒郊野外的腐草垄上，它们一簇簇地丛生，像黑色的花朵。越是人迹罕至的地方，地软长得越好。它属于菌类，有种特殊的泥土香味。母亲做辣子面、烙韭菜盒、做地软包子都离不了它。雨后刚捡拾的地软，稀软得几乎透明，滴着水，不能食用。这东西极怪，刚捡到的地软用凉水淘洗，会有一半随水化了。有经验的老阿婆把稀软的地软摊开在笸箩里晾去水分，分拣出枯草枝，再用开水烫，用清水洗泥沙晾晒才得成品。一篮子湿地软，晾晒干净后仅得一小碗，来之不易的东西就显得越发金贵。家里来客人或偶然换花样做吃食，地软才会出现在餐桌上。今年春天雨后，母亲在北陂坡上拾了些地软，吃着地软辣子面，我又尝到那熟悉的味道，地软至今还是香吃货，全家人又感念地软带给我们这么多年的欢乐。

我家对门的儿媳妇是南方人，无肉不欢。刚嫁过来时，她见小知青摇着个牛尾巴玩，打听到是生产队的牛吃露水胀死刚埋在土窖。她求人挖出那牛，割下两条牛腿，大铁锅煮大块的牛腿肉，香味飘过，肚里没油水的孩子都来围观，涎水淌着又不敢张嘴要，北方农村谁见过这种吃法！年轻的南方媳妇大块吃肉，瘦肉疙瘩嚼得咯吱咯吱，她美美吃了三天，生龙活虎神采奕奕。孩子们飞奔回家告诉娘老子，也要大块吃肉，后来村里的牛老死或胀死，就有人割牛腿来煮食。五叔也曾带回两条牛犊子后腿，硬柴火呼噜噜煮一个小时，熟肉块堆一大盆，捣蒜泥蘸牛肉，邻里分食熙熙攘攘，颇有绿林好汉风范。这嫩牛肉是至今让很多半大老汉还惦记的香吃货。

春天树木抽条，各种绿芽子冒头，餐桌上就多了花样。档次高的有香椿芽，其次是榆钱，也有人采摘青槐芽、枸杞芽、秃秃扫帚芽。青槐树春有槐芽可凉拌，初夏开花是槐米，清火败毒。这树叶子招虫子，弯腰弓背的青虫，两只黑眼睛肉乎乎，嘴里扯着丝，冷不丁从高处的叶子上拉丝垂下，吓人一跳，我们都叫它吊丝鬼。青槐芽在未舒展开时，像极了毛尖，芽尖有层白毫，采四片叶子的尖最好尝鲜。采芽的媳妇们说：间或掐个尖，不影响青槐长叶子。青槐芽采摘一笊篱，开水冒泡倒入青槐芽，开水锅里翻个身就捞，控去水分，切细凉拌装盘。拍蒜热油泼，滴农家醋。翠绿的青槐芽，洁白的蒜泥，能让人把舌头吞下。槐米成熟的季节，我们结伴去钩采。含苞的花米晾晒后，家里有人上火嗓子疼，奶奶就熬槐米水，金黄金黄的水滗去槐米加上白糖，甜丝丝的，好看也好喝，还祛毒败火。奶奶也做槐米荷包蛋糖水，洁白的蛋像一尾胖乎乎的鱼卧在金黄的汤水里，它是我嗓子哑时的美味，是货真价实的香吃货。

隔壁婆婆家有两棵树，一棵核桃树，一棵杏树。农历三月间到十月，总有半大孩子在她家墙外打转。三月杏花刚败，指头肚大的杏就露头。一场雨杏大一圈，跟着麦黄杏也黄，隔着墙瞅见一嘟噜一嘟噜的青杏，我的涎水就滴答。春末风大，夜里起风了，我们就睡不安稳，操心着早早起来去捡拾被风吹落的青杏。

青杏咬一口要酸掉牙,可嘴里寡淡没味的我们挨打也不丢手,啃一点,龇牙咧嘴倒吸凉气,还是欢天喜地。我们的青杏也分给怀孕的年轻媳妇换些零嘴,她们一起坐在门槛外吃酸杏,咔嚓咔嚓嚼得面不改色,我们就拿着杏看着,等吃完要杏核。嫩杏仁刚剥出来是软乎乎的一兜水,我们小心翼翼搁耳朵眼里"孵鸡娃",耳朵眼把杏仁暖得黄里泛黑也没见个鸡仔,可大家都乐此不疲。这都是苦日子,可被这几颗青杏点缀得让人想起来就流口水,心痒痒,似乎日子也活色生香。

麦黄杏黄。杏子终于成熟了,绵软的黄杏,香甜的杏仁,怎么吃都吃不够,可毕竟嘴多杏少,孩子个个都觉得今年杏子没吃饱。奶奶劝说:桃饱杏伤人,李子树下埋死人。我们终于消停。

不惦念杏子,我们眼光又溜到核桃树上了。惦念着核桃,睡觉时嘴里都念叨:一个木罐罐,里头装着香饭饭。青皮核桃都是仁嫩,不耐吃。砸青皮染得手指乌黑,好多天洗不掉,但那黑指头在当时却是一种殊荣,眼热死人的黑指头。从核桃树吐穗子到成熟的三个月,我们眼巴巴等,等核桃在树上炸开绿皮,光溜溜的核桃白白净净滚落,就到了中秋。终于,婆婆家卸核桃,那是大日子!隔壁两邻对门数户齐上阵,爬树的、拉枝的、捡核桃的热闹成一片。嚼油香四溢的核桃仁,苦日子都被浸润得有了盼头。

我家厨房门前有棵枣树,遒劲的枝丫铁一样坚硬,父亲的口头禅就是:等几年长粗点砍了旋棒槌,据说枣木棒槌越用越红越结实。我娘把粗布单子浆洗了要使劲用棒槌捶,青石板被震得咚咚响,沉甸甸的枣木棒槌成了我娘的念想,我却巴望着让我娘忘了棒槌。我喜欢的是结枣子的,又不是长棒槌的树。枣子树六月开米粒花,扑簌簌落在我头上和脖颈窝,痒死人,我们使劲摇树,大人也不拦着,花少些枣子结得大。八月枣红圈,有枣没枣打一竿,几竹竿擂下来,枣子噼里啪啦砸脑袋,我们尖着嗓子喊,枣还没吃到嘴,嗓子早哑了。脆甜的枣没几天就吃没了,大家舔舔嘴唇,等明年。

杏子核桃和枣子,都是当年的香吃货。一晃几十年,逝者如斯,恍如隔世,香吃货这个词语好像被时间湮没,我很少再听人提及。

奶奶殁了,六叔老了,隔壁婆婆去世好几年了,枣树十几年前就被砍了。我曾经魂牵梦绕的香吃货也不香了,如今大街上摆满吃货,我一点都不稀罕。可夜深人静,我就怀念当年香吃货的香香味道,一夜都不能眠。

正月十五大过年

人都知道小初一，大十五。秦风秦韵几千年，关中人的正月十五隆重盛大在花灯、烟花、社火和锣鼓上。

初三才过，街道就有人卖花灯。一盏灯寓意明亮红火，舅家给外甥送花灯，是人老几辈子的老规程，哪个舅舅都不敢怠慢。给一个娃娃送花灯要送十多年，这当舅舅的送完四五个外甥的花灯也就老了，五六十年的岁月里，五颜六色的花灯见证了他的青春。

孩子出生第一年，舅家送抽格灯。这种灯是通体透明的长方体纱灯，祝福孩子成长得健康周正。它是独家手艺，匠人只做抽格纱灯。四根木条做架子，罩上透亮的薄纱，手绘梅兰竹菊或四季果木。这灯一面抽开就可以换蜡烛，轻巧实用。它是孩子平生挑的第一只灯笼，父母抱着孩子挑纱灯，也是对儿时的一种追忆。

第二年送兔子灯，孩子学步拉着它最有趣最好玩。两根竹篾绑成圆圈，套起来成兔子头，竹篾扎成椭圆形的肚子，糊上最透亮的白纸，贴上五色纸剪的眼睛嘴巴，兔身上再描上花卉，屁股上贴着翘起的短尾巴，活脱脱一只大白兔。兔子灯腹部是带轱辘的木板，木板上点燃蜡烛，套上兔身的罩子，孩子走一步，兔子灯亮闪闪跟着走一步，它是孩子最喜欢的灯笼。

三岁以后，舅家随意送花灯：莲花灯、八角灯、石榴灯、西瓜灯等。这正月里的夜，孩子们斗花灯兴致高昂，一条街真正是玉壶光转，一夜鱼龙舞。一盏灯就是一个娃娃,夜被花灯点燃,孩子的童年被花灯充满。孩子们显摆花灯,总要比谁的灯亮色美,分不出伯仲便争吵。不小心蜡烛倒了灯笼起火,有人起哄围观喊一声:灯笼着火用脚踏。小孩慌了神,胡乱踩一气,回家自然挨骂:傻娃,蜡烛倒了就吹灭,花灯着火也吹灭,只要骨架好着,也好给你糊一个新的呀。责骂归责骂,下一个花灯着了还要用脚踏,年年都有为花灯伤心的娃娃。

长茂大伯给我扎了个蟾蜍灯,别名叫三条腿船,其实就是能活动的大青蛙。它鼓鼓的眼睛,翠绿色的脊背,白色的肚皮,还能张牙舞爪地动。它就是个提线偶,我挑总线时牵动青蛙三条腿,惹得同伴艳羡不已,排着队玩。可惜这只灯遗失了,我弟弟都不曾见过,它载着我对儿时花灯的遗憾和惦念。

十五夜,烟花爆竹闹腾腾。姑娘爱花,小子爱炮,放烟花是男孩子心里顶大的事。吃完元宵,孩子挑花灯,大人三三两两,从村口一路看过来。家家端出高高的木凳,摆开架势一鼓作气地放烟花。收成好有底气的人家,烟花买得大而稀罕,人对来年红火的渴望就在浏阳花炮的喧闹里。东风吹落花千树,更吹落,星如雨。任你岁月如斯,火树银花不夜天。高阔的天黑蓝得布幕一般,一轮圆月把烟花收在旁边,这是天空一年最盛大的景观。

十六社火游百平,社火热闹在于人闹。人吃五谷全长了劲,有劲闹腾就有精神,九十八岁的豁儿爷说:人活的就是个闹腾。

过了初二各村里筹备社火。背社火,划旱船,打锣鼓,舞狮子,大头娃娃扭秧歌,排练整本的戏文《水漫金山》《大闹天宫》《桃园结义》《地狱轮回》。白娘子,孙悟空,诸葛、刘备,黑白无常应有尽有。

我最喜欢背社火。扮者都是俊俏的三四岁孩子,他们站在健壮的成人背着的高架子上,像演杂技。他们装扮成戏文中的花旦小生和武生,穿明艳的戏服。花旦小生嘴巴只涂一点点艳丽的红,武生还戴个长胡须,下面亮出穿着满月娃绣花鞋的脚,这当然是假的脚。他们明艳动人,高高在上,像踩在云端,远看一眼就惊艳。装社火这活极其辛苦,早起三四点装扮,到中午,有的孩子就累得睡着了。这高高的架子也撑不住瞌睡的他,眼皮耷拉,长袖子摇晃,任你看的人跳着叫喊逗弄也不醒,这也成了社火一景。

社火缓缓前行,孩子追着看耍旱船、跑竹马,都在寻丑角和媒婆。他们的细辫子里加了铁丝都翘起来,下巴颏必有一痣,鼻梁要点白,嘴唇涂艳艳的红,戴墨镜礼帽,穿绸缎马褂,配长长的烟锅,这扮相就吸引人。他们陪旱船、竹马走得轻盈。旱船像船,走起来水上漂;竹马是布糊的驴子道具。跑竹马的人腿脚有功夫。这驴子突然单腿后踢,赶驴的丑角媒婆被踢到,夸张地弹跳,嘴里念叨:娘呀,这东西还尥蹶子!竹马走累了也耍赖,它盘腿坐地上不起来,丑角媒婆使出浑身解数,拉驴子尾巴,抬驴子腿,掀开驴子嘴巴塞好吃的,还咋咋呼呼喊:驴咋啦?乖乖呀,起来嘛。老少爷们都看哩,回家咱再闹。竹马这才不情愿地起来,抖抖身上的土,撒个欢就跑得没影了。孩子们跟竹马从头看到尾,舍不得挪眼睛。回家给娘说一声:给我买个竹马吧。

父亲忆起他儿时看社火,一脸神往。虢镇东堡子出新花样,四十人的锣鼓方阵夺了冠。鼓手个个戴石头墨镜气度非凡,最讲究的是鼓手都有专人作陪,陪人都斜挎鱼一样的眼镜盒子,年轻鼓手画出黑胡楂,威武醒目。这一队人头发明光油亮,穿的白汗褂黑坎肩崭新,腰里系的白腰带飘逸,脚上穿的黑口布鞋干净。这气势,好家伙!气派得威风自来。一个月后,大家还回味无穷,津津乐道。

锣鼓队伍在后面,它最喧腾,振奋人心。岐山锣鼓沿袭古法,节奏铿锵,花样繁多,八面威风。一个鲜亮提神的锣鼓队伍,必有几十面描龙画凤的大牛皮鼓,配装扮得五颜六色的鼓槌,再加十几对金灿灿明亮亮的铜锣铙钹,整整齐齐一溜子摆开,占去半条街道。指挥者一声哨响,锣鼓打起来,整个街道鼓声震天。这架势,老少爷们看一眼就热血沸腾。小娃坐在父母肩上,半大小子爬上树杈,老人们捂住心口,个个看得聚精会神。这锣鼓传了人老几辈子,复杂的插花转鼓,各种路数早滚瓜烂熟。鼓手是年轻的媳妇,穿得像杨门女将,个个英姿飒爽,头饰上的红绣球随沸腾的鼓点像跳动的心。鼓手是五大三粗的汉子,扎马步甩膀子,摇头抖肩脚下踩鼓点,三两下就能打出一片红火热闹。看一阵岐山锣鼓,能把人一年的哀哀怨怨看得烟消云散。生活如鼓点沸腾,人还有什么抱怨?

老话说:十五更要大过年。这半个月是庄稼人的休养日,所有人放下一切操心的活,团聚只图吃喝玩乐。把一年的辛苦化作手里的花灯烟花,把对来年的期盼化作热闹的社火锣鼓,每一天都消消停停游玩,每一天都有新把戏看,这才是人过的好日子,穿新吃好开开心心享受每一天。

红火热闹的日子从初一开始,到看完十五的烟花十六的社火。人们满意地咂摸着嘴,意气风发地说:年过完咧!走,去看看地里的庄稼!

走出来的好青春

　　大伯出生十二年后才有了父亲,全家人是何等高兴!儿时的父亲被宠得金贵,可在物质匮乏的年代,金贵的娃也要靠两脚闯天下。说起这些往事,父亲时而欢笑时而沉思,我听着都像故事。

　　父亲的出生让全家有了希望,奶奶给父亲的项圈上挂贵重的银牌,他长得胖,项圈都要做大一圈。三四岁的他项圈不离身,一天玩得忘乎所以,银牌丢了都不知道。想来那时的父亲也是憨憨的模样,奶奶从此限制他走远,可娘怎么能把孩子拴住成长,父亲一天比一天走得远。

　　父亲小时很顽皮,看小人书,迷恋兵器,尤喜宝剑。在一个下雨天,他大着胆子把木阁楼上闲置的木窗棂偷出来,和玩伴削宝剑。奶奶心疼了几天,也不能把宝剑还原成窗棂,事已至此就叹口气,任由他出去炫耀着宝剑。从此,父亲仗剑走江湖,成了伙伴里的名人。

　　三月中旬桃花开过,周公庙过盛会。老阿婆们求神拜佛,手艺人卖吃食,剧团唱大戏,走江湖的玩杂耍,周公庙里热闹得要炸了。

　　父亲上小学是半日制,下午多半空闲。十岁的他迷恋耍把戏的蛇,一年看一次,一次记一年。周公庙离我家有二十多里路,吃完午饭,他一路小跑到庙上,寻着看热闹。这一个下午,他吃完爷爷给他带的一块锅盔馍,喝了润德泉的水,心里还遗憾,要是能把锅盔换成一个油糕就最好不过了,可爷爷说锅盔吃了饱肚子。熙熙攘攘的庙会上,男孩子都期待玩杂耍的耍把戏,吃什么也就不重要了。

耍把戏的手中捉条小蛇,玩几个花样就讨钱,孩子们都两手空空,耍把戏的指着地上的布,怂恿孩子们找大人来看。布上画着奇形怪状的蛇:长了两个头的蛇,两端都长头的蛇,大蟒蛇。父亲期待看两端长头的蛇,耍把戏的渴望讨几个钱,这样彼此等待。若没有仗义出钱的,耍把戏的就摆弄手里的小蛇。暮色显现,也没见他拿出个别样的蛇。父亲失落懊恼,伴着月亮一路小跑回家,这来回近四个小时的脚程,十岁的他就为看一眼两头蛇。听着这些,我义愤填膺,明明是耍把戏的行骗,哪里有什么两头的蛇!我替父亲抱不平,走了那么远的路呢。父亲却说他根本不觉得路长,走着跑着就到了。

走点路算什么,隔壁村子自学成才的赤脚医生,他脚下生风。去县城十里路,我端碗吃饭时看他走过去,等我吃完饭,他已回到我家门前。当然,我是边玩边吃,吃得慢,可他走路真是带着风。以后,村里人形容谁走得快就说:你是赤脚医生的料。那个年代,两只脚就是人实现梦想的工具。

父亲能跑路,得益于他从小割柴火的锻炼。在父亲的意识中,"开门七件事,柴米油盐酱醋茶"排列得无比正确。只有烧火,才能把饭做熟,人与动物的区别就是不再茹毛饮血。主妇怕缺米面,男子就操心柴火家用。割柴火把父亲从娃娃割成少年。父亲最远去北山坡小涝川割柴,夜里两点出发天亮才到,埋头割一天柴,跟着星星一路回家。他拉个架子车,割的柴火够家里烧几天,这一走就是三十里路的坑坑洼洼。

父亲被师范学校录取了,他还在西沟割枣刺。他开学第一周就请假,因他没带文房四宝和换洗衣衫。这是五六十里的路,他又得步行回家。我只问他穿的啥鞋子,他说是奶奶做的千层底。他还说这样走,费鞋得很,可我总是心疼他的脚。求学的路走了一年后,他竟然走到北京去了。

这一次走得远,千里路。父亲一组七个同学,扛着大红旗,走到延安,走到山西昔阳,见到"农业学大寨"的先锋人物——陈永贵。他们在人民大会堂前照相,我看到的黑白照上的年轻人,手里捧着红宝书,意气风发。那时坐车不要钱,沿途遇到人家就吃饭,大娘送蒸洋芋,大爷端出来玉米粥、窝窝头。父亲喝两大碗粥,舔了碗,大爷给竖起大拇指。一群年轻的学生,走得雄赳赳气昂昂,整整走了四十五天才完成梦想。父亲在青春岁月里,用脚步丈量祖国的一片河山,这个阅历是他生命的骄傲,带来这份荣耀的是他的一双大脚。

父亲师范毕业阴差阳错分到饮食服务公司。这里有杀猪的、做酱菜的、理发的,样样式式手艺齐全。他在食堂学烹饪一年半,学会了做各种美食。他炸油糕,做酥饺,做小宴席。休息时,他田里坡里游走,看庄稼植物,看农家美食,这一走又是几年。他认识了很多朋友,能给亲戚展示一桌厨艺,他成了家族里有名望的厨师。脚在鞋里,路在脚下,我总感觉父亲走得踏实又开心。哪怕一个应该站讲台的老师成了厨师,他也是熟稔地穿梭在灶间,从这家的厨房走到那家的厨房,从这个案板做到那个案板,他走到哪里哪里就弥漫着喷香。

一年半后的春天,文教局办培训班,父亲被召回,他开始了真正的教书生涯。他从县文化馆借了一部手风琴,自学给合唱队做伴奏,走上文艺宣传的教书路,这一路上,他青春得光彩夺目。

父亲年轻英俊,他穿着大伯从上海带回的红秋衣,时髦惹眼。很多人传言,他是从上海来的知识青年,因为他很洋气。父亲的学校在周公庙边上,岁月轮回,他又走在从家里到周公庙的路上,只不过这一走,中间隔了二十年。现在的他年轻腿长,吃得饱饱的。他吹着口哨走一路,就是春天;他吟着诗句走一路,就是夏天;他吃着瓜果走一路,就是秋天;他踩着积雪走一路,就走过冬天。父亲再也不是小小少年,不再为了一个油糕嘴馋,也不为看不到两头蛇懊恼。如今的他是走去学校,三尺讲台,他再也走不远,可他站得稳,这一站就是四十年。

如今的父亲满头白发,他说儿时的懵懂,青春的单薄,仿佛无端梦了一场。可我分明感觉,他当年的跋涉奋斗,如今说出来也是骄傲。我细看他的一双脚,宽大厚实,如今也有老茧。父亲说,感谢如今的好时光。我说,应该感谢一双大脚,它像一叶扁舟,载着他完成梦想,那双大脚比谁都辛苦,我们应该感谢它。

父亲说,谁的青春不煎熬?谁的青春不辉煌?能把乌黑的青丝活成白发就是能耐,能把苍凉的岁月长情陪伴就是本事。人不仅仅要感谢一双脚。

人要感谢的东西太多太多,可在父亲的青春岁月里,我听到的都是一双脚辛苦的奔波。一双大脚是父亲自由成长的见证,也是他在艰苦岁月里的支撑,是它陪父亲一路走出好青春!

南山下的田园生活

我儿时享福了,有过一段田园生活,就是那种背靠南山、面对清渠的悠闲日子。我儿时暴殄天物了,并不知道拥有诗意田园就是快乐。我慢慢成长,再想它就像打开一坛西凤陈酿,历久弥香。

那时,父亲在山下的学校教书,他以校为家。学校从学前班到初中齐全,几百号人,校园里整天熙熙攘攘热热闹闹,就算在假期,也有孩子放着牛羊来学校看看。

学校南边就是山,绵延过去是秦岭。学校建在坡地上,进校门就爬台阶,二三十级台阶把学校端正地扶在高处,成了附近村民眼里的景观。披星戴月,师生们在台阶上穿行,流逝的岁月磨得石阶光滑如镜。对面河边的人家就像学校的门卫,他们的炊烟和学校的旗子一同飘在风里,教室的琅琅书声和农家的牛羊叫声此起彼伏。

学校前方就是一条河,时常有鸭群游过。不远处是学校的勤工俭学田,种麦子也种玉米。农忙时节,学生老师都要参与收种,忙完学校田里再忙自家田里,反正田地和田地也都离得近。耕牛也不分哪一片是学校田,哪一片是私家田,它们均匀地走着,身后一垄垄翻过的土地,这庄稼种得一起绿一起黄,大家碗里的味道都一样。

三四岁的我跟着母亲当家属,在偌大的校园里,我是自由的游民。我熟悉每一个教室,熟悉每一位老师,还有数不清的学生。我知道河里游的是谁家的鸭和鹅,我也知道学校院里跑的是哪位老师养的鸡。

母亲用杂粮面打搅团,需要用特制的大眼漏勺淋漏鱼,这漏勺要去学校对面的秋菊家里借。秋菊是学校的学生,她和老师、学生熟得像自家人,她的父母常和学校的家属唠家常。母亲中午做漏鱼,吃完早饭她就打发我去借漏勺。

我摇摇晃晃下很多个台阶,顺道喂喂河道里的鸭子,再和路上的三只白鹅说说话,顺便掐一束雏菊。秋菊全家都稀罕我,像天上掉下来的夜明珠。他们把瓜果吃食全摊开,等我吃饱喝足,再看秋菊她妈给家里的两头大肥猪煮食。她用一根粗的木棍使劲搅动锅子里黏糊糊的猪食,她歪着脖子吃力地端猪食,我就跟在后面喊:啰啰啰,快来吃食。喂完猪,秋菊要带我去玩,我才记起来是要借漏勺。等我一步三摇,头上扣着漏勺回去给母亲交差,她早已吃完饭,锅都洗了。下次要打搅团,母亲还派我早早去借漏勺,十次里偶尔有几次我也能按时回来。这种自由散漫的日子,就像头发丝,天天都是,多得数不完。

我们在学校安家。父亲在窗下垒个灶台,搭上一口铁锅,架起柴火,母亲做饭又快又好。父亲再用剩余的木料搭个鸡窝,母亲养了一只白母鸡,我又成忙人了。我用螺丝刀给白母鸡挖草和蚯蚓,我按时赶着白母鸡进窝,蹲守在窝口等它下蛋。偶尔飞来几只鸽子和白母鸡争玉米粒,我还要帮着白母鸡和鸽子们干架。一只白母鸡让我的自在生活忙碌又充实,一天时间短得不够用。

秋日果木成熟,父亲在周末去山里打板栗,还带回熟透的八月炸和核桃。我没来之前的每一个秋天,父亲都要剥许多核桃仁给我积攒着,等我来或他假期再带回家。现在我们一起砸板栗的刺壳,剥核桃的绿皮,铁锅里搁上砂石炒板栗、炒玉米粒,整个校园弥漫着甜香味。板栗甘甜玉米粒酥脆,我嚼着玉米粒在教室外面转悠,看打铃的大爷没牙的嘴里含着一颗炒玉米粒,这日子也是过得飞快。

父亲上课去了,母亲做完家务休息了,我自己玩。有一次,我头上顶着母亲刚烙的大饼,站在教室门口喊父亲,真是出尽洋相。父亲下课和母亲商量,就把我放入学前班的教室里。四岁的我有书包课本文具盒,可我不知道老师讲什么,老师是隔壁的阿姨,她只要我乖乖坐着就表扬我。每当下课,我会尽快跑到房间,掰开母亲的嘴巴,闻闻她又吃了什么,翻腾几个小零嘴吃了又进教室。我的启蒙教育全在吃食上。

那时的我,记性也全在吃食上,每天操心惦念的就三个字:香吃货。在陕西方言里,好吃的东西都叫香吃货。

父亲每个周末都去市里开会学习,他会给我带回肉包子。有次下大雨,天都黑透了,父亲还没回来,我比母亲还着急。我站在台阶上,直直盯着暮色里的远方。母亲宽慰我:不急,时间还早呢。我带着哭腔说:千万别把我爸摔倒了。母亲觉得我孝顺,我下句话却转了意思:我爸要是摔倒了,我的肉包子就摔破了。母亲哈哈大笑。父亲刚进门,母亲就告诉父亲我的担心。父亲笑着摸出肉包子,我欢天喜地吃包子去了,也没问天这么黑了,这一路泥泞父亲怎么回来的。哪个小孩子不贪念香吃货呢?可我比别人都贪吃。

父亲的朋友里有位仝伯伯,他在百货商店卖货,每次来我家都给我带一把水果糖。我吃得理直气壮,我还告诉母亲:仝伯伯是卖糖的,来的时候抓一把就行,商店糖多着呢。仝伯伯也附和着说:就是,就是,糖多得娃吃不完。此后很长时间里,我总渴望我也能当个售货员,最好就管糖果铺子。

所有人都宠着我,住校的学生争着给我留好吃货,老师们偶尔去趟市里,也不忘给我带颗糖。就连学生的爹娘来看孩子,好吃的山货也会分给我。在五岁的我眼里,好日子就是吃好的,玩自己的。活了四十年,我对好日子的定位好像还停在五岁,只是多了两样:屋后一座山,屋前一条河。

学校的叔叔阿姨动员父亲给母亲找个工作。母亲识文断字,卖个货,教个学前班不成问题。父亲一口拒绝。家里还有两个兄弟和老娘。大妈都没有被大伯带出农村,父亲怎么能把母亲带出来呢?父亲这种悲壮是有苦同当,我儿时一直不理解。父亲不但没把母亲带到市里扎根,还主动要求回老家,在我六岁的时候,父亲调回老家。我的悠然岁月也随之结束,南山几年真成了旧事。

二十年后,父亲的同事朋友来看望父亲。他们叙旧情说往昔,就像多年不见的亲人,在那山脚下处出来的情谊也和南山一样,淳朴长久。他们说起我儿时的淘气,我开心不已。我们回忆的日子都像蒙了一层纱,隐隐约约,却又美得像画。

陶渊明要归隐,王维要修禅,山水是他们的诗意寄托。我也曾拥有过一座南山,在那里,随四季看花开花落,随日月看流云回转,一不留神,我就过了一段神仙般的田园生活。

父亲撑起一片天

我习惯在忙得晕头转向缺吃少喝时给父母打电话,我确信他们一定能帮我解决困难。

父母会及时地买来薏米红豆麦仁豌豆黄;会燎好臊子,算好饭时送来排骨里脊;会拣好韭菜洗好红萝卜剥好蒜苗;会买好桑菊抗病毒冲剂和感冒颗粒;还会不时带菜盒包子和煎饼。父母是我取之不尽用之不竭的大粮仓。我只要一个电话,他们就能给我撑起一片天。

我没想到,万能的父亲病了。

母亲在电话中很慌乱,我和弟弟很惶恐。心脏监护仪要监护三天,我看不懂仪器上的灯和线条。红灯不停地闪,母亲说那条线太平缓,起伏时没有出现山峰状的尖。我看不出个所以然,大夫很忙,没人能专业地解答我的疑问。我盯着屏或盯着父亲的脸,手搭在他的脉上,试图听出个究竟。好大一会儿,我疑惑地问父亲:怎么脉象也有切分音?还带附点一般?这就是导致父亲住院的病因:心律不齐,专业点叫早搏,医生怀疑是房颤。

医生递过来一摞单子,弟弟挨个签字,我们却都不能多问。医生和蔼,告诉我们:房颤,六十岁以上老人的发病率是百分之三。我不能接受父亲就是那三个之一。我反复强调:我爸是突发性,是劳累惊吓所致,应该能治好。医生笑笑,也不接我话茬。我急切又无知。

父亲挂着点滴,他表情严肃。我不停地问他:你想什么呢?大夫说不严重。

他也不解释。我又问：是不是担心你的病？还是担心如果你真的病了，孙子没人接送？父亲没答话，监护器上明显出现红灯，显示心率超过一百。

早晨做完检查，我和母亲都看阴沉的天。老天爷，谁会带来我们想要的结果？单子陆续出来，大夫一脸祥和地说：基本都正常，左心房尖有运动不规律的现象。

我开玩笑地问父亲：多科学的仪器，小孙子就是你的心尖尖。你担心他，心尖尖一颤动，就成了房颤。父亲也笑了，检查的结果已让我们能开得起玩笑。母亲又絮叨：你昨天不说话，是不是怕照顾不了孩子们？父亲眼眶湿润，监护仪上的心率明显加快。我知道他不担心他的病，他担心还能不能撑起那一片天。

我买了简易剃须刀，给父亲剃了几遍胡须还稀稀拉拉。可父亲精神多了，他责怪我乱花钱，说胡子又不影响吃饭。他反复催我回家，说我不是医生留着没用。我笑说：我留下可以耍活宝。父母都笑了，那一刻病房里分明又有了太阳照耀，暖暖和和。

医生说安心静养几天就出院。父亲担心我的工作和孩子，说：你赶快回去照顾家里，我的心就更安静了。我陪他吃完膁子面后回家。我下车时，母亲惊喜地告诉我，父亲心率正常了。这是最动听的一句话，我对身旁走过的每一个人微笑，我欢呼，天又明媚水又蓝。

四岁半的小侄儿给爷爷打电话：你怎么说话不算数？说十号回来，都十一号了还没回家？你的脚在腿上长着，赶紧回家呀！父亲电话里忙不迭地应承着，满脸的笑意。父亲归心似箭，他操心着家里的一切，在他眼里他还是家里的天。

老家院落四季花常开，父亲经营得用心尽力，像是经管孩子。春有牡丹芍药，夏有月季玫瑰，秋日各色菊花不衰，冬天蜡梅吐蕊。父亲把最时令新鲜的花朵摘给我，就为看我见到一束束鲜花时候的欢笑。他是宠着我给我力所能及的快乐，他用汗水辛劳换得我四季的明艳好心情。他种了二十年葡萄，夏日的小院如吐鲁番葡萄沟，全村人你来我往站在架下仰着头吃。这是甜美的夏季，是父亲撑起来的凉爽夏日。

家里有二亩口粮田，父亲秋种小麦夏播玉米，丝毫不敢怠慢。严格说他不是农人，退休后他用爱心侍弄那片地。少打农药就要多拔草，要选好吃的品种就要不在乎产量,可他要给我们最甘甜的滋味、最饱满的颗粒,从这一点说,他又是最苛刻的农人。他骑辆电动车,巡回看他的麦子。发苗了,分蘖了,拔节了,扬花了,终于收获了。他长长舒一口气,一年的口粮落实了。此时的父亲是全家人的英雄,他手一挥,我们就站在他的翅膀下。

我问父亲,在健康、干活、活着这三个词中,哪个最重要?他说当然是健康。我劝他少干点农活,多享受生活。他却说在父母心里,只要活着就要干活,想到孩子,没有人不感觉任重道远。我做了妈妈,将心比心才懂得父母不易。我不再阻拦父亲的付出,安心地享用鲜花和粮食,每一个收获都欢天喜地,我知道,唯有此,父亲的劳作才有意义。

父亲爱我们,可表现在行动上就成了无休止的劳作。他从没说过爱我们的话语。他羞于表达,却不误每一天的劳作。他对我们的爱,由他种出来的每一朵鲜花、每一粒粮食替他表达。我说他是我的一片天,他自豪地笑笑,仿佛我说的一片天还太小,他还要给我们撑起广袤的天地和遥远的未来!

阿姐打开一扇窗

阿姐是我表姐，阿哥是我表哥，阿姐比阿哥大一岁多。

四十年前，阿姐阿哥在外婆家长了七年，全家人帮着经管。外婆家还有四个女儿一个儿子，二姨马上要出嫁，小姨比阿姐大八岁。

阿姐说，那时候冬天的早晨都很冷，冻得人龇牙咧嘴。他俩穿背带棉裤，趴在窗台上，摇着木格子窗扇，时不时喊：婆呀，馍馍烤好了没？外婆在灶上搭火，后锅里烤馍馍，等馍片焦黄，给每人一片。他俩趴在窗台上边吃边玩，吃到大人们收了早工。晚上睡觉时，炕上的馍馍渣渣硌得人肉疼，像刀片子，小姨边扫炕，边数落这俩碎崽娃子。可第二天早晨，他俩站在窗台上照旧要馍馍。

阿哥不到两岁，每天喝半斤羊奶。他喝奶时，外婆就给阿姐说：娃还小，你吃饭就能长个子。阿姐眼巴巴看着奶缸子，外婆又给阿哥说：给你姐留一点点。每每这时，阿哥就卖力地喝完羊奶，骄傲地舔嘴唇上白白的奶圈子。这光景持续了近一年，家里还是没余力多养一只羊。阿姐至今还惦记，那羊奶是喷喷香的。

阿姐说，下雨下雪天最急人。外婆会把他们围坐在土炕上，怕下去泥里蹚水弄湿鞋袜。她就慢慢朝炕沿处爬，玩着玩着乘机溜下炕，外婆或小姨下炕时才说：咦，鞋哪里去了？她们的鞋早被阿姐阿哥穿走了。外婆是小脚，阿姐逃跑时最喜欢穿外婆的鞋，不大不小。外婆下炕寻不到鞋，就找寻疯玩的阿姐，鞋早被泥水糊裹了，阿姐也成了泥娃娃。外婆就抱怨：碎崽娃子，你要下去跳泥水，咋不穿你的鞋？从此下雨天，大家都相互提防，保护好自己的鞋子，阿姐阿哥只能窝在土炕上玩一天。

　　阿姐说，下雨天，外婆为了笼络他俩，就坐在炕上讲故事。从我知道的姥爷放羊遇到大老虎的家族经典故事起，阿姐都背得滚瓜烂熟：老虎尾巴和扁担一样长，头和斗一般大。外婆还讲她娘家的前前后后、根根茎茎、瓜瓜蔓蔓，再讲太爷爷家里的马厩、林子、磨坊。故事就伴着房檐水滴滴答答，顺带还说些口谱。阿姐记得的口谱比我多，"房檐水，叮叮当，油饼馍馍泡肉汤""扯箩箩，打线线，你舅来了吃啥饭""麻野鹊，尾巴长，娶了媳妇忘了娘"。一个接一个，朗朗上口，它们饱满了阿姐的好童年。

　　每每晚上，昏黄的一盏灯下，四个姨做针线，七八口人都坐炕上。一个大炕上被子下面都是腿，阿姐阿哥就疯玩，在被窝子上乱爬，不是撞了这个姨的花架子，就是碰了那个姨手里的鞋底子。外婆就吓唬：哪个不听话攮一锥子！可都是嘴上斥骂，手里却没动静。冬天的大炕用浮草末子煨热，炕缝里钻出的烟草味道让屋子暖和又祥和。娃娃让炕上炸了锅般热闹。外公从不上炕，坐着熬茶，炕上谁要啥他随时递过去。他有乌黑发亮的熬茶罐罐，把砖茶掰碎加水，在小火炉上慢慢熬，熬得茶汤黏稠吊线扯丝，外公给大家分着喝。一次只倒一小杯子，那滋味苦得要命，抿一口提个神，没人愿意喝。阿姐阿哥每次都舔一口，苦得眉毛都皱在一起。看他们龇牙咧嘴，外公笑得胡子翘起来，仿佛那才是熬茶的本意。

　　阿姐说，外公被定为地主分子后，除了被批斗，就在厨房对面的小屋子里躺着。外婆做好饭都喊一声：给你爹把饭端去。吃过饭，外婆又说：去把你爹碗端回来。很长一段时间里，阿姐都认为外公不会走路。外公平反后的一天，他带阿姐去公社看戏。外公穿得一身簇新，黑长围巾前后搭，儒雅极了！外公拉着阿姐的手，给她讲本戏折子戏。那时她才知道，外公不光会躺着等饭，他还懂那么多。外公带她吃遍戏台子下的小吃，蜂蜜粽子、凉皮和豆花。阿姐说：咱爷那时可真是威武！

　　阿姐说她小时候特瓷，呆笨。四岁时，外公打舅舅，她脚踩着门槛，手扶着门框问：爷，你要家伙不？我给你拿鞭子去。阿哥却机灵许多。看舅舅被训斥得没饭吃，偷偷去厨房给他揣馍馍。舅舅比阿姐大十岁，他是孩子也记仇。他摘了几个嫩豆荚,分给阿哥吃,就不给阿姐。外婆训他,他理直气壮地说:我爹训我,她要给取鞭子哩。

阿姐说,她跟我妈最亲。晚上睡觉她要两手抱着我妈的脸,夜里我妈要翻身,先把她挪过去。我妈出嫁了,她夏天要来走亲戚。家大人多欠粮食,来亲戚才吃一顿臊子面。阿姐和我堂哥同岁,他们比着吃臊子面,看谁吃得多。阿姐去厨房大声给我妈说:姨,我吃三碗了!我妈用眼睛斜她,小声说:吃就吃,甭说了。阿姐一直不解,在外婆家,吃得多的娃都受表扬,为啥在姨家还不让说?到今天她才明白,粮食缺的年月里,谁还表扬孩子吃得多?

阿姐说,生产队时吃菜记账,年底结算。外婆做饭时没葱没绿菜,就打发她去菜地老汉爷那里赊菜,教的话语无非是:爷,我婆说要两斤黄瓜一根葱,或三斤洋柿子一个葫芦瓜。后来玩累了渴了,她就无师自通轻车熟路去菜园说:爷,我婆说要两根黄瓜或两个洋柿子。看菜地的老汉爷乐呵呵地摘了给她,她就再玩一会儿,消磨享受这两个瓜果带来的快乐。老汉爷自然知道哪一次是外婆派去的,哪一次是娃娃自作主张解馋的。可他都没揭穿,多么好的老汉爷,多淳朴的田园风光。

阿姐说,我家有条毛色漂亮的大黑狗,威风八面。我奶问谁带娃玩呢,家里人竟然答:黑狗跟着呢。她见我骑在大黑狗背上从大门外进来,狗摇摇晃晃,我也摇摇晃晃抓着狗耳朵,大家见怪不怪。阿姐记忆里的我都是憨憨的,极有趣,和狗有关的回忆最多。两岁的我伸手就在狗嘴里掏着数狗牙,用软尺子给黑狗量身长,甚至我睡凉席都有黑狗一个枕头。要不是阿姐提起,我都忘了童年里曾有过这样忠诚的黑狗。

这一夜,秋风吹落梧桐叶,阿姐为我们打开了一扇窗。我们看见去世的外公外婆,我们看见早已轮回的奶羊和黑狗,我们回到四十年前的美好时光。

阿姐说,亲人都是活在彼此的记忆里,人生也是因为有爱才有意义。哦,今夜,阿姐打开了一扇窗。

香椿芽这个念想

一场春雨一场暖,眼见着倒春寒被东风吹散,过了雨水过了清明,杏花开桃花开柳芽发,这场春事要活泼泼地来了,几个暖暖的太阳后,香椿芽就露头了。

香椿树,我儿时感觉它是最有意思的树。大椿树,村里有三棵,都是臭椿树,一树一搂多,那树不能靠近,尤其叶子,臭得人恶心。奶奶做酒麸或揞曲时,就央求我哥爬树摘叶子。臭椿叶竟能让酒麸曲坯发酵得香甜,我百思不得其解,奶奶说太香的味就是臭,我更纳闷。可事实就是如此,过犹不及。

五十年前,爷爷从终南山带回村里第一棵香椿树苗。十多年后,我家半个院子成了香椿树的世界。我念念不忘那些香椿树。

春天来没来,就看小叔钩不钩香椿芽。几场春雨把干枯的树枝泡发了一般,光滑的树皮下流淌着汁液,春风就像一只温暖的手,抚摸几下,汁液就聚集在枝头,簇成紫红的椿芽。我夜里睡时看一眼,早晨起来它已经变了模样,长大了一圈。

一周过后,小叔仰脖子钩椿芽,我用竹篮盛着送左邻右舍,奶奶说咬春尝鲜,稀罕物件要大家分享。中午饭时,街道弥漫着香椿芽炒鸡蛋的异香。奶奶把香椿芽焯水切碎拌嫩豆腐,这是能让人吞下舌头的美味。鸡蛋香椿饼,母亲偶尔用它给我解馋打牙祭。隔壁婶子病得没胃口,求一把香椿芽做面糊糊,说能救命。香椿树是个宝,春天里我爱它爱得痴。

立了夏,香椿树叶如伞,亭亭如盖。我绕着香椿树逮椿媳妇,一个月的时间,它从黑丑的长腿虫子变成呆萌的蛾子,它扇动着暗灰底子带黑点的翅膀,飞时撑起底层漂亮鲜红的小翅膀,我用透明的玻璃罐装三五只椿媳妇,羡煞小伙伴。不过,这虫子也讨人嫌,它们在树上成群结队地往上爬,屁股朝下冷不丁撒个尿,树下的人猝不及防被射中,真真好玩又恶心。奶奶吓唬我说,椿媳妇的尿会让反肤长癣。我和伙伴却觉得更好玩,更勤快地逗弄它们。

　　过芒种,香椿树更香了。香椿花开,米粒般的白花一嘟噜一嘟噜。树太高,花开得又盛,好像是给全村开,不吹风,人都要被浓郁的香气熏醉。随着风,那香味被送到东邻西舍,隔壁大伯就打喷嚏说:这树也太香了!

　　伏天知了叫,父亲把竹床安顿在香椿树下,我闹腾得更欢实。香椿花毕,果子孕育,它太像葡萄颗粒。我和伙伴玩过家家,没有它是万万不行的。我们上蹿下跳,用竹竿敲几串下来,既当水果又当蔬菜,翠绿饱满的果实还自带香,再也没有比它好玩的物件。毕竟它只能看,又不能吃,奶奶也不责怪,只说别伤树。我知道更好玩的是等秋风起,香椿果变黄会炸开,飞出来轻薄透亮的香椿籽,像一片片明亮的小翅膀,它们落地生根,明年又是一棵香椿苗苗。炸开的香椿果留在枝头,像铃铛,秋风里摇摇晃晃,在我没有留意的某一个夜里,它会被大风吹尽。后来读诗词"昨夜西风凋碧树",我眼前浮现的尽是香椿树。

　　爷爷去世多年,他亲植的香椿树随着老院改迁消失殆尽。我多年不食香椿芽。

　　二伯是爷爷的接班人,他是园艺工程师,人勤心善手不闲。退休后,他拉架子车装上水桶子、锄头铁锨、树苗,像太阳升起一样每天勤勤恳恳,不惜气力天天栽树,风雨无阻。村头路边、庙宇坟地、沟边田垄,都是他植的树。他为植树而植树,不为钱不为名。一年两年看不见,十年八载吓人一跳,乡村小道两行银杏成秋日的景观,坟地松柏郁郁苍苍成陵园。土窑边上几分闲田里,他又密密麻麻种了香椿树。二伯的架子车和他身后的一群羊是我记忆里永恒的画卷。二伯老了栽不动树了,随儿孙去杭州享清闲,那些树在村里田头勤勤恳恳地长着,真像二伯,它们没辜负二伯的汗珠子,给全村的人赏叶子,食美味,享清凉。

　　十年后,二伯的香椿林让我又尝到了香椿芽。春天在我成长里又一次变得隆重。紫红泛绿的香椿芽一把又一把采摘,一盘又一盘食下,二伯在远方。他在家时树太小舍不得摘芽,如今美味全村人尝遍,电话里二伯只是笑呵呵,十年树木,他是成功的园艺师。

正月初五,二伯去世,他的树如卫士守护着村庄。斯人已逝,见树犹念人,眼看春来花开香椿芽发,眼看爷爷、二伯坟头焚纸钱。叹光阴已逝,百年树人,吃着香椿芽长大的娃娃总是心里念着家。

人都要离开这个世界,就像香椿果总要炸开。人总要留下些念想,就像爷爷和二伯留给我们的香椿树。春至,香椿发芽,思念也发芽。

有些日子总想你

清明时节雨纷纷,路上行人欲断魂。寒衣节里送冬衣,十月朝中寄相思。一年三百六十天,总有几个特殊的日子属于思念,我想起那遥远的清水湾、芦苇荡,那里有佝偻着瘦弱身子等待的外婆。

外婆的三周年已过去了十多年。那天,我们在外婆的坟前换去麻布孝服,我明白,从此外婆只活在我的记忆里。今天,我再想起她,这个智慧、坚强、虔诚的老太太。

母亲回娘家,抱着一岁多的我要走十多里路,外婆早早就站在村口的菜地头等,她看着远处披着红色风衣的人影一点一点变大,一点一点变成两个人,等得耐心又着急。用外婆的话说:等得人心泪汪汪!离家时,婆婆在我脖子上用细线绑个青苹果,我咂巴着啃一路,外婆见到时我吃得只剩个苹果核,她拿掉那根线,叹息一声:我女子可怜哪,回娘家走路太远哪!我娃受累。

外婆逗我:狗娃,说实话,你爱外婆吗?我傻乎乎地说:我不是很爱你,可我妈总教着要爱你,要爱你……每每听到这话,外婆都会大笑不止,刮刮我鼻子,一本正经地对母亲说:不懂事的娃才最知事,娃娃不说谎话,我没带她长大,娃自然记不住我,今后定要让娃多住姥姥家。

外婆女儿多,但孙子辈里女孩子不多,我从小就受到额外袒护。寒假去外婆家,田野里有太多的荠菜等着我和小伙伴挖,我们快乐地奔跑,感受着冬日的气息,那是撒欢地成长。夜里灯下,外婆翻遍篮子也找不到我的绿色手套,明明是她亲手给我戴上的。我吞吞吐吐：怕是丢了。外婆拍拍手说：不怕，明儿再找。冬日的早晨，阳光下飞舞着微尘，外婆弯腰循着我疯跑过的每一块田地找。绿色的麦田，绿色的手套，外婆一寸一寸寻着。快到中午，她手里拿着那该死的绿色手套，满脸的喜悦。在我眼里，那时的外婆是凯旋的勇士！

外婆操持很多家务，我们都给她打下手。入伏天踩曲坯，入秋了砸曲做醋，冬日剥玉米粒。全家在窄窄的院子齐动手，热热闹闹红红火火。很多时候，孩子们干着干着散了，小姨们也要去田里干活，外婆就要人前忙到人后。锅里焖着饭，她还在剥玉米粒，巨大的箩筐里扔满玉米芯，我像一个电动娃娃，和两个表哥一筐又一筐地搬运。开始，外婆夸我，真是个蛮妞妞。后来，她发现表哥玩得起劲不好好干了，就对我说：歇歇吧，喝口水。我乐此不疲，正干在兴头上，哪肯放手，把外婆的相劝当作鼓励干得更卖力。外婆认定我心眼实，既夸赞又心疼，夜里给熟睡的我手上抹凡士林。

外婆吃斋念佛十多年，每天早晚做功课，诵经拜佛。儿时的我和表哥们把看外婆念经当好玩，晚上钻进被窝，假装睡着，偷看外婆念经。她挺直腰，盘腿坐在蒲团上，从《往生咒》到《地藏菩萨经》到《金刚经》，执着又虔诚。声音低沉，字连着字，佛的名字连着名字：南无阿弥多婆夜。哆他伽多夜。哆地夜他。阿弥唎都婆毗。阿弥唎哆。悉耽婆毗。阿弥唎哆。毗迦兰帝。阿弥唎哆。毗迦兰哆。伽弥腻。伽伽那。枳多迦利。娑婆诃……外婆轻轻地念，阵阵诵经声伴我入眠，《往生咒》我是儿时在梦里背熟的。多年以后，听《枕着你的名字入眠》，我就会想起外婆诵经的那些漫长的夜晚，心里一暖，不禁诵经一次。

姥爷病瘫床上十六年，外婆照顾姥爷，她每月去领姥爷二百多块钱的退休金。开始随到随领，渐渐地去几次才能领到，可怜小脚的她白走四五里路。家里也不是缺那二百多块钱，可外婆始终认为，过去姥爷被划为地主，被批斗，现在发工资是国家承认姥爷是自己人的一种态度，这是原则问题。我告诉外婆，我工作的学校离银行不远，我约好时间，陪她去了就能领到钱，不用再苦等。外婆看着我时满眼的骄傲，她给那些趾高气扬的工作人自豪地介绍我，她不知道，在她眼里顶天立地的孙女，在别人眼里只是一个不起眼的黄毛丫头。

老人的老去是在孩子不经意的长大里体现的，这就是人世沧桑。

一日午后，院落里静悄悄，我喊着外婆，却没人答应。我推门进屋，却看见外婆忙着整理被褥,炕头堆了三床棉被。我笑嘻嘻问:您老要出征?外婆吓了一跳,这时的她耳朵背了,推门声她都听不到。我的外婆在自己的世界里安安静静地过日子,我心疼。看见我,她从头发到脸庞一阵摸索,拉着我的手坐在炕沿上,没牙齿的嘴巴嗫嚅几下,还没想好说什么,又起身去佛龛给我拿供品吃,仿佛我一直被人饿着。我接过一个苹果问她:摞被子干啥?半晌,她才说:早起看太阳好,想晒晒就收拾起来装箱子了。早晨你表弟给我搬出去晒了,他现在还没放学,我却没力气把它们摞起来。唉,堆在炕头看着心头烦乱,正干着急呢。我心头酸楚,外婆老了就没有利索劲。老了,一床棉被也成了庞然大物,这床棉被也敢欺负她!

几年前她缝制着五个女儿一个儿子的所有被褥,几年前她蒸煮着全家十几口人的粗茶淡饭,几年前她承担着街坊邻里的婚嫁筹备,几年前她赶制着十二个孙子的棉衣鞋袜。她是在何时老去,她是在何时看不见、听不到、提不动、拿不起的?我的外婆!我用了一分钟,叠放好三床棉被。看着高高垛起的被子,外婆高兴得搓手絮絮叨叨:这下好了,不用去找人帮忙了,了却了我一个大心病。我却难过得想哭,一床棉被给我的外婆带来压力,她的老去却给我带来压力!那是子欲孝而亲不待的惶恐。

又过了十多年,外婆在交代很多事情,安排她去世后东西的处置,念珠、经文、供奉的佛龛、闲余时间折的金银锞子都有安排,外婆是在存放自己的信念。她交代:我走后,你们都不要哭泣,轻声诵经,送我一路走好就是对我最大的孝顺。外婆轻描淡写说得像是出个远门。后来,她真的走了,我们默默地送她,那是完成一个约定,兑现一个承诺,送得心里酸楚眼里含泪,送到三周年祭奠坟头立碑,送到今天我从记忆里寻到这些外婆的点点滴滴。

清明时节雨纷纷,坟头压纸欲断魂。中秋月圆人不圆,烧寒衣再焚银钱。

一个离世的人在亲人的心里还能活多久?不仅仅是逢年过节对联换色,三周年坟头换服立碑祭奠,也是长长久久地活在亲人的心里,永远永远活在至爱人的回忆里。在我的心里,自有外婆的一方空间,当我的人生烟雨蒙蒙时就想想她,诵诵经,心自然静,爱自然长。

我想你才爱月亮

月亮光光,照在床上,露水出来,明晃晃;

月亮银银,骑在墙上,东方亮了,起床了。

我的姨婆教我念口谱。盯着明晃晃的月亮,我一字一句地学着,不时地问:月亮啥时候吃月饼呢?献过月亮的月饼我才能吃。中秋节的夜里,我们婆孙两人在祭月,这是三十多年前。

一轮明月又让我想起姨婆。斯人已逝十六载,可我能清楚地记起她眉眼里的笑。

姨婆是外婆的胞姐。六十多年前,姨婆先嫁在城东,外婆后嫁在城西,漫长的街道见证了姐妹情意。姨婆极力撮合,母亲是外婆唯一嫁在城东的女儿。外婆在七十多岁后,要求我母亲把对她的孝心全部用在照顾姨婆上,替她尽心。老姐妹的深情让人唏嘘不已。过了七十岁,她们坐在一起,一样的花白头发,干瘪的手,光秃的牙龈,三寸金莲。老姐妹听力锐减,她们不说话,彼此抚摸着手背暴露的青筋,长久地坐着。月光下,她们宛如雕塑,这样的女人是得了月的精华,静心看人生。祭过月亮,我问姨婆:尝口月饼吧?她让我给祈来家婆婆送去,说她喜欢吃些甜软的。

姨婆活了八十九岁,一生没有生育。她十八岁结婚,先房已有三个儿子。结婚三年,姨姥爷因伤寒病逝。生活丢给她一个天大的困难,年轻的姨婆选择留下,意味着姨姥爷留下的三个小子要她养活,小的三岁,大的不过十二岁。姨婆以一个寡妇、后妈的身份去撑这个家。六十多年的时光证明：姨婆是忠贞坚强的女人。她养大三个儿子和一个侄儿，经她照看的二十个孙子里，手把手带大的就有六个。姨婆像一棵大树，撑起了一方晴空。姨婆的经历让我听到"我爱你"时再没感动到流泪。我心中有一杆秤：不说我爱你，永远用行动去践行不离不弃。诺言是会被时间打落的松果，用生命去兑现的真诚才永不凋谢。姨婆从未说自己有功绩，但周围人仰视她。我在很久以后才找到一个恰当的比喻，她是庄子笔下一轮孤独皎洁的月，倔强地存在，坚贞地活着，默默地把光洒在岁月里。

我儿时，姨婆很干练，浑身透着种说不出来的洋气。她随四叔在北京住了多年，看表从不说三点十五分，她说三点一刻；她叫女孩子从不说女娃娃，她叫姑娘；看到女孩子削苹果笨拙她会不屑，而那时的乡村见个苹果都不易。姨婆教我吃饭不要有响动，要两腿并拢才坐，不要盯着人看太久，要笑不露齿，这是我人生中的第一堂礼仪课。姨婆见过大世面，也是那时，姨婆教给我普通话的儿歌，《月亮光光》便是其一。

姨婆五十六岁从北京回来，在生产队劳动挣工分。捡豆子、拾棉花、锄菜地、在保管处干零活，难为她这个尕尕脚（小脚）。村中人看寡妇拉扯娃，念其不易却也无力帮衬。承诺是一种应答，而真正的兑现伴着血泪。姨婆她用六十八年去兑现诺言。姨婆到临终都是自己做饭，靠自己是她的人生信条。儿女用得着自己，就掏心掏肺地去做；儿女不需要时，就把自己悄悄躲藏。在我看来，她的付出与回报不成正比。她指着月亮给我说：它为我们照了亮，有太阳它就藏了。月亮是孤独的奉献者，我第一次感觉它的爱明晃晃，大无边。

清明过后，父亲去接姨婆来家小住。秋季，天气转凉，姨婆也会来我家。姨婆在炕头收拾母亲的针线活，碎布头做拼花的小坐垫，丝绸布料做虎头枕、猫脸枕。她做很多纽襻，说留给母亲做棉衣，往后没她了也有个念想。父亲下班回家，姨婆要是坐着就会站起来，要是站着就向前走一步，满脸的笑：他爸回来了，快歇歇。母亲盛饭时，父亲要给姨婆第一碗，姨婆总是推给父亲，说外面工作的人要先吃。这么多年，很多次在月光下，我和父母忆姨婆，父亲总是怅然若失，人的尊贵是自己挣来的，我们都记着姨婆的好。

逢年过节看姨婆，我牵心吃食。姨婆那个古色大木柜里有美食。果脯、冰糖、豆干、花生酱。姨婆吃斋念佛,荤腥不沾。我也认识了很多素食:素腌鹅、豆筋、粉丝,那都是北京四叔孝敬姨婆的,姨婆付出了母亲的爱,也收获了儿子的情。姨婆窗下有架葡萄,葡萄成熟后,姨婆除了供在佛前,也给我留着,一颗葡萄我会甜蜜好久。如水的月光下,葡萄藤下我听姨婆讲鹊桥相会的日子仿佛就在昨天。

  姨婆七十岁后拒绝过生日。她说活太大岁数是个罪过,可是她的身体真的很好。在她生日时做顿辣子面,姨婆念叨:这可怎么办?活这么大年纪,人家会笑话。让人心塞也无语。八十九岁,姨婆给外婆说:要走了,再这样下去,可怎么好?我们又不是月亮,哪能那么长久地活在人世?她果真走了。那年的冬天,月皎洁,姨婆辞世,可是她早就知道月有阴晴圆缺?

  月亮是长久的,千里共婵娟,姨婆不知道,她长久地活在我们心里,如那明月皎皎。

  今夜月圆,月出东山,我因想你才思念。

只愿度今生

昨天六一节,堂姐说:戴好红领巾,我们一起玩。回想这句话,三十多年前我们不就说过吗?那时我们真的盼望快快长大。

现在我和几个姐妹之间隔着好几座城市,高楼大厦把我们的情意割成一段一段,偶尔才相连。我们见面都许诺:等老了,我们拉着手一起走。

一起走,说得好。问题是,我们能不能一起变老?世界这么大,万一走散了;人生无常,万一走丢了。想到这些,我就想哭,明明现在就可以一起走,活蹦乱跳都不用拉手扶持,可你说我们时间紧的,哪里有机会拉手游逛?

等待的事情大多都会落空,生活负责给你画饼,充饥的事你只能自己搞定。越活得现实,我就越想抓住今天。

我想起我的姥姥和姨姥姥。她们是一对小脚的老姐妹,一个住在城东,一个住在城西,一条街道的距离把她们隔开好多年,她们用无尽的思念守望彼此。

姨姥姥有带不完的孩子,姥姥有做不完的家务。开春就有一年的衣衫穿戴要制作,秋后有一年的口粮要储存,冬夏里自然是经营家用,连添个孩子都只是捎带,说啥都不能耽误挣工分。孩子的嘴巴是填不满的坑,每一个娘的青春都是要换成奶水、粮食和蔬菜的。

她们一起活了八十多岁,在一起自由自在的日子屈指可数。年里节下,姐妹走动,能住一宿都要提前计划好多天。这一夜,她们是不睡觉的,说不完的心里话像线线串着,提起头就寻不到尾。你说了我说,你说孩子我说孩子,还有各家的庄稼和锅灶。大炕上睡着一排娃娃,个个竖起耳朵听她们说话。姥姥说哪个娃不听话,姨姥姥就心疼又气愤地骂:崽娃子,一点都不省心,又欺负我妹子。炕上的娃娃就嘀咕:明儿把我姨早些送回去,老是弹嫌挑刺。一对老姐妹给娃娃掖掖被角,呵斥他们:睡你的觉。姨姥姥说:最近活紧,又熬了几个透亮。姥姥就心疼地抚摸她青筋暴起的手,无奈地叹息。老姐妹说到天发亮,叹叹气又相互鼓励:还好,娃娃们都在长,等他们成家,咱就有盼头了。有时间说话,你来我往,咱爱住几天就住几天。

  第二天回家,各自过眼下的紧巴日子,期待来日的山高水长。我的姥姥和姨姥姥这样过了六十年。

  有一天,她们所有的孩子都成家了,她俩也是一头银发,牙齿落得七七八八。她俩在孩子们的安排下坐在一起晒太阳,忆当年,可彼此说话的时间少,互相细看的时间多。两人耳朵都背,孙子们说两个姥姥聊天,吼着说话像吵架。渐渐地,她们也不说话,面对面盘腿坐在炕上消磨一个上午。你翻翻针线包,我看旧书本里夹的发黄的花样子;你拿起前些年做的老虎鞋花肚兜,我对着太阳光瞅半天。每每这个时候,两人就感慨:这手艺都没啦。曾经提一大桶水的手,如今拈不动一根针。儿孙都说:姥姥们要多出去走动,有助于消化。她们站起来,小脚颤巍巍,两人走到村口都要用尽全力。后来,她们只能坐在儿孙们的自行车上来来回回,一次只能驮一位老人,她们虽然能看到同样的风景,却不能一起走一路。

  再后来,她们连自行车也坐不稳了,见面就更少。孩子们走动时候带口信:我妈好着,姨别操心。或是:我姨好着,妈别操心。这样的两句话,在从西关到东关这一条路上一传就是几年。

  有一天早晨,姨姥姥殁了,安静又平和。姥姥的念想断了,她默默地不说话。牵挂的人走了一个,把活人的世界活生生切割去一半。再也不用惦记着下次相见,再也不操心带回的口信说了啥。一个人的思念从此就是两个人的全部。

  又有一天早晨,姥姥殁了,也是安静平和。两个老人终于不再牵心,可她们成了我们心里的牵挂。说说她们的往事成了我们似水年华的追忆。四季更替,睹物思人,越是成长越是思念,思念和她们有关的从前的一切。清明节、寒衣节,从这个坟头走到那个坟头,烧完纸钱烧纸糊的衣衫,烧各色代表丝帛绸缎的上好纸张。我们嘴里念叨:婆啊,烧的纸钱宽裕,你们可别再舍不得吃穿。在那边没人打扰,你们有闲时就好好聚,聊聊天。这念叨让人泪水涟涟。

从此我走在街道,看见每一对牵手的老人都心生爱怜。夫妻、兄弟、姐妹,老了就只有一个称呼:老人。老人们步履蹒跚,老人们相互搀扶,老人们拉着家常,这是我眼里最温馨的画面。能一起活到老,也是重如山的承诺,努力地活着,才能不负你我。

现在的你我,就是年轻时的姥姥和姨姥姥。她们当年的承诺是被时间打落的松果,我不敢再期待明天和以后。趁现在我没有老,你也年轻,我们拉着手一起走,这是今生最不能等的事。等我老了,等你老了,我们拉着手一起走,这是今生最该做的事。

反正,我想说,从今往后的任何时候,我都想和你拉着手一起走,不等来世,只度今生。

早雪一场，你可衣正单？

前几天立冬，我穿着薄裙在高原上晒大太阳。今早，窗外窸窸窣窣细细碎碎的雪末子纷纷扬扬，恍如隔世，一日三秋都不够说逝者如斯。

昨天才过寒衣节，十月一就是第二个清明节。昨天才祭祖送棉衣化纸钱，今天就落了雪，这么快地入了冬，昨天的纸钱可够你置寒衣？

每年去上坟，母亲都会和我讲一成不变的往事：你奶奶疼你五年，她走得突然，牵心你都闭不上眼。她那么爱你，却连你一个糖饼都没吃上，你说人养儿孙图个啥？母亲哀叹连连，我默然。

母亲和我拾掇上坟要用的纸钱。纸花店今年推出新的印花纸，素雅的底色上印有小碎花，卖家说是做棉衣的好料子，我买了一沓。母亲边折边念叨：你奶活着时，咱家日子艰难，她成日里穿一件青黑色的裙子，没钱没布，哪里还有挑选替换的？如今你挣工资了，能买得起花布好衣衫，可她享不到你的福。我安慰母亲：我奶离世都三十多年了，轮回里她早该托生了。我奶这辈子仁心善行，保准现在托生在好人家享福呢。母亲又笑了，她信佛，六道轮回她是信的，我也信。

走在初冬的路上，田野里淡绿的麦苗像刚出生的娃娃，嫩生生怯生生被风吹得摇头晃脑。我不禁想：在我奶的眼里，我怕就是这嫩小的幼苗，是她无尽的操心和牵挂。她突发脑出血，没任何征兆就离世了。在她去世的第二天早晨，五岁的我无知又绝望。我的堂姐拿着衣服边抹眼泪边给我说：奶奶再也给你穿不了衣服了。我压根儿不信，直挺挺趴在被窝里哭闹嘶喊：我就要我奶给我穿衣裳！我只要我奶！我的声嘶力竭惹得一家老小放声恸哭。

四岁前的我在奶奶的怀抱里长大，用隔壁婶娘的话说就是：你们地主家的气派常在。门口的大青石上坐一位庄严福气的老太太，怀里抱一个虎头虎脑的憨家伙，旁边卧一只毛色黑亮的护院狗，神气极了！我就是那个憨家伙。我小时候憨胖憨胖，穿个棉衣就成了个圆球球。我奶心脏不好，她抱着我走两步就要停下歇一会儿，要不然气喘心跳，偏偏我还是那样壮实，可真难为了我奶。后来母亲要去干活时，我奶先去坐在门口大青石上，母亲抱我来交给她，这爱的传递成年累月。村里人背地里笑说：那妞胖呀，也太憨实了。这话传到我奶耳里，她气愤又严厉地给全家人说：胖咋了？我娃胖得结实，我就爱这胖乎乎，那娃瘦了有啥好，都是干瘪头。母亲说起这事，笑得直不起腰。她说我奶一辈子干啥事都讲理，唯独在宠我时昏天黑地，没道理还理直气壮。

我奶面相有威严，她不多话，袒护我从来不含糊。母亲训斥我时，我奶都挺身而出，很大声地数落母亲：你和小孩子见识，她懂什么？严厉的母亲为了不惹我奶生气，也就只能迁就我。饭做好，母亲先盛给我奶，我奶却要等我端了碗才动筷子。她先吃我掉的饭渣，再吃我碗里剩的饭粒，最后才吃她碗里被我拨拉凉剩的残饭。母亲看不下去，每每要从我奶的盘腿窝里拎出我，我奶就很恼怒：孩子嘛，怎么能和大人一样去看待？你去忙你的。曾有一次，我张牙舞爪撞掉了奶奶的米饭碗，饭粒子撒了一炕，奶奶也不恼，捡拾米饭粒到碗里继续吃。母亲气得要打我，婆媳在争执中奶奶抓破了母亲的手，母亲说她哭着走出房门，不是抱怨奶奶，是可怜奶奶那么疼爱我。可怜的奶奶，可怜的母亲。

有一天午饭后，饲养室的一匹黑马突然尥蹶子奔跑，村里就一条道，它前蹄子带土后蹄子扬尘，顿时烟山土雾。四岁的我正在家门前看蚂蚁打架，浑然不知大祸将至。四婶后来说这事都要捂住心口，她说我奶当时像疯了，猛然向我跑来，一路喊：快把我娃抱起来。也不知是谁拎起我的衣服领子，我免遭一劫。可我奶吓得不轻，从此更把我看得金贵。后来我读宝玉摔玉一节，总要感慨天下奶奶疼孙儿总是一般心思。

母亲总是用此事告诫我：你忘了我都不能忘记你奶，可怜她没能看见你成人，爱孙子没享过孙子的一天福。母亲说的都对，我的内心深处有愧疚，子欲养而亲不待的愧疚。我的记忆里奶奶的容貌都很模糊，母亲反复的叙说让我在心里记住了奶奶的爱。在日喀则转山，我在扎什伦布寺把鲜花送给一个慈眉善目的老阿妈，我在她身上看到了奶奶的模样。

初冬的田野里已显萧瑟。上坟烧纸的人都走在夕阳下，大概在另一个世界的亲人白天也忙碌，傍晚歇下才有时间听人唠叨。烧纸钱、敬清茶、燃三支香，缭绕的烟气中父亲教我念叨：奶奶拾钱来，天冷了，你多多添置棉衣，不要怕花钱。后来我自己会说给奶奶听：我毕业了。我有孩子了。我要出远门了。每次来上坟都有新的话题。有次看书里一句：一天想你一次，一次想你一天。我心头就突然想起奶奶，久久地酸楚。

我在坟前还给奶奶说：您要活到现在，我就带您出去看看，我要给您买好多颜色的四方头巾。我记忆中的奶奶，头上总有一方褐色的头巾，我曾用它藏猫猫蒙眼睛，用它拦腰绑着做缰绳，还铺开它做席子摆吃货。奶奶的四方头巾被我玩得絮絮都扯掉了她还戴头上。我一遍一遍说给奶奶听，我现在挣的钱买得到太多四方头巾，我想让你天天换着戴。我说得泪水涟涟，奶奶的坟头柏树在风里摇摇摆摆，仿佛说奶奶知道了我的心意。

一场早雪把冬季提前，也把我的思念从昨天延续到今天。今天我给你化了纸钱，你就买棉衣，这个冬季你就不冷。有了思念有了爱，这个人生我才不孤单。

一场早雪，你可衣正单？

赎身的金贵娃

我爹稀罕我,我们全家都稀罕我。

我上面有三个姐姐,我娘说还送出去一个姐。我奶说我生得金贵,是个牛牛娃(男孩子),要是没有我,我爹在村里人面前都抬不起来头,是我让我爹在全村挺直了腰板。我娘说在我的满月宴上,我爹杀了一头猪,请四邻八村的乡亲们来喝西凤酒,吃臊子面。那一天,我爹发的烟是八四猴,那是村干部才抽得起的烟。

我百天时,我奶给我戴上银项圈,吊着个银锁锁,锁锁上刻着"长命百岁",锁上还串着鸡锁锁、银铃铛。从此我的项圈就没下过身,我走到哪里铃铛响到哪里,威武得很。娘剃我胎毛时在后脑勺留一撮,爱哭的娃哭得背过气时揪这撮毛就能灵醒,村里人叫气死毛。等我六岁上学时,它已经编成细长细长的辫子,同学倒不起哄,我们班有三个男娃都留气死毛。老师见怪不怪,偶尔我淘气,老师就揪我的小辫子,我不得不左右摇脑袋,同学笑哈哈。读初中,我要去县城上学,央求娘剪了气死毛,理由是怕人笑话。我娘也知道县城比不得村里,她思前想后还是给我剪了。

留着小平头的我是初中生,看起来和县城的孩子一模一样,可我心里还有一件事没放下。我从小被寄保,要等十三岁才赎身,我奶给灶王爷许了一头猪的愿呢。

我干娘说:值钱娃娃有干娘,难经管娃娃要寄保。我的金贵体现在我既值钱又寄保。

干娘是我满月时我伯抱着襁褓中的我去村口转碾盘碰到的二林娘，她家有两儿两女，她家里虽贫，我伯却很满意。人都知道给娃拜个娃娃多的干娘好，希图人家能携带着我长大。干娘掏五角钱塞进我的襁褓，中午她就端坐在我家的席桌主位上由我爹敬酒。从此，逢年过节我家就多个亲戚，我有娘又有干娘！我在村里势大极了，七个哥哥姐姐罩着我，我奶说我很金贵。

寄保是因我在月子里是个夜哭郎，一天到晚哼哼唧唧，熬得我娘烂眼睛。我奶就求灶爷保佑我没病没灾，并许下一头猪的大愿。那时我爹提瓦刀干大工一天才挣一块五毛钱，一头猪一百二十块钱，这钱够我爹不吃不喝挣三个月，可我爹憨笑着说我奶做得对。我奶去村里挨家挨户求五色线，回来给我用百家线编成项圈，这叫缰绳。我娘说，这是灶爷要收管我这匹小马驹呢。从此我细细的脖子上又多个物件，不过我倒真的没病没灾。

我终于到十三岁，我奶已经去世两年，她临走时叮嘱我爹一定要杀肥猪，替她在灶爷面前还愿。我爹特意在我十三岁那年养了两头壮壮的公猪崽，我娘一日三餐加青草饲养它们，猪毛色乌亮，四只蹄子雪白，精神得逮都逮不住。才腊月二十二，我爹和叔叔们连拖带拽，把那头最壮实的猪送到灶爷前，柳叔给它背上浇一瓢开水，它嗷的一嗓子，蹦着撒欢。我娘说：这下灶爷听到了，听到我娃还愿，灶爷收到我们的还愿礼了，会保佑我娃再无病灾。

干娘让虎子哥放炮仗，柳叔开始杀猪。刮洗时柳叔特意留一撮子猪脊背的鬃毛，他把它放在盛猪血的小碟子里，让我娘献到灶爷前，求灶爷笑纳。柳叔把猪刮得白白净净，干娘给猪嘴塞大红纸花和翠绿的柏朵，二婶子给猪搭鲜红的绸被面，我娘还用红头绳绑十元钱的百锁挂在猪脖子上。白花花的猪趴在供桌上，它被打扮得花花绿绿，威武又喜庆。这一天，我家里人来人往，热闹得像唱大戏。傍晚我还在看热闹，我爹带我去给老坟烧纸钱祭祖先，我一下子就想我奶了。

第二天是腊月二十三，家家户户天黑才祭灶。天麻麻亮时，我家门口的大锅炉就吼开了，我爹请大厨做席面待亲友。流水席早晨随到随吃，我娘给我鞋帽全新地穿戴好，三姐陪我在大门口迎接亲戚。我舅家来得早，给我带来新衣裳，我妗子给我搭红缎被面，干娘笑呵呵给我送来鞋帽。村里来吃饭的都手捧新衣或被面,他们刚放下礼就被我爹发支烟拉着去坐席,吃饭时,他们还商量着晚上要分割的祭献猪肉。人都眼睛亮着呢,看着我娘用纯粮食喂出了一头肥猪,大家都想割肉好过年。

中午吃十碗饭。我爹请庙底下王厨子操刀,我爹说萝卜块红烧肉要管够。我爱喝响皮丸子汤,我娘非要拉着我去给灶爷磕头叫我念叨:全家拜谢司命主。我娘一直念叨:我娃满十三了,从此要担大任,挑大梁,为我家干一番大事业!我不知道灶爷听见能否保佑我干大事,不是还有玉皇大帝吗?我跪着,我娘剪了我的红缰绳,让我二姐送到大渠随水冲走,我从此不由灶王爷经管,我开始做我娘的娃!

我成人了,我七个哥哥姐姐都说我是个金贵娃,我是村里头一个考上大学的娃,我娘说是灶王爷保佑得好,可我心里更想我奶了。

嫁接一段美好

倒春寒让人又蛰伏了一月,前天一树杏花才开看到春来,今天艳阳高照已在夏季的边缘。四季被简化,时光匆匆太匆匆。父亲正看着门口的一棵软枣树,他琢磨着要嫁接一棵水柿子树,我突然就想起郭村的老郭,唏嘘不已。老郭吃这棵树的水柿子已经是二十年前的事了,他去世已十九年。

他是我刚参加工作时学校的门卫,大家都叫他老郭。我师范毕业时教师还吃香,除了拖欠工资,其他都好,尤其在乡下学校,村民尊重老师,学生爱老师。学校办得红红火火,师生以校为家,门卫老郭就是所有人的守护神。

老郭在学校看门兢兢业业。他脸上的皱纹熨斗都熨不平,像刀子刻就。他抽旱烟,眼睛眯缝着好像从来没睁大过,背挺得直,披在肩上的黑褂褂要靠不停地耸肩才能不掉下来。学生爱逗弄他,拉扯一下他的黑褂褂下襟赶紧躲起来。老郭左摇头右摇头地寻摸,褂子就掉了。孩子们笑着跑开,他呵斥:兔崽子,手闲得慌就画字去!

我和老郭没说过几句话,刚出校门的我人生地不熟,很少说话,见到他我只是微笑点头,他就像我大伯一般,笑嘻嘻连连回应,好像我们真是一家子。镇上有歌厅,偶尔组织个饭局,同事一起唱歌闹腾就回来得晚。年轻小伙子敲老郭门房的窗子,老郭像训斥自家孩子一样严厉:这么晚回来明儿上课哪来精神!校长此时也赔笑脸说:郭叔,今儿不是教师节嘛。老郭开灯说:教书要讲究,过节可不要讲究。大门拉开,大家作鸟兽散。晚归的孩子被父母责备才是正常的，校长被门卫斥责在这里也正常。第二天早晨的起床铃比平日里晚了些许，灶妇周婶说，老郭让大家把热水瓶留在灶房，他打水给大家送楼上去。

老郭家在学校后面，他却不常回家。他有大量的时间整理草坪、修剪花枝。冬青绿化带被他修剪得齐嘟嘟平整，太阳正好时，有老师把鞋垫、小衣服晾在上面。老郭不声不响地收起来，等人记起来找，他慢慢吞吞说：学校又不是村里院子，怎么能花花绿绿随便晾晒？单位还是要有单位的样子嘛。没多久，在操场后面的空地上，老郭用铁丝拉起一个晾衣区。

老郭在楼前屋后的空地种很多凤仙花、地雷花、牵牛花、大丽花，他说那都是命贱不值钱好养活的花草，可那些花长得苗壮，开得卖力，竟然把学校开得红红火火热热闹闹。教育局几次卫生检查学校都获奖，校长笑得合不拢嘴：咱请个门卫还捎带个园艺，赚大发了。学校在路边，远远看见花红柳绿，家长们也赞不绝口。灶妇周婶埋怨老郭：种个菠菜芫荽还能当下锅菜救个急，你这尽整些花里胡哨。老郭瞥眼：你以为你家自留地？这是机关单位！说归说，此后他就隔三岔五带他自留地的新鲜蔬菜贴补教师灶。

有个周末我来得太早，学校门锁着，我在学校附近瞎逛。半个小时后，老郭骑着自行车来了，他戴着草帽，额头汗涔涔的。他说听几个小孩说有个老师在校门口转悠，他有些歉意，麦子刚种上，犁沟还没踏平。我更歉意，这是周末，不是他上班的时间。我上楼放下东西，想想又拿了四个软水柿子下楼寻他。那时候我们这个地方水柿子不多见，红艳艳的水柿子熟透了，皮薄得像玻璃纸，甜得像一包蜜。我在门房找到老郭，他正擦洗脸，我说：郭叔，吃个柿子。他一愣，又推辞说：你吃，我老了，吃不动东西了。我脸红了，也结巴着不知道该说什么，没想到他不接我的东西。看我有些尴尬，他把毛巾放下，笑了说：那我就吃一个。我顿时心松了，把四个柿子放在他窗台的草帽上，逃也似的走了。

再见老郭，我还是张不开口说些其他，我总是笑笑，他也笑笑，好像有一个秘密被我俩守着。我也知道那是水柿子的功劳，但也不全是。

初冬的早晨，校长说：老郭殁了。大家问：哪个老郭？校长有些生气：郭村的老郭，咱们的门卫！我还能说出来几个老郭！大家一愣神，老郭三天没来，听说家里有事，谁知昨晚他突发脑出血就这样走了。大家收拾老郭的东西。门房留着老郭的锄头铁锹，小盒子里是创可贴和消炎粉，一个蛇皮袋装着孩子叠飞机扔的彩纸和几个塑料瓶,还有一盒子粉笔头。孩子们趴在窗台叽叽喳喳问:老郭爷咋还不来?众人心酸。这些物件除了锄头铁锨就是他替孩子们保管的物件,他哪里是门卫,他是孩子们心里的爷爷。

  三天后,学校派代表去参加老郭的追悼会,我主动要求去。丧事隆重,吹手喇叭咪咪戏,六十八岁的老郭儿孙满堂,尤其儿子在城里,事干得大,孙子在国外也很优秀。乡镇领导来送花圈,村主任亲自操持。我暗暗吃惊,看老郭平日里穿戴,哪里像个干部的爹?他一双胶鞋穿四季,一件黑褂子披半辈子,一顶草帽戴了几个夏天,这样的老人,农村一抓一大把。听说他儿子几次要接他去城里养老,老郭一听就恼,他抓起草帽大步走向麦田,他的心在这里,哪儿都不去。倔强的老人,把自己的余生拴在地头和学校之间。教师的工资拖欠,老郭做门卫的工资也拖欠,可他从未拖欠门卫的活。开追悼会时,老郭家门口菊花开得正盛,白得像雪,霜都降了,它们却神采奕奕地绽放,遗像里笑眯眯的老郭正看着怒放的白菊花,我又想起他吃水柿子时的笑脸。孝子贤孙穿白戴孝,村里人来送埋,一个老郭就这样红火又悄无声息地走了。

  老郭吃的柿子的那棵树还长得高大茂盛,父亲取它一枝芽做接穗,选一棵年轻的软枣树做砧木,这棵柿树就被克隆,它的生命就被延续。今年初夏嫁接,明年初夏就能挂果。如果老郭还活着,他明年秋天又可以吃到甜甜的水柿子。可哪里去寻老郭?就连那时他看的大门、守护的校园都已被合并撤校的大潮吞没了。斯人已逝,一段往事就这样被岁月磨得无痕。人活一世,草木一秋。还好,柿子树活着,它比人扛得住时间,那些和柿树有关的记忆也就有了季节性,春里发芽,秋里结果,一年一次,一次一年。

  人忆往事就像果木嫁接,把一枝接穗嫁接在砧木上,也是把人生的某个美好的时段嫁接在一颗跳动的心上,让勤劳善良的故人在春暖花开时节里重生,让淳朴美好的故事在人生路上延伸。

游过那条河

十年前的一天,课间我去办公室,看到收废纸的男人,他在整理几个鼓囊囊的麻袋。我小步快走经过他的身边,瞥了一眼却站住了,我认识他。

他天生脑袋朝一边偏,身体平衡性差,走路不稳当。现在的他高瘦了,还是歪着脑袋。努力提麻袋的是他,到底打不打招呼?我犹豫了。十年没见,冒昧地问会不会尴尬?

儿时一起读书,我们没说过几句话。时有淘气男孩欺负他,给他起外号,上学路上推搡他,他只是涨红脸,把那偏向一边的脑袋偏得更厉害。女孩不欺负他,但也很少主动和他玩。那几年,他就像个轻飘飘的影子。孩子们的无知嬉闹好似一条河,轻而易举就把他隔到河对岸。中学毕业后听说他走街串巷收破烂,在一个冬天,我听说他结婚了。此后,偶尔我在路上看到他多是拉货的背影,小小的车载得如山,常常让我想起骆驼。一峰骆驼能游泳吗?我莫名地心酸。

时间就是一条河,我时常想起,河的对岸有我的一个少年同学。

今天突然见到他,我却不知道该怎么问好。我沉思时,他已装好两个肥肥的蛇皮袋子和三个大麻袋,抖抖索索在压着计算器,他掏出钱来付款时,我急忙找班上几个大个子男孩过来。他擦擦手提起秤,准备拖麻袋时,我说:等会儿,让学生来帮你拿下三楼。他一脸感激,也有点木讷。他很快也认出我了,脸色有点紧张,一再说不用不用。四个人高马大的小伙子三两下就把袋子抬到三轮车上。他讪讪地笑着说:原来你在这上班,呵呵,好,好。我送他下楼,看他摇摇晃晃下楼梯,我又想起儿时的校园,这摇摇晃晃十几年,我们都艰难地生活。他活得比我还不易,我又想起那条看不见的河。

后来的日子,隔三岔五我们就会在校园里碰到。我们也点头笑笑,偶尔我有旧书也送给他,他拼命地挥手要给我付钱,我推掉。我帮他问同事还有没有旧书废纸,我们又熟了许多。他有时点一支烟喘口气,再生拉硬拽把沉重的蛇皮袋子拖下楼梯。我也不搭手,他给我让一条路,说:不敢耽搁了你上课,你先走。我说:以后用小点的袋子装吧。他呵呵笑着说:没事,能拎动。

三五年、七八年后,我们和他熟悉了,大家有废纸都攒着,知道他定期来。他的脚蹬三轮早换成摩托三轮,车子宽大了,他要拖的东西也更多了。他却好像强壮了,走路稳多了,计数算钱比我还快,开车也是一溜烟地快。我从心里欣慰,我给学生讲他是我的老乡,学生说:我哥上学时候就说你讲过。时间真快,我都忘了以前我的学生帮他抬过袋子,好久我都没有想起隔开我们的河。

今年春天,我一直等他来,女儿毕业留下一堆书籍。我几次看见他,他都忙得不可开交,不是在公寓办整理废纸就是在教学区收拾废书。我笑嘻嘻问他:难不成你还要预约呀?有空把我门口的书也收了吧。他头一偏,无奈又骄傲:最近活太多。

有天下午,我看他在办公楼下装车,没等我开口,他就说:等会儿我来拿。现在的他还真有几分老板相呢。半个小时后他来,我们装了三大袋子,用拖把杆抬起称秤,中间歇气他还接个电话,约了明天去大修厂收纸板。他打听我弟的近况。听说我弟做验光配镜,他满脸笑竖起大拇指。我说人总要倒腾到最佳位置,我弟有两个孩子是动力也是压力。他点头笑眯眯说:是啊是啊。他要养两个娃娃呢,我养一个娃娃都感觉吃力哪。虽然嘴上说吃力得很,他却一脸的幸福满足,那一瞬间,我感受到一个父亲心里满满的欣慰。他给我结账,慢慢地拖着袋子下楼,我们说再见。我知道,我们现在才是真正的熟人。

晚上我和女儿聊天说旧书卖了六十元。女儿奇怪地说:你还收钱了?我说:为什么不收?他使自己的力气干活,活得堂堂正正,做一个父亲做一个丈夫的他撑起一个家,他需要谁同情?谁又有资格同情他?同情并不是最好的和人相处之道。

十年时间,哪怕他天天在挣扎,他也挣扎着游到了河岸。生活这条河是为弱者而设,可他历练成了强者,从此天宽地远。自己走出的人生总是理直气壮,不用想,从今往后,对于他,我能做的只有鼓掌。

周公山下一农人

临近过年，祝喜堂老师托人给我捎话，《周原秘史》出版，收录了我的散文，他送我几本样书。

我的父母读祝老师"《红楼梦》探究系列"时就很惊喜，最近他们读祝老师与杨老师合著的《赵女士传记》，我的母亲被传主的励志故事打动，他们欣然与我一起前往，我的女儿也兴致勃勃。一场大雪将至未至，我们抢在大寒前来到周公山下。

祝老师是一位农人，但他没有种田，也没有采菊东篱，他的小院里只有一棵核桃树和一畦菠菜。三年前我和文友们就尝了这棵树上的核桃，今天，祝老师热情地与大家分享花生，大家很快熟络起来。祝老师一再强调自己是庄稼汉，我想，纸和笔就是他的锄头和犁，他耕作在自家三分大的院子里，笔耕不辍，他是一个勤奋的农人。

父亲谈了几句对祝老师著作的认识，祝老师的话匣子就打开了。他神采奕奕，滔滔不绝，讲红楼，讲传记，一路聊到周公庙和徐岳老师的钢笔写生画。他让我想起周公庙前的那棵古柏，风一吹哗啦啦就带来诸多故事，毕竟阅历和见识在那里放着，他说出来的话语自然就有高度深度。

祝老师的客厅并不宽展，关键是书太多。书堆到桌子、茶几，甚至床头和柜子上。他的电视蒙尘，书却是以各种姿态存活着，打开的、半合的、反扣放置的，好像我进门前他正和那一本本书对话。

祝老师藏书颇丰，种类也杂。我踏进客厅，一眼就瞄到茶几上一本崭新的《三毛作品集》，我暗自吃惊，没想到他也喜欢读流浪游子的散文。我的父亲看到书柜里的金庸著作，不禁哈哈大笑，仿佛找到知己。祝老师爽朗地说：都没时间看，我就爱买书，不同的版本都买。我笑嘻嘻问他：三毛的书好不好？他一下子又被气着了，快速翻着书页，直直地指着书里空白的几页义愤填膺：浮躁的社会！你看看，我这还是在书店买的！我也笑了，爱书之人遇到这种印刷质量，也是无奈。我说：要不下次去书店换一本。祝老师大手一挥：不去不去，四十块钱买个书，没时间去换。呵呵，浮躁的社会，这老头子有些抗议但也容忍。

　　他的书柜里，《红楼梦》的几个版本会聚一堂，好像大观园里开会，光是脂砚斋评注的就有两个全本。他如数家珍般围着《红楼梦》拉扯开，我们好像是刘姥姥们在围观。他说有些大学教授在红学上的研究都不精，他直言不讳地批评过。我的女儿咋舌又好奇，他眼睛一翻笑嘻嘻说：我是个老农民，可我读的书多哩。你没有自己的思想，光讲别人的观点有什么意思？他对着我的女儿表扬我：你妈会写东西，不是光写生活，有她的思想和感悟哩。此时，我正看着窗外的核桃树，大寒天里，核桃树和所有的树无二，光秃秃的，可明年秋天就能见分晓，核桃树和白杨树还是不一样的，就像这个人和那个人。

　　祝老师沏了一杯苦荞茶说：喝，这是保健茶。我女儿兴高采烈地喝茶，听着他讲：一篇文章要传达一个思想，你就不能光是写写这个生活里的柴米油盐，红萝卜怎么切，饭怎么做，光记这个流水账有啥意义？人都是这样过日子。写文章要有自己的体验和哲理，让人读了有启示。祝老师给我的孩子上了一课，我也获益匪浅，这是他从六十多年的岁月里体验出来的写作道脉。我也写东西，却从未细细去想为何而写，如何写得更好，今日一闻，豁然开朗。

　　祝老师谦虚地搓手：我也是瞎说呢，你们不要笑话。我们都欢迎他继续说，这么愉悦的气氛真难得，祝老师说起了他和他的《红楼梦》。

　　"文革"时期，祝老师的父亲被批斗。年少的他既羞愧又无奈，关起门为难自己。可这样也不是办法，他无意中翻《红楼梦》，悟到世事无常，贾宝玉的人生起伏给了他力量，他毫不夸张地说是《红楼梦》救了他的命。这些话语，他说得认真，他对《红楼梦》的执着是爱，也结合着生活的体验。生活的坎坷磨难究竟是好是坏？祸福相倚，塞翁失马，我们又谈起他的传记人物赵存梅女士。祝老师说:我把赵女士的精神琢磨又琢磨,她就是和竹子像!你看竹子,直溜溜长连个弯都没有,一心一意奋斗,这就是人的人品。写人物要渲染烘托,可不能实打实地去写这人多好多好。大家都会意一笑。很难得有人把生活馈赠给自己的东西直接拿出来分享,我获益匪浅。

  临走时,女儿在徐岳老师画作前拍照,心生仰慕。祝老师慷慨割爱,转赠徐老师画作,有花有树。我们都讶异徐老师的写生栩栩如生,祝老师得意地说:他是闲人,心静着,一笔一画不着急,沉下心才能做好东西。我坚信周公庙是人杰地灵有神气,要不然,徐老师自己都说没有绘画功底,如何能描摹得这般传神?祝老师的写作莫不是也得了周公爷的加持?要不然一个农民何以坚持三十年笔耕不辍?荒芜了庄稼,抛弃了口粮,周公定是在梦里给他指引方向。

  祝老师赠了我两本书,是关于《红楼梦》探究的,也算是他的孩子吧。他在扉页题词,书本摊开在膝盖上,一笔一画。我女儿赞他字写得好,他哈哈一笑说:我这个农民字写得也不差。果然是率性至真,这是把红楼读透的体悟。

  一方水土养一方人,周公山下,润德泉边,纵然是黄土聚集,鸡犬相闻,百姓日出劳作和所有的中国百姓一般生存,可关键时刻,总有让人眼前一亮的杰作问世。可细细想来也不奇怪,山山水水十几代几十代人相传,追溯源头,这里的土地在西周时就水草丰茂,这里的祖先在《诗经》里就锦心绣口,那么今天西岐大地出几位奇人,也就理所当然。

  周公山下一农人在写作,三十年如一日地写,他是勤奋的农人。

农民作家和茨维塔耶娃

  春天走到清明好像是一次缓冲，突然就有些许清凉和沉寂，它在向过去的严冬致意，从此春回大地一路向暖。这一天，我又看到丝丝仙气在周公山下升腾。祝喜堂老师在宴宾客，果真是天朗气清，惠风和畅。我去得仓促，倒不知道祝老师是一夜未眠只等嘉宾，他大声说：你说怪不怪，我兴奋得都没睡好。有朋自远方来，不亦乐乎，一点都不怪。他笑得像尊弥勒佛，不，更像个孩子。

  院子里虞美人开了两朵，桌子上烟茶刚刚摆好，一切正好。三言两语主客就切入正题，他们好像是《倚天屠龙记》里守谢逊的三渡高僧，言谈里都是文学，话语中不离创作。几分钟时间，我耳朵被中外名著灌了个满。这才是三个人交谈，怎么给我的感觉是诸神斗法？

  我忙添茶倒水，四个玻璃杯子参差不齐，我笑嘻嘻递一杯过去，说：祝老师茶好，就是杯子太不讲究。喝茶人一句带过：不打紧，心里干净一切不染尘。我赶紧坐在小凳子上仰望这三个灵魂。祝老师正谈《邪恶的"奥康纳"》，一时间宾主又像是对上了暗号，找到了组织般惺惺相惜。也是，祝老师的手机只能接打电话，网络他不懂，他谈的这篇短文来自报刊，窄窄一溜子文字，祝老师竟然如数家珍。我们都惊奇他的博闻强识，他骄傲地说：我老祝一年订阅报刊花费三千多元哪。我知道他的书多，每次他"卖弄"书籍的时候，我们都不说话，因为他是真的富有，虽然他是个老农民。

  一个农民要是认命还好办，二亩地一头牛，老婆孩子热炕头，多么实实在在的乐子；或者是你织布来我耕田，你挑水来我浇园，多么诗情画意的人生。可当一个农民放弃了田地，就是凡人向老天宣了战。从此，我的命由我不由你老天爷。老天自然不能同意你一个凡人自己想当然过日子吧，要不然这个世界岂不是乱了套？于是乎，该来的烦乱忧愁困苦一样都不能少，该承担的煎熬悲痛挣扎一个接一个。就这样，如果你还要和命抗争，那就再压压你的风头，杀杀你的气焰，看你能不能耐得住寂寞三十年！三十年，祝老头子熬过了挺住了。他笑嘻嘻不无得意地说：我就不爱和看眉眼高低的人说话，你就说我是怪人，我才不理。我怪，我能怪出自己的东西来。他有些兴奋地说着，脸红红的，老头子在那一刻有凯旋的气势。那一刻，我仿佛听到老天的一声叹息：算了，年近古稀的人，我才不和他计较，他赢了。

  茶过两巡，话题又说到俄罗斯文学，我一点都不意外。我见过祝老师三次，有两次他给我们大谈外国名著，而且是那种张口就来，大段大段地说，话就像线线串的，密不透风。这次他棋逢对手，主客都是行家，从茨维塔耶娃谈到阿赫马托娃，再到《静静的顿河》翻译的各种版本。一时间，我又听得脑袋里满天繁星。等话题回到茨维塔耶娃时，祝老师进屋拿出他的书，做了翔实笔记的三本《生活与创作》。他一手捏着卷烟，挥着另一只手说：这是我邮购的书，花了二百八十多块钱。当时出版社得知我是个农民自费买书，都大大地吃了一惊，他们说我是全国唯一自费购买茨维塔耶娃书的农民。他骄傲得仿佛农民是一个闪着光的称谓。我嘟囔着：茨维塔耶娃和曹雪芹认识吗？我一直认为祝老师该是追着红楼奔跑的夸父。他眉头一皱大声惊叫：你这瓜娃，读红楼就不能读其他了吗？读红楼更要读得多、读得远才对。我吃饭都能将就，喝水都能凑合，唯独读书，要全要多要透。我见过祝老师简陋的锅灶，也看过他丰富的藏书，我突然记起一句：人无信不立。呵呵，祝老师是无书不立。

  他和曹雪芹，和茨维塔耶娃，仿佛都是过了命的交情。他读《红楼梦》，读着读着就泪流满面，因为他心爱的曹雪芹在遭遇坎坷。他对茨维塔耶娃的作品如数家珍，对她的经历崇敬中透露着心疼。我就很不解，茨维塔耶娃，俄罗斯诗人、散文家、剧作家，就算她被认为是20世纪俄罗斯最伟大的诗人，可一个中国农村的老头子怎么会关注她？隔山隔水，隔开他们的还有历史的风烟。可他说起她诗里的生命和死亡、爱情和艺术、时代和祖国，就激动得要演讲一般。我还是不能释怀,人毕竟是活在尘世。茨维塔耶娃给眼前的老人带不来一块馒头,可他把她的作品当命。

祝老师又大声笑,笑得咳嗽,大家赶忙把话题说回到《红楼梦》,祝老师也渐渐情绪缓和。他们开始论"甲戌本""庚辰本",说到启功老先生注释的1957年版本被一致认为是最干净可信的。我刨根问底:黛玉进大观园的年龄,周汝昌老先生的时序观,妙玉的茶。不得已大家向祝老师讨了他收藏的一部启功注释版,我欣然选了一、三部,许诺看完即还。祝老师又开始大声吼,像侠客一样豪迈地说:都带走,送你,不用还。我尴尬地收也不是退也不是,大家善意地笑着帮我开脱,我用个小簸箕端了四本书回家。

父亲看见,很快翻来家里收藏的这套书,原来我儿时读的竟然就是这套。天下事就这么奇妙,事事皆机缘。我赶紧给祝老师捎话,尽快还书给他。书应该给爱书之人收藏,书应该让求知若渴之人读,祝老师把红楼和俄罗斯文学一应的大作收藏在书架子上,他们都陪着这个倔强的老头子度日月,书里的颜如玉和黄金屋我没见,在祝老师眼里,书里有大乾坤。

一个读着茨维塔耶娃的中国农民,你是怎样想象他的?反正我一点都不惊讶。农民和茨维塔耶娃也是男人和女人,说得再通透一些,即都是人。那就忽略国籍,就像我打开一颗牛油果,不想它叫鳄梨,来自墨西哥,吃甜口吃本味都开心。至于它成长中遇到什么,它一路迢迢遭遇什么,我管它作甚?

农民读茨维塔耶娃。高贵的心可配大地星辰,它配有最纯真的理想。

今天,你也要和我一般,跳出时间的局限,放眼远观。我们一直看,看得烟雾渺渺,历史都淡远。你会触碰到周天子时代的土地,那里翠柏甘棠葱茏,凤凰和泉水悠然。这时候,你就懂了,人活过这么多年,我们的追求一点都没有改变。翠柏甘棠实实存在,凤凰是虚的远的,泉水是随机缘的,周公山下,享着翠柏阴凉,吃着甘棠果子,追逐凤凰这个理想,偶尔用润德泉救救命,只要不死,周公子民心里的凤凰就一直活着。茨维塔耶娃也是凤凰,她支撑着农民祝老头的人生,让他执笔耕耘,挥斥方遒所向披靡,也让他从一个彻底的农民涅槃成彻底的作家。

清明过后是谷雨,人生的严冬过后自有春暖花开,愿周公山下一切欣欣向荣。

生如夏花

　　傍晚的凤鸣广场,人很多。我在跳《山谷里的思念》,感觉我修长又温婉,风中长发飞扬,长裙飞舞。旋律悠扬,动作舒展,我就是最美舞者。

　　十六岁的我初学舞蹈,手脚不知道放哪里。老师说大八字步、云手、下腰,我觉着自己已七老八十,骨骼僵硬,扭捏的动作都不忍心看。多么羡慕《天鹅湖》里的白天鹅,哪怕是黑天鹅,我都仰望。二十多年后,我依然不会踮脚尖,不会大跳小转,可我现在却跳得心花怒放。跳舞和年龄有关吗?有,也没有。用心去感触,把对音乐的理解用肢体表达出来,欢快或低沉,眉梢有喜或悲,动作流畅或凝滞,管他是不是艺术,我只关心我脚下的土地,它叫生活。

　　我陶醉在《云在飞》里,举手投足力求英姿飒爽,应子老师示范的眉眼记得清清楚楚,我都要把自己感动哭了。身旁走过三个女孩,她们嘀咕:这些老婆还跳得好得很!轻轻一句话,我被扔到十八层地狱,沾沾自喜像一缕轻烟倏忽不见了。老婆!就是老太!我们是老太太?休息时我愤愤地问同伴,大家听我转述那句话,笑得腰都直不起来,问我:我们还不老?人家没说错呀!过了四十就不年轻了。恍如隔世,我从来没想过,我竟然会老。

　　一个男人推着小车快步走过,小推车上的喇叭里重复播放四川口音的男声吆喝:麻辣卤鸡蛋,两块五两个,味道好得很!这声吆喝是岐山县城一景,近二十年,人们不知道他姓甚名谁,都称呼他"麻辣卤鸡蛋"。

　　十多年前,他的鸡蛋卖五毛钱两个时,他还是个意气风发的小伙子,推着车健步如飞。常有老太太带着嘴馋的小孙子追不上他，只能看着他的背影恨恨地说：你是卖鸡蛋的，又不是偷鸡蛋的，跑得飞快卖给谁？

今天，我借着夕阳的余晖细细打量他。他胡子拉碴，略有花白，牙似乎也不整齐，发福的身子，脚上的黑布鞋活脱脱是老头才穿的，只有眉眼的笑意依然憨厚。他一直都是这模样还是老了？我努力地找寻他年轻的模样。半晌，我却只记得他的现在，他小推车上的钢精锅依然有些黑兮兮，麻辣卤鸡蛋乌黑的汤水里依然是八角桂皮。他在我的生活里就像一棵树，天天路过，彼此又浑然不知，我们是熟悉的陌生人。看着他的背影，我莫名地心酸，我老了没有，看看他就知道。生活硬生生地把健壮的小伙子逼成满头霜华，谁能逃脱这一劫？不知不觉，麻辣卤鸡蛋的车子就推着我们这拨年轻人老了，这是事实。

快快不乐，我思考我为什么忧伤？生命易逝，我早就知道，儿时担心姥姥会死去，她笑笑说：人怎么能不死？都不死，要把这世界憋破了！我儿时感觉，地球那么大，我的亲人活着能占多大的地方？姥姥已去世十年。长大很漫长，可不经意间我就老了，慢吞吞地我们都走向衰老。

乐曲换成《献给卓玛姑娘》，这是欢快的锅庄。我该甩长袖，畅想高原的湛蓝天空，当自己是美丽的卓玛姑娘，可我坐在樱桃树下的长凳上沉思生命的无常。七月的樱桃树和所有的北方树木没有任何差别，花团锦簇过了，硕果累累也过了，绿叶葱茏不过两个月，等来十月的艳阳，它的叶子一夜之间变红或黄，在秋风里凋零。一棵树，它的生命用日月衡量，它也不用思量。它在春风里发芽吐蕊，由着鸟雀叽叽喳喳，它多快活！

我透过繁茂的枝叶缝隙看蓝天白云，微风拂过头顶，一个学走路的娃娃歪歪扭扭地走过来，胖手指拉扯我的裙摆，他的妈妈道歉，小孩咿呀地给我指跳舞的人。我不禁莞尔。跳吧，还有什么比拥有现在更好？

舞曲是《独角戏》，这是一支优雅的舞，翩翩起舞吧，人生好短。

卖卤鸡蛋的男人推着车子走远，一声声吆喊渐行渐远，他丝毫不知道就在刚才，他的出现让我多么感慨年华易逝，感谢他给我一个思考的机会，珍惜当下。

让我们易逝的人生过得充实点吧，卖卤鸡蛋或是跳跳舞，一起快乐地老去吧。在人生不能选择的生死里，我想老得如秋叶静美，我想生得如夏花绚烂。

"麻辣卤鸡蛋"的开心

昨夜又读《围城》,记起钱先生妙语,吃了好滋味的鸡蛋却不一定非要见母鸡,不禁莞尔。我相信社会这座冰山,能露出水面的人仅是八分之一,还有八分之七的人每天都在努力,过着最简单的日子,做着最微小的奉献,而冰山的威仪和高度恰恰是水下的八分之七在支撑。

早晨,我煮了四枚盐水蛋,淡淡的咸中透着微微鲜香。冰箱袋子里还有盐水蛋、变蛋和卤蛋,它们是邹先生送来的。邹先生,这个县城的老少妇孺都认识他,不用见面,辨听声音就知道是他,可没有人知道他的名字,都称他"麻辣卤鸡蛋"。对一个在县城卖了十六年卤鸡蛋的人,这称呼是一种肯定,也是一份长久的熟稔。

他说找了好久才打听到我。三年前,我写了一篇《"麻辣卤鸡蛋"老了》的文章感慨人生,无意中就宣传了麻辣卤鸡蛋。一座县城里二十年长大了多少人,又老去了多少人?怀旧思乡情结让无数人看文章时思绪翻腾,麻辣卤鸡蛋就像臊子面一样,承载了岐地游子对美食和往事的思恋。

邹先生说:我想让你写写我的鸡蛋。我无奈地笑了。我解释小散文做不了卖鸡蛋的广告,他打断我的话纠正:写写我的探究和制作方法,写东西总需要素材吧,你了解了解也许以后能用吧。我哭笑不得,从来没有人对我的写作限制方向,何况我平日吃鸡蛋都很少。他给我发过来一份推广信"蛋香缘自然香",言语间都是对鸡蛋制作的绵绵深情,忽略文辞,我读出一份时间的煎熬和漫长的坚持。晚上和女儿通电话,我提及此事,她记起上幼儿园时吃过的麻辣卤鸡蛋,开心不已。她问我:一个坚持推销自己爱好的人有什么错?我一时无语。

我再细细查看他的资料。从中药材中选材配制香料,从鸡蛋鸭蛋鹅蛋里选合适的材料,从卤蛋变蛋盐水蛋里反复实验。十多年里,他有了成熟的工艺,有了稳定的客户,如此说来,一枚蛋里的乾坤没有人比他更懂。我养了六年的龟长大两圈,我写了十多年的文字都能出书了。时间总能让不起眼的事情发生神奇的变化,它让一个卖鸡蛋的人变得自信又着急。

他自信地说:我的每一种蛋都是好滋味。

他又着急地说:我已六十花甲,这手艺要流传下去才不枉我的研习。

这种焦急我懂,是一种迫切的渴望。他想给人看他最好的技艺,想让人吃到最美味的蛋,就像妈妈急于展现孩子的才华。

他坚持要给我尝尝不同滋味的蛋,推脱三次后,他说盐水蛋再等下去味就变重了,他强调把握时间火候是成就好蛋的关键。再不能推了,我就去等他送鸡蛋。他推着小车匆匆赶来,我坐在街道的木椅上,看他变戏法一般剥蛋。周围渐渐围了人,他在案板上切皮蛋,招呼大家各自品尝。有人要买溏心皮蛋,他骄傲地收拾案板说:这是试验推广。众人有些悻悻然。他给我装了一包蛋,纸上写有名称和保存方法,共五种口味。他说现已研发出来十一种口味。我坐在街边吃一瓣皮蛋,香醇得与众不同,这枚蛋是经历了匠心。

受人之托忠人之事,吃了皮蛋,可我还是不知道对一枚鸡蛋我能改变什么。我说:你去超市熟食铺子推销吧,应该有收获。他说:做一种食品检测报告需要一千多块钱,我研制了十多种,有这个费用,还不如好好改进配料。我无奈地问:其实只卖一种蛋,销量好也是成功,为啥要折腾?他有些激动,挥着手反复摇摆,好像要赶走什么东西。他说:卖多少算多?我以前一天最多卖过几百个,可有什么意思?我突然纳闷了:卖鸡蛋需要什么意思?难道挣钱多对一个卖鸡蛋的来说不是最有意思吗?他的四川话本就说得快又急,现在沟通出现问题,他说得更快,我几乎是靠猜和看表情与他对话。

我问他:要卖技术吗?他摇头表示我还没听懂他的意思,爽快地说:送技术!用我的配料,指导你在自家厨房里做出美味的蛋。他还骄傲地说:配料能反复使用,最多可用六次呢。我问为啥要反复,他不解地说:便宜,节约成本呀!

我有些不好意思,想起昏庸的晋惠帝问灾民饿死为何不食肉糜的荒唐,我面前卖鸡蛋的人就高大了许多。柴米油盐,平常日子都要细细地过,节俭总是没错。反反复复滚一味调料,氤氲的香气里有了时间的味道,他对一枚蛋的执着也就成了一份独特的人生。

我想了想才说:你是沉浸在制作蛋的过程里,你享受你研发的每一种滋味,你骄傲你对一枚蛋的改变,对吗?这回他笑了,眼角的皱纹像刀刻,他连连点头。我如释重负。我终于明白他的意思,也看懂了一个人生活的轨迹。如果读一本书可以给你快乐,那你的幸福就在浩瀚的书海;如果种一株花能给你快乐,那你的幸福就在灿烂的花海。当然,你的快乐如果是给一枚蛋施魔法,那你的幸福就在锅里和案板上,也在与人分享一枚美味蛋的瞬间。

我问他,要写你研制一枚蛋的匠心还是开心?他笑得眯起眼,摆摆手说:都不重要,就想给大家分享,给大家带来好吃的蛋。我也不问他了,我们都是那水下八分之七的冰山,我们卑微如草芥,我们的幸福却实在简单。

一个人的生活和一条鱼的生活一样也不一样,子非鱼焉知鱼之乐?县城里认识他的人那么多,谁又知道他的快乐就是你吃到一枚美味卤蛋的快乐?

有味道的人

立春,天还在飘雪,层层叠叠。开始仿佛闹着玩,后来不管不顾下得天昏地暗,雪一天连着一天,冷得出奇。

我惦记暖和的去处,想和温暖的人在一起。呼朋引伴去涮火锅,短信仿佛是群发,凑齐一圆桌的人,两两不认识的竟然好几对。几杯酒下肚,不认识也熟稔了,火锅的热气腾腾终于淹没了雪带来的寒冷。

几杯酒下肚,一个女人开腔了。她没有虚头巴脑的客气,口音里方言夹杂着岐地乡音,真正土得掉渣渣,但在我听来却极有味道。三句话听完,我知道遇上高人了。她说话一板一眼,看似大实话,可句句让我听着新鲜入味。话进耳朵先是回味,突然回过神我就能笑得打颤,以至于后来,我都没怎么吃东西,光顾听她讲,看她眉眼灵动,听她说得传神。难得在寒冷的雪天有如此热情快乐的人。她在基层干过八年妇联主任,乡音淳朴,衣着简单,她像个朴素的农妇。

她讲十年前的旧事,但比故事有趣。

十年前,大家都还年轻,日子过得也不富裕。她在县城读书,周末常去九叔家。她解释:九叔就是个称呼,也不是真有弟兄九人。

一个冬天的周末,九娘在厨房忙活,她去打个下手,九娘说:咱晚上出去吃火锅。九娘手底下洗菜的活没落下。她问:这是明天要吃的菜?九娘说:晚上吃。青菜、豆腐、海带、豆芽……每弄好一样,九娘就装进袋子,足足准备了一个小时。

终于去吃火锅了。老老少少一大家子围桌子坐好,服务员端来锅底,添好汤,等着点菜。九娘对服务员说:你可以走啦。服务员解释说要点菜。九娘补了一句:菜,我们有。

服务员拿起菜单:冻豆腐。

九娘:有。

服务员:海带和丸子。

九娘:有。

服务员:各种青菜。

九娘:有,还有豆芽。

服务员为难:牛羊肉卷总得要吧?

九娘拎起来大背包直接说:你就别念了,这不都有?去拿些盘子来。

服务员出去了,脸上表情复杂。九叔九娘倒很正常,布菜,倒饮料,饮料当然也是自带。大家伙热热闹闹正煮菜呢,服务员带着经理来了。

经理很客气:各位用餐愉快,原则上我们这里不许自带食物。

九娘一脸平和:这不要的包间嘛,我们的菜很新鲜,来尝尝。

经理一脸苦相:这里有最低消费,你们总得点够一百元的吧,大姐?人这么多,汤都加了两回了,一个菜都不点,老板会扣我工资。

九叔九娘一脸吃惊地看经理:还有这规定?

经理要哭了。九娘说:那就来盘鱿鱼片,一盘大虾,要新鲜的。

经理走了,包间里热火朝天,拼命吃,拼命喝,还是剩下了很多菜蔬和丸子。九娘叫来经理,拎起袋子:我们这些都没动,卫生着呢,送给你们。经理连连摆手,可也不敢说不要。据说结账后,九叔九娘硬是把那些菜蔬送给了经理。

她讲得一本正经,我们笑得前仰后合,就差揉揉肠子。服务员进来要加汤,我们笑得更厉害。

那次吃火锅让我久久回味。吃好饭的佐料是有段子,有段子的前提是有会讲段子的人,那女人才是真真的大活宝。我突然记起了刘姥姥,以前看不懂《红楼梦》,经常觉得刘姥姥丢人现眼,后来长大,觉得她老人家在大观园里站住脚靠的是谄媚巴结。今天我突然明白,有一种人,她能不动声色地把自己的思想注入你的脑袋,你还愉悦地接受,她才是生活的智者。

饭后,我特意和女人聊:九叔九娘真是那样执拗有趣?她说:有一点点,也没有那么夸张。女人说:我看吃饭的人都有点陌生,冷冰冰。以前在基层,也听人说过吃火锅带菜的事。我当个段子说出来大家开心,吃得愉悦就好,吃饭不就图个气氛嘛。我真是佩服她,生活这个大熔炉里百人百性,可有的人就是能看到开心的一面,能给人带来欢乐。

席间还有朋友声情并茂讲旧事。她说:我喜欢吃甜食。我看看她的腰身,觉得她有资本。她问我:手工白云酥,香死人不要命的,你喜欢不?我对白云酥不感兴趣,但我对她用得香死人不要命这个词很感兴趣,怂恿她继续讲,她也不推辞。喜欢甜食的人一般都热情。

她说:我晚饭吃得少,睡得晚点就饿。那天没吃晚饭,看完电视已夜里十一点半,寻思着吃点啥。瞅见桌上放着手工点心的小套盒,馅是样样式式。我想着吃个白云酥和绿豆酥。吃一块又一块,没想到愣是没停得住,太好吃了,刚到嘴就化了,香得人都忘掉妈了,等感觉差不多了,我发现盒子里就剩一块。我悄悄睡下,舒服得梦都没顾得做。

大家都停住筷子,想象她说的那块白云酥。这年头,谁还会为一块白云酥费这么多心思描述?直到今天,我想起她说白云酥的腔调我都想吃。我留恋的是她描述白云酥用的词语,我回味她说白云酥时陶醉的神情,一席吃饭的人都觉得她吃的那才叫真正的白云酥。

不是白云酥香甜,也不是我馋她说话的味道,是她对生活的隆重仪式感让一块白云酥惹人垂涎。三十多岁的女人,用一块白云酥就能调动得人心神俱佳,她在生活里的快乐该有多少呀!我稀罕她有把白云酥制造成快乐的能力。一个能把白云酥都酝酿成幸福的女人,人生里还有什么不顺畅?

生活中,有多少人能拥有与众不同的快乐?岁月之河漫长,谁的热情能不被时间钝化?谁的魅力能不被平淡磨蚀?答案是唯一的:有味道的人。如果美丽的皮囊和有趣的灵魂不可兼得,那我要选有趣的灵魂。它是把生活调制得五味生香的秘方,它能让寡淡无奇的日子过得充实有趣。

人生说短也长,我想在悠悠岁月里看到希望,我要把每一天歌唱,我就要和有味道的人在一起,直到我也成为有味道的女人。

爱在春分

春分,玄鸟将至,白昼渐长。

玄鸟是燕燕于飞还是凤凰于飞都不重要,我关心的是它终于到了,白昼渐长,一对年轻的生命在挑战人生的路上终于迎来曙光。

我见证了超超和欢欢的爱情婚宴,宾朋满座佳肴共享。我只盯着他们的笑脸,这是我见到的最纯真的笑,眉眼弯弯,每一丝笑都像是从心底泛起的泉,汩汩流淌,冒着泡泡的满脸幸福。

超超拉着欢欢的手,像个孩子又像个伙伴,仿佛不是要商榷人生大事,只是去阳坡里采一缕春光;欢欢拧一下超超的耳朵,像是同桌的你抄了我的作业还弄丢我的橡皮,那份默契嬉闹既熟稔又爱怜。欢欢不是端着架子的新娘,她还是邻家的小姑娘,像和小伙商量着去荡个秋千。这样烂漫纯真的笑脸,在婚礼上我从未见过。那一刻,我的心开始柔软,暖暖的,酸酸的。我的姑娘,爱情让她泛着笑,她的头顶有光环,她是最美新娘;热情的小伙,爱情让他无比坚强,面对话筒他高喊:嫁给我吧!那一刻,他巍巍乎如高山,男儿的承诺天地可鉴。

迎宾时,即使穿着西装,超超还是笑弯了腰。偶尔盯着他的新娘,不时抿起嘴唇,脸上的酒窝再次出卖了他,心里的快乐压不住地显在眉梢,这个纯朴的小伙偶尔挠挠头,对着新娘挤挤眼,他似乎抱歉让新娘长久地迎宾站立。他有太多的朋友,社会各界,凤鸣国际六十席的酒水是近千人的大宴,这是亲朋好友的祝福。超超是个好青年,他是岐山的公众人物,可此刻的他,心里就甜蜜蜜地想着一个人,那人就在咫尺,想牵手就牵手,想拥抱就拥抱,那是他杨小超的新娘!

超超是道德模范,自主创业典范,岐山洪霖创始人,县政协委员,这么多盛开的花朵与爱情给他的喜悦怕是不分伯仲。我知道超超命途多舛成长不易,创业艰难男儿有泪不轻弹,可在爱情面前,男儿落泪,算不算不勇敢?我说历经磨难的爱情更值得坚守,这是本心尽显。

今天的超超和欢欢,笑容堆满脸,我却看得泪眼婆娑。哥哥把欢欢的手交给超超,两个男人深深地拥抱,我眼眶湿润,欢欢笑得甜,超超笑着承诺。我明白他们四年坚守中的各种不易,一路走来,该流的眼泪都流了,爱情被泪水冲刷得晶莹剔透,他们勇敢地一路向前,迎来今日的皆大欢喜。为什么要流泪?这是一场温馨的婚礼,所有人的心微微颤动,原来爱情可以这样纯真美丽。

欢欢的妹妹做伴娘,她在婚宴上大声说:杨小超,你要像以前对我姐姐那样好,不忘初心。我又一次动容。像以前一样对她好,不忘初心,这是简单的要求,也是严格的苛求。超超点头连连,仿佛这就不是誓言,而是家常便饭。也许那一刻,超超还想着我本来就一直对欢欢好呀。我知道他们的路还有很远很远,可有了爱,还有什么担忧?爱情本没有轰轰烈烈平平淡淡,是两个人的经营和呵护让它与众不同。

今日春分,这是一场生发在春日的爱的表白。司仪说:今天才是你们爱情之路的冒号,后面还有顿号逗号感叹号。我说生发在春分的爱,之后还有夏至秋分,还有四季,还有人生六十年一轮回,还有海枯石烂地久天长,你愿意她愿意,你们的爱情就是无限不循环的一场游历。

超超拉着我的手说:从今我要叫你侯老师还是姑姑?我说:叫姑!欢欢叫我姑姑,夫唱妇随,妇唱夫也随,这才是琴瑟和谐不是吗?超超又笑得眯着眼,握手用力摇晃着,好像这才是一家人的见证。

我又翻看超超和欢欢的婚礼照片,我太喜欢他们灿烂的笑脸,没有应付没有疲惫,没有矫情没有炫耀,只是笑盈盈,那样轻盈一笑,人间哪里还有什么忧愁不能消?世间哪里还有什么烦恼不能解?爱人,彼此爱着就足矣;爱人,彼此笑着就足矣。你的一颦一笑一举手一投足,就是我的天地我的世界。

有一份纯纯的爱,生发在春分时;有一份真真的爱,绽放在春风里。这一刻,美丽的欢欢就是玄鸟,五彩的凤凰择木而栖,一段爱情终得来美好的善果,白昼终长。

再唱一曲《诗经·桃夭》,周原大地上,勤劳纯朴的子民在春日里终获上天的馈赠,有情人终成眷属。

> 桃之夭夭,灼灼其华。之子于归,宜其室家。
> 桃之夭夭,有蕡其实。之子于归,宜其家室。
> 桃之夭夭,其叶蓁蓁。之子于归,宜其家人。

我也赐你一丈红

今年,我种的一丈红又开得惊天动地,它开个花有杜甫写诗的那种气势,花不惊人死不休!

书里记载,芒种时节正是花时,各色花开得多而艳。在《红楼梦》里,大观园娇滴滴的女儿们芒种时节里隆重祭奠花神,可芒种时节的北方土地上,凤仙花还没打苞,夜娇娇也才散枝,牵牛花太细弱,能让孩子玩痛快的只有一丈红。

小时候,我们把一丈红叫作锵钹花。因它的花开得大而盛,花瓣多是单层,花开像个锵钹。孩童双手各执一朵,花大如手掌,挥舞开合间像一对铜钹,嘴里再配上呐喊声:锵!锵锵锵!锵!锵锵锵!果真威武生煞、烟山土雾,仿佛真的是锣鼓家伙一路奔来,气势上先夺了人去。男孩子这样玩着玩着就闹起架来,少不得使蛮力气,摔打一番。相比之下,女孩子的玩法就文雅多了。选一朵粉嫩的花,掰成一瓣瓣,每一片花瓣的根部撕成两层,撕开的裂口处分泌黏黏的汁液,大家趁势贴在额头、面颊上,瞬间每个女孩就光彩照人,妩媚动人。一群女孩细选粉嫩、洋红、艳红的花朵,你给我贴,我给你贴,半个夏日就这样情真意切地消磨了。

大人们呵斥男孩子,夸赞女孩子,可男孩女孩也有兴趣相投的玩法。我们采它嫩绿的种子,扁圆得像车轮,扁平得像个小磨盘,剥去它薄薄的绿壳,一圈圈白嫩嫩的种子盘在里面。我们嚼食它,黏黏滑滑,没滋没味却又好玩得不肯丢手。爹娘老子这时也不闻不问,任孩子们拿它撒野玩耍。

一丈红，它大名叫蜀葵、大蜀季。它的嫩叶和花都可食，清火败毒。这种人畜无害生性温良的花，种在门外屋后，增添了景致，也让孩子有了玩伴。春日里随意撒几颗种子，大人们乐意得很。

我喜欢叫它一丈红，其实它要能叫成蹿天红才好呢！你就不知道，它在水肥丰足的地方从发苗到长秆开花，噌噌噌，几日不见，一簇簇叶子就能长成小蒲扇，扁圆碧绿毛茸茸，像虎头虎脑的孩子。我后来读南方人的词句：叶上初阳干宿雨，水面清圆，一一风荷举。北方的我，脑海里自动浮现出下雨天里一丈红初生的模样。

一丈红，它简直就是根擀面杖。这花也是个火暴脾气，见风就长，太阳晒得烈它更蹿得猛。笔直笔直的秆，比起树来，自然弱些，可它是花。花的纤弱娇嫩它全然没有，一鼓作气直冲云霄，这一点上，我倒佩服它是巾帼，像杨门女将。它一边长个子一边生叶子，还及时在笔直的秆茎上冒出骨朵，一朵两朵，三五朵攒聚在一起，像密压压挤头说话的娃娃。花苞也是见风就长，鼓鼓囊囊，一天天长大，终于炸裂成一朵水嫩嫩的花。用出水芙蓉形容它很妥帖，因为模样相同的花朵，开在木本的树上就叫木芙蓉，可木芙蓉是荷残霜深才吐艳，我还是喜欢一丈红，它更能陪衬夏天。

上学时读诗《十五从军征》，其中有：中庭生旅谷，井上生旅葵。舂谷持作饭，采葵持作羹。我怅然一句：羹饭一时熟，不知贻阿谁。却又欣喜，葵也能寄愁思，葵还救人饥馑。我考证此葵是否是蜀葵，它是不是我的故人一丈红，结果无喜亦无忧。它是野葵，我辨书中其状貌和功用，它还是有蜀葵的本性。我想，两千多年前，它定是一丈红的祖宗。如今的一丈红，活得简单了许多，它不用再接济救命，也去了一段岁月的苦涩，单看看花，人就赏心悦目。

《本草纲目》关于一丈红，有一段记述触目惊心：蜀葵花一两，麝香半钱，水一大盏，煎服，二三日则杀人。这是医术，可后宫剧中已被用得奸邪，各种中草药杀人于无形，多是争权夺利为杀死腹中胎儿。如果这一丈红被这样用，那它就真的比一丈红的酷刑有过之而无不及。

可细细想，它又有什么错，它与酷刑的一丈红风马牛不相及。医书中它治病救人的方子远远多于杀人药方，且医者用它杀人也有度有则。比如，野葵在《神农本草经》里记载，药方功用是去死胎。医者用它救命救万民，心术不正之人是钻了空子。这些和它叫蜀葵还是叫一丈红毫无干系。我喜欢一丈红的初心从未变!

花,还是好花。我种的一丈红开得黑沉沉,红艳艳,粉扑扑,黄灿灿,白生生。它有五色,我怀疑蜀锦的光芒里都有它多彩的影子。我在楼下撒一片种子,它在贫瘠的地上奋力生长。某一天路过,花开灿烂。我驻足,路人也赞叹,我们一起说说那些年玩过的花样游戏。有心的人剥拾几颗种子,小心收藏,来年他也种下希望,这样好养的花,没人不爱它。

你要不要?我也赐你一丈红,这是一份浓浓的盛情。我是要给你五彩祥云,让你的人生如锦缎辉煌。一丈红是老天给我们的馈赠,等它一株一株摇曳花开,我们就知道芒种到了。它在时光里轮回一季,我们的童年又遥远了一季,它就这样年年盛开,你我终也有了寄托相思之物。

一丈红,用它的方式开在我们的生命里。终有一天,你我心生感慨:蜀葵无端生五色,一色一朵思华年。此情可待成追忆,只是当时已惘然。

构桃红了

我在翻看《中国植物志》,突然就看到构树,它一下子把我拉回二十年前,我和它一起成长,有不解的缘。

春天里我像个蚕,嚼食一切可以下肚的芽、叶、花,终于吃到最后一茬,就等构树开花。

构树难看,村里仅有的几株都长得不高大,兴许是我们攀爬折腾得太厉害,它一直佝偻着长,枝丫四下里散开,像懒媳妇的头发。也好,它那样能让我们骑得舒服,玩得尽兴。不过它也有脾气,不小心蹭破了树皮,就流淌白乎乎的黏液,像狗皮膏药,沾到衣服上皂角荚也难洗掉,娘会骂死人的。

布谷鸟啼叫,我小心地爬构树,捋采着蚕一样的构树花,其实它还没开呢,紧密得像桑葚果子,墨绿墨绿。我娘用它搓面粉蒸麦饭,浇上辣子油蒜汁,我馋着呢。可它东一颗西一颗挂在枝上,我摘得脖子酸痛,还有一只大蚂蚁趁机钻进后脖颈痒痒我,我都没有腾出手去抓,反正它腿长,一会儿就从后背爬到衣衫襟下玩去了。坐在构树上,我感觉我像构树的一枝分杈。

吃毕构桃花麦饭才几天,我姐种的指甲花就结骨朵了。千层的指甲花,粉嘟嘟,红艳艳,像要跳出狭长的叶子讲话。我姐昨天去小卖铺买了白矾,我知道她要央求我摘构叶了。女孩子都臭美。我姐用石臼砸指甲花,搁了白矾,那绿乎乎的一团看得我犯恶心,可我不敢动,那东西溅在身上,擦都擦不掉,皮肤都是红艳艳的,它能染得骨头红,何况我姐摘的是指甲花花瓣,连叶子和秆都不要,功效更甚。我摘构树叶子,我奶就把麻坯拆分成细细的麻丝,我们家女人们今晚都要捂指甲花,我奶还强迫我捂脚心,说祛病健体。

  构树叶子毛茸茸,筋道得拉扯不断,我们用它包起一团砸成糊的指甲花,裹手指甲、脚指甲、脚板心,凉丝丝的,七缠八绕捆上细麻绳后,被构树叶子包得鼓囊囊的手像肿了,那时的我姐十个绿手指叉开就像个怪物。我揪她的头发,她也不能奈我何,她要静静地睡着,第二天早晨她肯定是第一个起床,打清凉的井水,浸红艳艳的指甲。我姐骄傲得像只公鸡,这指甲长到多长都不褪色。三伏天指甲花捂三遍,女孩子指甲个个鲜红明艳,她们在这个季节就离不得构树。

  蝉叫疯了,我去爬构树,树冠撑开,风来了,无数片构树叶子像小扇子,我惬意得像皇上。构树上还有一味好玩物——构桃,据说它的功效是亮眼睛。那东西味道寡淡,可红得像鸡冠子,也像个刺猬球。我用舌头小心地舔舐它的红蕊,每一枝伸出来的蕊还包一粒芝麻状种子,门牙轻合,它就咯嘣一声。吃一颗构桃根本不知道咽下去啥,只是好玩,一不小心,舌头触了中间长红蕊的毛疙瘩就糟了,舌头像被刮了皮,好几天都不敢喝热水。只有我们这些无事生非的半大孩子才会去吃构桃,大多数构桃是被鸟雀啄下来的,掉地上摔个七零八落,脏得像一摊血。这也是家里不种构树的原因,谁愿意打扫那一片狼藉!

  熟落了构桃,我知道要去上学了,构树很快就会落叶子,很快就到冬天了。构树在雪地里枯瘦得只剩下枝丫,连个鸟雀都没停落,大家都快认不出来它,只有等下一个春天,我才能分辨出构树和榆树。

  一年又一年,离开家乡,构树渐渐淡出我的视线。今天翻开《中国植物志》,我还是一眼就认出了它。可就算我站在它面前,它怕也认不出当年爬树的那个毛头小子了吧。

野菜的隐士情怀

今天早饭,我吃了两个菜团子。

墨绿的菜团子圆乎乎的,它们被搁在景德镇的金花细瓷碟里,高雅又质朴,旁边小食盘瓷光雪白,盛着红艳艳的辣椒油蒜。我用包银的筷子搛起一个菜团,吃得斯斯文文。这野菜,是我求了母亲去老家采摘的。

菜团子是用马齿苋做的。我吃菜团子时尽量不去想它的以前,我怕想它的以前勾起我的心酸。

马齿苋,儿时我们都叫它肥猪草。暑假里,我和我的伙伴最开心的事是去田野里疯跑,最闹心的事是去田野里挖猪草。一样的田野,疯跑的我们可以东家西瓜李家洋柿子,乱揪胡糟蹋,还能拔莎草编长发,掘甜甜根过嘴瘾,甚至碰运气找寻野莓子、羊奶瓜。偏偏家家猪圈里都有饿得哼哼唧唧的猪,一头两头三五头,它们是大人们的存钱罐、命根子。那些畜生肥头大耳或瘦骨嶙峋,见了草料就没命,大人们趁着孩子假期,铆足劲多喂草料,好让猪毛色亮肥得快,赶个好价钱。我们每个疯跑的娃娃总有个猪草篮子跟着,像个甩不掉的尾巴,玩得不能尽兴。

猪草名目很多,但小蓟太扎手,打碗碗花太纤弱,拉拉秧猪不爱吃,还是肥猪草讨人喜欢也讨猪喜欢。它壮实,每一片叶、每一条枝都厚嘟嘟的,汁液饱满,而且它平铺得坦荡荡,一条主根延伸出七八条像爪子的枝,看准主根抓一把,整个肥猪草就提在手里,沉甸甸的。无论天气旱涝,在玉米地头、荒草坡上都能找到它。孩子们埋头苦干，不一会儿就能拔得筐儿满满。也有调皮的男孩子，连拔肥猪草的时间都想玩，他们用根细棍子撑在筐子底，薄薄苫一层草，回家直接扣在猪圈，大人还没看见猪都拱没了。这样糊弄十几天，猪毛长肉瘦，大人们猜得出是孩子偷懒做了手脚，孩子自然少不了挨一顿打。肥猪草在我的童年里，就像换自由的筹码，有了它庇护，大人们对我们玩耍才能网开一面；有了它的滋养，猪才能尽快出栏，卖肥猪后我们就能心安理得地拿到一两块零用钱；有了它，我们的猪换得家用，家家过年时和平常日子里都能手头活泛宽展。肥猪草，这是多么讨人喜欢的猪饲料，它是大自然的无私馈赠。

可所有的农家孩子对肥猪草又深恶痛绝，毕竟顶着太阳拔猪草，说得多好听也是煎熬人的活。一筐子猪草很沉，筐子提手深深勒进胳膊嵌入皮肉的滋味不好受，徒手拔肥猪草，指头肚子都要被染成草绿色，天天拔草虎口要疼好久，总之，我儿时的梦想就是远离肥猪草。

多年读书奋斗，我终于远离了拔肥猪草的日子，我堂堂正正地成了文化人，也看文章写文字，仿佛拔猪草已是另一个世界的事。

世事无常，我再一次认识它，是由一位养生专家隆重介绍。马齿苋，延缓衰老，杀菌消炎，降血压。我反反复复看他推荐的图片，我怀疑自己的眼睛，这不是肥猪草吗？专家兴致高得很，如数家珍般说着它的各种好。他侃侃而谈，介绍得很详细，我却满脑子浮现儿时拔猪草的场景。专家是日本海归，学术权威不容置疑。我重新审视儿时的一片草地，它们今天都堂而皇之被称为马齿苋或长命菜，后者更是噱头十足。长命菜，好像是秦始皇派人到海上去搜寻的仙丹，肥猪草竟然叫长命菜，我都要怀疑自己活过的童年。

专家说，马齿苋除了孕妇婴儿不能食，其他再无禁忌，煎炸炒熘打汤蒸麦饭烙饼，无一不是美味，榨汁喝水晒干泡茶日日都可饮用，洗脸搓全身洗头发祛斑除皱养头发。我目瞪口呆，简直怀疑自己的耳朵。肥猪草叫成马齿苋真就成了灵丹妙药除百病？我笑得前仰后合。专家真诚地推荐：你还是试试吧，又不是投资多大，你值得一试。

我心里清楚，我不是不信专家，我不是不信马齿苋的功效，只因我见过它的前世。马祖禅师有一首偈子：

>   为道莫还乡,
>
>   还乡道不成。
>
>   溪边老婆子,
>
>   唤我旧时名。

我太了解它的前世,才对它的今生没有了好奇。还乡道不成,是我用熟稔除去了罩在它头顶的光环。可我这个人还是有一点好,乐意尝试,敢于否定自己。

洗手入厨,我要为马齿苋正名。沸水中快速焯后它翠绿爽口,浇热油煎蒜瓣,加少许生抽,白瓷盘里它红绿相间,金黄的蒜瓣点缀,它就是一幅画;剁碎它拌高筋粉揉搓成絮,旺火蒸十四分钟,油碗伺候,它就是一道主食;在白粳米里熬煮青翠碎叶,仿佛荷塘碧波;更不用说用它蒸包子包饺子晾干炖排骨。我仿佛得了宝,有数天当它是心头好,就像失散多年的孩子回归,当妈的总要补偿这么多年亏欠的爱。

三十年了,重新认识,我比之前更爱它。

我就爱它的沉默不争无所谓,长在田间孤老一生也自在,活在地里做猪草也坦然,被挖去做佳肴尝了鲜也不自夸。这才是一个真隐士的风流情怀,自矜自信自重。我若能如它,活得个洒脱自在,也就不管这白云苍狗世事变迁,这才不枉它对我的再次度化。

我想还你一个大雅之堂用武之地,马齿苋,从今我叫你的大名,你可答应?有生之年,我定要活得通透,就像一株马齿苋。

打碗碗花开

入伏的大雨下三遍，刚刚耕耙过的麦茬地一夜之间就油绿油绿。灰灰菜、仁汉菜、马齿苋、打碗碗花，它们挤破脑袋傻傻地晒着太阳茁壮成长。旷野的风呼啦啦地吹，不种玉米的闲地里，麦茬子沤成肥料，自由生长的苗苗们在这里快活极了！

各色鲜嫩野菜吸引来穿红戴绿的农家闲人。提笼笼拎袋袋，她们呼朋引伴，赶在太阳冒花花前，算好在太阳余晖后一起热热闹闹、轰轰烈烈地掐野菜！母亲带我掐野菜。我蹲下看一串扯蔓的打碗碗花，它细细的触角从这个土坷垃攀缘到那个土坷垃上，它头顶薄薄的叶片不惊不乍，落落大方，舒展的细麻茎上花蕾拧成麻花，像紧皱的眉头。一串绿叶间偶尔开几朵粉色的花，羞羞答答像个小喇叭。花叶一嘟噜一嘟噜的藤蔓又像凯旋的勇士，它一路吹着喇叭高唱，它征服了土坷垃！它的藤蔓纤细得让我心疼，它也做不了餐桌美味，闲人们绕过它，我又替它庆幸。

母亲很快掐满一竹笼灰灰菜嫩茎。晚饭时，我家餐桌上就会有蒜拌灰灰菜。母亲呵斥我：又拔打碗碗花，回家不许端瓷碗！

这句话我仿佛等了一千年！

我的思绪顺着母亲话的余音蔓延开来。四岁的我跟二虎哥拔猪草，六岁的他一脸严肃地警告我：不许拔打碗碗花！我偏偏拔一大把，头上插手上戴，气死他！他鼓着眼睛说：回家吃饭摔了碗可不许怪我！我仗着有奶奶宠才不理他。

说起来也怪,吃饭时瓷碗碗盛的干面没吃一半就不知道怎么滑下手,碗摔个豁口,奶奶怕瓷片割我的手,护着看都不让我看。二虎哥插嘴说:打碗碗花拔了一捧子,不摔碗才怪!奶奶听了神情不悦,对我又念叨一遍:不许玩打碗碗花!听了这话,我心里越发痒痒,就越想拔那粉嘟嘟的花去!后来,我还断断续续打碎过几个瓷碗,家人都怪罪那可恶的花,我就是不明白,为啥我碰了那花,碗就遭殃?它俩是仇人吗?彼此就那么见不得吗?

奶奶去世了,我才五岁。我不敢再玩弄打碗碗花了,母亲不像奶奶那么袒护我,我摔了碗她会打手心。我想奶奶!我战战兢兢拔个打碗碗花,偷偷摸摸玩蔫了悄悄扔掉,回家吃饭抢着端个木钵钵,嘿!吃光喝净也没见把钵钵掉地上。只是木钵钵太大,喝得太胀,我要母亲揉肚子。

晚上睡不着时,我盯着月亮问母亲:玩打碗碗花就真会打破碗?母亲迷糊中说:瞎说!睡觉!我不知道她说出了真话还是嫌我烦,反正在那一夜我明白:打碗碗花就是个花,它就是棵猪草,瓷碗和它又不认识,我只要心里不害怕碗就能端周正。

我还明白:我玩打碗碗花是奶奶撑腰,我是奶奶的心肝宝贝,我就比别的孩子金贵!我是仗着奶奶对我的宠爱哪。

十多岁了,我偶尔偷玩打碗碗花,不管端啥样的瓷碗吃饭都平平安安。我多想把这件幸福的事告诉奶奶,可奶奶的坟边都开出了打碗碗花。

打碗碗花又开,我想奶奶想得心痛。打碗碗花绵延着扯不断的蔓,它就像我的思念,那偶尔开出的一两朵花,是我记忆长河中泛起的浪花。

这精灵生在春天

三毛曾写她给撒哈拉人治肿疮,用的是现磨黄豆糊糊,竟药到病除,效果极佳。当然,对于一个连蛀牙都敢用透明指甲油糊的江湖女巫医,三毛胜在胆大。

当然我也胆很大,比如在用婆婆丁这味草药上,我一直尝试着创新。采春芽叶制成条索碧绿的新茶;选它老茎渗出的乳白汁液涂在家里黄狗掉毛的皮上,医治了黄狗多年的癞疮;用它的鲜叶快手翻炒成一道菜;我还和八十多岁的崔中医聊过它的一些趣事,多和妇人有关。他说产妇积了奶易引发急性乳腺炎,浓浓煎服它,一碗汤汁喝下,有奇效。我笑着说:奇效怕是言重了吧,要不然乳腺科会萧条得门可罗雀。崔中医淡淡地笑:吃南药的吃南药,吃北药的吃北药。科技越发达,治疗渠道越多。老祖宗留的方子好在它极便宜方便。我信他的话,中华中医博大精深,草木和人皆有关联牵制,用得好,偏方胜灵丹。从此,我更喜欢踩着节气的点去寻它了。

它属菊科。婆婆丁是俗称,诗意名字叫金簪草,大众称它为蒲公英。

傍晚,我坐在一片繁盛的耧斗花旁,它形形色色的花像团结的战士,几株蒲公英夹杂在它们中间。我拔出几朵蒲公英的黄花,不经意就咬在嘴里。

我有个五十多岁的大叔朋友,有次,他极认真地对我说:我小时候总觉得蒲公英的花苞里藏着小人,是那种精灵,像个小仙女。我莫名其妙又无比感慨,人生过得富足与否很多时候由想象力决定,谁说男人心里无细节?他还问我儿时有没有玩过蒲公英的花。刚拔的花,黄灿灿的一朵像小向日葵,噙在嘴里迎着风跑,还要大声地喊着:变猫变狗,变花狼。

我眼前即浮现出一幅画面:一群少年奔跑在田野上,衣衫散开在风里像呼啦啦的旗帜,他们嘴里咬着的花就像金黄的太阳,一路散落的是稚嫩少年的五彩梦。我问他:为何衔着花跑时要说变变变?我知道那花茎的白色乳汁是极苦的。他挠挠花白的头发笑,那一刻,五十多岁的男人羞赧得好似个孩童。他摇头无奈地回忆也困惑:盛开的蒲公英花在拼命地吮吸下会很快地变形,卷曲的花瓣我们就想成各种动物吧。忘记了苦不苦,只记得每个人都跑得很尽力,好像大家都认为,只有跑得快,才能变出来猫或狗抑或花狼。

我笑得很大声,好像要弥补我儿时的亏欠,该这样玩蒲公英的季节里,竟然被我生生略过,童年没有这样美好的游戏是多么遗憾。我的嘴里已经泛着苦,极苦的那种,我知道有一半苦涩是因为遗憾。现在的我没勇气在林子里奔跑,更不敢跑着喊:变猫变狗变花狼。我深深怀念长而未成的岁月。我寻一株成了茸毛球的蒲公英,对着斜阳猛吹一口气,一群精灵就带着降落伞走了,这才是我儿时乐此不疲的玩法。女孩子吹之前还会许愿,我曾想着能得一本童话选,最好是格林童话。后来各种童话故事书都得了,便没有时间去玩弄蒲公英了。当然,书给我的知识和趣味更多。

元代的医家震亨说过一个趣事:蒲公英和忍冬藤煎汤,用少许酒佐服,治乳痈极好。可偏偏他又说服罢欲睡,睡觉微汗病极安,形象生动的文字,关键是疗效极佳。现在很难听到哪个大夫能如此笃定地说话。孙思邈也曾记载蒲公英治愈左手中指的事。中指背触庭木,痛不可忍,十日后疮高硕,如熟小豆色。蒲公英这神仙草一用,痛亦除,疮也治愈。看得我心花怒放,这真真活广告哪。医者仁心好生之德,他不惜笔墨记载翔实,良苦用心,我等视而不见就是罪过。

我挖了几株鲜嫩的蒲公英,没有破坏根系,想着它明年春天还要生发,它要养儿育女,开花结籽,一株蒲公英的世界也是异样繁华。我要好好做个凉拌蒲公英,定要有青翠的色、苦苦的香,败败心头的浮躁和春日将逝的感慨。或直接泡一味蒲公英的茶,骗骗远方的朋友,考问他是不是春茶。一株蒲公英,我要让它开在更多人的眼里心里。

蒲公英,它是一株极有意思的植物,精灵一般随时幻化,它随时能成为你想要的那个梦。来,我们一起追随这精灵,过繁花似锦的人生。

长在房顶的往事

我收拾新房,去买绿植。

花房老板郑重推荐最近流行的多肉植物。一盆盆憨厚呆萌的多肉们像傻傻的娃,看得我心疼又怜惜。老板说:冰灯玉露不错,莲花掌好养,宝石花好看,星乙女有格调。我指着一盆绿植问老板:这不是瓦松吗?老板略有尴尬:瓦松是什么东西?我家的多肉植物都是昆明的好货。我说:瓦松是我小时候瓦房顶的祸害。

秋季来临,姥姥家的青瓦房上总有一簇簇长得精神又茂盛的瓦松,我们叫它酸瓜瓜。为了房顶结实耐用,舅舅每年都要清扫瓦松。他搭梯子拿笤帚爬上房顶,我在下面叫得欢实:舅,快,给我掰个大点的!虽然它吃不得,我还是喜欢拿着摆弄。

姥姥叮嘱舅舅站稳当,她用粗麻绳给舅舅吊上竹筐子。屋顶的瓦松太多了,扫不落,舅舅用小铲子铲,一筐子一筐子瓦松和落叶杂尘被装在竹筐子里吊下来。我兴奋得哇哇大叫,给自己的小篮子里拣瓦松。瓦松真普通,长得奇形怪状,三扁二圆,那种像牛犄角的最稀罕,我拿它们去找人玩。我把头梢根须完好的瓦松栽在核桃树下,浇水后用石块砌围栏,种得精心又仔细,可它还是蔫蔫的,过不了几天就死了。剩下残枝的瓦松都被小伙伴瓜分,切成小段玩过家家。瓦松多汁液,胖乎乎的茎斩断就流汁水,偶尔我们也吃一小段,酸酸的黏黏的,大家多是保密分食,大人都说那是爬过蛇的东西,吃了会流鼻血。

我舅最烦瓦松,他每年爬一次房顶清理瓦缝。瓦松长得茂盛,青瓦就被挤出缝隙,天长日久,屋顶就不结实,漏一次雨,就要糟害得人清扫好多天。可谁也不知道瓦松是谁种的,年年扫年年长,它顽强得像战士。姥姥说它是风带来的,只要有青瓦瓦松就断不了根。我舅就常年和它做斗争,我就年年玩瓦松,偷尝那酸得淡薄的草味道。

可有一年,瓦松治人病了。我舅清理的瓦松被我种下,它蔫了几天后竟然没死掉,我感到不可思议,连着看了几天,后来新鲜感过了就把它给忘了。它在核桃树下与一簇青苔共生,鸡都没啄它。秋深了,家家扫过房顶好多天了,隔壁牛武嘴上生疮,据说吃药还过敏,嘴肿得像个猪八戒。牛武他娘向我姥姥求瓦松,我姥姥二话没说就把我种的那棵贡献了。听说牛武他娘把生姜和瓦松加盐捣成糊糊,给牛武敷疮口。几天后,我就见牛武嘴巴好得利利索索,疤痕都没有。

后来,老锁爷爷被蜈蚣咬了,用鲜瓦松和酸饭粒捣烂热敷伤口;玉儿得了急性肝炎,她娘用瓦松麦芽柳枝给她熬水喝。在我零零碎碎的听闻里,瓦松都是药。我舅还是年年秋天上房扫瓦松,瓦松还是不得人爱。我年年偷吃瓦松,它还是那样黏黏糊糊酸得淡薄。

多年以后,我舅成家了,家里盖了楼房,屋顶水泥抹得平平整整,别说瓦松,连青苔都不生。瓦松成了我舅提说旧屋子的一种标志,我再也见不到那种生得灰扑扑的酸瓜瓜,日子里没有瓦松,一年过得飞快。

花房老板说多肉植物好养,我左挑右拣。他帮我选了特里尔宝石、若歌诗、薄雪万年草,三个盆被植得满满当当,我喜欢它们是因为它们看起来都很像瓦松。我给舅舅选一盆名字叫瓦松,可它明明看着是一朵莲,反正舅舅也只知道瓦松这一个名字。

花房老板很乐意听我谈当年的瓦松,他说:植物要是有点故事,会卖得更火。我看着他把百花小松和魔南景天植在一棵枯树根里,他小心翼翼,这是给茶叶店准备的,不起眼的小物件值好几百呢。他说他要给这件作品起名字叫当年瓦松,我估计买家怕也应是四十不惑的年纪吧,只有住过青瓦房的人记忆里才有瓦松,只有记着瓦松的人才有一段故事。

瓦松是那些年长在青瓦房顶的往事。

我养着勤娘子

我养着勤娘子,呵呵,你可别想着是金屋藏娇,等看美人。

把牵牛花叫勤娘子的是清代的潘荣陛。他这一叫勤娘子,它就成了我的心头好,我种它顿时就有了诗意,仿佛在侍弄一株仙草,或伺候一个温婉女子。

儿时,那田间地头盛开的它,大家是不屑一顾的。偶尔兴起拔几朵喇叭一样的花朵,大家都是粗拉拉地扯,大刀阔斧地揪。大人从不责怪,这花命贱太好养活,连种子都不撒,谁知道哪个鸟儿、哪个娃娃随意丢下一粒籽,从此,它在这地方年年世世长,每个春天,它都扯出丝丝连连的蔓;初夏里,开出一茬又一茬的花。

它每天早起开一拨花,形状和颜色朵朵不一样,这是孩子爱玩它的原因。牵牛花,花朵薄而大,像个喇叭,从花芯分出五角星一样的浅痕。在手里热气一捂,它很快就蔫了,扔了再摘最鲜的,谁也不觉得是伤了一朵花的命,关键是它也活不过下午。我们斗花,选颜色最艳的、花芯五角星清晰完整的。大孩子有经验,等太阳照,这花随着太阳照颜色就深,早起的浅红到了正午就成了洋红,最明艳的红色就在午饭时分。一朵花连太阳落山都等不到,这命短得像蜉蝣。可它从初夏开到深秋,顽强地扯蔓开花,像是为证明它是有脾性的。但庄稼人谁顾得上细看一朵花,而且还是朵喇叭花。

我觉得一朵花的命运和名字有很大的关系。比如,牵牛花叫了勤娘子,我就心生爱怜。它凌晨开花就被赋予勤快的品性,温温婉婉叫声娘子,养在家里是一方景观,袅娜如仙,真正是:一朝引上檐楹去,不许时人下眼观。我有遗憾,清朝的有心人命名它作勤娘子,要是唐宋有此美名,只怕诗词又多清词丽句。

牵牛花也叫朝颜,早晨最美的容颜,这名胜过喇叭花这个俗名不知几层。杨万里都要叹一声:木犀未发芙蓉落,买断西风恣意秋。这花能开成季节里独独的一道景观。我看后宫剧,落寞的女人讲情史前先酝酿情绪,指着牵牛花沉沉地说:这花有个少人知道的名字,叫夕颜。我就笑了,明明是编剧硬拉扯嘛。夕颜也是薄命的花,用在香消玉殒的女人身上本无不妥,可它却不是牵牛花。

夕颜源自日本。《源氏物语》第四帖就是《夕颜》,男女和诗般地吟诵,有一句:夕颜凝露容光艳,料是伊人驻马来。我回味它很久,难以忘怀。夕颜,傍晚花开,虽叶子和花与牵牛花都像,可植物学分类里它们是不同的属。牵牛花是旋花科牵牛属,夕颜是葫芦科葫芦属。也就是说,牵牛花与田间地头的打碗碗花是半个本家,夕颜却与葫芦是半个本家。植物真正不敢细区分,我想起在云南见过的一样花,当时我误把它认作牵牛花,它叫月光花。

月光花,这又是一朵胜在名字上的花。难怪我将他错认成牵牛花,它也是旋花科,只不过是月光花属。这样说来,月光花与牵牛花的相似度要比夕颜高出许多。月光花傍晚夜间开,它又叫嫦娥奔月,好听的名字全被它占了,美丽又含蓄。月光花的其他属性与牵牛花相似,但它更阳光,积极向上。它花大而白,我喝过它的干花做的汤,是难得的好滋味。它不带一丝忧郁,生命自含能量。文艺人说它有诗意:目光中永不散去的容颜,生命里永不丢失的温暖。

比一比才知道,牵牛花这俗到尘埃里的花,竟也是沾着七七八八高在云端的亲戚,它有那么多不为人知的秘密。叫它勤娘子的,是清朝皇宫里见过大世面的文人。我真正要把它抬举到天上,让它远远高于所有的打碗碗花,哪怕它们同属。勤娘子比叫朝颜寓意要好出许多,毕竟勤快的女人才能活出自我,靠自己才能活得快乐。

勤娘子,它的孩子叫黑白二丑,表面淡黄灰白的叫白丑,表面灰黑的叫黑丑。这名字俗不可耐,却又高雅得难以思量。我费心地收集二丑,它药用名目繁多,泄水通便,消痰涤饮。在后宫争斗里,它也是利器,性寒有微毒,驱蛔虫。编剧安排恶女人用它动手脚,祸害胎儿,这是否确有奇效,不得而知。不过这勤娘子真治便秘,我见过老妇人用粳米和姜片煮,熟了搅入碾成粉的黑丑。真真一味良药，就看谁开药方。

我种了几年勤娘子，早先是洋红一色。花开盛时做标记，单选色最淡和色最浓的留作籽。几年下来，我的勤娘子颜色分淡粉略白和紫红。读郁达夫《故都的秋》，我又巴巴地去向人讨蓝朵。郁达夫的审美真没错，秋日的疏离，空旷辽远，用蓝紫的花朵果真最配。即便在阳台上种，红的花喜气盈盈，配绿叶大俗大雅；蓝紫色的花境界就高远了许多，看着它，品茗弹古筝最美不过。我分开种两盆，一堵墙隔了开去，一边是世俗陈杂尝百味，一边是纤尘不染独一色。初夏的阳台宛若后宫，妩媚妖艳和清奇脱俗，各有所长，都是我的最爱。此时的我也想活成一株勤娘子，简单地开花，开红花时平和，开蓝花时孤傲，有风骨的花能让周围的莎草都成了景致，有风骨的女人能让人感受到向上的力量。

一种花，命贱好养活就易遭人鄙视，人总是渴望得不到的东西。勤娘子不一样，不懂它的人，连它的名字都叫不准。可一旦懂它，你就像喝酒上了瘾，种花就独独宠着它，从此侯门深似海，其他各色是路人。

夜娇娇

你若是看夜娇娇的香艳名字来寻一位美娇娘,怕要赖我让你失望。

我儿时家门前青石板边有一簇夜娇娇,整个夏天它招引着我玩不够。对,夜娇娇也叫紫茉莉,是村里夏日最不值钱的花。

谁也没撒种,它啥时候冒头发芽都没人见,更没见过谁施肥,一簇夜娇娇就熟门熟路在我家门前自生自灭,一年比一年蓬勃茂盛。

它翠绿的枝叶撑开苫住青石板,奶奶偶尔浇几瓢淘菜水。过了端午节,它的根茎泛着鲜红,迅速膨大,薄薄的表皮下似有饱满的汁液汩汩流淌,整株油绿油绿像发酵的面团,它四下里伸枝散叶,一簇簇夜娇娇撑开就像个毛头狮子。

入了伏,知了叫,夜娇娇就又叫耳坠花。我们一帮小孩辣手摧花,乐此不疲。一撮一撮揪它的花蕾,专选颜色饱满、形态像小棒槌的花蕾掐,且定要完整地摘到花蒂。花蒂是绿色的小圆珠子,是制作耳坠的关键,有了它耳坠花才能嵌在耳朵窝里。花朵娇嫩,下手轻重难拿捏,一不留神揪断了,一朵花就残了。不能戴耳坠的花苞还能叫耳坠花吗?我们毫不手软地丢了再摘,反正这花树上茂密的花蕾像星星。千挑万选的耳坠花苞摊开在手心里,我们比对着颜色一致还要大小合适,小小心心拉住花蒂和花朵,拔出一丝花蕊,这才制作出一对漂亮的耳坠子。

夕阳下,我戴着滴里嘟噜的耳坠花招摇着,人前人后走来跑去,头摇得像拨浪鼓,耳坠花轻轻摇摆,我觉得自己是花仙子。任凭我们拿多少鲜嫩嫩的花苞成精,大人们拉着家常都懒得管。夜幕降临,家家大人拉着孩子洗刷一番睡去,夜迅速安静下来。被我们糟害过遗落在柜沿炕头的耳坠花蔫蔫的,谁要一不小心压下去,衣服床单染了色,明儿少不了大人一番数落,可熟睡中的孩子还甜蜜蜜做着摘花游戏的梦。

夜娇娇,立了秋我们就叫它地雷花,雨水渐多它长得猖狂。花蕾冒出一层又一层,种子成熟一批又一批,这花开得是奶奶携孙子,没完没了。枝繁叶茂花盛,它哪里还在乎孩子们糟践?我们也是变本加厉地欺负它,开始采它的种子玩。它嫩绿的种子圆溜溜,长三五天后大一圈,渐渐有了纹路和形状,颜色也黑沉沉,越来越像个小地雷。

三伏天热,晒十天半个月,地雷果终于壳硬了,颜色黑油油的,它彻底成孩子的玩具了。男孩子摘来用作弹弓子弹,这玩意不大不小,干净结实,男孩都要存满两火柴匣子才能玩得尽兴;女孩子淘弄它,砸开硬壳,剥出瓷实的白仁,一堆子白生生的仁捣成细粉,装进雪花膏的瓶子里,哪里黑搽哪里。那几天,女孩子个个脸面白生生。也有细心的路人偶尔歇歇脚,走时候收拾几颗饱满的籽实,来年也要种几棵夜娇娇。

我还知道它也叫烧汤花、洗澡花,这些俗名字把它一下子拉到尘埃。只因它每每盛开都是夏日的傍晚。人们收拾清洗利索,家家厨房做些清淡的汤汤水水。炊烟袅袅时分,夜娇娇就伴着淡淡炊烟绽放得五彩缤纷,花开得像喇叭,也像撑起的短裙。唯独颜色难描难画,它有鹅黄、明黄、金黄、绯红、洋红、猩红这些纯粹的暖色调,也有各种复色混合,花朵的着色就像我不小心打翻了颜料盘,太随意。伴着暮色陪人洗漱吃晚饭,它自然就被叫得俗不可耐。它从阳春白雪直跌至下里巴人,就如清爽女儿嫁给了焦大,还混得满口俚语俗话。

在我儿时的记忆里,它是最复杂的简单花,我把它的名字读了又读,似懂非懂。它在我心里就时而俏皮顽劣,时而青春逼人,时而历经沧桑。

我现在叫它紫茉莉,这是植物志中它的命名。既然它是紫茉莉科紫茉莉属,它自然有茉莉的特质。捧着书本,我皱皱鼻子闻,当年伴着夜色和炊烟一起升腾的还真有一股淡淡的清香,那香味淡薄得快要被岁月湮没,可又被我惦记牵绕着多年未散。这一瞬间,一丝一缕的香味把我又拉回童年。

不管它曾被喊过夜娇娇、耳坠花、地雷花、烧汤花、洗澡花还是紫茉莉,夜娇娇,我就问你一句话,你想被我叫成啥?

茑萝松花开

过了芒种,再有几天茑萝松就要开花了,它是炎炎夏日的一道景致。我总觉得它是耐力极好的妇人,顶着艳阳不怕酷暑,一路攀爬。细细的茎蔓每伸展一寸都小小心心,它触须的尽头总是仰望天空。

我读"暮从碧山下,山月随人归",再读"绿竹入幽境,青萝拂行衣",心里却总是想起茑萝松。茑萝松让我惦记一个人,时至今日,这种情愫像极了茑萝松的触须,不时探出头,它让我不能专注地读书,索性收起书,细细想一想往事。

我十二三岁大的时候,叔叔家有个阿婆帮他们带孩子做家务。她眉眼细长,皮肤微黑,绾着小小发髻,做事利索走路带风。我的堂弟堂妹吃阿婆做的饭,偶尔调皮也被阿婆呵斥。阿婆整天戴着套袖,系着围裙,在厨房和孩子之间奔忙。几年时间,阿婆在这里生活得轻车熟路,家里锅上灶上全归她管。孩子们尊服她,大人们放心她,这个家一时都离不开她,阿婆俨然成了半个主家。

我们家原也是大户人家,平日里规程礼仪就多,逢年过节迎来送往更是礼数周到。大年三十吃完早饭,族里每家的孩子都穿戴得簇新鲜亮,喜气洋洋,我们由大孩子带着到亲门本家拜年。拜年磕头是形式,可每一个孩子都做得有模有样规规整整,蒲团上跪下去,额头挨了地用心地道一声:新年好。大人们喜盈盈发红包,不过是几毛钱,可一群孩子齐齐整整来磕头,仪式感总是大过拜年。

我给叔叔婶婶磕完头,领头的堂哥已奔出了院子。我拎着蒲团慌忙爬起来,出院子时看见厨房里雾气腾腾,阿婆在蒸酿米糵臊子。我径直走了进去,摆好蒲团对着忙活的阿婆磕头,说了新年好。雾蒙蒙的厨房里,阿婆手忙脚乱,她慌忙扶我起来,翻衣襟四下里找寻压岁钱,她嘴里还不住地念叨:这娃咋这么有心,都不弹嫌我这老婆子,我咋这么有福气!我被她说得脸红。她是个帮工的阿婆,可年龄辈分在这里,我给她磕头也是应该的,可她的手忙脚乱让我难堪。她还在摸索衣兜,我挣扎着跑掉。

后来,我的母亲不止一次听到阿婆对人夸我,说大门大户的人家,教育出来的孩子就是不一样。我说了原委,又不解地问母亲,拜年不就是孩子给大人磕头吗?母亲说是,也不是。但她肯定我做得对。可我心里老感觉,让阿婆手忙脚乱地寻压岁钱是我的不好,还好阿婆没在意,从那以后,她待我又亲近一层。

阿婆忙完家务就在院里种花。有一年茑萝松长得茂盛,有一年凤仙花开得灿烂。我喜欢茑萝松,它纤纤细细,袅袅娜娜,有风摆柳的风姿。阿婆说这藤蔓命强着哪,遇着树就爬得和树一样高,甚至比树还要高,遇到墙它就爬成一堵墙。我见过它细细的藤蔓把一棵高大的广玉兰树爬满,小小的红五星和硕大的玉兰花朵相辉映,大大方方不卑不亢。它开得多的时候更是红红火火一树风景,快要把碗口大的玉兰花比下去了。

夜里纳凉,阿婆坐在木凳子上摇个蒲扇,偶尔提说她的家事。丈夫早逝,她拉扯几个孩子的种种不易,她和所有命苦女人有一样的经历。她手背上青筋暴起,头发也白花花,可她说得坚定又轻松。她每说完一段就总结一句:现在的日子都好到哪里去了呢!她反反复复说日子过得好,我也就开心地觉得生活真美好。

淡淡的夜色,在我的眼前有一株茑萝松的细蔓正爬到高墙上,它偶尔开出艳艳的红花,纵然它的叶子纤细如羽毛,纵然蚂蚁螳螂也可能把它的嫩茎啃断,可它还是义无反顾地向上伸展。它能长叶子的时候就茂盛地长叶子,它能开花的时候就及时地开花,人生的拼搏,它一步都没落下。它没觉得细小的生命就要卑微地活着,它没觉得根叶柔嫩就是命途多舛。我觉得阿婆也是一株茑萝松,她也是我眼前的一幕景观,人生的意义被一株茑萝松定义为奋力前行,不问西东,人生的方向被阿婆指引的就是奋力攀爬。

我认识阿婆,是从她人生的后半截开始,就像我认识茑萝松是从它开花开始。我看到干净利落的阿婆活得坚强又勇敢,她这株盛开的茑萝松,红花虽小,可颜色正,精神足。这样的生命,老天都会敬畏。

十多年后,我遇到阿婆的外孙女,她说阿婆如今跟着她养老,一家人和和美美。阿婆仍康健矍铄,在家里手不闲。劳碌一辈子的人,干活就成了习惯。听到这样的话,我心里很舒坦,好像当年我磕头给老人带去的手忙脚乱也一并消散。我问她说:阳台上能种花草不?茑萝松能养得繁茂吗?她惊讶地问我怎么知道茑萝松,我没有回答。茑萝松是我和阿婆守护的秘密,它是阿婆展现给我的生命的张力。

翻书再读几句诗,顿时心境舒展心胸豁达。欢颜得所憩,美酒聊共挥。长歌吟松风,曲尽河星稀。诗词能给我的,一个灶间干活的阿婆也能给我,一株柔弱的花藤也能给我,阳春白雪下里巴人,殊途同归。

所有的明白和顿悟都是一种释然,它是人生历练中的达观,是生命跋涉中的体验。感谢一位老人,感念一株花藤,他们让我获益匪浅。从此,我不怕做弱者,我不怕山高路远。人生路上,我也是茑萝松,记着目标一路向前。

茵陈这个狐仙

茵陈若是女子,怕是《聊斋》里才有的。

它风姿绰约地生在坟头田塄,见风就长,仿佛鸡叫天亮就幻形的女妖精。正月茵陈二月蒿,五月割了当柴烧,这生命简直是被风催生,一眨眼就从豆蔻年华蹿到人老珠黄,它不是狐仙女子是啥?

正月出头,一冬的冻土被春风吹化,生命在酥酥润润的黄土地上生发。顶着白茸毛的茵陈簇生成一团绿茵茵。它们一圈团围着一棵两棵枯蒿子秆,瘦瘦的黄秆秆是它们的娘。去年的正月里黄秆秆也是风华正茂,可几个太阳一晒它就成了白蒿,再后来结籽,在秋风里成了一道永恒的景。茵陈一生颇有宝玉品论女儿家的悲哀,青春女儿都是女娇娃,嫁人做妇都要成鱼眼珠子,再老些,就连鱼眼珠子也不能比了。时间是一把刀,犀利毫不留情。一生一年,白蒿子没有遇到割柴人,它就孤独倔强地坚挺着,终于在春风春雨的拂润中,养出来一拨叫茵陈的孩子。

茵陈和火绒、艾蒿、苦蒿一起摇摆在春风里。端午节割艾蒿隆重又热闹,家家门上插艾蒿避晦气驱蚊虫,艾蒿时兴那几天;如今再没人做火引子,火绒早已没人收;苦蒿在乡下根本就没地位,猪草里都没有它。只有茵陈,独独被人在早春里就惦念,媳妇们用它做蒸饭尝鲜,我更是在漫长的冬季里就想它。

冬夜里我看一本线装医书,茵陈救了患肝病的女子。记载翔实:女子最初脸色蜡黄,眼珠子都泛着黄,可灾年缺吃少药材,生死由老天。也是女子命不该绝,一年后大夫偶遇她竟然白白胖胖,追问细思得出茵陈救命的医理。真真乃菩萨托生的一味药,连治病救人都是以草的名义。还好,救人的草遇到大夫,杏林春暖医者仁心,总要给它一个名分,叫它茵陈。多么美妙的名字!旖旎无限,谁乍听都会心神荡漾吧。我反复读这一段,就想起婴宁,那天真烂漫笑盈盈的妖女是那么动人,灵动活泼的一袭长裙掩不住天性使然,美得天真未凿!这样的女子,美得成了精,倏忽就不见了,剩下的是一地笑声,捡拾都来不及。正月的茵陈,也就这么忽地来忽地去。赤条条来去无牵挂,怕说的就是它。它无牵挂,可我割舍不下。

书里还记载一种茵陈酒,清热燥湿,舒筋活络。制法有茵陈和白术半夏配方以及鲜茵陈与高粱酒浸渍半年的配方,我看好后者。想着春刚冒头,我寻着最嫩最鲜的茵陈,用最正最烈的高粱酒浸泡,哎,最好用苞谷烧吧,那甘洌的酒里莫掺半钱水,用红泥封口,蘸墨汁红帖子上大大写好茵陈酒,搁置在阴凉处。坛子退而求其次选玻璃的吧,瓷坛子估计我心急得天天要掀开看,会坏事,就像云南少数农家酿梅子酒那样透明的瓶子,一目了然。一天天推时间,茵陈会把绿色褪去分给酒,酒会把陈香染给茵陈,它们是在打架斗法,也是在相亲相爱。半年后,坛里尽数碧莹莹微黄的茵陈酒。我没湿热关节也不酸痛,我就悬壶济世用茵陈酒做买卖,专治江湖人士的游走小疾。

心烦意乱,来,喝一杯;

经脉不畅,来,喝一杯;

脘腹痞闷,来,喝一杯!

反正清香里带着甘甜,辛辣里有着微苦,像你的人生和走过的路。估计这坛酒会在落雪之前喝光光。当然,梅花开了,自然有红泥小火炉,那就重筛酒,绿蚁新醅酒。我们边喝边等来年的春日,等茵陈如约而发。

我好奇为何茵陈多生坟头。

清明时节,我给姥姥和姨婆的坟头压纸,一簇簇茵陈已长成白蒿,中间还夹杂着几枝嫩芽。我揪下芽头,想想又要拔根,坟头总要清爽干净。母亲拦我说:老人在世时仁心慈善,殁了坟头长根草都是给后辈儿孙造福。我放下手,顿时心里噎得难受。这坟头只长茵陈和蒲公英,它们都是野菜草药,难不成真是老人地下有知,给我们融融春意丝丝暖?前几天听东边人说,他们那地方,坟头就长两种植物:前胡和迎春,这两种植物在肃杀秋风里披头散发,给人无尽悲凉。相比之下,我还是愿意让茵陈长在坟头,人情味十足,春意满满,这又是聊斋狐仙才有的情意,虽则受鸡叫天亮的制约,它总能把美释放得无悔。

  收拾了一篮子茵陈,趁着太阳好在背阴处晾干。我把它当茶喝,偶尔烦躁无心情,泡一杯,浓得水把茵陈化不开,滗出半盏浓浓的绿汤,嗅着都是春天。我想起李娟说,在荒凉的大草原上,她和牧民讨价太执拗时,把千辛万苦淘弄来的两尾金鱼端来,大家看金鱼,心平气和后再接着说价钱。这一杯茵陈茶汤,就像那两尾鱼,虽不治病却平缓心境。我就迷恋茵陈这气味,它就是春天的精华浓缩,一呼一吸间,像鼻烟壶给烟客提神醒脑,烦闷荡然无存。多么好的一味草药,让我这无医术之人能想当然治病,它是有多么宽阔的胸怀!

  茵陈也就是一味野菜、一味草药,可我总不能把它单单列开在没有生命的事物里。哪怕是幻想,它也填补了我冬夜的空白;哪怕是一厢情愿,它也是我心里的美丽姑娘;哪怕把它比作狐仙,它也是美得不可方物。

  茵陈这个狐仙,美得像春天眨了个眼。

  一切的美好都不会长久,这才让我心疼忧伤,还好,茵陈泡酒能治一丝丝忧伤。来,干一杯茵陈酒除去忧伤。

麻雀和杏花谈的一场春事

早起，春光里，我在看一树麻雀。傍晚，落日里，我在看一树杏花。麻雀叽叽喳喳，它们在讨论着油盐柴米；杏花从容绽放，它们美得无关风月。

这一树麻雀聚在北杨村坡口的老槐树上，这一树杏花开在南吴邵村口的老杏树上。老槐树比老杏树老多了，可两棵树并未见过面，毕竟树是生了根，从你到我哪怕一步，都是今生无法跨越的距离。当然，麻雀们愿意把这棵树的信息传达给那一棵树，顺便也看看这开在春天的杏花。

早晨我跑步，北杨村的路不远不近刚刚好。跑得微微出汗，我站定休息时，看见这一树麻雀。它们聒噪得肆无忌惮，好像三五个女人撑起的一台戏。

初升的太阳是麻雀谈心的背景。天微蓝，云疏淡，一群麻雀在畅想未来。灰扑扑的精灵们随意散落在这棵槐树上，就像一个个音符。高音区的在欢呼，低音区的在诉说，话多如唠叨的雀妈妈。它们站立枝头，神态安详，语速均匀，它们有太多的家事等着商量。那些等不及梳妆就要拉话的是雀娃娃，它们熬过一夜的寂寞只等天色麻麻亮，真是多话又精力旺盛的家伙。还有急匆匆地彼此想一吐为快，一夜的思念再也等不及就要倾诉的，也不顺顺嗓子，就接起昨天未完的话题开腔，这是热恋中的雀儿吧？一树麻雀到底有几家人？它们熟稔吗？它们是商量去采谷还是要捉虫？

我站立于树下，却被它们忽略。麻雀们不屑浪费时间给一个发呆的人，路人是它们视线之外的活物，此刻，与它们无关的都是浮云。我深羡公冶长——

孔圣人的女婿兼弟子,他通鸟语。我很想听听麻雀们的交流,不仅仅是听个"东山有只羊,你吃肉我喝汤"的浅俗语。这一树各色麻雀的谈话怕是复杂而有趣,这春日的早晨,我想与它们分享。当然,如果它们乐意,我也愿意为它们诵泰戈尔的《生如夏花》,这样想想我都很快乐。

这一天的时间划分为早晚,我早晨看麻雀,晚上看杏花。

晚饭后,我出去走步,特意选了南吴邵的那条小土路。我爱极小村子外的那树杏花。杏花们已轰轰烈烈开了五天,从粉色开到泛了白,再遇着春风,它们洋洋洒洒飘一场杏花雨,这一场花事是一场盛大的宴会啊!

一汀烟雨杏花寒。春寒料峭,杏花是无畏的,淡粉淡粉一朵一朵凝成红云一片,张扬孤傲。我不知道它何时含苞,我遇到它时,已然是一树粉白。我用美丽形容一树杏花很不妥,它还没有绿叶陪衬,仅是繁花满树,这是触目惊心的盛开,是一场轰轰烈烈的花事。这一季的杏花用尽生命的全力,在用心地开。也许它也明白过后不再来的道理,才开得这般不负春光不负己。

黄昏的天空,深蓝里透着黑沉沉的宁静,成团的杏花枝丫斜切了天空,一半天空里有一轮红日,一半暮色里伸出遒劲的枝干,枝丫上点染朵朵粉白花。是夕阳,把一树杏花晕染成油画。花开季节人多思,这不是坏事,却也伤神。美女哭泣被形容成梨花带雨,我觉得还没有用杏花恰切。过于素净不适合年轻人,是贾母说的吧?还是白中带粉更有女人味道。杏花带雨是佳人,伤心却也娇媚,更让人心疼怜惜。

杏花村中有家园,它被传唱成一段佳话;陪着卓文君卖酒的怕也有它;易安误入藕花深处的年龄里是有它的,嗅青梅时也有青杏。在这个傍晚,我被一树繁密的杏花牵绊,想得落英缤纷。我的脚下残花一地,都是杏花之外的事,是杏花勾起的心事。夕阳斜里乱杏花,我今天见到了它独独的美,几分颓败里的残落,几分旖旎里的娇媚。

比起麻雀像妇人般拉扯的家长里短,凋零的杏花是雅致得十指不沾阳春水。我把麻雀比作泥,那杏花便是水;麻雀活得粗糙,杏花活得精致。我不懂麻雀叽喳,我不懂一树花语,可我为自己的比喻扬扬得意。沉思良久,夜幕即至,我眼前的杏花树上突然聚拢了一拨麻雀。始料未及,我目不暇接。麻雀们梳理羽毛,闹腾的杏花簌簌落下,它们竟把这一棵杏花树折腾得活了!

活脱脱一幅春日麻雀杏花图。

灵活奔放的麻雀,美丽灵动的杏花,麻雀们竟拉扯出杏花的美。我哑然失笑,想想刚刚自作主张的比喻,真是糟糕透顶。麻雀和杏花哪里有高下之分?于一棵树而言,它们都是灵动的景观,它们都是树的生命延续。

此时,身边走过赶着羊回家的农人,牵着孩童散步的美妇人。现在的我平和地看他们,脸上带着真诚的笑容。他们没有美丑之分,也没有贫贱之别,都是春日里最美的人。

几只雀儿,一场花事,不过早晚间被我遇上,它们就对我进行了教化,真正是如沐春风,我的人生又一次丰盈。

一场下给你的雪

雪还没下,岐山这块土地上就一片喧哗。

鸟雀儿都叽叽喳喳抢屋架上晾的粮食,生怕雪厚天寒耽搁了它们的生计。几只流浪的狗耷拉着耳朵,也不狂吠,也不乱跑,严肃得像在商量明天和更遥远的未来。关中平原的雪总是这样,它让万物都有预感,让一切生灵都不得安生,让所有的寒衣都披挂上阵,它才姗姗来迟。

我准备了茶和酒,还为你准备了笑话,当然,配雪的音乐该是古筝。我刚在看《围炉夜话》。黄玫瑰也做成了干花。普洱茶里选了归昔,红茶里要喝正山小种,还备下松子和无花果干。你看,我像个松鼠,把食物备齐,就等你来和老天飘雪花。

你说南方的冬天很冷,我说东北的冬天其实很暖和。是的,南方的雪明显是敷衍,带着潮湿带着嘲讽般戏弄而下。老舍先生说,一场雪后山尖树尖像戴个护士帽,这样的雪景是没什么看头的,我听你描述这样的雪都觉得浪费时间。

我知道东北的火炕,穿貂的人进了屋要吃冻柿子冻梨清肺火,在屋里待太久还要吃雪糕。屋外厚厚的积雪才是这个地方的鲜明性格,雪没过膝才算下了雪,要不然狗拉犁、滑雪橇还怎么玩?

我是叶公好龙,本性怕寒,却又不想错过雪天。老天让我出生在北方的平原上,这里冬天雪纷飞,冷得就像薄情的人。这里一年里总有几天让我担心耳朵会冻掉,舔舐过雪花的舌尖总是一阵激灵,雪地里踩过的脚印总让人怀念小时候,堆雪人打雪仗也是为数不多的娱乐。可终归要下一场雪,父辈们的脸上才会堆积着微笑,即使庄稼和粮食对我们已不是最重要的,可他们在意这一场雪的仪式感。麦子滋润地过冬,这是刻在骨子里的农人情结,麦子值不值钱不是重点,能在老天的眷顾下喜获一场丰收就满足。我们对于这场雪都很期待。

今天,我早起了半个小时。我隆重地穿戴,是去约会一场雪。果然,天洋洋洒洒地飘起了雪花,我悬着的心终于放下。

课堂上,我讲《兰亭集序》,大家讨论,悟言一室之内好还是放浪形骸之外好,等有了结果也是:向之所欣,俯仰之间,已为陈迹。不禁哑然失笑:一切事情哪里有大小好坏之分,人生只有过去和现在。我给学生说:背诵默写暂停,三五好友踏雪寻美,写一份观雪的随笔,信可乐也。学生尖叫着玩雪,雪好像一层帷幔,能掩去人装出来的认真。

我裹得严严实实走在雪里,想着怎样给你看看这样丰茂的一场雪。朋友圈里已炸了锅,所有见到雪的人都做证这场雪下在了我这里,就像是隆重地跨年,大家都发雪的照片。

我在一片平坦的雪地边瞭望,我希望你问我一句:可是下雪了吗?我就可以给你讲雪带给我的不同寻常,或者轻声唱孟庭苇的老歌,找找我们以前的模样。可你静寂得像这片雪地,你是不是已经把我遗忘?

我又想起你我共同的好友鬼脚七。他昨天在讲《老子》第十三章。这是一个矛盾的命题,老子主张宠辱若惊,尤其当人多在赞美自己的时候,就要提醒自己:宠为下。听的时候我不是全懂,可眼前白茫茫一片真干净却让我豁然开朗,也许这两个话题并不搭界,可我真的懂了,赞美蚀骨,相思成灾,太过终归不大好。

平静的原野,单一的白色,可以化解最多的恩怨,也可以承载最多的欢欣。我知道不远处的雪底下还有墓堆,我也知道这一片雪底下藏了麦苗。宠既为下,我就不渴望得到更多的关爱,我也不去求拥有所有。就像眼下这场雪下了便下了,你来便来,你不来便不来。雪不接受隆重的期待,也不承载沉重的思念。

这场雪还在下,是在彼此的念叨里还是飘落在田间地头,都是美的,这就对了。茶泡好,我要给你看的雪景替你看了;松子剥成仁,等你回话的时候我帮你吃了。还有广场厚厚的积雪上,该帮你留的名字我也留了,该堆成的雪人也堆了。干这些活的时候,我在心里说:你这家伙可真懒,美景都要我帮你看。我认认真真给你拍茶汤的照片,还反反复复给你说雪人的眉眼情态,你气得跳脚又羡慕地喊叫,直说下次再也不敢小看一场雪。这就对了,你说有啥比细看一场雪更重要?红泥小火炉,红袖添炉香,你不来就辜负了时光。

这是一场下给我的雪,也是一场下给你的雪。虽然是我替你赏了一场雪,我们在一场雪的拉扯下彼此挂念。等雪化了,大家欢欢喜喜去迎接春天。

我和南瓜说话

昨天,朋友气喘吁吁给我抱来两个大南瓜,说它在涝川的山梁上和鸟雀一起长大。

我稀罕它金黄的色相,长得憨憨的模样。搬弄来搬弄去,它也不声不响。今天,我给它擦洗擦洗,把它晾在久违的太阳下,把自己也摊平晾晒,我开始想,这个南瓜它究竟是怎样长大的?

一粒种子要萌发,总得顶开土壤的覆压,运气不好,头顶还有石块或者肆意的践踏。蚯蚓是神的使者,可神无暇眷顾每一粒种子,除非你为梦想的执着坚持让神惊讶或害怕,神会派蚯蚓指引你走出黑暗,奔向光明。

我想,这粒南瓜种子是从六月开始萌芽,虽说清明时分点瓜种豆,可早出来的苗儿遭霜打,这个变幻莫测的世界,春脖子越来越短,还是慢一点发芽。在六月的阳光里缓缓发芽,它像蜗牛伸展着触角,蜷缩着胡须,一点都不敢张扬地生长。舌尖上的美食里有一道龙须菜,凉拌的芽尖,它是南瓜秧的死穴。也许深山里的涝川人少,鸟雀又不贪图几根瓜须,涝川孤单,真是南瓜生长的好地方。

七月里瓜桃开了园,南瓜秧子苗壮得油绿幽绿,仿佛汁液在皮下翻腾。它哪里知道前路埋伏凶险,一个坑接一个坑,它攀爬,努力地把触须延伸向太阳能照到的每个地方,沿途伸手援助的都是它的神,哪怕是根枯树枝,能架着它看到前方就是好朋友。南瓜秧七月扯了一个月的蔓,好累,可夜里也有繁星点点,身边也有油蛉低唱,和风也轻拂,晨露也晶莹,它每一个艰难的伸展都有刻骨铭心的回忆。这棵瓜秧浑然不觉生存的难,它心里只想着千万别耽搁八月的开花,九月的结瓜。

八月里的一切丰硕都裸露在天际下。苹果、枣儿、梨子,大家像是得了令,拼命地炫耀自己的收成,红的黄的,都是一年的骄傲。南瓜秧也试探着亮出喇叭似的黄花,几个老婆子掐去做个南瓜酿,几个娃娃吃得心满意足。南瓜秧还是朝前爬,今天一寸,明天一尺,多长几个蔓四下里伸开。你要采摘就痛快地摘,你要踩踏就任性地踏,不要问它能不能活下去,它只是一棵倔强的南瓜秧。在没有孕育出南瓜之前,在没有结出几个金黄丰硕的南瓜之前,它有什么权利谈论自由和梦想?

九月在户。南瓜秧子就是个傻子,闷头闷脑地结瓜儿子,一个又一个,好像是赶着庆丰收,好儿子瞎女子,一条瓜蔓上缀着三五个呆头呆脑的小南瓜。瓜秧像产后的女人,满足又虚弱,它知道有些瓜儿子注定要被秋雨打落,蔫成皱巴巴的瓜尸,可它有什么办法?这个世界没有共生,优胜劣汰是残酷的现实。它只顾着拉扯蔓秧,尽自己最大的努力给孩子们给养,眼看有的瓜苗壮得像小老虎,颜色都成了金黄,它渐渐忽略老天带给它的忧伤。老是盯着伤口还怎么过生活,越是成熟越能体味这人间的悲凉。南瓜秧也是娘,女人哪里能不心伤?它夜里哭泣,把泪水和露水混合,在太阳出来之前让一切都呈现出欣欣向荣的姿态。粉扑扑的南瓜让所有人看到希望,这是多美的秋,南瓜秧,它从不绝望。

十月蟋蟀入我床下,十月南瓜要个个归仓,十月的瓜秧早已油耗尽,干瘪得像麻绳。它终于可以交差,它的南瓜们壮壮实实,油光油光闪耀着金黄,这不就是一粒南瓜种子所有的梦想?农人摘了瓜,拢了枯黄的瓜秧,耷拉在篱笆上的瓜秧晒着太阳开始回想。想自己这四个月的一路沧桑,它从来没有怀疑命运,它信奉神明,它敬畏生命。它现在看清楚来时的路是多么坎坷,曾经最锋利的土坷垃差点让它断送年轻的生命。它又轻轻地笑了,它记起来那天有一秆横卧的玉米秸帮它渡过深深的沟壑,还有偶尔飞舞的蜂蝶,它们哼着歌谣伴着它生儿育女,还有不远处的蓝色牵牛花,也常在风里鼓励它,窃窃私语谈论着高处的繁华,相约一起攀爬。

一路艰辛,这棵瓜秧回头时连自己都惊讶,这么多坎坷折磨自己是如何坚持的,还养育了那么多金黄的南瓜?它不敢想假如早知道有如此磨难,自己还敢不敢发芽。这是一个无用的假设,连南瓜儿子都在笑它,你不经历艰辛,哪里来我们金秋里的繁华?

我想着八九月的涝川山梁上应该有哪些风光:零星的酸枣,火红的柿子,金黄的南瓜怕是最耀眼,它们一个个像大肚罗汉,袒胸露腹豁达地笑论天下。等降了霜,南瓜们个个油光锃亮,明黄、金黄、橙红,它们就像被老天宠坏的娃娃,一个个等着人抱回家。山梁高,拾掇它们回家要费些力气,这些南瓜就极尽丰收之气势,让人肩扛手抱。也是,这么隆重的收获,才对得起南瓜们这一季里的成长。

杨坤沙哑地吼唱《无所谓》:原谅这世界所有的不对,何必让自己痛苦地轮回?我摩挲着身边一起晒太阳的南瓜。我问它:你可也要入这红尘走一趟轮回?我就不和你唠叨,说这说那都是说害怕,也罢,你就冒冒失失地去走一趟。倘若被种下,千万不要害怕,努力地朝前爬,管他明天是啥,能结瓜就结个瓜,能开花就开朵花,最不济,做了盘中的龙须菜,也是凄美艳丽的一生经历。

我和南瓜说话,面对它,我明白人生要学着做减法,筛掉人生中的痛苦和不幸,留下的都是明艳的欣喜。

你从秦岭深处来

过了正月十五,年就算是过完了。你看我来了,驴驮马载像走亲戚。你是从秦岭深处吹来的一阵风,清穆穆又活泼泼,一下子把我从肥鸡大鸭子的粗俗生活里揪出来,我顿时神清气爽。我是稀罕你扑面而来的秦岭气息,还有你叙述的秦岭故事。

你带瓜带果还说得过去,你还带一只大乌鸡,竟然还那么大!煺毛开膛洗净重是八斤!

你骄傲地说这乌鸡是秦岭山中散养的精灵,它吃了老舅一年多的粮食颗粒长大。我嘲笑:它吃的也就是玉米,喝的也只是山泉。可你看它那精气神,仿佛吃的是老君仙丹,得了日月之精华。你说:那当然。老舅耳朵聋,可手不闲脚勤快。每天早晨,我把鸡赶着吃虫子喝山泉,冬天食物少时撒玉米谷子,还隔三岔五剁青菜喂养。这些鸡晚上卧在树顶,一个个鬼精灵。逮鸡要等夜深了,用耙子顶着鸡脚轻轻地端下来,再手脚灵活地抓鸡。这可比不得白天。晚上做这些事,也就只有老舅熟门熟路,其他人,哼,就算是盗贼,只怕也抓不到一根鸡毛。

我相信你说的话。眼前的这只煺了毛的大乌鸡,爪子比刀子还锋利,皮黝黑黝黑像鲨鱼皮,鸡冠子像朵黑牡丹。它是得道了,乌黑乌黑透亮透亮。我想我若是吃这样的乌鸡,怕是要补得流鼻血了。你豪迈地笑:可劲吃,我让你尝尝什么叫地道的秦岭山货。我唯唯诺诺,不是怕吃这只仙鸡,我是怕尝过它后,我会断了吃其他鸡的念想。曾经沧海难为水,其他乌鸡再没滋味,那我后半辈子的口福岂不是被一只乌鸡毁了？

喝茶闲话，你带了今年制的绿茶。我知道秦岭生宝贝，种啥长啥，还都成了独独的滋味。我烧水泡茶，茶针细密地翻腾舞动，茶香就出来了。这茶嫩，两道水后味就淡了，可我恋那头杯水的绿莹莹，是我央求你带这茶叶，喝过一次老是惦记。你说屋前一垄茶树，今年的茶芽还是老母亲摘采炮制，味道都是独一份。言语间你又一次哀叹母亲年事已高，只怕也做不了几年茶。我们都无语沉默，衰老谁也无法抗争。可我们很快又兴致高涨，茶味淡可也是含着茶多酚，鲜茶的滋味总是让人心旷神怡。它让舌尖尝到秦岭的山风，一丝原野里空旷的风。我们祝老人康健，愿我们的日子里有茶解忧愁。

带着茶的淡香余味，我大刀砍乌鸡。剁成件，分了类，鸡油撕下来炸，乌鸡的油一点都不黑，黄澄澄的。鸡油炸鸡块，是煮豆燃豆萁。我端出砂锅，拣好香料，搁进葱姜蒜，加凉水，慢火炖三个小时。厨房里香味四溢，楼道里都飘着肉香。鸡汤清亮，浮着淡淡的一层黄油，像不言语的人，香味阵阵却掩不住肉的光芒。结结实实的肉，弹牙油香，乌黑的骨头细瓷一般密实。母亲说福不独享，让我分肉汤与大家。给坐月子的朋友分一碗，给父母送一碗。喝到汤吃了肉的人都惊叹：天下还真有如此好滋味的山里鸡？这只乌鸡，给我的年画个句号，它像一阵山风，吹皱一池春水，涟漪圈圈扩散，像很多人都尝到的肉香真滋味。

我打听老舅家的娃娃鱼，你滔滔不绝。三十年前的汉江里，年少的你扎猛子摸出一条大娃娃鱼，它被人欢天喜地买走，据说鱼皮治烧伤是灵药。如今娃娃鱼都叫大鲵，是国家二级保护动物。秦岭深处有人仿野生环境养殖娃娃鱼，老舅前年开塘子，盖屋子，搬了铺盖去养娃娃鱼，有收益，可也辛苦异常。前些天，老舅家的儿子哭着要吃娃娃鱼。两千块一斤的娃娃鱼，被小孩捞出来摔地上，老舅气得哑巴了，可也无奈，只能烹煮给孩子吃。关于娃娃鱼的事，我都爱听。这鱼金贵，喜欢安静，嘈杂的环境里它不长肉，它对水质要求极为苛刻，仿野生的环境也只有秦岭深处。溪水深潭被老舅承包，娃娃鱼苗放养在这里得天独厚，养够两年再卖给广东人，老舅想靠养娃娃鱼盖大楼。我不关心娃娃鱼的生意赚多少钱，我想知道月亮出来的夜里，若惊动了娃娃鱼，它的叫声是不是真的骇人，真像你说的像千百个小儿哭泣？想那阵势就惊悚瘆人，可我总是刨根问底喋喋不休，一座秦岭山是你给我展开的百科全书。

绿茶的生命短暂,我要再沏一壶,你拦住不让。寡淡没味的绿茶也区别于白水,它若有若无的香,看似无色的绿,像我们多年不见的交情。君子之交淡如水的水怕不是白水,我想是淡得无味的绿茶水。

我与你说:有个栏目向我约稿,主编要给我开专栏。我说得轻描淡写,其实内心充满骄傲,隐隐还是小女人心态。你摇着杯中淡茶不紧不慢地说:都是小事,做你爱做的事就好。我说:有稿费,不是那种掏钱买发表权的著作。你还是摇茶杯:都不重要,好好吃饭,养好身子,工作就是个副业。我热情骤减。明知道你不看好,却又想与你说。你从来不会说我轻狂,也不会捧我到云端。小女人在你的眼里就是绿茶,浓也不过是两道水,淡了也就是香于白水。宝玉说大观园里就林妹妹没说过那些混账话。我看好的你,不问职称晋升,不限朝九晚五。这是闲云野鹤的秦岭生活造就了你的好心态。

你总是和大多数人不同,这才是我真正喜欢你的理由。你说话里零碎掉落的都是秦岭山的树叶,都是秦岭水的浪花。我艳羡的那一份自由超脱你从小就被山赋予。长大后你走四方,你以为学会说南腔北调的话,吃过南方的米北方的面,就算是离开了大山,可不经意间,你对着一盘鱼都会想起黄辣丁。我只当你骨子里如那只乌鸡一般,你被秦岭山养得地地道道,哪怕被扔出去几十年,社会还是没能把你同化。你自不知,那分风骨是秦岭山对你的馈赠。

早春的一天,你送来一只乌鸡,喝了一壶绿茶,说道了一番闲话。半天时间,你让我活在秦岭山里,乌鸡茶芽娃娃鱼都是山的言语,半天说的话里都是山的呼吸。这一天,我借你沾了秦岭山的仙气。

流年红了樱桃

我想趁着雨天住在山脚下,就听一夜的雨声滴答。估计是最近宋词看得多了。

离山愈来愈近,养蜂人的帐篷多起来,看到有花有蜜,我心里也像盛开了花。对于养蜂的日子,我总羡慕得紧,可又怕被蜂蛰,我是叶公好龙。我远远地坐在养蜂人的矮脚凳子上,养蜂的男人戴纱帽正收割蜂蜜,黄狗旁若无人地横卧,孩子在不远处嬉闹,养蜂的女人给我装蜂蜜,收钱。她利索得没时间听我唠叨,我说:你们这样活着真好。她嘟嘟囔囔一句:谁干谁知道辛苦。她分明是想赶我走,也许是我游荡的闲适心态更衬托出她的辛苦,她只想尽快地赶跑我。我走了几步,终于明白,原来我们彼此羡慕着对方。

层层云雾被风扯成丝,盘旋缭绕到高处,云层里露出山尖。山石的缝隙里流淌着山泉,山脚大片的野蔷薇被雨水打落,残余的花瓣在枝头浅笑。这一条路再无人烟,我又折回养蜂的帐篷。这时的女人刚刚吃完饭,她主动问我好,黑黑的脸上有了些许笑意,估计是食物让她心情好转。我也回她笑脸,热情高涨,一瞬间,我好像看见太阳。

雨天的下午六点,天色慢慢暗去。我找个农家乐的餐馆,想吃一盘热乎乎的炒面。细眉细眼的女孩去招呼后厨,半天才回来说:做面比较慢,要不然吃米饭?我偏偏没听懂她话里滋味,坚持要炒面。她磨叽几分钟又说:面不够炒一盘。我忍住内心不快,被迫选了炒米饭,不甘心又点了凉拌蕨根粉。等来的炒米饭惨不忍睹:鸡蛋碎、火腿丁、白米饭,只是简单地搅和,葱花都没一丝,蕨根粉被糟蹋得面目全非。喝口热水,我还是难以下咽。胃不是太饿就会挑剔,我没动筷子。她过来收钱,我问她:大厨没在吧?她爽利地答:在。她笑眯眯收钱,动作利落。看着她落落大方,我倒自在了。原来就是一家滥竽充数的店而已,不卖人肉包子就不是孙二娘,充其量也是拿饭换钱的小人物。江湖险恶,不是美女也敢笑吟吟宰客。

走出餐馆,我暗道一声:地僻路远,民风剽悍。

路上偶遇热情的大婶。她说自己家里做民宿,房子新盖,铺盖全新,设施齐备。看她眉眼憨实,我反正也该休息,就随她去看。一切还好,最得意的是住处安静,开窗就是山脚的油菜地,湿漉漉的田地一片黄花,在雨里好像油画,偶尔有啾啾的鸟鸣。大婶热情,她给我做晚饭。红豆稀饭,山野菜,对我胃口,价钱定得高些,我还是满意,约好明天早晨喝她的玉米粥。一夜过后,大婶偷懒了,答应的蛋炒青椒没有,两份野菜也是昨晚剩的,价位高出几十块,大婶还是憨憨地笑,嘴里说着照顾不周。我结账走人,没说的话留在心里。在吃的上面被克扣是小事,毕竟听了一夜的雨声,我是遂了心;她给我做了饭,多收一点点钱,也是遂了她的心。

清晨的山是被鸟唤醒的。一只小麻雀被淋了翅膀,纤弱得像刚出壳。它在樱桃树上团起来,我用手想掬它,谁知它竟灵敏地跳了一跳,跳得比飞得还利索。樱桃,我儿时很稀罕它,唯有吃水果罐头方可见到艳红的一粒。今天这里盛产樱桃、猕猴桃。樱桃园连成片,远看像黑压压的山峦。

年轻的妇人在路边卖樱桃。她身后就是她家园子,下过雨的园子泥泞不堪。我执意想进园看,许诺给她参观费。她笑说:是怕弄脏你的鞋。我为自己的贸然抱歉,脚上戴好她送的塑料袋子去摘樱桃。她老公在园里收拾地。他热情地招呼:你尝着摘,选可心的摘。又一再叮嘱:吃,先吃饱了再摘。我都要笑出声了,真是实诚的卖家。

一园子的树绿肥红瘦,还夹杂着明艳的金黄。晚熟的樱桃滋味更甚,颗颗清甜。伴着细雨,樱桃们灵动得像画,颗颗闪着光,是雨滴让它们活了起来。看中了的我只管抬手摘,真是富足满意。不一会儿,我也学会偷懒,站在树下转一圈,只张张嘴,就能叼到肥硕饱满的樱桃。咂摸一番味道,再换一棵树。我仿佛是馋嘴的雀儿，啄食成了我的本能。模样艳丽的果子太多，摘了高处摘低处，摘了左边摘右边，采摘的乐趣远远大于吃一颗樱桃的快乐。

卖樱桃的妇人还在地头。路过的车上下来许多年轻人与她讨价还价，看见我摘的樱桃色彩绚丽，他们恨不得抢了去，也要进园子自己摘。妇人兴高采烈地给他们塑料袋子，这一行人浩浩荡荡地入了园子，安静的樱桃园子又喧闹起来。妇人感谢我带来好运，下雨天有这么多人来。我摘了六斤，妇人收了五十元，又抓了两把樱桃感谢。我乐滋滋地和她聊天，年轻人在园里喊问：有人把果子藏在包里怎么办？摘好果子从地的另一头走掉怎么办？这园子也没栅栏，也没狗。妇人大气地说：不会的。我想也是不会的，奸诈滋生奸诈，纯朴应对着纯朴。

我又想起餐馆的女孩和经营民宿的大婶。她们还是有一丝的狡诈，得了微小的利益。可相比养蜂的女人和樱桃园的妇人，我总感觉是后者赚了，同是买卖，收钱是最浅的东西，收获一份信任和开心是深层的，能拥有一份信任和愉悦是最高境界。妇人还是不同于妇人，年龄不是问题，是心智和胸怀吧。过了三十岁我就不太动怒，也为不平事恼火，可总能很快释然。我能看到欺骗，只要不越底线，我会包容。冉·阿让偷盗面包也是为救穷孩子，何苦在意他有一个偷盗的名？

岁月流年，哪里能天天都过得黑白分明？你负了我，你讹了我，你骗了我，只要我还有，我有一大截青春，有一大段健康，有一部分积蓄，那我就且随你挥霍一次，但愿你获得了一份快乐。我的心里还是有一丝悲悯，祈祷生活不再与你为难，让它给你透出光亮引你走向真诚豁达。

我看岁月波澜不惊，忆它念它，一纸流年，红了樱桃绿了芭蕉。人生要细数，就把春风化作江南雨，把秋雨化成北国风。春风春雨度化世人，愿它给你我宽广的心胸、博爱的情怀、明亮的眼睛。那时的你我行走于人世，我们就是一颗流年染红的樱桃。

岐地美食

年味不过一碗面

奶奶说:碎娃娃,你别馋,过了腊八就是年。我等不得过年就惦记油汪汪的臊子面。在地地道道的西岐人心里,年的味道就是臊子面的酸辣香。

早些年,岐山人只要说吃臊子面,就知道谁家要过大事,红白事约定俗成早晨都吃臊子面,形象地称之为"吸"臊面,吸溜溜地吃一碗面,成神做仙也不换。寻常人家,逢年过节也是无臊子面不成席。如此耳濡目染成长起来的我,念家乡就记着一碗饭——臊子面。

流传的经典都有动人的理由,臊子肉带着文王杀蛟龙犒劳士兵的故事,它更是岐山家家户户人老几辈传承下的独门口味。一碗臊子面,好坏全由家酿醋、臊子肉、手擀面、底汤菜、漂码菜决定,环环相扣,一样都不能马虎。

臊子面讲究酸、辣、香。真麦实曲酿的粮食醋,在臊子面里是头等的角色。九月里蛐蛐叫,母亲酿好醋。手工醋色泽黑红,入口酸香,装进大瓮缸,全家能吃一年。

父亲燣的臊子很香,他注重每一个细节。大清早,他去集市选取肥瘦各半的肋条肉,带皮切成杏核大的薄片,肥瘦分开。热锅大火下肥肉,加葱段姜片蒜瓣红辣椒干煸炒出油,文火翻炒得肥肉透亮,加少许酱油和农家醋,反复几次加醋,腥味尽去,肉香渐起,加瘦肉、骨头,锅里油汤已被醋浸得金黄,小火慢煨熬,加醋,文火慢搅加粗盐、加红辣椒面,等得红油泛亮,我已口泛涎水,迫不及待等着啃肉骨头。一碗臊子排骨能吃得人忘掉娘舅,那是肉香胜过一切。父亲燣的臊子肉汪着一层红油,装进瓷罐能存半年。

岐地沿北山坡处的地沙石多,早晚温差大,这地产的麦子筋大耐嚼,和成面团,泛着淡淡的奶油色,最适合做手擀面。擀面是母亲的绝活,手擀一案面能做到薄、筋、光,本地人称能巧人。母亲把薄厚不一的几案面切成银丝细面、韭叶子面、宽心面,在黑老锅里煮面,硬柴火扎实,吼吼着燃几下,面在锅里如莲花转开。母亲快速捞出面,过凉水。面条长长,滑溜透亮,一筷子头就够捞一碗。手擀面是臊子面的主心骨,它做得好一碗好面就成了一半。

母亲做漂码菜、底汤菜才讲究,漂码菜是浮在汤上面的菜码,岐地人叫漂菜。切成细末的绿蒜苗,摊成薄片的鸡蛋饼斜切成旗花,泡发的黑木耳撕成小朵,黄花菜切成小段。底汤菜要有蒜薹、红萝卜、豆腐。母亲为显刀工把它们切成小方片,在铁锅里烧菜籽油略炒,底汤菜口感脆香时起锅待用。各色菜在红油汤里呈现红白绿黄黑,父亲说这是臊子面的大格局,它合着阴阳五行,对应补人五脏器。我不管这些大道脉,只管闻着香,看着美,花花绿绿吃他个肚儿圆。

臊子面汤讲究煎、稀、旺。母亲热锅炒盐、姜,加新酿的头道醋炝汤。热锅烹油,只听得刺啦一声响,灶间顿时洋溢起勾人魂摄人魄的酸香,隔壁巷子的路人闻见都流涎水,这是母亲最得意的时候。母亲调好的汤上汪着一层红油,吹不透。这汤讲究一次成,中间不再加料,妙在汤沸腾,越吃越香。调好汤才是好手艺,是大厨都要多琢磨的真本事。铁锅里调和汤泛起白沫子,母亲再大大地挖几铁勺臊子肉,加入底汤菜漂码菜,各种滋味在铁锅里反复融合,灶下火苗舔舐着锅底,美味的汤成就了臊子面的灵魂。

好的吃食总有个关键步骤,它能定乾坤。好吃的臊子面就需要两个灶,一个锅面正煮好,一个锅汤正滚着,趁热浇一碗面,热气腾腾红油汪汪。此时的面、汤仿佛是前世的姻缘,恰恰好的时间,遇到恰恰好的你。孩子端头一碗面去大门口泼汤祭神灵,再献一碗给灶王爷,第三碗供给家里祖宗牌位,大人们彼此招呼着入座吃面。主妇舀面浇汤,小孩端面倒汤。老人客人吃完,孩子主妇再端碗,一顿臊子面,周公故里礼仪尽显,家宅六神问候到,这也是臊子面里的大乾坤。吃着臊子面长大的孩子不缺礼数。

吃臊子面,母亲选小瓷碗,一碗只捞一筷子面,这是为显饭量。村里过事,老人们轻轻松松吃二三十碗,谁也不惊讶。半大小子常为比谁吃的碗数多松裤腰带,这也不是笑话。碗小面稀,吃得多是饭量好,也是肯定了这一顿臊子面滋味好。过大事,主人家听说吃了十几簸箕的面,他才高兴,觉得面子足,大厨师也以此为荣。

臊子面曾被外地人诟病,弹嫌汤回锅。可奶奶说:上千人的大村庄,过大事,全村人吃臊子面,吃到末了汤沸腾到末了,全村人嘴角流油吃个肚儿圆,也没见有个病灾。父亲说:啥都有个啥拿法,大火滚汤是调料融合,也是高温消毒,臊子面要不回汤,滋味就寡淡。一方水土一方人,流传千年自成精华。

听着锣鼓点,吃着臊子面,年就这么热气腾腾地来了。父亲说:日子好天天过年。可我还是惦记母亲做的臊子面,吃了它才算过了年。

奶奶的歌谣,父亲燣的臊子肉,母亲擀的长面,它们融汇成一碗臊子面,也成了我化不开的乡情。年关将近,我闭着眼睛就看见油汪汪的臊子面。鲈鱼堪脍,季鹰归未?唉,我何尝不是借着年想想臊子面,借着一碗面再念一念家乡?

二月二的炒货

七九看柳,八九燕来。鹅黄的柳冒出芽尖尖,春就回了三秦大地。

蜷缩一冬的人,试探着伸出一个冬天都抄在棉筒袖里的手,东风里果真带着几丝暖意,整个人如浸在温水里。这样温暖的春天里,眯缝着的眼睛也能睁得大点了,整个人长长地伸个懒腰,筋骨舒坦!再扯嗓子长长地喊唱一声:将犯官押在监牢内,不除民贼我不姓包!

太阳暖暖地照,毛头小子要理发,嘟囔着头发都长成构桃了,爹照他后脖窝扇去一巴掌,怒喝:等不得二月二了?还要你舅活着不?关中人忌讳正月里理发,说是会折了娘舅的寿。不出正月不能理发,这是大事。半大丫头撺掇着要换夹袄,遭来娘劈头盖脸的一顿训斥:春捂秋冻,你娃甭急性。二月二过了还有个三月三,真是讲究得不得了,小子丫头嘟着嘴抱怨爹娘。正月里不理发,理发娘舅会一年不发;二月里不褪棉,早脱了棉腿脚受寒以后走路就腰弯腿瘸。抱怨归抱怨,可谁也不敢和娘对着干,都还指望着娘在二月二时显手艺炸面花、炒棋豆、爆米花,那都是让小伙伴馋得掉涎水的美味。

娘就好这半大儿女嘴馋爱玩的调调。提前三五天,簸箕里挑拣黄豆、豌豆、黑豆,她边拣边说:二月二,驴上料。我也给你们添补点豆料长点劲,好好念书。

七八天前,村头李家就住进了爆米花的老头。他自带家什,爆锅是肚子鼓起两头尖的黑铸铁家伙,架在铁架子上威武生煞。架子底下放着火旺旺的黑煤火盆,小孩帮着摇转装了玉米粒的爆锅,那玩意上还有个仪表盘,看起来很高级,老头吓唬孩子们,不能乱捣鼓,会爆炸。这话也不假,才拉起风箱呼呼几分钟,添两块煤,老头就戴上棉手套拎起爆锅,喝退孩子们四下散开,把那爆锅支棱在铁丝网的围兜内,脚踩机关,惊天动地一声轰响,吓死人也兴奋死人了!孩子们赶紧放下掩捂耳朵的手,撒丫子朝热气腾腾的铁丝围兜跑去。金黄瓷实的玉米粒已爆成雪白喷香的玉米花,那香勾人的魂!老头也不赶孩子们,还在铁丝围兜里抓几把温热的玉米花给手慢的女娃娃。下一锅爆米花,这是真正的白粳米,下下一锅爆黄豆,队排好孩子们一哄鸟兽散,机灵的又去拉风箱,摇爆锅,乖巧的早去给不远处扎堆纳鞋底的娘嘴里塞一颗爆米花。米花香,豆花香,村里一整天被香甜的热气蒸腾着,偶尔有孩子争执谁家的米花甜,大家一笑呼啦又散去,风疏云淡的二月就这么来了。

二月二的前一天,娘搬来炕桌,和好红的绿的硬面,摆上剪刀梳子六星花花等工具,架起油锅,她这是要给孩子们炸面花。绿色的菠菜面,红色的兑了红酒曲,面皮被擀成薄片,被娘三铰两铰就成了五禽六兽七花八果,娘的心里有无数不重样的飞禽走兽,村里嫁女的人家也早早来帮忙,她们还指望娘去给她家炸面花。

二月二,新嫁女儿的人家给亲家送面花炒豆显手艺,祈多子多福。现在,娘的身边围了大大小小的淘气孩子,这愈发让娘显得似送子观音。娘给石榴添了枝丫,粘了花,搁热油锅里半分钟,面花硬朗地挺直。红的石榴绿的叶,仔细看石榴还带子呢,捞出来晾在竹筛子里,小媳妇们争着看。娘在剪玉兔,这面里掺了澄粉,娘给玉兔镶个红豆眼睛,热油锅里走个来回,兔子通体通透,眼睛红亮亮,耳朵竖着,尾巴上的毛都是用细齿梳子理出来的。娘说明儿摆放时旁边再搁一束菠菜面炸的细纹草,围观的人都稀罕得不得了。娘不紧不慢,这活出在她手里,乡里乡亲谁家要用,她都亲自去做,也不知道村里嫁了多少女,娘得到的报酬是送面花的竹笼子,一根大梁都挂不下。

娘把剪完面花的边角料收拾一起,揉上盐粒芝麻五香粉,让我自己切棋豆。我用擀杖推面,薄厚不均,娘也不笑话。她看着我把面饼切成条,斜里开去切旗花或方块,我像是在过家家,仔仔细细把旗花面块分散整形,娘一点也不着急。她就这点好,我要玩,她陪着,很少言语,我就心里踏实。娘点起麦秸火,缓缓地烧,指挥我往锅里擦油,放入旗花面块,她有一下没一下地搭把火。我站在小板凳上翻搅着锅里的面块,下午的时间很快消磨在锅里,旗花面块黄澄澄香喷喷,娘说这才叫好棋豆。我和伙伴分食着棋豆,嘎嘣嘎嘣嚼一晌,这一天里,饭都不要吃。

人勤春早,二月二的街道行人忙,三五成群的妇女穿新戴新,挎着竹笼,竹笼里满满堆着米花棋豆,在上面苫好各色面花,她们一行喜气洋洋排排场场去新嫁女家。这篮子手艺是头面,手艺好人就有底气,亲家母必定是欢欢喜喜做臊子面,大家和和美美分食二月二的喜悦。新嫁娘收到众人的祈福祝贺,在头春里就得了喜气。

二月二,龙抬头,从今起风调雨顺。二月二,杨柳摆,从今起春暖花开。

地软这道美味

第一场春雨刚过,母亲就忙活,忙得寻不到人影。她和几个婶娘提着竹笼子,说说笑笑一走就是大半天,她们去草滩塄坎人烟少的地方捡拾宝贝。对,她们是拾地软去了。

地软也叫地衣、水木耳。它就是一种藻,水藻遇水才发涨显形,地软就是个水包子。刚捡拾的地软,黑油油水滴滴,捏在手心软乎乎凉冰冰,莫用劲,手重它就化成一摊水。风吹日晒,它们就像一层薄膜,紧贴地面隐藏在草丛中,像有遁形术。一夜春雨泡发,它们如黑色牡丹花,一卷卷一卷卷蜷缩堆积,显形在细密的草芽里。母亲才不管它们学名叫啥,她只知道地软是个宝,有了它就能尽情地烙韭菜盒,包包子,做地道的岐山辣子面。母亲是巧妇,她需要地软来显手艺。

母亲说地软太金贵,因它春日遇雨才生发,惊蛰响雷后就吃不得了。地软能捡拾的日子不多,家里的地养不活,它只在固定的荒草滩簇生,这也让它显得尤其金贵。捡拾地软是个有挑战性的活,运气好才能碰到。我大娘眼神不好,她在别人踩踏过的地方捡拾地软碎末,她把它们养在自家菜园里,可长着长着就没了,大娘说地软让土给吃了。土归土,尘归尘,地软总归是矫情,看心情才现身。它这般金贵、娇气,才更让人稀罕。

母亲和婶娘们心里有幅地软生长的活地图。土坡塄坎、莎草滩、坟地路边,但凡长莎草的地方就是生地软的地方,她们都知道,秘而不宣。

过了二月,东风吹几天,女人们像蛰伏一冬等春雨滋润的植物,第一场春雨就是暗号。夜里落雨,第二天早饭后,她们就挎着篮子在村头聚集,当然,拾地软是主事,唠嗑拉家常也是很快乐的事。三个女人一台戏,这台戏的主角多,她们热热闹闹说说笑笑,给春寒料峭的荒凉地添了几许生机。拾地软的能人多,拉秀嫂子是个活宝,插科打诨随口就来;彩霞嫂子记性好,前三十年后四十年她能说得明明白白。拾个地软,母亲能拾回来一篮子故事,学会好些口谱笑话,我夜里就不愁睡觉,经常听得笑哈哈。

捡拾回来的地软只是半成品,要晒几个大日头,让热风吹去水汽。地软筋道得能抖散,草枝浮末就去掉一半。再晒几日,皱皱巴巴的地软经得起揉搓,母亲用井水淘洗干净,继续晾晒。前前后后七八天侍弄,一簸箕的水地软拢共才得成品一小瓷碗。母亲说地软的口头禅是:毛多肉少。说归说,她还是小心地收好干地软,我就盼望着姥姥和姨婆来。

姥姥和姨婆双双过了八十岁,像两尊活菩萨,她们念经吃斋忌口,母亲用地软给她们做吃食换口味,我跟着吃新鲜。母亲包地软菠菜包子,褶子细得像菊花丝,姥姥和姨婆你推我让,我不客气地拿一个几口吞没了,惹得她们笑哈哈,她们没牙的嘴瘪着笑也像朵花。老姐妹俩右手拿包子吃,左手掬着在前襟口接,吃完也没掉个菜星星,她们吃好东西已惯有这动作。香香地吃个热乎包子,她俩感慨:享福了,给你祈来婆婆送些个吧。母亲说:送了。她俩又叹气对我说:你奶殁得早,没享这福。我就大声喊:我奶的包子我替她吃!母亲举手要给我一巴掌,我早早逃了。

中午,母亲做辣子面,红萝卜豆腐炒地软,撒芹菜叶做漂花,油泼辣子加芝麻焦香焦香。姥姥和姨婆吃碗面直念阿弥陀佛:这真真是享天大的福,要紧赶着消罪孽呢。赶在饭时常有化缘或乞讨的人,姥姥和姨婆让母亲稠稠地舀碗面,好东西让更多的人分享才好。母亲的地软吃个稀罕,连送带尝,半个村的人都会尝到。

我姥姥和姨婆殁了多年。每年春天,母亲还捡拾地软,晒晒拣拣,拾掇干净包包子,只供在佛龛前,香烟缭绕,好似人影憧憧。我吃上过供的地软包子,问母亲:地软越来越味薄了。母亲说:吃食多了,嘴巴不稀罕了。我劝母亲:不要再去拾地软了,家里木耳都生虫了。当年是手头钱不宽展,家里买不起木耳。

母亲不语,好久之后才说:你拉秀嫂子前些个日子殁了,拾地软的人又少了一个。

我们娘儿俩看着蓝蓝的天,一群麻鸽子飞远了,只剩个黑点点。想起离我远去的亲人,他们留下的只是记忆里的某些片段;再往后,我们也是孩子记忆里的片段。这一个片段续上一个片段,一代接着一代,这就是日子。

又一场春雨过后,我想和母亲一道去拾地软,约上彩霞、录巧嫂子们,带上女儿,拾地软的队伍永远都要热热闹闹。拾地软永远都是我人生中有意义的片段。

地软这道美味,让家乡女人的生活多了许多快活,让很多家里有了自己的味道。

椒蕊煎饼香

　　母亲说要等清明过后才摊煎饼,可我已念叨得她耳朵要起茧子了。她在等煎饼的灵魂伴侣,一味长在花椒树上很讨巧的配料——椒蕊。她安慰我:慢慢等,心急吃不了好煎饼。

　　我着急地等。春寒料峭,花椒树像被冻死了一样没一点醒动。终于有一天,鲜嫩嫩的花椒叶子在春雨里露芽,油绿中泛着紫红。我小心地掐了椒蕊,花椒树生刺,母亲说我为了吃嘴都不怕扎。椒蕊是椒树的嫩叶子,它有绵长的麻香,醒脑提神。一张薄筋透亮的煎饼里只要有细碎的椒蕊,懂吃的人就能分辨这煎饼和别的煎饼是不同的,我说这样的煎饼吃着能果腹,闻着解忧伤。

　　在我的心里,一张煎饼卷菜是庄稼人咬春的标志,它是老天给田间地头干活人的犒劳,它也是大地给蛰伏一冬农人的春日佳肴。

　　制作煎饼的材料普通又挑剔,除了季节性明显的椒蕊,还要选坡地的麦子,它的面筋道,还讲究新磨的麦面甜香。凉水和面粉,用筷子顺时针狠狠地搅,搅得面疙瘩尽散,盆里波纹丝丝圈圈,撒入斩碎的椒蕊,加盐和五香粉,我已能闻出来鲜嫩嫩的春天香味。

　　摊煎饼是个巧宗。母亲提起勺子划拉几下,看着面糊顺勺子倒下一条线,她是在看稀稠,她这一眼就能掂量出煎饼的软硬。

　　母亲烧起麦秸火,她快速用油擦锅底,趁锅热倒一勺面糊,及时用木头铲子蘸水贴锅边划开去,面糊在锅底瞬间摊成个圆。母亲划拉面糊不过半分钟,双手提起煎饼翻个身,扔锅里又是半分钟。我眼看着煎饼透明周围回缩,像变戏法。这动作一气呵成,母亲闭着眼睛都能让煎饼薄得像窗户纸,圆得像盘子,可我过不了这一关。

我畏畏缩缩几次都摊成软面疙瘩。母亲说我和面糊糊时没用尽气力搅动,我汗颜,这付出和收获的回报也太明显了。母亲还说我的煎饼软塌塌是面糊糊太稀,挂不住锅。这都是经验,我谦虚地接受,屡败屡战。母亲顺便又教导我几句:熟能生巧,多练练,手底下快了胆子就正了。干活总要心里清楚不露怯,活人也是一理。一味煎饼摊出了人生哲理,我也是服气母亲的教诲。

母亲摊好煎饼,全家人坐着分食。煎饼面皮子透亮,一面微黄一面洁白,椒蕊翠绿像煎饼上开的花,一张煎饼提起抖三抖,筋道得弹几弹圆形都不变,这才是上上品。母亲每摊一张煎饼,我就把前一张凉在案板的煎饼收起,对折放进瓷碟,很快,一摞子煎饼被我颤颤巍巍地端出厨房。

吃煎饼看人品,母亲说半大小子都是猴急性子,一张煎饼蘸蒜泥汁,转个身煎饼下肚,他们舔舔嘴唇等下一张。家乡人用猴摊煎饼嘲笑这贪嘴性急的吃货。

春日里田里农活消闲,母亲做煎饼也就吃得讲究。砸蒜泥,切生菜,花花绿绿的碟子和碗里都是煎饼的陪衬。油泼蒜泥、炸花生米、胡萝卜拌葱丝、酸辣土豆丝、豆豉辣椒酱、海带丝,这一众铺排,把煎饼吃得风生水起,庄严又富足。大家摊开煎饼,选取各色菜,一层层码好,双手合捏卷煎饼像吹唢呐,一口咬下,脆的香的嫩的鲜的,各种滋味融入口中,人人大快朵颐,个个欢天喜地。

我也奇怪,不就是一味煎饼,何以能让家人吃得如此满足好像过大年?是母亲的好手艺,也是母亲的巧安排。她说过日子就是要细思量,巧安排,哪怕是个凉拌萝卜丝,也要切得刀工仔细,加姜丝葱段香醋还要热油泼,这样才不辜负菜蔬,这样的日子才让人惦念。活人就要对得起生命的每一天。

学了四十年,我终于会摊煎饼了,母亲说我现在的手艺都要超过她了,可我觉得煎饼蕴含的人生道理,我还没参悟得透。一味美食,总是要有厚厚的积淀才耐得住岁月的煎熬。我还要多摊煎饼,一次一次在锅里画圆,一次一次把日子过得没有亏欠。

美味传承着爱

夜雨剪春韭,真是好句子,它读得人能看到春天,看到希望,看到美味在即。

我得了一捆头茬韭菜,真真是红裤腿儿绿叶子,一根根都像剑。它是泥土里一冬蕴藏的精华,根根都是壮硕的好苗苗。去年冬天的雪一场又一场,冷得出奇,一层土冻了化,化了冻。现在松软的泥土里钻出来一根根绿油油的韭菜芽,它在试探着春天的气息,经历过雪霜,这拨韭菜的味道更鲜。

头茬韭菜,它给主妇一个希望,主妇会给全家人一个惊喜。

母亲收拾着韭菜,一根根择得干干净净,淘洗后翠绿翠绿,掐一片叶子都能流出墨绿的汁水。我家的厨房里久久飘散着韭菜独特的辛辣鲜香味。葱蒜韭都是蔬菜里的另类,味道独特浓烈,喜欢它的人欲罢不能,我们家就好这一口韭菜味。关键也是母亲好手艺能搭配出不同滋味,韭菜炒鸡蛋、韭菜地软盒子、韭菜豆腐包子、韭菜肉馅饺子,这手艺繁多,好像家里要种二亩韭菜都不够吃一样。

前几天母亲捡拾了些地软,拾掇干净晾晒几天,这头茬韭菜就来了,好食材遇到好食材,这是它们的造化,也是我的口福。我知道,韭菜地软烙的菜盒子,把整个春天滋味的尖给掐了,尝一口给个神仙都不换。

我笑着说早晨吃少点,等着中午吃韭菜盒子。母亲说我长了几十年还是嘴馋。我理直气壮地说:美食是生活的经络,应季美味是经络上的穴位。有了它们,人生才能运转,才有始有终,且每一天都充实而满足。当然,我要给母亲打下手,比如分别拌好豆腐韭菜馅和地软韭菜馅,一定还要拌个臊子肉韭菜馅。母亲把一块块面团擀成圆圆的饼皮,架起平底锅,我给擀好的面皮上拨好菜馅,厨房里就嗞嗞冒着春天的活色生香。

我喜欢看母亲用瓷碗薄沿绕着圈切韭菜饼的面皮边,碗沿滚过,面皮的边角料就被她提在手里。案板上的韭菜盒子圆得像月亮,面皮边也一溜儿压得严严实实,提出锅也不掉菜,这才真真是好手艺。

韭菜盒子在锅里翻个身,父亲就配蘸料,蒜泥汁、芝麻酱。百人百口味,我更喜空口吃韭菜盒,那才是韭菜的本味、地软的本味、春天的本味。一个韭菜盒子大家分食殆尽,再喝几口金灿灿的玉米粥,对于今天这日子我就很满足。一年一季,一季一味,这是人嚼食着生活,享受着人生,谁还会不高兴?

刚刚吃过韭菜盒子,我现在又怀念韭菜盒子。

母亲说,经霜经雨的菜越来越少了,大棚菜都要卖到农人自家锅灶上去了。菜蔬的味像薄情的人心,哪里去寻找那一丝辛辣鲜香?我默默不语。我在楼下种了一畦韭菜,选的是上好的品种,可地太贫瘠,不想施化肥,又没有喂牛羊得来土粪,我的韭菜长得稀疏得像猴毛,根本看不到头茬韭,等到四月收了一茬,茎儿老得嚼不动。我说我对不起韭菜,我不是一个好农人,可我又是那么喜欢吃地里长得野拉拉的韭菜,这真是一个伤心的话题。

我的孩子说,没有那么忧伤,这个世界不只有头茬韭的美味。她哪里懂我的忧伤?我又给她说我小时候吃的韭菜盒子比现在的更美味,她笑着说:那都是时间的味道、成长的味道。如果我现在能给你做一盘韭菜盒子,哪怕不是田野里的头茬韭,你会在意吗?我不能回答。原来我一直拘泥于食材,我害怕美味不再有,孩子一语惊醒梦中人,顿时我感觉天宽地宽。

春天热情洋溢地来了,桃花要开杏花要开,韭菜已经要割二茬,到夏季里收获韭薹,它还有一拨秋韭。这个世界秩序井然,我不再管韭菜的味道浓不浓,一切美食在三代人的传承里,滋味就不会差。

我在厨房给孩子示范韭菜盒子的做法,她边听边笑。我问她:记住了吗?她笑嘻嘻地说:只要是娘教的,孩儿都会记下;只要是娘做的,孩儿都会喜欢。这个和春天关系不大。

早春韭先绿。在这个春天,我明白了一个理:美食传儿代靠的不仅是食材,稀罕的是那藏在美味里的爱。

《诗经》的触须

春天的尾巴上,我走在学校围墙下的草丛里,几米外就是宽阔的马路。我选这片无人问津的密林,是因这里有一片郁郁葱葱的薇菜。它们懒懒散散地长着,没心没肺地晒着太阳,我却已等它一年。

冬天的寒夜里,我翻看配图版本的《诗经》,重点看植物图解。

《采薇》篇有注释:薇是野豌豆、大巢菜。看它配的图,我一愣神,这野豌豆我见过,它就是学校围墙下春夏之交常见的野花。我教学《采薇》十几遍,在心里把薇菜和灰灰菜混为一谈,今天才知道《诗经》里高雅的薇竟然就是身边牛羊的饲料!那一夜,我有一种负罪感。

在我心里,《诗经》遥远得近乎神秘,薇菜更是触不可及的梦。我小心翼翼地供奉在经典里的薇啊,竟然离我咫尺,我冲动得想哭。那一夜,我恨不得拨动季节的钟,好让它快快地走过冬,迎来暖暖的春,让薇芽露出土,我要好好会一会这陌生的故人。

在我的期待和兴奋中,春日来临。我每天从那一片薇旁边走过,看它们枝枝蔓蔓扯开,在林间的空地上铺开去,像是霸王龙一样无畏。它们埋头爬行,偶尔得了空,开一串串亮紫色的花,像宣战的旌旗,接着又扯开细长的藤蔓,暖暖的阳光里,没几天工夫,它们就占满一片坡地。早开的紫花蔫了,顶出来几串嫩嫩的小豆荚,豆荚尖尖还带着一丝白线,像刚落地的娃娃顶着脐带,它们颤巍巍在风里晃脑袋。我心里喜欢又不安,反复查看图片,确认如今脚下的这片绚烂的紫花就是从《诗经》里扯出的藤蔓。

我掐了一株薇的嫩苗,犹豫着又掐了一株。鲜嫩的薇苗带着些许清香,我拈起一株问:伯夷、叔齐义不仕周可是你的供养?戎狄交侵暴虐中原,可是你让士兵充饥?薇呀薇,三千年前你到底经历了什么?就这一路扯着枝蔓不言不语。薇芽离开枝头,蔫蔫地卷着胡须,没有人回答我的问话。

吃了薇的嫩芽,吃了薇的茎叶,吃了薇的豆荚,还能吃什么?周王室的士兵不能回家。伴着薇一茬又一茬,斗转星移,小伙长成壮汉,壮汉胡子拉碴。无休止的交战让时光遗忘了这些生命,等到某一天突然一声令下:尔等回家。步履蹒跚的老兵心是一块冰未化,他们再也不要和薇菜一起守着岁月,再也不要掐着薇吃掉年华。昔我往矣,杨柳依依。今我来思,雨雪霏霏。薇是战火纷飞的见证,薇也是对抗戎狄的周王室的兵。

薇呀薇,如今我的身边少有人吃它,也没有人拿它当菜。它只是散落在山坡上的一株野草。偶尔有乡人牵了黑牛或白羊来吃草,它们嘴里啃一株,脚下踩一片,薇菜变成牛羊奶,牛羊的任务完成了,谁还诵读着《诗经》想着《采薇》?

长歌怀采薇,王绩在吟咏。他是见着了一株倔强的野豌豆呢,还是想起了伯夷叔齐?长顾无相识,自然是落寞,自然是苦闷了。郁郁寡欢的文人总会摇起忠贞义士的铃铛,反省自思,要不然他们怎么度过这不得志的岁月?要不然怎么打发这碌碌无为的光阴?薇是救过义士性命的古老菜肴,它担负着历史的使命,不是清高的也是孑然孤傲的,它还要为后人解忧思寄托情怀,让不得志的文官武将有个精神慰藉。薇哪里是株菜,分明就是一轮皓皓明月,孤独地守望一片历史的天。

一派春光里,我细细地掐薇菜嫩苗,我不敢亵渎它,心里吟诵《采薇》《野望》。昨夜我有些咳,我要做野豌豆汤,这蔷薇亚目野豌豆族的薇,在《中草药汇编》里就被定义全草入药,有化痰止咳的功效。我把它洗净沥干,起热油爆炒加开水滚两滚,甩个鸡蛋进去,瞬间成了一碗清爽鹅黄的清汤。闻着味道,我感觉嗓子已经爽利,这碗汤是要喝下医治心病。这样想着,我对《采薇》的熟稔竟然变成氤氲香气,袅袅飘远。

薇亦作止,薇亦柔止。我今天也采了薇菜,朝闻道夕死可矣。这一片薇长在学校的围墙下,我总算明白了它的苦心,莘莘学子总在读《采薇》,年年岁岁课本里总有《诗经》。

薇菜从未出离周原大地,学校围墙下的这片薇,就是长在《诗经》之外的国风篇章。一株薇菜正用细细的触角向前攀爬,它是要去和天空对话。我明白,薇就是《诗经》的触须,它是带着神圣的任务活在周原大地上,负责看看这方土地有没有把先民的教化遗忘。

薇,你是《诗经》的触须,你且慢慢地长。在这里,你每年都会看到新的希望,隔壁的学子定会实现你的愿望。

洋槐花开五月香

村里人把槐树分为青槐和洋槐,我喜欢开白花的洋槐花。

洋槐树的苗好栽活,风吹落的洋槐籽不择地,不怕旱,黄土坡地的沟沟洼洼、坡头岭上都是它们的天下。洋槐苗太好说话,从带刺的芽芽到成棵的大树,它要躲过牛羊的啃食,还得躲过花开时节放羊娃的攀折。它坎坎坷坷地成长,终于满坡遍野成片成林。

二十年前的冬天,二哥学校勤工俭学的重要行动就是采洋槐籽。二哥带我采洋槐树籽,我们扛着竹竿,提着竹篾篮子,敲打着零星挂在枝头的洋槐荚。一个下午,脖子仰得头都晕了,才采了半篮子。那干瘪的洋槐荚是褐色的,一串串一挂挂,它里面有亮晶晶的黑籽,细密的籽比芝麻稍微大,乌溜溜的像眼睛。我们忙活一个冬天,才能采得一小布袋的洋槐籽。学校收集树籽上缴,它们为大西北植树造林做贡献。眼下的春天,北山坡满山的洋槐树,也有我们当年采的种子生发长成的树吧!

桃李花刚开过,奶奶就采一次洋槐嫩芽。开水锅里烫个滚,热油一泼,凉拌着吃赛香椿。我猴急猴急大口吃,奶奶打我筷子说:春天里的头芽,尝个鲜,只吃这一遭,细细嚼。她怕采多伤树,她说等洋槐花开树还要遭罪。天气还不够暖和,洋槐花还得几天才开,可我想吃槐花麦饭想得流涎水。

洋槐树花开五月,村头那棵树高得仿佛触到云端,太阳下洋槐花一嘟噜一嘟噜,雪白雪白,淹没了嫩绿的卵形叶子。一串洋槐花,从上到下依次绽放笑脸,上面花开得像是咧开嘴笑哈哈的娃娃,下面的花苞羞答答的。一棵树上无数串花开,就像无数串铃铛摇曳,阳光下开得灿烂。到了夜里,一串串洋槐花就开到月亮里,十里八乡都是甜甜的清香,梦里都香。

　　洋槐花盛开的这几天,全村的孩子爬树攀枝折花,媳妇姑娘拎竹篮筐子捋洋槐花,那势头不亚于赶庙会。偶有人家种玫红的洋槐花,花朵大,颜色艳。可大家还是喜欢雪白的洋槐花,它是能当饭吃的好东西。

　　仅半天工夫,得了洋槐花的人家厨房就飘出阵阵香甜,不是槐花麦饭就是槐花烙饼,主妇们变着花样享受着春天尾巴上的盛宴。奶奶用面粉裹槐花使劲揉搓,面粉和着花汁结成絮絮,拢到蒸布上搁笼里蒸十五分钟,开锅撒白糖吃甜口或拌油蒜汁子吃咸口,都是一口鲜一个香。母亲还做懒麦饭,仅把花堆在笼屉里散散地撒一层白面粉,旺火蒸个十来分钟,端出来轻轻打散,放在嘴里一抿就化,这又比奶奶做的软和柔顺,香甜的滋味更佳。

　　二哥每天放学后背着书包就去给我捋洋槐花,我在树下巴望着他手脚利索点,多折几根花繁的枝干。得了槐花,我还得送些给手巧的二婶,她腿脚不好,难采到槐花,她每年春天都吃我们送去的槐花,她说我是她的春姑娘。二婶在发好的面里掺鲜槐花,烙槐花饼,她那手艺可是一绝。她轻轻揉面,慢慢擀好饼子,热锅倒油,饼子进去三五分钟就喷香,金灿灿黄澄澄,专勾我的馋虫。二婶做好饼,总让我带回几个。黄澄澄的饼子上嵌着丝丝缕缕的槐花,我先抠出花再吃掉饼,回家路上吃一路香一路,回家再给奶奶和母亲尝,她们都赞二婶的好手艺,也夸奖我有心,我瞬间就成了家里的宝贝疙瘩。

　　槐花开时,西沟的低洼处经常有养蜂人的帐篷,他们是算着赶洋槐花的花期,循着甜甜的槐花香来的。他们带着老婆孩子,带着大狗和家常日用,军用水壶、塑料桶、锅灶案板和成箱成箱的蜂。槐花开到啥时候,他们就住到啥时候。他们像蜜蜂一样勤劳,整日里戴着面纱放蜂收蜂,吃过午饭时摇蜂蜜,也不避人,偶尔给看稀罕的孩子用槐花蘸些蜜尝。孩子尝到甜头,撒着欢跑回家,央求大人来买槐花蜜。这洋槐花蜜透亮得像琥珀,黏甜得扯线线。奶奶说都是树上现采的花粉,都是眼睛看着酿的蜜,没有不好的道理。洋槐蜜是浓缩了一个槐花季。母亲买来一罐槐花蜜,等麦收时节做蜂蜜粽子,那滋味又比槐花甜上一百倍。放久的蜜瓷实得像脂油,雪白雪白,这蜜久放不坏,一直能吃到过年甚至下一个春天。

洋槐树接地气,我奶爱芽芽,我爱吃花花,我爹稀罕它木料硬扎。洋槐花让一个春天有滋有味,让我的童年有声有色。

我说我真是爱死了洋槐树,奶奶就带我在后院子植了三棵洋槐树。奶奶去世已三十多年,那树亭亭如盖,年年花开。五月洋槐花开,我念叨树犹如此,母亲就说奶奶从来都不曾离开。花依然开,蜜依然酿,只要心里长存着爱,奶奶就像这树,她就在我们身边。

端午味道

端午节隆重极了,我们家的女人们用巧手把一个端午装扮得味道丰富色彩斑斓。

太阳还没露脸,母亲拔回带露水的车前草、艾草,煮成翠绿色的水,督促我们洗脸,讨个耳聪目明。

奶奶在世时,端午节的清晨由她烙烫面千层油饼。那是真正的黄油白面做成,香喷喷、黄澄澄、焦香的脆皮,软糯的里层,掀起来是一层,提起来都是丝,吃得人嘴里喷香。煮荷包鸡蛋极要耐心,奶奶做得真叫好:汤水清澈不起沫子,蛋儿圆圆不流黄,溏心的蛋黄包裹在温润的蛋白里,像极一条胖鼓鼓的鱼,这鱼还有裙裾状的尾巴。一枚鸡蛋搁在细瓷碗里加糖或盐,吃的都是幸福,那是很多年前的事了。奶奶走了,母亲会烙油饼,我学会煮荷包蛋,我的孩子对端午节更是一往情深。

端午早晨,家家门上插艾草,孩子们就比谁戴的饰物好看。端午节饰物的种类极多,布艺活要显细针脚,巧妇们把布料随方就圆做成花果鸟兽,皱着捏缝,岐山人就称吃吃,意为做的活皱巴巴。心灵手巧的新媳妇显手艺女红,五毒辟邪是首选,还有四季花果,但凡自然界有的,巧手的媳妇都绣得活灵活现。孩子们早早去讨饰物,新媳妇乐意分送给街坊四邻带福气,皆大欢喜。

母亲用缎子做线线辣子带绿叶子,火红的线线辣椒,早起她给我扎在小辫上。母亲把圆形的红绸子对折,填满了棉花絮,鼓鼓囊囊,两只角拉起来缝合,上面缝上小铃铛或者穗子,大的状如手掌叫钵盂,用五彩线给我系在脖子上。五彩绸缎缝的小巧的钵盂叫杏核,好手艺的人缝制的才豌豆粒大。一串五六个绸布杏核给孩子系在手腕、脚脖子上,花花绿绿煞是好看。

这些玩物活灵活现,却中看不能吃,花绳饰物只戴一月。六月六早晨,奶奶要剪掉它们扔在水渠口,随着雨水走。我舍不得好看的物件,要偷藏,奶奶吓唬说:过了六月六,花花绳就变长虫。长虫是蛇,我最怕,自然乖乖卸了。这香包真的香得出奇。它们都用香草捂过,一夜的露水浸过,这才是真正的香草包。娘早就在中药铺子配好香草粉,选艾叶、丁香、白芷、山奈、甘松、细辛磨成粉,这香冲鼻提神醒脑辟邪气,它是端午节的魂灵,比吃到嘴里的味道还诱人。我长大对中草药的敏感有一半来自端午的香草包。后来读《离骚》,读屈子的香草美人,我总多出文学手法以外的情思,香草固然象征志向高洁,但它本身就是香料不容忽视,而且几千年前的楚地人就配饰香草,这才是我的欢喜。从此,端午在我心里又复杂了一层。

端午节,麦上场,女看娘,油糕粽子卖得忙。街道的油糕摊上手艺人忙得热火朝天。炸油糕的都是有绝活的人,他们捏油糕,围裙油乎乎的。天长日久,炸油糕的竹筷子被热油焦了尖。捏油糕的人坐个高凳子,左手揪一个面剂子,握在手心,右手食指转两圈,面剂子就如窝窝头,装一勺子黑糖馅,收住口,掐掉多余的面,压压平,就做好油糕剂子。油糕馅是黑糖,加桂花或玫瑰酱香甜美味。炸得好的油糕,鼓囊囊中间空空,咬一口皮酥脆,瓤软糯,流出糖心,真是美味。我娘尝试过炸油糕,可过不了发面这一关,油糕烫面是绝活,我也望尘莫及。街道卖油糕的也是独一家,自然有几丝手艺匠人的拿捏。炸油糕的人不紧不慢,赶着买的人只得耐心等,排起长队的油糕摊子总是无端让人多看几眼,不想买的也都站住买几个。

每一个油糕摊都会紧挨一个卖粽子的,油糕粽子是岐山人端午必备的吃食。这粽子是用新鲜碧绿的芦苇叶裹成,夜里煮好早晨卖。好粽子绵软筋道,粳米里藏着枣子,散着清香的苇叶味道。这粽子一年就卖两次,元宵和端午两个节,五个粽子一挂,尖尖角挤成一串,苇叶绑着,买主直接拎走,干净又环保。女看娘,麻纸包十个油糕,拎一挂粽子,老人娃娃都喜欢。端午前的街道会让油糕粽子热闹好几天。

美食不必常吃，天天吃山珍海味也生厌，时令季节的限制、手艺人的矜持总让油糕粽子再多出一味，吃得今年想来年，天长地久地想念。

女看娘还有当令食品，比如绿豆糕。我没见谁家自己做绿豆糕，儿时总是一家人分食一盒，每人一两块。四四方方的绿豆糕，黄绿色，带淡淡的绿豆香，入口即化，回味悠长。一块绿豆糕会占去我一个上午的时间，我吃得仔细又认真。如今人不再稀罕甜食，绿豆糕也成了我给孩子说的往事。

美食不必长存，堆在眼前的未必珍惜，若真的是渐行渐远，那留下的回忆才是美食的真滋味，山穷水尽处的那一声慨叹美味不再，才是勾魂。

端午节，它和屈子的关系重大，读诗书和食美味能聚一起，这个日子真就值得纪念。端午的味道只是一种心里想的味道。你的千层油饼水煮荷包蛋，我的香草包儿，他的油糕粽子，都是端午味道。

麻糖儿

家乡人说的麻糖和糖没关系，它是油炸馓子一类的面食，咸口，也叫麻花。

岐地老一辈人关于麻糖的口谱很多：娃娃走走，麻糖扭扭，这是哄孩子学步；咯扭咯扭可走呀，拿个麻糖可哄呀，是说用麻糖哄耍脾气的人；形容人走路扭歪得厉害说扭得和麻糖一样。足见麻糖深入人心。

我家三代做麻糖，从我记事起，我爹腰上的围裙就黑乎乎油乎乎，他指甲缝里总是面，头发上有一股菜油味，整日散着油腻味。我娘夜里裁割草纸，断纸绳备明日包裹麻糖。我家传三代有一口黑铁锅，一张油汪汪的大案板，三个矮方凳和一双焦头的长竹筷子，一个漏勺。

我讨厌油烟味，我就讨厌麻糖，即使爹娘卖麻糖供给我和我哥长大。我哥上大学，我爹积攒了三个冬夏的卖麻糖钱才凑够学费。我哥把油乎乎的票子成卷地拿走，换回来一张张获奖证书。我爹擦净手，把它们装进玻璃相框里，得意地对我说：儿子，过几年你也给爹拿回个奖状。我撇嘴，一个卖麻糖的家，就算有奖状也会被烟熏火燎。我压根儿不喜欢麻糖，也怨恨我爹娘只会卖麻糖，让我在同学面前抬不起头，他们嘲笑我是麻糖儿。那时我八岁。

麻糖是四季吃食，小县城人走亲戚吃零嘴掂一捆麻糖是上选。

我爹娘的麻糖手艺是祖传，我爹和面，他反反复复揉面团，回回都后背汗如雨。近几年心思灵活的人动脑子用轧面机帮忙，爹不屑那样，粗制滥造不合规矩，他说那样轧的面死着呢，炸出的麻糖放两天就硌牙。爹说手会和面说话，揉一次面就活络一次,筋道一次,这样的面炸的麻花才会酥脆。说来也怪,我爹不懂防腐剂是啥,他制的麻糖却能贮存两个月不变味酥脆如初。我爹有心让我承父业,制手工麻糖养家糊口不成问题。他搓面条子,手指头灵活得不像个男人,眨眼面剂子变成条,一条变成三条,三条合拢一滚,一个麻糖就成了。我小时候玩泥巴最会搓条,虽然我极力避免麻糖世家留在我身上的痕迹,却有意无意会被人识破。我看不起支口大锅街边卖麻糖的生意,我鄙视爹娘的见识一辈子就在油锅里翻滚,我要走出县城,让那些喊我麻糖儿的人看看我并不差。这个念头在我小学毕业前一直持续。

我娘站在油锅边,用长得出奇的竹筷子划拉漂浮在油面上的麻糖,刚进锅的软面条不能翻动,会弯曲坏了形状。热油锅里翻个身,面条很快挺直变成黄澄澄的麻糖,把它两面炸透捞控在网筛里。老主顾排队等,一锅出十根,很快卖完。我爹娘不得闲,趁中午空闲多做,摆得像金字塔摞成小山,我爹每天做五百六十根,太多的面他轧不动,太阳落山保准能卖光。

我爹四里八村选上好的小麦籴几担,每月磨一次面粉,他看不上粮店里现成的面粉,又白又筋道,可太白太筋道就不对劲。我爹是庄稼汉人,对粮食熟悉得闭着眼睛都能说出道脉。我爹选自家压榨的菜籽油,菜籽是远房亲戚从汉中买来的,我爹炸麻糖就实在在油和面上,这一点他知道,买的人也知道。菜籽油黄澄澄,炸出来的面食有油香味,越嚼越香。听到地沟油被用在餐桌上,我爹默默地吧嗒旱烟说:坏良心会毁自己的生意。我很佩服爹娘,老师讲庄子是孤独的月亮时,我就想起爹娘守的麻糖摊摊,他们俩也是孤独的坚守者。那个时候,我的眼眶突然湿润:我家的麻糖摊摊也有千好万好,可我怎么上了高中才知道?

端午节,麦上场,女看娘。这几天里,街道的麻糖成了紧俏货。我爹搓条子胳膊都搓疼了,我娘让油锅把胳膊熏得红通通。爹娘说:钱长在黄檗树上,不苦摇不下来。我倒是想去帮帮他们,可娘说我要高考,再努力拼一周。我让娘给我带回两根麻糖,累了想眯眼睛时嚼一口,香香的麻糖让我又打起精神。

夜里爹和娘低声争吵,我娘今天送出去三十根麻糖,爹不乐意。我娘压低声音说:闺女给老娘送节礼,我多给一根;老人来买我多给一根。我没时间给我娘送麻糖,这样补补心。我心里酸痛,爹娘的麻糖摊摊原来很温情。

我会考上大学,活出个模样,我会接下我爹的麻糖摊摊,我要做个麻糖儿。

四婶的酒麸

节气过了芒种,四婶就拾掇家伙什捂酒麸。我奶活着时总劝她耐着性子再等等,入了伏捂的酒麸才甜香,可四婶自顾自地拿颗大粒饱的麦粒去磨坊,她做甜酒之类胸有成竹。

木明经营的磨坊供好几个村子的人磨面粉,电磨子一年四季轰隆隆。成年累月的粉尘像岁月堆积,磨坊屋棱像被雪覆盖,木明的胡子眉毛都被面粉裹住,只露两只眯缝眼,小胡子也翘翘地顶着一层霜。木明不耐烦地对四婶说:你就等不得了?过了端午再来嘛。

四婶说:我寒冬腊月都捂得出来醪糟子,捂酒麸算个啥?木明挥挥手说:放下,明儿来。四婶叮咛:你可得多磨两遍皮。临走又叮嘱:别磨太过了,伤了麦仁,做成酒麸浑汤浑水。木明翻个白眼不屑地说:你能你来。四婶拍拍手离开,她心里明白,只有木明出手磨的麦仁才好做酒麸,麦仁仁饱满又不伤胚芽,唉,木明眼看着也老了,这经营磨坊的手艺还不知道传给谁。

四婶回去的路上看见二智她娘坐在门墩石上,笑眯眯不说话,这又聋又哑的娘把村里的老人陪了一茬又一茬,活了快八十年,还是那样单薄瘦削精神矍铄。四婶说:你中午吃啥?她笑眯眯。四婶说:我做了酒麸给你吃。她笑眯眯。四婶摇摇头:这咋就接不上个话哩?大中午的,这半条街空荡荡,遇着个活人还听不见话。四婶家也就她一个,村里年轻人出去打工像候鸟,过年才回村待几天,娃娃老人们留守,这村里总共也就剩下百十号人,还是夜里都回来齐全。四婶叹口气,她的孙儿在县城,娃娃们企盼着吃酒麸呢。

第二天下午,麦仁碾好,水烧开锅,四婶开始焖麦仁。灶间麦秸秆的火徐徐烧着,火苗子舔着锅底,麦仁在锅里翻腾。四婶想起娘家陕南的天,娘家种稻子,大米换花样能做出好多美味,她从小就会做醪糟甜酒。嫁到这黄土坡上来,一年半载才回一次娘家,爹娘过世了,她好几年都没回去了。北方的地,大麦小麦都丰收,大麦煮麦仁粥,小麦捂酒麸,四婶样样拿手。她再添把柴火,翻搅锅里的麦仁,蒸煮过的麦仁胀鼓鼓,三个指头捻碎只剩个芯。四婶用竹笊篱捞起麦仁控水凉在案板上,她一手摇扇一手用竹筷子拨打散,麦仁们饱满平整地躺在案板上,雾气腾腾的厨房渐渐安静。

四婶去原巷子钩椿叶,那是村里唯一的大椿树,每年只有在做酒做醋时,女人们才记起它。椿树是臭椿树,吃不得,可偏偏捂酒麸捂曲少不得它。四婶的竹竿带个铁钩子,以前孩子们用它钩榆钱槐花和桑葚果,甚至还要为争竹竿打架,可现在钩榆钱的孩子的孩子都去城里上学了,竹竿一年也难得用一回。

四婶拍打着一把椿叶回了家,对门三巧嫂子家门开了,整个街道就三家常住的。四婶喊:三巧,来,我捂酒麸。四婶碾酒曲,搅麦仁,三巧嫂子一跛一跛给她打下手,要不是脚不灵便,三巧嫂子也要去城里带孙子的。她俩说着八年前、十八年前的陈年老话。四婶用手试试,麦仁温温热,她用水化开酒曲,均匀地拌,三巧嫂子帮着装盆。她俩不轻不重地拢好一盆拌了酒曲的麦仁,中间挖个洞,苫好洁白的纱布,合力把盆放在窝好麦壳和臭椿叶的温热灶膛。四婶掸掸围裙,三巧嫂子说:每次都看着你这样做,咋我一做就滋味走样呢?四婶骄傲地说:看看能学会你就成神了。

一天一夜,四婶的酒麸揭开,香甜的酒气扑鼻而来,一粒一粒麦仁白净清爽,嚼一粒糯糯的甜。四婶不用拌糖粒,她自信每粒麦仁嚼成渣都是甜的。她装了五个碗,分给木明、二智的娘、三巧嫂子和她城里的孙子们,剩下一碗她用蒸布裹好,放在水桶里小心地吊到水井里。明天中午干活回来,凉凉透心甜的酒麸能解乏。

下午,四婶要进城一趟,每次寻个由头看孙子她都很开心。三巧嫂子第二天也去了趟城里,给孙子送酒麸,她们带的酒麸孩子们都喜欢。

四婶心里想,孩子们会记得她的酒麸,回味酒麸的味道也会记起她。

浆水面，消暑热

火辣辣的五黄六月，吃一碗地道的浆水面，消暑败火，胃里清凉，人精神。关中道的老陕，伏天里就凭一大碗好滋味的浆水面增饭量。

浆水面是大西北面食里的一道另类美食，清爽奇崛。爱它的人恨不得把整个炎夏日都过成浆水面的日子，厌它的人连浆水面三个字都要避开。一道面食能小众化存在千年，也是奇迹。如果以人作比，浆水面算是有性格的不媚俗者。

浆水面，我觉得它是夏日的恩物。黄土高坡的炎炎夏日，王孙公子把扇摇，贩夫走卒忙生计，所有人的胃都急急。浆水清凉酸香消暑热，它如一场宜人的甘霖，普度众生，我于它总是心怀敬意。每年过了芒种，我就张罗着窝浆水，窝，是恒温发酵之意。

浆水是浆水面的灵魂。讲究的人要挖清明前后开花的荠菜，洗净晾干，搁在瓷质的罐里，用滚烫的面汤烫软和。静等两三日，菜叶子发黄，汤水变白，酸味出来，浆水制成。如今野生荠菜难寻，退而求其次。我用麦芹菜替代，可以假乱真，甚至有过之而无不及，幸甚至哉。我选好细梗、花叶子的老芹菜，热面汤烫好放在温暖僻静处，让芹菜和面汤对话去。它们在淀粉的撮合下，你侬我侬恩恩爱爱，二十摄氏度的室温下，一切温情酝酿得不徐不疾，多么美的过程。砸几颗杏仁，甜的十多颗，苦的两三枚，丢进浆水坛，这个浆水坛子就是一个小世界，这个世界里却有大乾坤，酸甜苦融合，清爽如人生。

三天后，我采买老韭菜老豆腐，配姜末少许，红辣椒两枚，用黄澄澄的菜籽油煎虎皮椒,大火炒老韭菜,搁豆腐撒盐起锅。这是吃浆水面的标配,就像关羽的赤兔马,诸葛的羽毛扇子。

在制作地道的吃食上,我总是不遗余力地去满足一切天生的搭配,以保证它们美味正宗。

铁锅里下少许菜籽油,大火,选几根嫩浆水菜切碎加盐爆炒,倒浆水烧滚凉凉,一碗浆水汤的清香徐徐散开,厨房里氤氲如仙境。浆水面是素食,神仙也可享。

凉着炝好的浆水汤,我像富足的农人,对于今年的收成胸有成竹。和面、擀面、切面,锅里面条翻滚,一窝丝成了莲花转,我的心落入肚子。美食在即,人生还有什么可忧伤?煮好的面,快速过个凉水,捞进冰凉的浆水汤里,尘埃落定,这样的一碗面,风轻云淡如隐士的岁月,还有什么暑热消不去?

人说吃相看人总不错,一碗浆水面也能吃出人生百态。关中女人选细瓷碗,多带蓝花,面少汤宽,疏疏落落几根韭菜豆腐,淋红红的辣椒油,看着就有食欲。女子们细嚼慢咽,每一口都是成长的每一天,那是姑娘成长到妇人的日子,每一天都值得怀恋。关中汉子喜欢端粗瓷大老碗,像绿林好汉,稠稠地捞半碗面浇几勺汤,几根菜是摆设,重点在红艳艳的油泼辣子,一定要红得碗沿上荡漾出一层红油,再备几瓣白胖胖的生蒜瓣子。汉子们捞一筷子面,呼噜噜下肚,咔嚓咔嚓嚼半瓣生蒜,这筷子的起落如雨点,吃得密不透风,等一口气吃他半碗面,才长长地舒口气,大声说一句:这他娘的日子也忒舒坦,给个皇帝老子都不换!这才是黄土高坡养出的豪迈性格。迷恋浆水面的孩子不多,这需要时间。在孩子成长的日子里,不知道是哪一天,他们就会端起爹娘的碗,啧啧称赞一碗浆水面。我总认为,浆水面是有耐心的祖母,给每一个孩子成长的时间,它也是检验一个关中人地道不地道的考题。

清末进士写诗道出浆水面的绝妙:消暑凭浆水,炎消胃自和。面长咀嚼耐,芹美品评多。溅赤酸含透,沁心冻不呵。加餐终日饱,味比秀才何?

等浆水面吃出了滋味,你就给个啥也不换,这时也是人到中年了。百味人生百样人,这方水土养了这方人。离开岐地的家,浆水面的延续是个问题。我试过,有瓷坛子,上好的芹菜,十二分的真心,却再窝不出那样滋味浓郁的浆水。我也不忧伤。浆水面,它的个性那般鲜明,怎会处处随遇而安,人生里的取舍就是一个缘起缘灭。罢了,你若有幸,三伏天在岐地遇到巧主妇,吃一碗地道的浆水面,那就是你的口福,请珍惜。更多的时候,我们是在炙热的夏日里,靠反复回味一碗浆水面消暑。

浆水面是岐地的一种美食,它是生根开花的乡土文化。一碗清爽静美的浆水面,就是游子翻腾在心里胃里的思家情结。

捞凉粉

年老的珍贵物件，除了古董，再若说还有其他，那定是记忆中的独特味道，比如一声悠长的吆喝，一味独特的吃食，一位知交故人的思念。

老县城有著名的三大吆喝：麻辣卤鸡蛋，两块五两个，味道好——得——很！奶来了，打——奶——哩！豆面，豆面，豌——豆——面！这声声吆喝，隽永悠长。寒暑易节几十载，它们伴着老县城换新颜，伴着年轻娃娃长成半大老汉！我说的凉粉就和这吆喝里的豌豆面有关。

豌豆面、冰豆面、荞面都能做凉粉。关中凉粉在麦黄时节是佳肴，晶莹剔透，冰凉清润，消暑开胃，它是人老几辈传下来的美食。逢年过节逛庙会，凉粉摊摊是不可或缺的存在。

凉粉好在哪里？年轻媳妇喜欢酸辣，老婆娃娃喜欢爽滑，年轻小伙吃个蒜泥喷香，一碗凉粉就能满足各种人的需求。若要说还有讲究，那就是凉粉要切成粗条还是捞成细丝，您说了算。就如今这物价，三块钱买个吃食，既果腹还养眼还能遂个心意点个形状，那必是人生一件快事。

母亲才说中午要做凉粉，我就找寻好凉粉捞捞伺候着。豌豆面白得像雪，细腻得如脂粉。半锅沸水冒鱼泡，倒进凉水和匀的豌豆面糊糊。母亲搅呀搅，清汤寡水的一锅突然就黏稠，它缠在擀面杖上荡漾起一圈圈的波纹，渐渐地锅里像开了菊花。母亲再加温开水调好稀稠，调小火盖上锅盖，我就知道要砸蒜泥了。若不是亲眼看见，我才不会相信那一锅黏稠的白糊糊能变成一个脸盆样子的大果冻。母亲把熬熟的凉粉糊糊倒进不锈钢的大盆里，就自顾自地干活去了，仿佛从来没有发生做凉粉这档事。我心急地来来回回走动，看原本热气腾腾的盆慢慢烟消云散，再等到盆子温热，手还是不敢触碰那凉粉皮子，母亲看我等得着急栖惶，她把凉粉盆子搁在更大的凉水盆里浸，加速降温，凉粉就成了。那凉粉，手压着像娃娃的脸蛋，白光光，颤颤巍巍忽闪忽闪。母亲说：你就切个边角先吃，等透心凉了才能抻得住凉粉捞捞。

凉粉捞捞是针对凉粉坨子制作的专用工具，像个金属的乌龟壳上刻出了星星点点的洞。凉粉捞捞扣压在脸盆状的凉粉坨子上，使力气按着凉粉坨子拖，它身后就像游鱼拖出尾巴，一束扁扁细细的凉粉就捞成了。母亲技术娴熟，一次捞一束，刚刚好是一碗，盘起来一窝丝，像用梳子梳过的，细密又整齐。我就喜欢玩这捞凉粉，可总是不得法，惨不忍睹地捞出半拉子，折腾两下就被母亲赶走了。我总觉得不尽兴，总是惦记，又不能说出我的心思，只能隔一段时间喊着要吃凉粉，其实我不是很喜欢吃凉粉。

二十岁前，我总觉得凉粉是一味寡淡又薄情的食物。凉粉本身透亮晶莹，像果冻或者一方冻油脂，你要拌上蒜泥香油，它就清爽得像个十三岁小姑娘，素净得不着脂粉，沾着些许仙气，仿佛入了口你就得了道，仙风道骨应运而生；你要淋上红油豆豉，它就波光潋滟，仿佛唇红齿白的妙龄佳人，有些个诱惑，你三口两口拨拉着下肚，唇齿间滑腻仿佛梦里；你执意要拌小葱拌香菜浇醋汁油辣子，它就一瞬间滋味丰富，仿佛阅尽人世的妇人，初看五颜六色，咂摸体味，几分欢喜几分愁。还有人把凉粉切得含糊，剁成麻将块，只管把那臊子肉、青蒜苗、红萝卜丁多多地放，大铁锅炒凉粉，直炒得热油嗞嗞，凉粉软糯透亮，被油浸润得要融化。此时用勺子舀着吃，耐着性子吹口气，慢慢品，凉粉已不是凉粉，它就是个耐人寻味的老妇，一生与太多的事情碰撞融合，故事就是她，她就是故事。一坨凉粉，你说它有味它也无味，你说它薄情它又多情，吃凉粉是吃个心情，就看你是要吃出个二八佳人还是吃出个故事妇人。

长过三十岁，我渐渐发现了凉粉的妙处。从蒜泥香油吃白口到红油青蒜吃红口，渐渐地，凉粉捞捞怎么玩全然忘了，心思反全在吃凉粉上。也许凉粉本也不是薄情寡义，当我以为成长得已经可以飘然而过忽略它时，殊不知它已幻形变身随我长大，从骨子里离不开它。做凉粉是母亲的一门手艺，吃凉粉是夏日的一个标志,凉粉成了我生命年轮的痕迹。我预感我越老会越恋它,因为我七十多岁的姨父从西安捎话:最近老家人谁来西安,给我捎个凉粉捞捞!

老来多健忘。我以为这就是人之常情,谁知它还有下一句:唯不忘相思。捞凉粉是乡思,也是相思,我愿意被它困扰一辈子。

煎豆花

岐地人说煎是指温度高。烫嘴的吃食就说:煎火得很。煎豆花就是滚烫热乎的豆腐脑,咸口、甜口都是美味。

夕阳近西山,村西的德诚担着豆花挑子吆喝:豆——花!煎豆花!一溜小孩紧跟其后大声喊:有钱莫钱都蹶下!小孩是调侃胡闹,德诚这一声喊却中气十足,声调拉得足足有半分钟,洪亮悠扬。这叫卖声钻到老汉娃娃的耳朵里,钻到老婆媳妇的耳朵里,就像个毛刷刷,刷出大人小人肚里的馋虫。

煎豆花!这一声喊完不消半刻钟,村人扶老携幼手捧瓷碗围住豆花挑子,抄手的,挠头的,跺脚的,还有从人缝里挤出脑袋喊多加调料的。豆花挑子四周顿时热气腾腾,活色生香,蒜香醋香辣子香齐齐四溢。就是嘛,庄稼人心里这才是美好的人生不是?

德诚家有祖传手拐圆盘石磨、地里自种的颗粒滚圆的黄豆。他还有一手绝活——卤水点豆花,据说有秘制的卤水,也有人说是石膏。反正他做的豆花就像娃娃脸,瓷白瓷白,软滑香嫩。

在豆香袅袅的雾气升腾中,一缸粉嫩嫩的豆花被揭开木盖板,德诚的生意就开了张。温润如玉的豆花上积聚着淡黄的汤水,细瓷碗搁在盖板上,德诚直腰坐着小马扎,左手提盖板,右手掌金灿灿的细柄勺子。他灵巧地漂着舀一勺颤巍巍软腾腾的豆花,小心端正地搁碗里,嫩嫩的豆花就在碗里颤呀颤,三五勺堆积成那层峦叠嶂的玉石山。每每这时,围观的人总要赞叹:好手艺哪!孩子们就咽口水。德诚不紧不慢端碗盖好盖板,右手蜻蜓点水依次加调料:白汤蒜汁、盐醋汁水、红油辣子、碧绿的小葱香菜末、榨菜颗粒、几粒煮黄豆。细瓷碗里顿时晕染出一幅山水画,喜气盈盈好像雪漫红叶林。

乡下人不懂画,可也懂得吃个精巧。吃豆花的汤匙薄得能割耳朵,在那幅山水画上横竖几下,那画就被晕染得层次分明,汤匙顺着碗沿薄薄舀一层,盐呀醋呀辣子汁水刚好浸润煎煎火火的豆花,这一勺滋味入口,五脏熨帖。一勺又一勺,每一勺滋味还都不一样,这便又吃出来趣味。懂吃法的是老吃客,一碗豆花吃完,调料汁水也恰好用尽。我曾胡乱搅动一通,狼吞虎咽,没沾上调料的滋味寡淡,剩下的几勺子真真是调料多得蜇舌头,吃得狼狈不堪。隔壁老九说:有福不能重享,雨露要均沾。这是小小豆花碗里的大乾坤吧。

冬日里,我上火患口疮,眼巴巴等着德诚豆花挑子呢,他舀两片豆花半碗豆花汤,瓷碗里晃荡的豆花像一尾肥肥的鱼,摇曳着鳍。他给我的碗里撒大大两勺绵白糖,糖粒子在淡黄的豆花汤里变得通透。夕阳下,汤汁里绕出一圈又一圈的纹理,我作为一个病号骄傲又幸福!清甜的豆花汤,香滑的豆花,我抿起嘴,好像含着肉的乌鸦,生怕一张嘴掉了到喉咙口的幸福。甜丝丝的豆花汤抚慰我嘴里的疮,一夜过后,嗓子利朗嘴里清爽,我又开心又懊悔,这甜美的煎豆花,病好了就吃不上了。

德诚做豆花忒实诚,每天仅做一缸,一个小时卖完收拾摊子,他又恢复了田里老汉的模样。一缸豆花一个村明显不够,端空碗去的人就怕听勺子刮缸底的刺啦声,懊恼也没法子,只能明天来早点,可肚里的馋虫不答应,回去吃啥都不香。小孩半晚上想吃煎豆花,娘爬起来给蒸鸡蛋羹都哄不开心。村里人就建议:德诚,你看每天做两缸豆花得成不得成?德诚闷声闷气地说:不得成。严肃得好像是原子弹上天。建议的人多了,他不得已解释:石磨子就那么大,磨一升黄豆刚刚好,我拐磨子胳膊上气力均匀,再磨第二升,就得老婆娃娃上阵,磨得糙就吃豆腐去。再说锅就那么大,做一缸豆花刚刚好。村里人要被他的木讷气晕了,榆木疙瘩恐怕说的就是他!

德诚的豆花做了十九年,每天就一缸,有心满意足打着饱嗝敲碗的,那是来得早连吃三碗,也有手脚慢没赶上趟的,他们抱怨那吃三碗的:一下子吃三大碗,把你舅憋死我不管!说归说,德诚总是给高寿老人留一碗。高寿老人七十九岁，儿女换着管，有时就没饭吃了。人都说，多亏德诚的豆花挑子，她才活着。德诚憨憨笑着说：胡说，豆花要那么养人，我就不做饭了。

　　德诚的两个女儿读完初中出嫁了，儿子一路披荆斩棘考军校当军官，村里人说：德诚豆花挑子供养出了军官。德诚说：那是村里人供养出的儿子。

　　孩子嫁人的嫁人，当官的当官，德诚背驼眼花，他的煎豆花要是失传了，属于村里人的专属味道也就没有了。我只能把一碗煎豆花写成文字，在思乡成灾的夜里读读它聊以慰藉。

擀面皮,滋味长

黑更半夜,我伯家的风箱扯得呱嗒呱嗒,那声响就和钟摆一样,我听着它睡得香甜。我知道等我一觉醒来,就有擀面皮吃。想想这我就流涎水,梦里都乐。

我伯做擀面皮有些年头,我早就知道起床早的好处。衣服穿齐整,小辫子还没扎好,我伯就扯嗓子喊:碎妞,吃面筋刮刮来!我挣开母亲梳头发的手,撒丫子跑个过堂,我吃饭的木碗碗常年搁在我伯家的饭桌上。

我姊撕面筋,切刮刮,切面皮,她在铁瓢里给面皮浇上汁水淋辣椒油,我伯拌匀调料给我装满满一碗碗。我坐着小板凳,把碗碗摆在大板凳上吃面皮,我伯倒蹲在木门槛上,端大碗吃。他呼噜呼噜一大碗,我着急学他囫囵吞,吃得脸花。我伯笑哈哈:碎崽娃子,慢点吃,别呛着,牙口嫩,慢慢嚼。他急着吃完饭卖擀面皮。

我伯装面皮有个木箱箱,木匠叔稀罕我伯做的面皮好,他耗了五个雨天的工,描画四季花果,涂金粉,刷清漆,木箱箱光鲜得好看死了。我姊用大蒸布包裹高高一摞蒸好的面皮放在木箱里,我伯用手按一按,一摞面皮就像弹簧颤呀颤呀,还温乎着。撕好的面筋包在干净纱布里,面筋刮刮一条一条摆平放在面皮的侧面,盐醋汁水油泼辣子放在小罐子里,再装上我伯明晃晃的大刀和切面皮用的柳木墩墩。

想起那个木墩墩我就想笑,凹陷下一大块,像个豁豁牙,我伯还说这样使着顺手,我姊说那坑洼是被我伯的刀刃子吃去了。装好碟子筷子,我伯推车出摊,太阳才冒点花花。我知道太阳照头顶我伯就回来了,自然少不了我的零嘴吃食。馋嘴的我是多么爱我伯车子的吱扭声!

吃着擀面皮,我说长大我要卖面皮。我伯蹲下身,摸着我的头说:碎妞,伯没念啥书,你可千万莫学伯,书念好了活人上人。我犟嘴:我爱吃面皮。我婶说:那就给妞寻个卖面皮的女婿,天天吃。我噘嘴:有我伯我天天吃面皮。我伯乐得眼睛眯成缝:对,对,我娃说得对,想吃面皮有伯做,我娃念书。

我伯知道做擀面皮的辛苦,我不知道,我是说得轻巧。我伯从麦子磨粉就用心思,他收购北山坡石头地的小麦,磨粉时收白面,图个面皮筋道。

吃完午饭我伯眯个盹,我瞅大表的长针走到五字上去喊他:伯,我婶要和面了!我伯揉揉眼睛伸伸腰,他拉开架势准备干活了。

我伯和面团,那块面团比我脑袋大很多,一连和三块。揉面很吃力,我伯要揉得面光溜溜,说像我的脸。我婶手腕疼,只能端个盆递个水。我伯卖力地揉面,不说话,他怕把唾沫星子溅到面上。我和我婶拉开大盆,一溜摆三个,还有个半大瓮。我伯揉光的面团放在凉水盆里像块玉石。我婶揉洗面团,水很快就像牛奶,面团洗成个絮絮子,捞在另一盆清水里再洗。我开始忙得欢,后面看得烦,那细细碎碎的面渣老洗不出来筋。我伯就用粗箩过一遍,继续洗,洗出来的汤倒进半大瓮,洗呀洗呀,面团成了丝瓜络,我伯用手捋再没有面水渗出来,我能像吹泡泡糖般吹个大泡泡,我婶就收拾家伙休息。她剥蒜瓣子拣芝麻,我伯收拾柴火,我又可以这边忙一阵,那边搅和一阵。

吃过晚饭,我踢毽子,我伯不许我在厨房踢腾,怕毽子掉进大瓮,大瓮里的水上面清亮亮,我知道它下面是澄粉。月亮起了,我伯睡醒了,他小心翼翼地倒掉大瓮上面的清水,加酵面,然后再眯一会儿。村里头遍鸡叫,我伯就起身擀面皮。

我伯在大铁锅里缠搅团,我奶活着时候说:擀面皮的钱用汗瓣子换呢,一滴汗能摔八瓣。我婶用勺舀澄粉加火熬制,澄粉遇热透明,黏稠,缠成一疙瘩,七八成熟,我伯快速甩上案板抹菜油,趁热擀成薄光透亮的面皮,越热越容易擀开,手要快,可也难免被烫。你一勺,我一擀,我伯我婶配合默契,夫唱妇随多年如此。我伯也用过蒸澄粉的法子,可他觉着那样做的面皮不筋道,还是力气使到的擀面皮才好吃。我伯干活不偷懒不惜力气,他的面皮名气大,卖完别人才有生意,这一点,吃面皮的人心里明白,面皮骗不了人嘴。

我婶搭蒸笼,一张一张擀面皮刷油摞起来上笼蒸,前锅里蒸面皮,后锅里煮面筋。硬柴火吼着吼着烧,火苗子舔着锅底。我婶把面筋缠在指头上绕花子,提溜一个,提溜一个,它们一疙瘩一疙瘩在开水锅里起起伏伏。面筋做好盖上锅盖,二婶就停了后锅的火,叫暖面筋,她怕火大面筋煮飞,我知道,那就是把面筋煮散了,吃着水塌塌。面筋煮熟用笊篱捞起控水,再压瓷实,胀鼓鼓的煮面筋压成瘦瘦的薄饼才好。我婶煮的面筋青幽幽,嚼在嘴里咯吱咯吱,好玩又好吃。我伯铲起锅底的锅巴,趁热压成条,这是面筋刮刮,青溜溜,偶尔夹杂一丝焦黑色,懂吃的人都知道,这比面皮筋道有味道。它只犒劳懂得吃面皮的食客,一碟面皮也就搁三五片,去得晚就吃不到。

我伯后半夜擀面皮只有天上的星星知道,我读书了,学到夙兴夜寐、披星戴月这些词,脑海中下意识就出现我伯我婶忙碌的身影。我伯卖了三十年擀面皮,搅不动面团子、端不起蒸笼时才无奈地收拾起锅灶。现在村里卖面皮的一家连一家,却没一家起早贪黑擀面皮。镇子上卖擀面皮机子,那机器一张一张吐面皮,轻轻巧巧,一眨眼的工夫,面粉就成面皮,哪里还用大瓮?连蒸笼都省了。切面皮也用轧面机的切面刀,一张面皮进去三转两转就成匀溜的细条,我伯的木墩墩早已寻不见了。

我伯偶尔转去县城,去面皮摊上看看,他不问也不吃,低头纳闷地回来,动手和面、洗面、澄粉、发酵、擀面皮、煮面筋,一丝不苟地做几十张透亮透亮的擀面皮。他东街坊西邻居地送,吃到这份面皮的人叹惋欢欣,不起眼的擀面皮也没落了也红火了。大家议论:张家袄娃在北京卖擀面皮发了,盖楼房;东头李虎在网上卖三味擀面皮,还有能人把店开洛杉矶去了,那是美国呀。

我伯老了,闲来无事收拾了很多柴火,垛起了半墙高。我仿佛又看见儿时的大火苗舔锅底。偶尔我学我伯做个擀面皮,花费大半天时间想陈年往事,我恋着我伯做的手工擀面皮,我是我伯的关门弟子。我不卖面皮,我只传承人情烟火的味道。

擀面皮的味道是代代相传的烟火味道,它是这方水土孕育的乡土味道。

蜂蜜粽子

在吾乡,蜂蜜粽子四季都有。街头巷尾,小贩挑在担子里随走随卖,没有固定的摊点,能吃到蜂蜜粽子也是可遇不可求的运气。

那小贩走几步,稍稍停下运足力气喊一声:粽子!蜂蜜粽子!那声音悠长得好像娘喊魂,纵是深宅大院里的人都听得亮清。等着吃蜂蜜粽子的人此时就伸展着胳膊腿儿,舔着嘴唇,快步赶来,彼此看见都是满脸的笑。这份默契,非真心喜欢不能解释。

小贩的扁担一头是竹筐,堆叠着煮好的粽子,另一头摆放着蜂蜜罐子、细瓷盘子、竹筷子筒子。小贩一路轻快地走着,他的扁担晃悠着,粽子和蜂蜜就像在母亲的摇篮里酣睡。等他寻着人多阴凉处,便把马扎支起来,端端坐下,生意这才开了张。

蜂蜜粽子是天作之合的一道零嘴美味。蜂蜜和粽子,你里有我,我里有你,它俩真真蜜里调油,成了分不开的灵魂伴侣。

蜂蜜必是当春的甘甜滋味,它带着淡淡的油菜花香或槐花香。小贩炫耀似的舀一勺子倒下来,蜜黏稠得吊成线线,那一缕透亮明黄,吃客看着就舒心起、馋虫闹,直说:赶紧地,给我抹两个蜂蜜粽子。

粽子,白白胖胖的糯米被煮得发涨发亮,粒粒绵软密实,颗颗挨挨挤挤,个个米粒透明得像没心肺的娃娃。这粽子被扎扎实实包裹成三角形,鼓囊囊肥嘟嘟,开水锅里煮一遭,莹白的米裹在碧绿油亮的芦苇叶子里,糯米就透着苇叶的清香，粽子光滑之外泛着层淡淡的绿。小贩剥开苇叶，绿苇叶托着白糯米，单是看看，食客眼前就是一幅灵动的画。

一只只粽子被小贩剥去苇叶，像白胖白胖的人参果，苇叶们浸在一盆凉水里，还能反复用两次。小贩手指粗短，可也灵活得紧，他翻转拆开苇叶，粽子搁瓷盘里压压平，粽子上就留三个指印。他提起勺子顺着指印淋蜂蜜，捎带给你一双筷子，他手指翻飞这几下，一气呵成就像蝶穿花丛。等你满意地吃着清凉香甜的粽子，他静静地看，这也算蜂蜜粽子自带一份赏心悦目吧。

儿时，离外婆家不远处就是芦苇荡，我们称芦苇窖。我们一拨孩子在四五月里摘芦苇叶子，玩不尽的花样子。卷它做哨子，吹着嘀嘀呜呜，跑着把这悠扬清脆的声音遗落在回家路上；编它做手链子，翠绿的苇叶被细细编成辫子，你绑我戴，两小无猜堪比骑着竹马来。这个时节，卖蜂蜜粽子的小贩也来摘苇叶。他一撮一撮地采摘，看得我都心累。这活也操心，稍有不慎就会被细薄的苇叶划了手，只见他快速把手指放在嘴里吮一下，唾口唾沫，继续干活。

我们玩，他干活，互不干涉，可当水咕咕鸟出现时，我们都会放下手里的活，支棱着耳朵听。咕咕呱，咕咕呱，这鸟精灵极了，它是在试探周围是不是安全，也是在告诉同伴，它在某一处。我们会循声逮鸟去，小贩却依然在劳作。水咕咕鸟自然是逮不着的，小贩的车子倒是被苇叶装得满当当。夕阳里，他要回家，吆喝几声，孩子们嬉闹着散开各找各妈。那时，我总觉得一方芦苇窖就是个天堂，和谐又温馨，有趣又艰辛。当然，它于我的启蒙不止这些。

蒹葭萋萋，白露未晞。所谓伊人，在水之湄。我读《诗经》时已经长得袅袅婷婷。可当我得知蒹葭就是芦苇，我眼里的佳人就成了采苇叶的小贩，我的思绪一下子回到童年，这几乎是顺理成章。小贩一片一片摘下苇叶，那是佳人一寸一寸望断秋水；小贩从这一簇芦苇采到那一簇，那是佳人从这一方水汀站在那一处。《诗经》里有的，我的记忆里都有，文学从来都是来自生活，我深以为然。

这样的成长里，蜂蜜粽子就是我不离不弃的追寻。儿时的我馋它一份甜蜜蜜，成长中我用它诵诗书，到如今，我是念着它的前世今生。

家里来了南方的客人，吃不得酸，咽不下臊子面。父亲等买蜂蜜粽子，送去当早餐。小小的两个粽子，竟惹得人泪眼婆娑。他想起已故父亲的慈爱，念起南方家里的端午。不承想,一味粽子里裹了那么多的乡愁情思,这还教人如何放得下?

纵然你吃过美食万千,可蜂蜜粽子,它就是挑起你思乡的一句话。它让我想起儿时父亲让我猜的一个谜语:

当初在娘屋,

绿枝婆娑,

自从归郎手,

青少黄多,

不敢提起,

提起珠泪满江河。

谜底是竹篙。撑船人提起竹篙是为了划船,为了前行的人生我们不得不泪落江湖。可谁人没有过绿枝婆娑?吃个蜂蜜粽子,不至于就珠泪落,可它引起的乡情是水面泛起的涟漪。是谁吹皱一池春水?我说是蜂蜜粽子,你笑话我把阳春白雪和下里巴人混谈,那必定是你不曾远离家,不曾远离父母。你幸福得只把蜂蜜粽子当个蜂蜜和粽子,这是生活予你的恩赐,成长里,你能风平浪静,真真羡煞人,你可要珍惜啊!

又是炎炎夏日,我要去街道拐角等卖蜂蜜粽子的小贩。三十年了,我知道他已非当年在芦苇窖边的采苇叶之人,许是卖蜂蜜粽子的家里的子孙,许是和我的记忆毫无瓜葛,他只为养家。我感激他,念他还担着一分情怀,给这个小城的人一个念想。

他让蜂蜜和粽子的长情永存着,他也就是行走的神话。

一碗乡愁

念一味美食,忆一段时光,想起我的爹娘。

——题记

搅团、凉鱼是西岐人制作的一种面食,它是主妇在面食创意上的奇思妙想,称它为搅团是偏重其做法,说成凉鱼是述其形状。

金秋十月收玉米,全家人加班剥出玉米粒,晾晒几次太阳后磨成黄澄澄的玉米面,它是打搅团的好材料。

家家主妇登场,隆重地打搅团,吃他个天昏地暗。搅团是粗粮细作,重在好手艺,也胜在汁水,靠酸辣香提味。搅团好在热吃凉吃炒着吃无一不可,饥寒时果腹,富裕时调剂口味,它都是随和又亲民的好饭食。

打搅团要壮汉,还要有一口好铁锅和一根粗实光滑的擀面杖,这都是硬件。人常说搅团要好,八十一搅,力气弱的人无法胜任如此艰辛的劳作。

大铁锅里煮沸稀面糊,主妇们凭经验停了灶下柴火,锅里徐徐撒入玉米面,擀面杖沿顺时针搅动,避免形成面疙瘩,抻着劲搅成软硬合宜的面团。此时大汉蛮力最佳,甩开膀子搅得面团疙瘩尽散,软塌塌的面团呈丝绸般顺滑,加入滚水用擀面杖轻划,盖锅小火煨,静等锅里咕嘟咕嘟地冒泡,金黄的面糊像融化的饴糖。开锅继续搅,搅得筋疲力尽,搅得气喘如牛,一锅面糊就这样成熟,这一锅面糊就是搅团。锅里搅团波纹般一圈圈荡漾开去,玉米面的香甜四下里飘散。主妇收拾碗碟,让它在锅里醒三五分钟。

往往这三分钟等得人心里像猫抓,辣子油蒜喷香,小孩循着香味进来,主妇把粘着搅团的擀面杖搁凉水里浸,铁锅铲一刮拉,刮下细长条的搅团,金黄筋道,滑在油蒜碗里打个滚,小孩吸溜吸溜几下就扒拉进肚里。主妇问:熟了没?孩子眼睛一翻:不知道。多少年里,我就是那馋嘴孩子,擀面杖上刮下的搅团是童年的美味。

搅团趁热舀碗里摊平是水围城,也有主妇喜鳖跳崖,用大盆装凉水,用勺舀热搅团缓缓倒入冷水,自然形成一片一片,像一只只憨憨的鳖,它们浇上汁水都是美味。岐山人说:吃搅团凭菜哩,打官司凭赖哩。吃搅团的汁水最讲究:农家醋、油泼辣子、油蒜泥、韭菜炒豆腐等。一碗搅团能吃出来花,全凭主妇巧心思配菜。

鱼鱼是搅团里最灵动的一种吃法,热搅团用竹罗漏在冷水里自然形成鱼状,用手轻轻划,这些鱼鱼就摇曳着尾巴。夏日里,调一碗酸辣汤,捞进一尾尾鱼鱼进去,漂上炒韭菜或灰灰菜,撒多多的青蒜,浇上油泼辣子,干活归来的庄稼汉人仰头就是一大碗,通体舒坦。这时,灵巧的主妇脸上有光,好手艺让她们在人前端碗炫耀。

这些年田里活也少,主妇们有更多的时间琢磨做搅团,耗费大半天的时间做过面鱼鱼。主妇不嫌麻烦,小麦粉和面团,大水盆摆一溜,洗出面筋,澄出粉子,用澄粉打搅团,那才叫一个好吃食!过面鱼鱼通体透亮,有头有尾如玉温润。搁在细瓷碗里,红辣椒调料配绿菜,赏心悦目,这是一碗美食,却如工艺品般精雕细琢,让人舍不得下咽。

隔夜的凉搅团切成麻将块,用臊子肉加青蒜炒几炒,黏糊的搅团里有蒜香肉香,寒冷的冬天早晨里,热热乎乎一碗炒搅团下肚,出门的人浑身都是力量。

打搅团,小孩都操心着吃美味的搅团锅巴。主妇铲完搅团糊糊,一层锅巴软塌塌贴着铁底,孩子们自告奋勇坐在灶下等,煨几把麦秸,锅巴就圆鼓鼓地胀起来,炸开,焦黄脆香。孩子们手里晃一块比脸还大的圆锅巴,东家西家串一圈,和小伙伴分食殆尽,一顿搅团才算吃完整。

搅团,它是西岐大地家常饭中的一枝奇葩。春日有花,秋日思家,何人离了故土没有牵挂?一碗搅团吃得酣畅淋漓,思乡之情就稍得缓解,远在他乡,带不走爹,带不走娘,爹娘的手艺却能让我们日日思量。

这几十年我都在琢磨着如何能打好搅团,可不是软了就是硬了,不是火候不到就是锅巴煳了。也是,再没有石磨子磨的玉米面,再没有自家田里的好麦子,没有黑老锅,没有好井水,我有太多的理由为做不好一碗搅团开脱,可分明是沧海再难为水,一碗搅团活脱脱成了我思家的惆怅。

唱一曲家乡歌谣,就能消磨半日时光;吃一味家乡饭食,就得片刻神清气爽。忆儿时岁月,碗碗里装着美味成长。四季里我换了衣裳,岁月里我改变了模样。

你可知道,一碗搅团鱼鱼是岐地游子梦里泛起的乡愁。

粥寄长情

腊七腊八，冻掉下巴。大寒节气，最冷的时候来了，可我家正热气腾腾地准备过腊八。

母亲在厨房翻箱倒柜，竹篾笼子、粗瓷坛子、瓦缸、川布袋子，她把个个家什都翻个底朝天，就连装细粮的木柜子都倒腾着挪到太阳下。母亲用高粱篾篾扎成老扫帚使劲刷扫，扑嗒嗒几下子，冬日的阳光里浮起一层微尘，也把母亲呛得咳嗽几声。墙沿上的麻雀机灵地四下散开，它们啄几嘴豆颗粮食，叽叽喳喳着人听不懂的鸟语。忙活的人才不管它们说啥。母亲把干瘪的红枣、几颗核桃和花花绿绿的豆子都收拾在小簸箕里。我知道，腊八节要到了。

太阳下，奶奶枯瘦的手正摸索着小簸箕里的豆子。她把簸箕里颗粒饱满的豆子拣放到花瓷碗里，她放一颗豆我就念叨着说：红小豆。她再放一颗我说：绿小豆。我奶撇着嘴说：绿豆。她再拈起一颗豆，我说：大红豆。我奶无奈地说：芸豆。我又指着簸箕说：熊猫豆、大蚕豆、金豌豆……我奶听得直摇头。她伸出食指敲着我的脑门说：腊八粥还没喝，我娃脑瓜子就成糨糊了？你小名叫豌豆儿还记得不？我憨憨地笑着：不记得啥才好哩，最好让腊八粥把我爹的脑袋瓜也喝成糨糊，他就给我胡买海买过年的好吃货哩！我话还没说完，脑门上就吃了一个爆栗，父亲在我屁股上轻轻一踹：都四岁了，光为嘴，就知道吃！奶奶白了父亲一眼：你四岁还不如她，连个红豆绿豆都分不清！我娃心里亮清着呢，她都能分清七八种豆了！

我伸手摸摸屁股,那一蹽仿佛就在昨天。

奶奶去世已经三十年了。我站在超市杂粮区的木斗柜前,手里捻抓各色豆子,它们标着名称,大多和奶奶教我念的不一样,我却能分辨它们的味道:甜的、黏的、沙的、脆的,那是奶奶熬煮在腊八粥里的味道。我买了五色豆子,还选了燕麦片。我又买了最好的葡萄干、羌枣和百合莲子。

母亲拾掇我买回家的豆子,她和我拉家常:豌豆儿,你还记得你奶熬的腊八粥?我咂着嘴仿佛又尝到黏甜黏甜的粥香。母亲幽幽地叹息:你奶攒半年的冰糖、红枣、花生米就为给你煮个腊八粥。那年月,饭都吃不饱,谁还有心思讲究过个腊八?可你偏偏生在腊八,你奶把你当金疙瘩宠着,虽说是个女女崽,她心疼地喊你心肝肉。

母亲提起往事说得动了情,鼻翼一翕一合。我问母亲:我奶说喝腊八粥是灶神爷让人清粮柜储备年货,人喝腊八粥了心窍就被糊裹,买年货花钱就大方,见啥买啥!母亲不禁笑了,她眼睛眯起来,活脱脱又一个奶奶。她说:你奶没赶上好时候,那穷得叮当响的日子里,人就算喝糊涂想买啥,手头也不宽展没闲钱,哪里还能见啥买啥?你五岁时你爹给你买了个气球,八毛钱,你高兴了一个正月。你哪里知道,你爹用的是给你奶买头巾的钱,你奶还夸你爹腊八粥喝得好。母亲说得我眼里泛起泪花。

奶奶的褐色头巾四周的絮絮都快掉没了,我要花喜鹊时顶在头顶,不时用力撕扯,奶奶常跟着我身后喊:豌豆儿,劲小点,它经不住你撕扯。奶奶根本追不上我,她喊着时我已经跑远了,褐色头巾早被我旋着丢炕上去了。

母亲把豆子拣好洗净,砂锅里水开花,母亲一样一样地搁进去。先是芸豆红小豆莲子粳米,过会儿加燕麦片百合花生米红枣,两小时后再撒葡萄干和炒熟的芝麻。我闻着香出来时,母亲已经舀好一瓷碗粥。她放好细瓷调羹,我把粥敬到奶奶的牌位前,母亲点了香,我和母亲给奶奶磕头。

这么多年,我们家就这样过着日子,喝着腊八粥想着往事,怀念奶奶。

奶奶说她这辈子最激动的日子就是腊八。那年她正收拾豌豆熬粥,母亲生了我,奶奶给我取了小名豌豆儿。明天就是腊八,我该用心熬一锅腊八粥,粥寄长情。我敬奶奶一碗腊八粥,回味咂摸往事,这个日子里充满着爱。

饺子宴上的翡翠蒜

奶奶说:葱辣鼻子蒜辣心。我不爱吃蒜,看见我伯嚼白生生的蒜瓣子呼噜呼噜吃扯面,我就心里辣得疼。

我伯用嚼完蒜瓣的胡楂子下巴顶我脑门,我都快被他嘴里生蒜的辛辣味熏晕了。我抬手就把他的头拨扭过去,还不忘给奶奶告个状:你看我伯又惹我!

我爱种蒜,太好玩了。初春时节,奶奶把形貌有缺陷的小蒜瓣淘汰给我玩,我用清水淘洗净细沙石,它们浅浅铺在碟子里,我让丑陋的小蒜瓣子蹲坐在细沙上。没过三天,蒜瓣子头顶就生出胡须扎进细沙,蒜瓣尾巴上冒出绿油油的青蒜苗。我养七八天,母亲就提个剪刀给它们理发,她剪掉嫩嫩的青蒜苗做臊子面的漂菜,绿绿的青蒜苗是臊子面的提味关键。每每那时,母亲就说:这妞总算干了件人爱的事。

我不知道蒜瓣子除了生吃和长蒜苗还能有啥用处,那时候我八岁。

母亲的姑妈从洛杉矶回来探亲。我被母亲带着去见姑奶奶。姑奶奶慈眉善目,口红涂得红艳艳,手指甲也染得红艳艳,更显得她皮肤白生生,七十多岁的妇人仪态万方。我感觉她比电视上的明星漂亮多了。

姑奶奶尝遍家乡吃食,坐在大炕上给我们讲陈年往事。昏暗的一盏灯下,她说初到台湾的孤独和辗转洛杉矶的各种不易,大家都唏嘘不已。她说年里节下最易思亲,她靠回味琢磨着家乡吃食消乡愁。姑奶奶说她学会的几样家乡饭食,包饺子最拿手。她说除夕夜里吃饺子必要就着腊八蒜,说着抬起腕上的翠绿玉镯说:做了好多年才摸着门道,我后来腌好的腊八蒜就是这脆生生的绿,看着就馋。有了它,饺子都要多吃几个,我仿佛又回到我娘的身边。姑奶奶在忆苦思甜,我琢磨着,快到腊月了,我回家也要奶奶腌些腊八蒜。

奶奶压根儿就没听过腊八蒜,母亲说那么洋气的说法是城里人做的,我只好作罢。这一等就是十二年,我的姑奶奶再次回娘家探亲。岁月流逝,她老了些许,这回更像贾母,富态和善,口红和指甲依旧红艳艳。我长得她不认识了,可我还惦记着她的腊八蒜。夜深人静,大家拉家常时我冷不丁插话:姑奶奶,能不能教我做腊八蒜?她愣怔了一下,笑了说:我去年还做,翠绿翠绿,可是咬不动了。言语间掩饰不住的落寞,可她很乐意给我们说腊八蒜,详详细细地说教,我认认真真地听记。我终于了了一桩心事。

姑奶奶念叨:泡过腊八蒜,就把年来算,算一算,账本有没有亏欠。腊八到,年来到,大人娃娃要花钱,算好账了过个年。她的思乡好像比别的人更多更甚,这些口谱一类的歌谣,她张口就来,让人听着新鲜又心酸。腊八蒜在我眼里心里都有了乡愁,它已经远远超越了一头蒜。我叹自己孤陋寡闻,二十岁了,我总算心里开窍了,能体味些人间冷暖,也理解了一味美食在姑奶奶心里的惦念。

把紫皮蒜剥得白白净净,用家酿的陈醋一大碗加两勺白砂糖融化成汁,再把胖乎乎的蒜瓣子泡进糖醋汁里,密封玻璃瓶,一切大功告成,只等时间酝酿美味。我惊讶它的制作竟然如此简单,而我竟等了十二年!

腊月初十,姑奶奶要回去了。蒜瓣在玻璃瓶里已转了颜色,一周后四五瓣泛起蓝绿色,乍看好像中毒了。我耐着性子再等了两个礼拜,玻璃瓶里突然乾坤大变,蒜瓣子呈湛青翠绿,个个通透瓷实,真真是一瓶子玉石翡翠。

大年三十晚上,桌子上饺子热气腾腾,腊八蒜开罐,蒜香醋香辛香酸辣扑鼻而来,全家破天荒吃光饺子和翠绿的腊八蒜。我也细细嚼了四瓣,母亲吃得泪水涟涟,我知道她想起了她的姑姑。

从此,这腊八蒜成了我们家的定例,叫它年三十饺子宴里的翡翠蒜。腊八节,我细细心心制作;除夕夜,我们欢欢喜喜食用。翡翠蒜,它不算佳肴珍馐,只算是讨巧的点缀。可有了它带着故事,有了它人就珍惜团圆,年就多了色彩和滋味,我们就都有了生命的仪式感。

儿时的八宝甜饭

八宝甜饭，它是岐地人逢年过节席桌上不可或缺的名角。一盘甜甜糯糯的八宝甜饭，看着就香甜。头顶一簇簇五色干果，像打扮花哨的俏新娘，它能撑住一个正经席面上甜点的场。喜甜食者更是用它来衡量一个厨师的手艺。

八宝甜饭称作一碗或一盘都没错。蒸制时，它是装在瓷碗里，上席时把碗反扣在盘里，拿掉碗，盘子里一片五彩斑斓。这翻碗也考验人的手艺，蒸得滚烫的碗要翻不到盘里，就功亏一篑。碗翻得利落，原来垫在碗底的五色干果就成功地堆显在盘子顶上，发明这制法的人真是巧心思。除了翻碗，这一味吃食的机关还多着呢。

我儿时，八宝甜饭吃得才叫讲究。

一盘热腾腾的八宝甜饭端上桌，像座圆堆堆的山。没人动筷子，大家都秘而不宣地等待一场演出。主人家撒一勺白糖在盘子顶，浇些许烈性子的白酒在白糖上，麻利地划根火柴，白酒被点燃，蓝色的火苗一下子蹿得老高。顿时，八宝甜饭就像富士山喷了火，酒香蜜香果香四溢，席间春意融融，这美好预示着红红火火。无意中，主家的好酒也得以验证。孩子们更是过眼瘾，看稀奇景观。一举几得的好事，一盘八宝甜饭让大家乐和愉悦。趁着火苗隐隐淡去，席里长者先食。他在软糯的八宝饭上划一筷子，孩子们的筷子就如急雨。不一会儿，一盘八宝甜饭分食殆尽。盘子空空如也，主人家满脸的笑，这劳累筹备终是得了亲戚朋友的赞，还有什么比这个更让人舒坦？

岐地人喜食八宝甜饭，也有历史原因。物质匮乏的年代，精粮细面难得，谁家日常还敢妄想着吃八宝甜饭？整日吃着粗谷面淡饭，哪里还能讲究粳米还是糯米？哪里还能齐备五色干果，还凑得到蜂蜜猪油？而这些，都是做一碗八宝甜饭的必备。一盘原料齐全的八宝甜饭就是好席面的象征，毋庸置疑，有了它，一席饭才齐全；有了它，娃娃们才能大快朵颐；有了它，老人们才能喂嚅着瘪瘪没牙的嘴尝几口甜糯。这平日里不曾有的恩物，在贫困的日子里就是一道光。甜，就这一味，在苦涩的岁月里，它就能赤裸裸地勾人魂。五色干果更是稀罕的物件。如此说来，能吃一盘八宝甜饭，在贫困的日子里，相当于念想和愿望的实现。

我不惑之年的堂哥如今还对八宝甜饭情有独钟。儿时，他走亲戚前先问一句：今天去的人家可有酿米？说好有了再去。吾乡称的酿米就是八宝甜饭。每到过年，堂哥的最大愿望就是独自吃一碗八宝甜饭，这奢侈的愿望，每年都不能得到满足，他每年为一碗八宝甜饭许一次愿。幸福是一碗八宝甜饭，如今听来让人心酸。

我想好好做一次八宝甜饭，女儿打下手，父亲做指导。淘米，选圆滚滚的糯米，熟透后晶莹剔透黏糯筋道。糯米在沸水里煮七八成熟，以手捻后留一个白芯为准，捞出。这时，米的软硬是考验眼力，没有好老师指点一次难成。趁热依次加蜂蜜、熟猪油、红糖熬制的糖色。这里，熟猪油的量是关键，拿捏得准也要好好练几年。加好这些东西，轻轻搅拌，每一颗米粒都盈盈中透着红亮，饱满得像笑眯的眼。女儿把干果备齐：碧绿的葡萄干，橘红的橘饼，金黄的桂花，雪白的冬瓜蜜饯，黑乎乎的核桃仁，五色干果一一摆平，在敞口的细瓷碗底里，它们围成一朵花。我小心翼翼地挖起拌好的糯米装碗，一勺一勺匀平，这一碗一碗就不显山不露水。它们普通得像一碗蒸饭，可要想起藏在碗底的各样宝物，每个人都偷偷地笑。我儿时，父亲还在碗底垫煮过带皮的肥肉薄片、青红丝和藕片，是因为我贪恋果子香。父亲做的一碗八宝甜饭真是八样宝贝堆砌成，翻碗米都看不见，肥肉透亮围裹一半，各色干果铺开堆到顶端。可他制作时从不告诉我，这样的藏宝和寻宝，就比单单吃一碗酿米更让我神往。

带我们做一碗碗八宝甜饭，父亲还有他的心思。一碗碗装好的八宝甜饭上笼屉里蒸四十分钟，这是父亲谆谆教导我们的。干果藏于碗底，只在端于人前时才大放异彩,父亲希望我们在成长中也要像"八宝干果",要能藏得住。玉韫珠藏总是美德。我曾傻傻地问他:宝贝被藏着,万一没有机会端上席桌呢?父亲笑笑说:就算我不翻碗,你不是也会翻到碗底吗?只要有好东西,不怕人不知晓。

如今,我也学会了做八宝甜饭,也教育女儿,做人要像八宝甜饭。还没等我像父亲一般说教,女儿就说:人要学八宝甜饭的升华精神。本来就是一盘平淡无奇的甜饭,酒精灼烧,它就像凤凰涅槃。酒、糖、果香都是在高温中才激发出来,这是让八宝甜饭升华的关键。人就要耐得住煎熬,必要时还要自己寻求淬火锻造。

青胜于蓝,我心服口也服。

我重新审视这一盘八宝甜饭,这个吾乡叫酿米的乡间美味。在我的成长里,它链接了太多的回忆和向往。昨天是爱而不得,今日却是得而不爱。

吾之蜜糖,尔之砒霜。八宝甜饭一定要货真价实地加入蜂蜜、猪油、砂糖、各色干果,糖分十足。如今,在健康饮食的理念下,它已被列在禁忌多食的名单。

我记起梁实秋先生的逸事:他用餐,冷盘上来,他说有糖尿病,不能吃带甜的熏鱼。冰糖肘子,他又说不能碰,里面加了冰糖。什锦炒饭端上来,他还是说不能吃,因为淀粉会转化成糖。最后,八宝甜饭上桌,同桌猜他一定不会碰了,没想到梁先生大笑道:这个我要。朋友提醒他:八宝甜饭有糖又有饭。他笑着说:就因我知道有八宝甜饭,前面才特别节制。前面不吃,是为了后面吃。因为我血糖高,得忌口,所以必须计划着,把那配额留给最爱。

梁先生是美食家,他哪怕拒绝所有美食,也要把仅有的配额留给一盘八宝甜饭。我深受启迪。我的父母血糖高,我和孩子怕胖,可做一碗八宝甜饭于我们都是一种仪式感,吃一次八宝甜饭,每个人都能回味一次溜走的岁月,感念当下的美好。于是乎,我准备年夜饭,总是大张旗鼓。制作一次八宝甜饭,我要做好多碗,送给亲朋好友,当然,顺便要讲讲梁先生的故事,再贩卖一次父亲的教诲,聊聊女儿的心得。

这样延续下来的一碗八宝甜饭,我舍不得把它从家乡美食里淘汰。

厨娘的等待

我是厨娘,喜欢做饭天性使然,在参悟厨艺的路上,我披荆斩棘且常常因此骄傲不已。君子远庖厨,它是劝人有不忍之心,哪里是要十指不沾阳春水。我是厨娘我骄傲,庖丁是我老师。

做饭的目的不一定是吃饱,最终却是吃好,颐养性情。厨房是厨娘的道场,在这里我和食材对话,能驾驭好火候,能用好每一件锅碗瓢盆,我就是厨界大师。穿越烟火气息,看到食物本味,了解自然轮回,明白食者性也,我就超越了最简单的吃喝境界。是厨房让女人有了立体感。

厨房是有诗情画意的地方。听着苏格兰风笛,我慢悠悠挑选一把西芹或水芹菜。我总是喜欢芹菜,美芹有太多美好寓意。一棵芹菜,它茁壮翠绿的秆,墨绿的叶子四下散开像女人的心思。思乐泮水,薄采其芹,幽幽一束芹是情愫的蔓延。我把它插在大口玻璃杯中,它随意且任性,夕阳的余晖让它从蔬菜进化成景致。当然,离它不远处定有散落的几颗柠檬,黄绿的色调说不上冷清,它让我安静。重温《勇敢的心》,二十年前的苏菲·玛索清纯如一棵水芹,自由与爱情在战争中升华,美食与美文在厨房里碰撞。厨房带给厨娘的思考堪比一个书店。

在厨房要有耐心,能磨半个小时或一个星期,耐得住寂寞厨娘就有惊喜。两斤鲜奶,煮熟加砂糖凉温,慢慢兑入酸奶菌或纯酸奶,搅呀搅呀。一首萨克斯《茉莉花》听完,揉揉肩,把它扣好放入棉包,厨娘就有了一份期待。一夜梦里都酸酸甜甜。早晨起床有儿时等吃糖果的迫不及待,这是难得的温馨时光,加葡萄干还是蓝莓或红枣都喝得神清气爽。

糯米洗净浸泡一夜,是绝世女子洗去铅华,笼屉上蒸二十分钟,米粒颗颗晶莹玉润,厨娘哼高腔的《九儿》,想也是纤纤擢素手,试探温度拨散凉凉。喜欢九儿的犟劲,憧憬着我在酿红高粱酒。酒曲细细研磨,拌一笼屉的蒸糯米,它唱:高粱熟了红满天。我在糯米堆里挖出酒窝。它唱:九儿我送你去远方。我郑重地包裹瓷坛进温热的棉包。一天一夜的等候里,我想着绿蚁新醅酒,想着桃花潭水深千尺,想着酒窝里若攒了清亮亮的酒,便当呼朋引伴。鸡蛋醪糟、黑芝麻汤圆醪糟、红糖水果醪糟,欢欢喜喜吃一场,你走我不送,你要来我必定相迎,虽说君子之交淡如水,可闺蜜之交被我养得甘如醴。

某一刻,我得了一棵应季的包心菜。扒下它浑圆的外表下脆嫩的芯,洗它晾去水分,加蒜瓣生姜花椒盐水制成卤水,装进大口瓶,静待它变得酸脆可口,酸菜炒肉丝炖粉条煮鱼吃,我的厨房四五天内味道绝佳。人来往复,我再加莴笋、红萝卜、鲜尖椒、青黄瓜、嫩姜芽,统统酸成佳品。油腻的吃食让人口淡,我端一盘清清爽爽的酸菜炒肉,精灵的饕客们一扫而空。嘴叼的单挑吃酸菜,吃完还叫:再来一盘!厨娘我制作一坛泡菜,就像在谋划一个不大不小的旅程,两日五日并不重要,就喜欢心情在这几天里的回荡酝酿。流淌的歌声不紧不慢唱《光阴的故事》,我被脆生生的一棵嫩笋唤醒。酸菜坛子是个宝贝,时间给予它魔力,我只负责运送。厨娘此时就是爱玩的孩子,生活里一切喜欢不喜欢的过往,统统给它浸入时间的坛子,一番泡制风轻云淡,最终端上桌子都成佳肴。

喝完腊八粥,厨娘笃悠悠剥些白胖肥大的蒜瓣,慢火熬制糖醋汁水,制作绿莹莹的腊八蒜,期待二十二天后的大年夜。饺子宴上微辣酸甜的腊八蒜是讨巧的惊喜。一道开胃菜也能如此用心,那一段《游园惊梦》厨娘定是听得荡气回肠。

学会等待是厨娘的基本功。十点洗泡银耳,与莲子、百合、冰糖炖进砂锅。开锅用小火,炖吧,熬吧。听《平凡的世界》孙少安都已成了双水村的能人,四个小时,砂锅里黏稠香甜热气氤氲,又是一番好人生。生活不易,要多吃些甜甜的东西化解化解。在泰国吃金丝燕窝,曾被一个小姑娘吐真言"燕窝就是燕子的唾沫"倒了胃口,为金丝燕悲愤,为采燕窝人心酸。厨娘还是安安稳稳地熬银耳吧,采摘于树上的菌,能喝得舒心。

厨娘我在等,等应季的菜蔬,等合宜的时间,等大快朵颐的食客,等一棵蔬菜长得足够肥美,等一粒粮食长得足够精神,等一块鲜肉长得足够长久。等的时间里,厨娘自己也是好心情。

自然生化五谷养人,万物皆有灵性,能等到的每一种食材都是自然的精灵。我且心平气和地吃,它且欣欣向荣地长,我不用内疚惭愧,也不忌口回避。忌口不如忌心,人要心存仁爱,可食材就是食材,若干年后你我入土为尘,都要变养料化生灵。如此说来,我等来了你,我吃掉你;你遇到了我,你再吃掉我,大道轮回物物相惜,岂不开心?

厨娘我还在等待!它来不来?你来不来?

三秦盛景

一拜,为你续命

我正站在五丈原的土塬坡顶,头顶是千年国槐撑起的一片阴凉。五黄六月的收麦天,五丈原诸葛亮庙里却人来人往。

我还是截取时间的某一个瞬间吧。西安三十多位高三老师在陈列室里仔细参观;八卦亭里刘道长为一老妇禳治祈福,拿着香表正待进庙的本地香客在等同伴;西院忙着修缮的民工满头大汗。这座庙小得就只能同时容纳这些,可这些足以代表天下。瞻仰学习传承膜拜,最长久的生存,世界就在这一瞬间。刘道长说今天是黄道吉日,我是随心而来。

我看得很仔细。我端详着预示天下局势的槐树,我琢磨着钟楼鼓楼,拜诸葛亮塑像和衣冠冢,摩挲着石碑,研究武将文臣。我还闯了八卦阵,连我儿时畏惧的正门大门槛也寻来拍了照。我走了一遍展示诸葛丞相五次北伐和生平的陈列室,与成都和汉中对诸葛丞相的宣传造景比,这里有些寒酸了。当然,丞相不会计较这些,他一辈子的财物也就八百棵桑树、十五顷土地,如今,这样朴素的庙宇也遂了他的心。毕竟有古语为证:有仙则名,有龙则灵。在我们心里,卧龙先生已活成神仙模样。

活着,人和人本没区别,长短在年岁上最直观。可活着,从意义上又把人分为两个世界,处在云端或落在尘埃。诸葛丞相,他是活在云端,一千多年后,我们还把他当星辰仰望,这是他的精神散发出的光芒。

有的人死了还活着,那是他留下了时间都不可磨灭的财富;有的人活着如死了,那是他们的生命与太多生命雷同,岁月最终将这样的生命湮没,就像他不曾来过。这样说来,鞠躬尽瘁才是生命的最大化利用,就像诸葛亮。

这个世界上,有人想起你、纪念你,都要耗费他的生命。我说,这是他在用命延续你的命,也是另一种方式的禳星续命。诸葛孔明,当年他用四十九盏灯向天借命,是为完成未竟之业,可天未遂人愿,怕是另有安排。

历史让后人评说,总是多了些尴尬,站着说话的人腰到底疼不疼,我也不好评价。可所有人说起诸葛丞相,总是感慨遗憾多于赞扬。

我儿时听三国故事,常插嘴:诸葛丞相真笨,辅佐曹操早早完成一统天下,多好。讲故事的父亲笑笑说:那你还听啥?早都没故事了。上学时读杜甫诗句:三顾频烦天下计,两朝开济老臣心。我替杜甫伤心,为诸葛叫委屈。天下的忠义都要用命去换,这是何等的悲壮!再后来我读鲁迅评《三国演义》:状诸葛多智而近妖。心里一惊,又不知如何反驳。当毛泽东分析诸葛亮北伐说:二分兵力,战略不妥;三分兵力,元气大伤。我又摇摆在诸葛丞相的足智多谋与他用人的不得其法之间。就这样,我在成长,可根本没有长得明智聪慧,常百思又常不得解。

我不懂的事情太多。明明老天一直在扶助卧龙,躬耕陇亩、隆中对策、赤壁大战,哪个不是让他占尽先机?老天让他一把羽扇,胜券在握。等到先主托孤,这怕是历史上少有的诚信佳话,这都是过了命的交情,也是穿越生死的信任。明知蜀汉要成大事前路艰险未卜,可卧龙所至处皆是政绩,丞相所指处皆是光明坦途。一个谋臣,把个卖草鞋的刘皇叔辅佐得天下三分,谁不说诸葛卧龙是天之骄子?可老天明明又在愚弄诸葛。哪怕他是丞相能掐会算,早知天意,可马谡还是失了街亭,魏延闯帐还是灭了他续命的灯,少主刘禅就不是有雄心大略的主公。这剑剑致命,任他卧龙是天人下凡,哪里还有生还的可能?

我越来越读不懂一个人的人生,尤其是诸葛卧龙。治理国家,他媲美管仲乐毅。刘备一言:孤之有孔明,犹鱼之有水也。仅这一句就已为他正了千古名。连康熙帝都叹:为人臣者,唯诸葛亮能如此尔。这赞美振聋发聩,光透寰宇。一个都江堰已让李冰父子站在世界的前沿,而诸葛丞相发展农业的山河堰,伟绩堪比李冰,连丞相的敌人都叹服他为天下奇才,这是对他最大的褒奖吧!何况司马懿又非泛泛之辈,这人何等睿智通达,民间流传的"死诸葛吓退活司马",更是为诸葛孔明的丰功伟绩锦上添花。这桩桩件件,若分一件给世人,他也必为历史仰视,名垂千古。诸葛孔明,他竟以一己之力扛起了所有,这分明是一个凡人谱写的神话。当然,我还忽略了他的治军才能、他的布阵兵法、他的机巧发明,它们统统是他大光环下的小光圈,难怪鲁迅对罗贯中笔下的诸葛要评出一个"妖"字。当然,我极力确认,这个"妖"字,褒胜于贬,意在述他超出常人太多太多。

可毕竟诸葛丞相他不是妖,他要是妖也还罢了,天赋异禀长生不老,那真能扛起蜀汉的大旗,一统江山指日可待。偏偏他又真是肉身凡人,司马懿向蜀汉使者询问丞相的睡眠、饮食和办事,使者答道:诸葛公早起晚睡,凡是二十杖以上的责罚,都亲自披阅;所吃的饭食不到几升。司马懿说:诸葛孔明进食少而事务烦,他还能活多久呢!

这番话语让我痛心疾首,也让我心里释然。坐在丞相衣冠冢前,看他坟头草青青。生命固然可贵,可为了值得的事情,消耗殆尽又有何不可?若真的为心之所向,一如既往,哪怕拼尽全力,又有何妨?这是自己对生命的尊重,不白白耗费,不自我挥霍,这才是骄傲的人生。人固有一死,重于泰山终将是死得其所。诸葛孔明这一生注定不同寻常。

这一天,我游走在诸葛亮庙的前前后后,我细细看每一棵树、每一片瓦,纵然亲眼看见木牛流马,纵然数了三十步走完一圈衣冠冢,我还是感觉不圆满。

我从汉中的定军山来,我从成都的武侯祠来,我想我有足够的理由说一句:丞相他的功绩卓著,他的生命无憾。天下人不要拘泥于汉室的一统大业,不要说刘禅的不可辅佐、马谡的骄傲、魏延的不慎,这些只是历史的偶然。几千年世事里,所有的必然是天下合久必分,分久必合。在历史长河里,几十年、几百年的江山又算得了什么?助周瑜火烧赤壁是传奇,七擒孟获也很精彩,所有赢了的战役都很漂亮,可最终,历史选择的是和平,是发展。

诸葛孔明为了蜀汉也逆天而行,比起顺天命而为的孔子,也没有人分他个盗跖或颜渊。历史绵延至今,后人凭吊他都是感念一种执着和一片赤诚。

丞相的丰功伟绩被世人传唱,是因为人活着为初心,义无反顾,人活着要创造出精神力量。寻着忠义来拜,就是需要用忠义来框定信念;寻着智慧来拜,就是需要用智慧启迪心灵。我不要再叹诸葛未竟的事业,这个世界上,人的生命从来不足以完成圆满的事业。丞相禳星续命，本就不是为了苟活，哪怕出师未捷，他的人生早已注定与众不同。

　　今日，你我进庙一拜，就是为诸葛丞相禳星续了命。你我凡人皆不可为主灯不灭，增寿一纪，可就像一条路的形成，走的人多了，它自然就成了坦途。五丈原诸葛亮庙，你待了多久，你思考了多久，诸葛丞相的生命就被你延续了多久，他的精神就被你传承了多久。

　　我再一拜，深深一拜，道一声丞相安好。你永远都不是一个人前行，你的身后有百万雄兵。

造一方水色同天

我去凤鸣湖的次数不多,四季四次足矣。对一个新建的景观,我没有长情的陪伴,多是陪家人散步,孩子游园。凤鸣湖,在我眼里它就是个小县城的后花园。

有一天,女儿对我说,凤鸣湖是大景观,她数石狮子,看湖边的水鸟,竟玩了一个下午。我笑她十七岁了,还是没见过大世面。杭州西湖我们玩了两天,我也没见她这般快活。她严肃地说:敝帚自珍。我一时默然。

在一个午后,我又想起女儿的话。独自来到凤鸣湖,人少风缓,真是安静的一处后花园。

假山堆成石林,荷花睡莲铺满一池秋水,开花的睡莲和结果的莲蓬让池子生动别致。我踏过木桥,眼前一片豁然,左边林木青翠,右边波光粼粼。秋日的湖面空旷辽远,真有白色鸟儿盘旋飞翔,那是鹭鸶。这才是凤鸣湖的一半。

我知道在路的另一边还有另一半,它也是湖,伴着绵延的湿地,那里有竹林和水田。一渠清浅的小溪潺潺流过,早些年它供附近村人种瓜种菜。初冬时,我见过大叶杨和刺槐在溪水里的倒影,光影下迷幻多姿,那份美不输额尔齐斯河岸的胡杨林。以前这里也有小小的鱼塘,夏日里蛙声一片。孩子们成日钓虾钓蛙,有水的地方总能让万物丛生。伴着孩子就有大人,有了一拨拨的人,水草地上就添了许多故事。

初秋的午后,凤鸣湖在我眼前,湖面上曲折蜿蜒的石桥连着湖中高耸的亭子。湖里前年种的水葫芦才生了根,你拥我挤偶尔冒出蓝紫色的花,道旁的柳树怯怯地生长。只有假山下的湿地里一片生机盎然,丛生的白色雏菊茂盛地开,它们张扬得不管不顾,一片白花铺开,和众多的红蓼相连。它们霸占了天下,在风里都是张扬桀骜,粗野又娇媚。这里还宿着很多细腿小脚的鹭鸶,它们不停地换脚想站稳在荷叶上。这里水浅,可也养着众多的卖油郎和水蜘蛛,还有蜗牛和蜻蜓。孩子们一拨一拨来逮自己喜欢的昆虫,个个收获满满。我瞧不得那卖油郎的细小模样,怕它似孑孓叮咬人。一个男孩子给我瓶子,让我看蜗牛和一只蓝绿色的蜻蜓。又有孩子嚷嚷,一只红嘴鸦飞到远处的白桦树上,它在造窝。我看不见,他们很着急,后来我终于看清了,它跷着脚站在细枝上忽闪忽闪,我们都笑了。一帮孩子得意地说:好好看,你就看到了吧。

　　一句话让我愣神了。好好看,就有景致;好好看,就有更美好的世界。

　　凤鸣湖,我从来没有认真地看。它太年轻,三五年时间能造出什么经典?这是我忽略了景的经典在于人文的营造。

　　我念念不忘的滕王阁,也不过是一座楼阁,有了王勃它才成了江南名楼。今天,我留恋的景观就在眼前,落霞与孤鹜齐飞,秋水共长天一色。可我没有真心把它收入眼帘。我读《岳阳楼记》也替天下人忧,我知道范仲淹并非登楼即吟,可世人因此都知道:洞庭天下水,岳阳天下楼。还有黄鹤楼,它号称天下江山第一楼。妇孺皆念:黄鹤一去不复返,白云千载空悠悠。我相信崔颢若是站在我当下的位置,脱口而出的怕就是:秦川历历岐地树,芳草萋萋凤鸣湖。再续一句:日暮乡关何处是,烟波江上使人愁。一点都不突兀,还是完美的千古名句,不是吗?我眼下的这一池水,原来它也承担得起千愁万绪,也能酝酿出妙语佳句。

　　我莫名地惭愧,竟然是我对不住它。凤鸣湖,它本与名利无关,一池水一方景,天下美好的事物皆然,都有四季轮回,都有曼妙的容颜。人造的景妙就说是巧夺天工,天然的妙景就叫作钟灵毓秀,反正好的景统统都是鬼斧神工。景,它本就是一个不言不语的存在。你若有生花的妙笔,它就活了。你若有曹植的才高八斗,它哪怕是一条平静无奇的洛河,你也能让它幻生出宓妃,你为它洋洋洒洒写一篇《洛神赋》,从此洛河就成了天下文人的缪斯,它负起古今文人的仰望。我想得羞愧,默默地走开。竟是我的才疏学浅才让你孤独地存在,是我缺才思不能让你显现于世人啊。我像愧对父母般自责,又像孩子般请求原谅。

凤鸣湖,我羞赧不已,却又替你开心。毕竟我今日站在你的跟前,才想明白这样的道理。天下名景都贴着文辞灵动的标签,从来都是景托历史而长存。还好,岐山这座小城也是从三千年的《诗经》里走出。凤鸣湖,你就像帝王的后人,哪怕流落在民间,也有高贵的血统。凤鸣湖,你的名字已有渊源,无论是凤鸣岐山还是凤凰于飞,你都是千年的传承。终会有一天,人们来看你,不用再以园林的造景、奢靡的建筑衡量,你的名分足以让你长存。想到这里,我又释然。

造一方水色同天,这不是偶然,黄土地上人造景观要耗费双倍的血汗。来往的人啊,哪怕你是来自江南,也莫笑它东施效颦,也莫自夸你们得道天然。政通人和百姓安乐才会兴土木建良宅,一切物质充盈都决定着精神的长足发展。当年的柳三变不也是盛赞孙何的政绩,哪怕到如今我们只记得一句:三秋桂子,十里荷花。时光荏苒,盛景是乐业的锦上添花。

凤鸣湖,你不用担心时间,岁月的长或短于你而言只是一瞬间。等有一天,天时到了,人和再现,必定有人为你吟唱动人的诗篇。那时的你,会给所有人一个完美的答案。

做一棵有思想的树

小时候,我总觉得不自由,天南海北不能任我肆意行。我羡慕鸟儿的翅膀,故作深沉地叹息:天空中没有鸟的痕迹,但我已飞过。

而今,我过了狂妄的青春岁月,转山看水归来日,却宁愿做一棵树。静静地走过四季,偶尔吟一句:根相连在地下,叶相触在云里。我要做一棵有思想的树,不是简单地开开花,结结果,树的使命除了开花结果,还有更多的可能,比如阅历人间的沧桑,记载岁月的年轮,最终放下一切世俗,向死而生。

周公庙太公殿旁有棵 1923 年植的桑树,它是当时陕西蚕桑学院的学生栽种的。在千年的汉柏唐槐镇庙,以树龄排辈分的周公庙里,它太稚嫩,没有炫耀的资历,只有笔挺的枝干直冲云霄。

一场秋天的狂风刮过,梦想被打落在脚下,桑树没能躲过一劫。伐木工砍掉它所有的枝丫,划拉成一堆柴火,也许是斧子不够锋利,它匍匐的树身暂得保全。生命无常,历经寒冬的秃秃桑树逢春发芽,它残疾的躯干无法向着蓝天,它横卧着供养簇簇新苗,若娘用命托起儿。这一托就是十多年,我看到郁郁葱葱的小桑树并排生长在它的躯干上,浑然天成,仿佛造物主早已如此安排。从此,周公庙里多了一处景观——卧桑。

我敬佩它用生命划出一道轨迹,历经坎坷,微笑向暖。

我痛心地抚摸它横卧的身躯。顽皮孩子踮脚从它身上跳过,信佛老阿婆给它系祈福的红头绳,时尚的男孩女孩靠着它拍照。它不说话。我轻声问:你痛吗？开心吗？愿意吗？它不语。春风拂过桑枝,顽童采它嫩叶养蚕,满载而归欣欣然,树身横过一渠清泉,桑树满心欢喜风里吟唱,伴着潺潺水声如乐,泉水流过处正刻着百家姓的周吴郑王,这里一池清泉载着华夏五代。一阵风过,桑叶婆娑起舞,白肚黑背的胖喜鹊叽叽喳喳,神圣的庙宇孕育神奇的生命,受挫之人见此卧桑重拾自信,它不是卧地不起的懦夫,它是匍匐前进的勇士!我曾认为有思想的树该是秀颀挺立,而眼前的卧桑身上有一股莫名的力量,枝枝新芽像一把剑,笔直地刺向长空!

匍匐的这棵桑树,枝丫遒劲,粗糙的树皮像老人布满皱纹的脸。风吹,偶尔动动枝叶;雨淋,微微摆摆枝干,若隐遁高人喜怒不动声色。它笑吟吟戴着祈福红绳,威严的树被后辈信徒打扮得花枝招展,仿佛大观园里贾母戴上大花,俗艳又喜庆,是含饴弄孙的长者在后辈面前的心甘情愿。

我还年轻,我不想随遇而安,我要做一棵有思想的树。我轻轻拉掉一根红绳,怕它随着日月被嵌入树身,却听风里树语:管他呢,多个不多,少个不少。该我承受的,不管祝福还是罪恶,我用光阴化解,活过冰天雪地,活到春暖花开,我是外形特异内心平和的树。

无数红绳随风飞舞,像凤凰花红云一片,善男信女对树许愿,树安静祥和地迎来送往,如此百年亦一日,千年不过一瞬,任尔东西南北风,我自昂首向天笑。这棵趴在地上的树活得率真坦诚,从不当自己已成一道风景!

我远观它,它在风里说话:我守卫着静静的庙宇,我呼吸着山谷的风,接纳润德泉水的给养,接受善男信女喧天祭拜,迎着狂风肆虐横扫,我的枝丫向着东方的太阳,我的天空在脚下,站立和横卧我都呼吸着自由的风!

它也有过青春岁月头顶蓝天,可我看到的是凤凰涅槃后的这棵卧桑,它匍匐的身躯传递着力量。它让我战栗,沉思。纵然我也是树,也只有四十年的树龄,道行尚浅,我如何才能活出思想?我要沐浴风雨,迎接雷电,我要带一颗出世的心,热情地活在这薄情的世界上,我要活成树里不辜负生命的那一棵。

沙漠里,我曾被喀什噶尔胡杨震撼,活着三千年不倒,倒了三千年不死,死了三千年不朽。眼前这棵百年桑树,它也活着,它也倒下,我却看到它翠生生的叶、筋骨分明的枝。它已超越胡杨的挣扎,生是一种姿态,不是屈服,它向死而生,生活的强者都是这样。

这棵树,长在庙宇便得禅宗真谛,安静地长,慢慢地活,活着活着便倒了,倒了老了却年轻了,它的生命超越了生死。周而复始,故事如繁茂的叶子,凋零一层长出一层,叶子如稠密的岁月。一棵树,它活成图腾。

我也要做思想着的树,一棵站立或匍匐的青青桑树,阅尽人间的沧桑,记载岁月的年轮,最终放下一切,向死而生。

法门吉祥(上)

我五月初四来法门寺,算不得寺里的大节日,凑了端午节的巧,人也多,热热闹闹。

四十年了,我和法门寺是近邻。寺里的晨钟暮鼓若有声,怕是它的钟声入耳唤我晨读,鼓声入耳伴我入眠。我自称周公庙下的一棵树,法门寺里的袅袅燃香定是循了一路东风,它飘过白雀寺,在我的呼吸里还有余香。沐浴熏陶,这样美丽的字眼,能表明我受法门寺的滋养。佛法及万民而不究过往,普度众生而不分贵贱,我深深地领悟了多年。

我翻阅《诗经》是站在历史的长河源头,再读唐诗是顺流而下。从凤翔府到岐山县再到法门镇,古老的称谓像一匹老马,它驮着我一路东行,我们还没走到马嵬驿,我就心下了然,原来历史的长河被文字记载,也就成了一江春水向东流。其实我已走过更远的地方,循着鉴真大师的足迹。我的那一匹老马已无能为力,我只能靠自己。抑或是说,我是拿出这么多年与庙和寺为邻得来的勇气,受了佛的加持,才去寻找阿育王的故乡。

我走了印度无数的宫殿寺庙,安静地沐浴恒河的圣水,领略祭司通天通神的召唤,一路奔波感受世事沧桑,进庙拜佛看人间真善美,心变得宽阔通融,人变得坚忍执着,我总觉着也是得了佛法加持。回到岐山,周公庙和法门寺还是我的邻居。这一次,我才敢大胆地来看看这座寺院,堂堂正正地拜一次大殿。这是一种情怀,你可以说是近乡情怯,也可以说是我注重追根溯源。可是,在佛家我连个俗家弟子都不是,我来法门寺是正正经经买了门票,好像它根本就与我无关。我这样复杂的情怀,用一句话简单地交割就是:我所有的行走和积蓄,只为体体面面来见你。

寻法门寺的源头总要说到护法明王——阿育王,他是印度孔雀王朝第三代国王。我去寻找德里印度最大寺庙 Akshardham Temple,它展示圣人斯瓦米纳拉扬的一生和佛教的诞生与发扬。我感觉他就是释迦牟尼、阿育王,他虽是平民出身,修行一世,最终还是头顶圣光引领万民前行。我在迷宫一样的石洞里穿行,看光影技术展示壁画图片再到人物塑像,他们演绎了从猿进化到人,圣人普度教化民众,佛法应运而生的进程。佛教的圣人是身为王子的释迦牟尼,也是放下屠刀的阿育王,这都是天定人选,他们总是有慧心慧根。我是凡夫俗子,那是我第一次被信仰震撼得心潮澎湃。万民为信仰而拜,众生为追求光明而生。

在法门寺,我看佛事演出《法门往事》,心又被搅动得久久不能平静。

眼盲的二妹子问刻佛像的吉祥哥:光明是什么?三年后,石匠在佛的召唤下立志宣扬佛法,衷心守护法门时,他给二妹子的回答是:光明是脚下的路,是远处的山;光明让人看见自己,看见佛菩萨。见心才能见性,我们的眼睛看得还是不够远,心才是真正的眼睛。石匠吉祥以为守护佛法要远无边,从此再也不可回头,他毅然决然地做好献身的准备。可最终开悟,佛法是普度也许有涅槃,但它绝不是终极。听到吉祥哥和眼盲的二妹子的最终对答,我流泪了。

二妹子欢快地说:我看见脚下的路,我看见远处的山,我看见金色的麦浪,我看见水里的倒影,我看见光明无边的佛菩萨!二妹子再一次问吉祥:你还回来吗?吉祥的声音响彻寰宇:回来!我又一次被佛法坚守的信仰所震撼。

无独有偶,寺院的源头在印度,今天的法门寺正是它的传承,我理所应当是取经的僧人。想到此,一时间我激动难耐。印度还是中国,这个寺还是那个寺,绝美的建筑群落,它们都是外在。佛真正要传承的是什么?这才是困扰我的终极问题。

我已走回到佛光大道。有妇人带着孩子拜十座金身菩萨,妇人上香合十,温和地对孩子说:拜文殊菩萨,开智慧。孩子作揖磕头规规矩矩。他们一路拜,这孩子始终不言语多话,我心生敬意。人常用临时抱佛脚揶揄拜佛心不诚。这孩子三四岁模样,他求佛功利心不多吧?妇人穿得青春时尚,可看她燃香合十,一举一动都规矩，脸上神情也自若，浑身有种和若春风的美。我不禁念一句：今生貌美为何因，前世佛前供花人。佛家圣地，再次印证相由心生。

刚刚在放生池边，我观赏游鱼，水清清，梵唱佛音阵阵，真正自在逍遥。一位女子急匆匆引来穿僧袍的小和尚，他们拿竹竿打捞一只溺水的鸦。千般辛苦捞上来，小和尚用铁锨端着死鸦，女子随后合十默念经文。他们在一棵松树下安埋那只鸦。我说：念《往生咒》，鸦就轮回了，最好也生得貌美如花。母亲说：轮回有道，两只脚的修不成四只脚的，长毛的修不成不长毛的，万事都有安排。一时我竟无语。我无法得知母亲所说是非对错，可总觉得有根有据，要不然为何你我托生是人形，鸦雀为何不成人？可我也知道，子非鱼焉知鱼乐，这鸦只怕也不想成人形，人都没有一双翅膀，如何能自由过它？这只鸦在寺庙里被葬，和尚善人超度，它现在已和所有的鸦不同。要知前世因，今生受者是。要知来世因，今生作者是。这只鸦已修得佛家的大造化，我不应怜惜它，还要祝祷一声：我如蝼蚁也如鸦，从今善念善行常在。这时的我，还是明确地向往真善美，它们是我眼里的光。

在看《法门往事》时，我也有明确的是非观。我穿行在千年的岁月里，千座佛龛忽明忽暗，石匠吉祥几声叮叮当当，我就伴着时空穿越，仿佛他轮回千年，只为让我看见。一时间，我的肩头沉沉。我强烈地认为普法修寺的都是好人，石匠吉祥、痴僧、朱子桥、良卿法师，他们是佛的罗汉，用命用心去传扬佛法，修寺造塔都是修度化万民的道场，他们是佛的使者，是好的。明代的地震，近代的日寇和洪灾，造反派们毁佛像烧经卷，这些是天灾人祸，是毁灭善行美好的灾难，是坏的。

可最终谢幕时，罗汉僧人、将军法师、红小兵"造反派"一起站在慈祥的佛前。我的心猛然就揪了一下，又突然明白，苦海无边，佛法也无边，佛法是一道光，穿越一切不可为。所有好人恶人在佛面前都是众生，都难逃轮回，看似无有对错，也像好恶不辨。那一刻，我清清楚楚地看见佛像微闭的双眼流出泪滴，我怀疑是错觉，可注视良久，那泪滴一直都在。那是包容万物之泪吧？怜惜作恶者，回头是岸。佛不是不分善恶，只是能原谅你的恶。来，用我赤诚之心怀你之荆棘，用我之鲜血度你之狂妄，这是大慈大悲。我终于同修一课，我的心欢喜，欢喜得也流泪。这终是佛的心境：我不下地狱谁下地狱，我不入苦海谁入苦海。

众生都是过往客,只是扮演过好和坏而已。没有永久的恶,佛法普照善意通达,人总有觉悟之时,众生总要和睦相处。

我从菩提门走到般若门,穿过晨钟暮鼓,走过十八罗汉,在大山门前,我终于想明白了一件事,人如何才能活得厚重而长久。人要学佛的心境,好的记住坏的一笑而过。若想穿越千年还要留下点什么,那必是如石匠吉祥一般的痴僧,再往前追溯就是阿育王,直到释迦牟尼。

我还没有走完法门寺,我只是寻历史听了佛语。我站在合十舍利塔的顶层广场俯瞰,东风阵阵,它把我指向西边凤凰于飞的地方,那是家的方向,佛法与周礼在这块土地上交相辉映。

我自问,佛法如何弘扬?在西藏时,藏民阿妈告诉我经幡叫风马,它能代人传经布道,升起风马就是诵经祈祷,风吹一次就诵经一遍。我眼前广袤的关中平原上,小麦收获后的土地像产后的母亲,骄傲又疲惫,它在阵阵风里酝酿下一次播种和生发,神明庇佑这里人杰地灵。此时的风若真能为马,那自然不是我想的那匹老马,它定是以光的速度,传爱心仁行,风所到之处必有淳朴民风,必是长治久安。若人宣扬善行仁心借力于风,那风吹过处,佛光普照。可世间明明没有如此轻松的劳作,真善美的弘扬始终在众生,众生心向善人人皆为佛,人心中的光比风的传播还要快,还要长久。

此刻,我把心神从印度收回,从西藏收回。我把心安抚平静,对着风道一声:法门吉祥。法门,吉祥。

法门吉祥(下)

法门寺,它方圆百里寺院无数。凤翔灵山净慧寺、岐山白雀寺、终南山观音禅院,往东数到洛阳白马寺。法门寺是关中塔庙始祖,它供奉佛教圣物——释迦牟尼佛真身指骨舍利,这独一份它就能甲天下。若再说佛塔地宫和奇珍异宝,那法门寺真正是佛光耀千秋,无与伦比。

我和很多游客在法门珍宝馆里徘徊,一遍一遍听讲解员说法门寺的前世今生。讲解员都是年轻才俊,他们讲解的侧重点大同小异。浓墨重彩地讲宝物必不可少:金胎合曼曼陀罗、玳瑁币、为茶起源正名的唐代茶具、秘色瓷、唐代丝织品、八重宝函和镏金银宝函,大家目的明确地奔着奇珍异宝。可我也遇到一位居士义务讲解,他是一股清流,讲述有佛慧心,照己达人。他热情洋溢,如数家珍般细说珍宝。他总是提醒我们,细看真正的历史物件,用心感受造物之匠心,思量众生对于神佛的敬畏之心。这里一切最贵重的东西,也是因供养在佛家圣地才得以保存。他把众人带到朱子桥、良卿法师的照片前细细讲述,他们是修寺护塔火炬的传承者。他把学诚大和尚的舍利赞偈反复提说:佛法与世法,本来无二法。悟者即菩提,违者是夜叉。有人对镏金双耳大银盆的重量感兴趣,反复询问,还要居士说个兑换现金的数目时,居士毫不客气地说:如果仅仅是为护住金银,你就小看了历代痴僧,今日看珍宝也就意义不大。我想他在用最大的包容克制情绪。我看得出,每讲珍宝名器之前,他都庄重地说:供奉菩萨。无论平民还是君王侍佛皆出真心,都是竭尽所能的一片虔诚。

他这样的讲解人仿佛是摆渡者,给我看佛前鲜花的明艳光环加持,也给我看佛身后的脚印一路踽踽独行。我问他讲了多久,他笑笑说:从昨天到今天。我肯定地说:你会一直讲到明天。他不置可否,淡淡地说:做好今日之事,遇到谁就讲给谁,都是安排。

　　看到一幅符号照片时,居士回头,狡黠地笑说:猜猜看,地宫门上的秘语在说啥。我摇头笑答:既是秘语,何必猜它?你讲今日事,何必提往昔?大家一笑了然。果然是佛法圣地,纵然不能做到拈花一笑,也有半分的佛缘,今日遇到如此讲说人,我也把心里的疑惑尽解。千年佛法的传承里,如何保持一份不减的热情,就是这一份使命,也是一份孤独的坚守。

　　生命的一切修行都是孤独地付出、执着地前行。圣人付出的心血必将照亮他人的路,先贤的信仰引领在痛苦中轮回的人。佛法普度,如甘霖滋润万物。

　　历史总是惊人的重合相似,当印度的婆罗门文字形成时,中国正是春秋战国时期。佛的开启者释迦牟尼与孔子同时代,孔子沿周公礼制传乐,阿育王将佛骨舍利供奉法门塔下,同一个寰宇内,一切有序进行。这是一个盛大的时代,众生用虔诚的信仰滋养心灵的时代。法门是修行者入道之门,舍利是修佛功德圆满的见证。佛骨舍利存于法门寺,是穿越时空的默契。从时间段上看,这一切是天成。我今日遇到僧人葬鸦,遇到居士度世人,这是冥冥中的安排。不偏不倚,轮回里遇到你。这是一场关于佛事的际遇,我做好一切准备,你正做一场修行,这一刻到来,是给你我展示一场佛家的盛事。我相信这个世间有看不见的法则,它就像地宫门上的朱雀,总有人明白它所代表的正南方向。佛度有缘人,人要有善心,一切都在合适的机会里发生。

　　我在寺院的一面墙前站定,这面墙记载了宣扬佛义的一路渊源,它也刻画了苦海轮回的众生从佛义中获得力量。我一路走来,这面墙从北魏画到唐再画到宋,是一路佛心善行的传承。我找到宋徽宗亲笔写的"皇帝佛国",它如今刻在大山门上。我又想起靖康耻,也想起韩愈的《谏迎佛骨表》,可站在这里,我不论历史,不说人性,只是感受一份顺流而来的时光变迁。君王立国立佛,万民拜佛本是同心同德。世界浩渺,总要有信仰,人活着才不至于绝望或者猖狂。佛在一定意义上是给众生指导和约束的一道光。我又想起刻佛像的吉祥和寻光明的二妹子,心中若有善念仁爱,盲姑娘也能看见远方。

释迦牟尼不做王子,靠牧羊女的一碗粥供给,他顿悟在菩提树下,开启佛法普度众生;阿育王放下屠刀,匍匐着甘做尘埃,用佛义光明引救万民。历史变迁,总有人在芸芸众生里像太阳一样,给人温暖和光明,这是神灵的庇护指引,也是信仰使然。

我坐在真身宝塔下,周围是休息的居士游客。一位姑娘穿着古装拍照,取一分寺里的静然。念佛的老妪经过,不住地回看,是看这份美还是想说佛门是净地?我看她笑眯眯的神情,必是她心里也为青春和美好赞叹。不远处玻璃罩下是宋巧娇当年跪过的青石板,膝盖大的窝里积着水,仿佛是泪。在这里,她到底是无畏皇权,告赢了,冤案得以平反。这是寺庙净地还给她的一个公道,还是佛祖显灵让是非善恶终有结果?不得而知,我想探究的无非就是净地圣灵才让美好得以彰显。

我一路走来眼里都是菩萨。篆刻的经文,印制的佛理,法门寺历代守卫者的画像,他们是和石匠吉祥一样的痴心守卫者。此时的石匠吉祥已经成了一个符号,就像降龙伏虎的罗汉,为了修寺甘下地狱,为了护寺敢于献身,这是一种超越了奉献的精神。今日吉祥守护法门,与当年释尊割肉饲鹰是异曲同工,都是心甘情愿,都是无小我之欲求。这是奉献至关重要的真谛。佛义的宗旨不一定是创设天堂与你共享,但佛能与你共入地狱,甚至在你之前入地狱。杀身成仁,舍生取义,身总是性命,是你在这个世界唯一的通行证。当肉身都能舍下,那一定是得了造化的加持,他一定有一个比肉身更值得追求的目标,比如为了精神的快乐,为了更多人的幸福,为了万民的光明未来。若不是精神传承,浩渺的历史长河中,佛如何度己度人?

大雄宝殿有文怀沙先生的一副对联:法非法非非法舍非非法;门无门无无门入无无门。反复诵读,心里了然:佛不在法门,佛在心中。法门是修行者入道,法门也是一切方法途径,法门是最初的起因也是最好的答案。

念一声:法门无量。道一声:法门吉祥。原谅我今日斗胆妄言,来去匆匆。

赐给爱情三尺白绫

我去马嵬驿遗址时春寒料峭,现在已过霜降,中间过去多少春光,不知又流逝了多少人的青春韶光。

今夜我又读《长恨歌》:蜀江水碧蜀山青,圣主朝朝暮暮情。行宫见月伤心色,夜雨闻铃肠断声。天旋地转回龙驭,到此踌躇不能去。马嵬坡下泥土中,不见玉颜空死处。月色清冷,我竟不能自已,从心底泛起一丝悲凉。焚一炷香,再忆杨玉环的爱情和我去过的马嵬坡。

一个景点能让人回忆,不外乎繁华或清冷异常,触动了人的心弦,它才能长留心中。白天,人总愿把自己沉浸在幸福里,不幸会被重重包裹,轻易不会提起,而夜色总会撩开那层纱,一览无遗地把悲的哀的全都晾晒在月光下。此时你的悲、他的哀,替古人担忧泪痕沾衣裳,我深知是月光蛊惑人心走向悲凉,可人总要常思,这个世界不正是因为多思而存在吗?

我到的马嵬驿与真正的李杨爱情决绝之地还有二十多公里,这里是兴平市外的景点:马嵬驿。红红火火热热闹闹的旅游地,充斥着酸奶果汁和美食,青石碧瓦灰土蓝墙都是仿古色。

信步青石板上,摸着青砖墙,马嵬驿三字和车马造型凸显在青砖门楼,对联直截了当:西有马嵬驿,东有兵马俑。我心里却有这样一副对联:西游马嵬驿叹一声绝情;东游华清池羡一世风流。横批:恍如隔世。

站在高高的石桥上看脚下的小镇,我怅然若失。乾隆帝问纪晓岚:江里白帆点点共有几条船？鬼才答曰：一条名利船。看今天游人如织，熙熙攘攘为哪般？思治国不可懈怠，叹爱情不可亵渎？非也，至少我和同行的几十号人浩浩荡荡横扫古街，没有人谈及李天子的爱情。我唯一长于别人的仅限于寻角度拍美景，红墙碧瓦蓝天白云，仿古的背景也罢，拍拍照还是不错的，仅此而已。

  我教学讲解白大才子的《长恨歌》不下十遍，教参设置探究李杨爱情的悲剧原因。备课时我设置学生的角度：天子、贵妃、男人、女人、御用文人、当今世人，唯独在女人的角度上我唏嘘不已，若为爱情故，女人是可以舍了性命。诚然，做天子的女人有无上荣光，光宗耀祖提携弟兄，可若用一辈子的幸福去换得亲人的飞黄腾达，纵然是贵妃，其内心怕也苦涩。马嵬一别，三尺白绫，贵妃也不免香消玉殒。她的内心凄凉如水吧，夫妻又如何，同胞又如何，谁能割舍下所有换她性命？女人不会后悔此生让兄弟荣升，却会有薄薄的一声叹息发自心底：比翼鸟、连理枝到底是何物？我想安慰她：还好，甜蜜的爱情你也曾有过，天子的爱情总要比一般人奢华，霓裳羽衣曲天上人间，七夕笑牵牛浓情蜜意。老子说不敢为天下先，可偏偏你二人恩爱到世人皆知，轰轰烈烈神仙也嫉妒。赐给爱情三尺白绫，也没了爱，也没了情。也罢，爱了爱得娇宠，散了散得断肠，剩下的就让它残着去，给后人几丝思量。

  情深不寿，老天会嫉妒。月盈则缺，水满则溢。这些俗到尘埃里的道理我都懂，可被爱情宠爱的贵妃，你懂了没有？这个世界很绝情，享了多少的甜蜜，你就要用同量的苦涩去偿，这是现实。我不信贵妃东渡的传闻，我也不信蓬莱仙阁会有真人，如果真有其人，那也脱胎换骨，早已不是杨家女，与马嵬驿的这个贵妃有何干？

  马嵬驿景点建筑再假，至少这个名字是真的，繁华走尽，我终于找到一处黄土泥坯小屋。屋前等身塑像再现了六军驻马白绫赐死的场景。荒郊野岭，黄土漫天，赐死的贵妃身边还有打扇的侍女，庄严又滑稽，是讥讽这段神圣又悲戚的爱情，还是皇家威仪至死都要维持？此处游人甚少，这里不卖吃喝茶点，凡夫俗子吃吃喝喝地活着，爱情都是奢侈品，这千年以前天子的爱情更无从提起。落寞至此的游人寥寥，大都是心有结如我一般吧。李商隐叹息：如何四纪为天子，不及卢家有莫愁。我叹惋：何人的爱情能免俗？小确幸和大志向，总是矛盾又相随，贵妃也不能免俗。

谁也活不过天地，都要香消玉殒，殉情与被殉情虽有实质区别，结果还是一样。我暂且放下心结，权当一个郎才女貌的爱情，你唱我和的艺术碰撞，毕竟霓裳羽衣成为巅峰，雨霖铃成为绝唱，甚至一个以胖为美的大格局都已形成，作为大唐顶峰的女人，你此生也无遗憾了。

爱情中抱憾的往往是生者，有心念旧的生者尤甚，活着就是煎熬，这也是一种惩罚吧。旧情就像西西弗斯永远推不掉的石头，蚀骨的相思足以让人崩溃，此刻，我竟对李隆基有了莫名的同情，贵为天子的他又哪里得到老天的特赦？

一个地方与另一个地方的不同是什么？你有青山绿水我有碧海蓝天，这个世界初创的一叶一木没有不同，只因有你我的足迹、思念，从此它便在大千世界中与众不同，脱颖而出。我今天踏着黄土循着大唐急转直下的那段历史，是我懂了一个女人在政治婚姻里的无奈，这块土地上有她的坟茔，哪怕只是传说的一双绣花鞋，也足以让我深思追念。

马嵬驿，你本只是一处驿站。大唐的天底下众多驿站中你如一粟，何曾想你一夜之间闻名天下？老天安排李杨在此停留一夜，这一夜，你看到李杨的爱情不敌政治。爱情在三尺白绫面前不堪一击，爱情的考题在这里交了白卷。你看到美人魂魄归西，从此，你便不同于所有的驿站。

马嵬驿，我不在意你如何花枝招展创旅游佳绩，你前世是客栈，为诗人词客传递一枝早梅的温暖；你昨天是驿站，见证了一场六军驻马白绫赐死，从今往后，你便肩负了这段历史的回味与反思。

山，是一本书

我是个慢热型的人，女儿形容我：反射弧太长。我的眼皮总是抬起得太慢，微微睁合，便跨越春天，还有万水和千山。我认识事物需要太久太久，一次、两次、三五次地去认知一个新事物，这中间有时会隔十多年。

如同翻阅一本书，攀越秦岭的王者——太白山，我用了十六年，如此漫长的一段生命，够不够认识它？

寒暑易节，我见过它妩媚柔情的春夏，也见过它绚烂安静的秋冬。它有时待我如初恋，有时也虐我千百遍。我来来往往，大多是来时如鸡肋，走后味同橄榄，来回辛苦却也回味尤甘。

十六年前，我爬这座山，犹在这本书的序言里兜兜转转。

爬到上板寺我已筋疲力尽。我欣欣然返回，得意地告诉同伴，我到此一游，仿佛人生阅历中爬山这一页从此功德圆满。那时的我单纯得像黑白照片，我活得四四方方棱角分明。我笃信这个世界四季分明，恩怨了然，对就是对，错就是错。那时我的眼里，太白山就是一座山，有巨石有大树，有可观的海拔，有分明的四季，它高高在上，一切景观应在白云间。那时的它没有五个A的景区认证，没有缆车代步，没有游客团熙熙攘攘。邻县周边拜佛的老太们背着棉袄爬三天，想要登顶的善男信女揣着干粮宿在药王殿，来来回回爬四五天，那时的太白山纯真得像待字闺中的姑娘。

爬山的人都是在朝圣。他们把情愫掩藏在心底，太白山是宿命里的一个见证。人们神神秘秘地去探寻名为大爷海的神湖,虔诚的人在湖水的扑朔迷离里看到自家的前世因果,刻骨思念的人在日出的云雾里看到已逝亲人的真切容颜,传说这是一座有神气仙气的原始森林。它是秦岭山脉主峰,得天独厚,拥有高度深度厚度,让有修为之人惊喜,让凡夫俗子渴望。一座山该有的来世和今生它都有,愈传说愈灵验,愈灵验名声愈传得遥远。

十年前的夏天,我又惦记那座山,像只翻了扉页的一本书,总想重新再读,细细咂摸出滋味才好。

我收拾起背包,郑重地选择同行,查看地图,关注天气,途中遇到装备精良的日韩登山队,仿佛我的预言得到佐证,这座山的确不平凡。我一脚一脚踏踏实实地走,我细细察看植被,琢磨山石的棱角、雨雾的幻生。每一个峰回路转我都欢呼,每一次登临绝顶我都意犹未尽。我坐在大爷海边啃一个桃子,仿佛到达了西王母的蟠桃宴会,欢畅喜悦。此时的我,人生已千折百回转,我能看出天无绝人之路,人生总有柳暗花明。我不担心在哪里歇息何时下山,我看懂了很多事情并没有明确的答案。云集多了总会滴雨,雾散了总有日出,爬山总会费力,山顶总有奇观。于一块巨石矗立,于一棵古柏参天,我总是渺小的;于一次登顶总要拼命,于一次野营总要完美,我终于意识到自己的年少无知。一座太白山让我看到世间的博大,看到在巨著鸿作中迷失的自我,在狂妄的年龄里顿悟生命无常,这是一种极致的悲凉和清醒。太白山,这本书我不曾了然于心,它却硬生生给我上了一课。掩卷我长叹:寄蜉蝣于天地。再思叹一声:高山仰止,我何曾来过。

一晃十多年,翻阅过的书本早被束之高阁,我快要忘了这座山。有一天,你冷不丁问我:太白山可曾去过?一语激起千层浪!我的回忆里地动山摇。我摇摇头说:不曾忘记却又不记得。

秋天来了,我借口看金黄的银杏树,是偶然;途中泡温泉,是偶然。所有的偶然的背后是一个必然,太白山,这本书在我的心里从来没有合上,看完的书在脑海里一直回味,是我不曾自知。

今天,再爬一次太白山,我们不拘于爬到封神台还是雷神殿,如果累了就在三合宫坐坐下山。你陪我给这本看完的书写个序言,写个后记,让十六年的读书过程善始善终。

风风雨雨十六年,时间冲刷得心也坚强人也透亮,我不再茫然前行也不再畏惧前方。遇到美景就开瓶酒添景致,忙里偷闲就且珍惜当下。太白山,说到底它还是山,有余力你我就一起攀爬,途中有美景也有艰辛,不抱怨不放弃,所有美好都在路上。我不再把眼光都投在山顶,离大爷海遥遥百米,我们停下来吹吹口哨,唱唱歌,坐下闲聊分享零食。现在的我已能接受人的冷漠,人的热情,山的神秘,山的单纯。你从我的身边走过,对我一笑,我犹如见到冬日的太阳;他从我背后走过,嘟囔着人生不公,我仿佛看见曾经的自己。我对成功的定义不拘泥于爬到大文公,我对人生的定义不再久远到生死。我能把大长靴脱下藏在山下的花墙下,穿丝袜配临时买的小白鞋嘻嘻哈哈;对着南天门遥望,我能轻轻松松地看着而不去征服它;我能踩着厚厚的积雪吃力地行走,抓着积雪捏个娃娃;我能坐在木栈道上看着夕阳一寸一寸西下,不去心急火燎地想该怎么回家。我想,我是读懂了这座山。

　　西当太白有鸟道,可以横绝峨眉巅。当年李太白梦游天姥山,神游蜀道叹息一声难,今天,我终于再读一遍这秦岭山峦。人生难也不过像爬一座山。你一路看着我,就像一座山,你是默许我成长,你是纵容我大胆释放内心,你鼓励我看完书学会运用所学。我给你讲前前后后来来往往,你说人生没有不对的成长。山是人师,身高为范。

　　太白山,它静静地站着,以高昂的姿态示世人。我上蹿下跳地成长,我的一不小心,我的冒冒失失,它都包容,也许它也笑话过我。还好,我慢慢地成长,让它看到一个蜕变中的我,一年不够就十年,十年不够就再等五年。这样的我它可曾满意?我不再被一念束缚,不再被一语中伤;我能坚强地站立,执着地前行。偶尔回首,看见弯弯曲曲的足迹,我为自己加油。终于,我带着爱前行,右手斩棘,左手播种,所经之处留下一路花香。

　　坐在山下鱼庄吃鱼,我文静地小口抿茶,老板娘吓唬我说:登山一定要准备充足,太白山千万不容小觑。我笑着应和说:对。我心里自然是妥帖得风平浪静。泡温泉,隔壁池子里一伙男女大声感慨,真是力拔山兮气盖世,昨天下了缆车都爬到大文公,我笑笑表示祝贺。现在的我不屑去解释太白山到底是个什么模样,我也能接受众生眼里它的千般模样。

　　终于有一天,我说:一座山是书的模样,勤为径。我给你讲我的书,给你看我的山,你笑说我还是没有长大,我不否认。我不知道长到多大才是大,如果说四十岁不够,那就等;若能还有四十岁,我们叠加;还是不够在这座山面前称大,可那又如何?

如今的我,从来都不想超越一座山。

王的宝贝

历史是生命不能承受的重,是我们不敢也不能忘记的昨天。

很久很久以前,王都很聪明睿智,王也很富足包容。王们一代代传承,把最美好的东西留下,锁进厚厚的石门铁门木门内,王的兵将把守着每一扇门,王的宝贝只给少数人展示。还好,是金子总会发光。王朝在更替,王在更新,王的宝贝始终都被小心翼翼地收藏。

我在新疆看小河墓地、楼兰美女,三千年的距离就在一瞬。那一瞬间,我心惊肉跳,心被猛烈地撞击,好像我被历史遗忘又仿佛被人叫醒。历史的天空风轻云淡,可总有往事投映着蛛丝马迹。书籍里把画面用文字珍藏,我在灯下读,又还原出它的活色生香。两千年前张骞出了西域,开通丝绸之路,博望侯取信于诸国;一千年前鉴真和尚东渡,传播佛教,传播华夏文化;六百年前郑和下了西洋,宣扬国威,创建大航海时代。生命的轨迹在某一个时刻就会重合,忽略时间的轴,那是信念之火在燎原。

我看了一夜的电影《特洛伊》《阿育王》,梦都沉重,历史压人。

早晨我想起史诗这个沉重的词,若没有像西方人的《伊利亚特》《奥德赛》,华夏三千年难道就没有昨天吗?《诗经》不算,《离骚》不算,我们的祖先口口相传的口谱不算,我们真的没有史诗吗?我们的昨天去了哪里?

我在西安,昨夜是南柯一梦,今日趁清醒,好好去看看陕西历史博物馆吧。它本身没有多久历史,是遵照周总理遗愿修建的,却存放了三千年里岁月长河的很多浪花。是定要看到源头的心促使我,也如屈子沿着汨罗江追寻一般去摸索。我想看看王的宝藏,它们本身就是历史。虽然历史是沉默的,也是最难捉摸的,可我并不想琢磨它,只是想看看。轻轻地走过,撑一支长篙,向青草更青处漫溯,满载一船星辉,在星辉斑斓里放歌。徐大才子会恼我截取了他的智慧吗?我想美好徜徉总是一理,他纵然是笑我也会包容我吧。

　　下午三点,陕西历史博物馆,人声鼎沸,熙熙攘攘。凭身份证领票的队伍太长,买票也是对历史的尊重,我得把有限的时间消磨在馆内,哪怕只是面对一块汉代瓦当发呆。

　　我看过很多博物馆,到底都是博采众长集大成的辉煌。可展览的物件要得天独厚偏偏又不是靠人力所为,就像周天子选址在秦,那是龟甲卜筮的神谕,是三秦大地不战而胜的机遇。

　　大天子的周朝,遗迹丰厚;秦帝国的兵俑,惟妙惟肖;大汉朝的雄风,气势恢宏;盛唐的华美,美轮美奂。王的宝贝一件件散发着历史的况味和幽香。一件件、一尊尊地看过去,我的呼吸有点紧张,不得不喝口水,坐下来沉思。

　　炎炎夏日,展厅里光线暗,气温低,我手脚冰凉,内心的潮水又在涌动,好像阿里巴巴误闯进宝藏洞,眼花缭乱中我失了方寸。历史究竟还是在这里,它现在是厚重凝练的青铜器,古朴大气;它等会儿就是气度不凡的陶俑,典雅华美;它最终是那个粗糙的大瓮、罐子,貌不惊人,却收纳数百件的文物,件件都不可替代。我知道,这才是真实的存在。历史有时会被人打扮成花枝招展的小姑娘,可它真的面容是皱纹沧桑下的慈祥和安静,偶尔的花里胡哨只不过是由着儿孙胡闹。正如八百里秦川,漫天黄土飞沙,窑洞半厦子房里住着憨厚朴实的三秦人家,祖祖辈辈面朝黄土,洋芋白面吃着,秦腔皮影扎扎实实地吼着唱着,人老几辈子土得掉渣渣憨厚地活着,可他们脚下的泥巴里埋藏着十六朝的繁华,这是大智若愚还是大美至诚的拙朴?

　　我真心赞叹王的时代,那么多能工巧匠,那么多奇珍异宝都被收藏。我不管它是因为爱还是贪婪,能用生命铸就,耗尽岁月珍藏,它本身无功亦无过,它本身就熠熠生辉。浩瀚的星空里从来没有爱恨情仇,像洗尽铅华的美人,她自己在发光。

　　浩如烟海是历史,卷帙浩繁也是历史,王的宝贝更是历史。我走过千山万水,历史此刻就在脚下,就在身旁。这个世界是这样奇怪,满眼的繁华我看不出喜悦,一世的混沌我感觉不到悲凉,这是大悟晚还是作为三秦人天生的木讷?

看过美好的昨天,我更珍惜今天。历史给我的就一句话:活在当下。我默默喝茶,在夜里写出一首"欢喜":

一切有生命的,都是当下。

一切有机缘的,都是造化。

我们欢欢喜喜在路上,歇在菩提树下。

分享,你的心得;

观赏,我的莲花。

那棵树它听得懂,你我的辩论。

那只鸟它看见过,你我的默然。

生命,无常,永恒。

你我,总有一天成为昨天。

历史,总有一天会书写我们的当下。

欢喜前世,欢喜今生。

我们幻化在时间的隧道,

或是鼠肝或是螳臂或是武士莽夫纤纤静女,

都是欢喜。

我要听一曲《广陵散》,嵇康殁了千年。不要太当真,我们要给历史喘息的机会、沉淀的机会;不要太绝望,我们要给历史酝酿的时间,给历史转身的时间。真实的历史,经得起时间的考验,发的光是金灿灿的。王的宝贝就是时间给我们的财富和力量。

我们都是一株蒲公英,简单却有型。我们活得不是卑微,是欢喜,只要天空里有一丝风,我们的梦想便可与风飞舞。每一颗降落伞都是对明天的希望,每一个因风飞舞的日子都是写给自己的史诗篇章。如此说来,我们也是王。

历史记住什么

没有看过金字塔,你就没有去过埃及;没有看过兵马俑,你就没有到过陕西。陕西导游对外地游客说这话,让我很惭愧。我活在三秦大地几十年,与兵马俑为邻,却像一个作业交得拖沓的孩子,近它怯它,总是未成行。

吃早点时想起昨晚看的《哈尔的移动城堡》,今日的西安城雾蒙蒙,好像城堡再现。想着去哪里消磨这一天时光,秦岭太冷是去不成的,街边卖石榴的大哥声嘶力竭地喊:临潼石榴,甜!猛然想起,天冷人少,天色混沌如未开蒙,借着雾乘着风,去兵马俑最好不过。择日不如撞日,今日去临潼吧。

杜牧说:骊山北构而西折,直走咸阳。二川溶溶,流入宫墙。今天,我逆着杜牧所述自西向东追逐。寒冬腊月,冰粒雪雾,在我对面,建筑物模糊而迷离,成了海市蜃楼,天空在迷雾里如风一般动荡摇摆,我靠心去感触周围,想象是翅膀。

接近年关,游人稀少,导游三三两两围聚在售票处,主动对如我一般落寞的游客喊:历史景观,三分看七分讲,你自己看不懂的。我笑笑走过,热情的大姐追着要导我一段,我细声说:我也做导游。她果断留步。其实我心里是认同她们的,导游能把历史和眼前结合,把死的和活的贯通,寥寥几句话醍醐灌顶或点石成金,让游人瞬间有收获。但我本倔强,古往今来的事,更愿意自己感悟体会,一次、两次、很多次,犹慢火煨汤,功到自然成。这种不撞南墙不回头的固执让我在认知里吃了很多苦头,付出很多,收获寥寥,但正是自知收获不多,我才用心读书,看资料,听感受,写心得。我的探究最终在时间的烘焙中,让我看到一些落寞的沉淀,顽症癖好支撑我甘于艰难地蜗行摸索。失之东隅,收之桑榆,我是孤独的守望者;欣之所遇,暂得于己,我是快意的收获者。我总算不枉走过的每一处景观。

我游走在展厅,清冷又孤寂。这里没有暖气,俑人不怕寒暑,俑人穿越了时光;我来自哈尔的城堡,昨夜刚经历了战火,我与俑人有共同话语。

呈品字形的三个俑坑和一个博物馆的展厅,我有四个多小时消磨。进入一号坑之前,我想到孔子云:始作俑者,其无后乎?他的表情是悲愤的还是愤怒的?我想后者更能形象地表达他的痛和怒吧!可若孔子看到秦王的兵阵俑,他又会作何感慨?赞扬?不屑?活人殉葬该被诅咒,可眼下的俑人阵群如何定义?我是被震撼了。

放眼望去,一队队高大强壮的男人威武站立。他们目光炯炯,神态各异,服饰精美,行列齐整。静悄悄的军阵里,他们或气宇轩昂,或沉静文雅,或立眉瞪眼,或侧目凝神。静极则生动,愈静则愈动。他们都在展示超人大勇,放眼望这男人世界里力量与毅力的展示,他们美得粗犷;秦时战将坚毅无畏目光如炬,他们美得细腻;生活气息在跪射俑的半个手纳鞋底上,他们美得具体。服饰纹理清晰,发髻毫发可见,你可信眼前这个世界来自两千多年前?战争只是背景,你我都是历史的主人。岂曰无衣,与子同袍。王于兴师,修我甲兵。没有弥漫的硝烟就不是战场,这里停留在与子同仇的誓言里,秦地男人用人格魅力征服世界。

两个小时过去,游人还是稀少,我身立主看台,如城上观战的王者。下方坑内矩形联合编队,阵容齐整,兵马完备,威风凛凛。一时间,我恍惚如梦,两千二百年的时间也是很短很短,它就在昨天。

一号坑,我费诸多心思去想两个问题。1974年,当地老农为掘井的无意之举,开启了阿里巴巴的宝藏。我百思不得其解,为何老农的铁锹不偏不倚刚刚好挖在坑东端的长廊处?天意罢了。站在坑上我目测,若有现代技术勘测,最合理也不过如此挖掘。我长叹一声:此乃天意!一号坑内还有匪夷所思之举:汉代的墓室竟然就挖在一号坑中东西走向的过道上,更离奇的是墓室最底层已经挖到兵俑的脚边,历史的擦肩而过是不是前世修得不够?历史的偶然也是必然，兵马俑是个存在，谁来打开却是个偶然。天时地利人和，不是孟子迷信，每个人都要承担自己的使命，人要努力地挑起自己的担子，不推卸，不退缩。

终于进来一拨游客，五位美国游客，导游讲解：Xiang Yu the destruction of terracotta Army, Xiang Yu also had terracotta army weapon to plunder（项羽破坏兵马俑，项羽还把兵马俑手中的兵器给掠走了）。金发碧眼的他们听得认真，我不知在他们的心里，项羽究竟是个人名还是名人？

项羽是我崇拜的悲剧英雄。据说他烧了阿房宫，也烧了一段历史，草灰做证！兵俑身边土纹细密塌陷的席子被烧成草灰。我更愿意相信他只是路过阿房宫。历史选择性地记录，草莽的骄横也有代价。楚汉决胜垓下，据说斩杀项羽的五位骑兵将士都是关中的秦人，他们都是旧秦军的将士。我留恋英雄自刎乌江的凄美结局。今天我不做历史考证，我在大展台上旋转，拍出的照片离奇玄幻，自嘲是古墓丽影，也契合刚才的一番神游，历史留给后人的也是真作假时假亦真的奇幻吧！也对，一马平川从来都不是最美。

二号坑是车兵、步兵和骑兵组成的曲尺形军阵，三号坑则是秦军阵的指挥中心。人们猜测中央集权制是秦始皇的专属特权，他十三岁即位后就开始营建陵园，修筑三十八年，本来是美好的故事，坚守不忘初心，可结局是闭中羡，下外羡门，尽闭工匠藏者，无复出者，这让人心寒。臻于完美、震撼人心的庞大军阵是神话是奇迹，前无古人后无来者，但也是造者的枯骨堆积，若真的无复出者，我们在赞叹一段历史时也要追念一段往事。万里长城今犹在，不见当年秦始皇。铁桶江山，万代帝业，谁是永恒，谁又能永恒？我是赞美秦始皇这个伟大的帝王，还是赞美制造这些奇迹的伟大灵魂？

博物馆里有被誉为中国古代青铜之冠的铜车马，技艺堪称一绝。秦工匠巧妙地用铸造、焊接、镶嵌、销连接、活铰连接、子母扣连接、转轴连接等工艺，秦人创造了空调车，这是智慧之光的闪烁。庄子说无用才是最大的有用，我此时也有了如此困惑。能工巧匠创造极致后被殉葬，凡夫俗子一事无成而苟活，到底谁是生命真的赢家？死如鸿毛还是泰山是根据生命的厚度决定，在不能平安喜乐地寿终正寝时，创造者还留有建树，他的生命厚度就把生命的长度延续了。

兵马俑本是鲜活的彩俑，黑发红唇彩衣，长时间深埋地下，他们有的肢体残缺，有的色彩褪尽，挖掘、复原是一个耗资巨大劳时费心的过程。复原一个俑人十万元,一匹战马十五万元,工作人员用毛笔般的细刷子一点一点刷干净,一小片一小片粘贴,这与当初制作所花费的心思不相上下吧！从内心讲,我倒更愿意让未出土的兵俑、车马们安安静静地埋在土里,让他们头发黑着嘴唇红着战袍鲜艳着,他们在他们的世界里站立守卫,我们在我们的世界里遐思反省,对彼此都是警醒和鼓励。让所有的兵卒只是气宇轩昂地站立,让所有的战马无所事事地嘶鸣,让所有威武勇猛的大将只是看着远方,这个世界就是美好而值得期待的。

　　四个小时远远不够用,我穿越了两千多年的时空。回头再看一眼秦始皇的七匹马:追风,白兔,蹑景,奔电,飞翩,铜爵,晨凫。此时,我也需要一匹马,不作征战,不买鞍鞯,不用长鞭,就让马如风,给所有的历史和现实开一扇窗,让我们看过往,奔向前方。

　　临潼的石榴果然美味多汁,我的手被鲜红的石榴汁尽染,眼前又浮现项羽垓下一抹红,虞姬奈若何,乌骓奈若何？我不禁又问始皇,你可知子婴也为难？偌大的江山,谁守都难,兵马俑只能是个陪伴。

　　今夜,我要再看看哈尔和苏菲,想战争到底靠什么化解,人生怎样才是永恒。

水街需静养

人的惰性总是如影随形，我的内心有两个小人，今天定是勤快小人赢了懒惰小人，我提笔要写沙沙河。

老子说：上善若水。水流在山涧是直的，流进湖泊是圆的，流进污浊之地是污的，流进清澈之地又是清的。上善至水，水是通了人性，水被黄土高原的人环绕村庄就成了水街，臭水沟排污治理营造一渠清如许，这就是沙沙河，它是一方百姓的安居乐业，也是返璞归真的悠闲生活。

我来得太早，春还没露头，商铺大多门扉紧闭，街道人寥寥，枝头海棠才含苞。有败兴而归的游人叹息此地旅游业穿凿附会，终是邯郸学步。我说是也不是。

人造景观，它本身无对错，从某些方面讲，它比天成美景要付出更多人力物力，可它因此偏偏容易被诟病，仿佛东施。此间原因只有一个，天造的唯一，人造的无数，物以稀为贵，它的尴尬处境符合常理。

这里也是青石板，也有木隔板青瓦屋檐，可我知道，这里是遇不到撑着油纸伞的丁香一般的姑娘的，不仅仅是因为春寒料峭，更是因为这里没有江南的那一段袅袅娜娜的成长。沙沙河里就算游过一群鹅，也不能证明这就是江南。正因如此，它被游客嘲笑丑人多作怪，我既心疼又无奈。人造美景总好于自然污浊吧，它的前身是被污染的一条小河，现在它清澈了就是造福百姓，不必在意它刻意打扮，不要拒绝它的商业化，追求美的路上谁都没有错。智者乐水，但凡有水处智慧已被开悟,你也就随着众乐乐吧!

　　来此地的人无非是东村西邻抑或是周边乡亲,大家抱着远处去不成,图个乐子玩水逛街吃美食的心态,过个喜洋洋的周末。水街周末、夏日纳凉也不缺客人。水街有无数个仿唐建筑,小而粗糙。篱笆围墙,青瓦木房,漆黑大门或柴扉半掩,故作姿态的大水瓮,别别扭扭的辘轳石井,还有各式的红灯笼,门楣上有横批,大门上有门神,像家庭院落,又是客栈作坊。看着走着我忍俊不禁,想起刘姥姥在大观园里耍活宝,俗不可耐讨好众人。大家笑她穷丑,姐儿笑得要揉肠子,刘姥姥也笑,笑得洋相百出,曹雪芹却在后文安排她救苦救难。细想来,此刻刘姥姥的笑便有了笑世人看不穿的意味。想到此,一切就有了答案。我且循着假山假景观走,角度选得好,拍出照来倒是以假乱真。景美不美,只在于你的心里有没有美。

　　一条街逛下来用不了多久,逗留停驻是看中了一方石凳或一杆酒幌子。我更换滤镜,拍出了想不到的美景,吸引众多的同行者吆五喝六地做模特,众人惊呼镜头下的自己怎能如此美丽?重看这条水街,眼光里扑朔迷离,沙沙河倒是多了质朴憨厚的趣味。

　　逛山水,重点是逛,山水原本就在那里。文人逛得出闲情雅致,俗人逛成了土丘沟壑。会稽山的兰亭不也是人为修建的流觞曲水,只因有群贤那一日便"惠风和畅",更因有王羲之大笔一挥,从此世人争睹《兰亭集序》。令陶渊明日思夜想的归宿也不过是"三径就荒,松菊犹存",若恢复出园子风貌,怕也就是个采光一般的农家院落。有仙山则灵,文人才俊,历史底蕴,形神兼备才能相得益彰。

　　沙沙河的形已具备,水环绕水包围,水乡的底蕴却要积聚。积聚上几个春秋的桃李花开,迎来送往,便让酒幌、灯笼有了神气,桌椅板凳有了纹理,青石板上多些脚印,沙沙河底多些青苔。诗书打底歌赋传唱,路过的旗袍女子就多了几分神韵,雨季里多几把油纸伞,沙沙河便不再是沙沙河,它就有了灵气。

　　江南本也不一定就是江南,来的文人墨客多了,吟咏的诗文便浸润了江南,雾霭水汽让语调也黏答答温婉。此地也有海棠成林,垂柳如茵,单看花色不逊于日出江花红胜火,可能不能保证春来江水绿如蓝?这些东西搪塞不得,有就有,不张嘴就能让人感触到;没有就没有,哪怕闹市中穿着旗袍戴着花,做不得假。造一处美景太简单,简单得可以用钱去衡量;营造一处真风景太难,甚至要几辈人费心血打磨。先从心态做起吧,不用急功近利,切莫大声呐喊,别去散发传单,细细地做好点心,慢慢地琢磨茶酒,用心做好美味,几年不行就十几年,十几年不行就几十年,不是说子子孙孙无穷匮也吗?

我不是商贾,不计投资利润;我不算文人,没有头衔名号。我是行走世间的俗人,但我有眼睛,有心。我的眼睛分辨真假,我的心感知美丑。沙沙河只是个刚落地的娃娃,像朱自清说的春,从头到脚都是新的。它要做一个真正的景点还需要时间,我们暂且就给它时间,多几分耐心去等,为了真正的美,多等些时日又何妨?

沙沙河,有那么一天,我等待又等待,你沉淀再沉淀,你我再相逢,我欣喜地说:终于等到你,还好我没放弃。

有个地方叫天堂

有个地方叫天堂,它只是个小村庄。

麟游这座小县城,历史能追溯到旧石器时代,招贤在去天堂的路上,天堂只是麟游县西北山梁上的小小村落。

十年前,我在招贤支教,每天看到一趟去天堂的班车。它不太准时,摇摇晃晃,车顶有时是网兜里缚着的几只母鸡,有时架几袋山核桃。车如老牛蹇驴,慢吞吞爬行在柏油路的尽头。车上乘客多是大山的子民,他们头抵着车窗玻璃酣睡,鼻子都压扁了,这些人根本不在意这是一趟去天堂的车。

我每天两节课,有大把的时间消磨在看一切都新鲜的事情上。坐在学校的操场上,看铁栅栏的后门,门外是唯一通向山外的公路。这里每天除了过三趟班车,就剩下赶着牛羊的农人,偶尔也有把自行车、摩托车骑得飞快的年轻人,这是大山的腹地,离县城有四十八公里。

我坐在水泥浇筑的乒乓球案上,上体育的班级解散了,孩子们玩篮球,他们在追着篮球跑,时不时做个足球射门的动作,反正玩得很开心就好。有个过来捡球的男孩扔给我一颗山核桃,它长得刁钻古怪,我见怪不怪,不再急吼吼地砸着吃,拿在手里把玩,它本来就没多少仁,山外的果贩子收它做工艺品。我在等十一点半,那时,去天堂的车会准时出现在公路上。

我从来没有想过去看看那个叫天堂的地方,却时常猜想它的模样。

我吃过来自天堂的鸡蛋,一个叫王玉树的男孩家里养了很多鸡,他的父亲送他来学校,半个月一次,来时带四十个鸡蛋,卖给学校老师。那鸡蛋个小,沉甸甸的,蛋黄像块蜜蜡,炒出来像九月绽放的黄菊花,我吃了一个冬天的土鸡蛋,感冒都不得。那孩子在作文里写他家的鸡都卧在树上,偶尔下地啄虫子,我笑得前仰后合。

学生偶尔送我拇指大的野山梨,清脆酸甜。我还喝过一个女孩带来的羊奶,黏稠中泛着微黄,味道膻得厉害。她说冬天了,没青草,爷爷给羊喂玉米粒和黄豆,羊奶黏糊糊的,挤奶要费很长时间。这样的羊奶,我也只喝过一次,那味道,是大山深处的朴实厚道。

还有个学生送我一块核桃饼,是他妈妈用山核桃仁烙的。他手上皮肤黝黑,指甲也黑,那饼子却香得没道理,核桃的酥香都有,还有一股说不出来的甜。后来才知道,我吃的那块饼要用十多个山核桃仁,剔出山核桃仁得耗半天工夫。我想那孩子的黑手怕也是核桃皮染的,他给我看剜核桃仁的小刀,怪异得像个小镰刀。我玩弄他的小镰刀问他:为何这个地方叫天堂?孩子憨憨地笑说:爷爷的爷爷就那么叫,我也不知道。

我带学生去家访,赶上他家收玉米。翻过两架山,羊肠小道上有红红绿绿的酸枣,我们不时会惊起孵窝的雉鸡,扑棱棱扇着翅膀,拖着华丽的尾巴飞向远方。我赞叹那雉鸡好漂亮,学生笑我见识少,他说天堂的雉鸡太多,它们有时转晕了头,会大摇大摆地走进人家院子。这里还有白肚子的喜鹊、红嘴的老鸹、麻点的斑鸠、灰头土脸的麻雀,我仿佛看到少年闰土的天堂。我由衷地赞叹:天堂真是个好地方!学生说:才不好呢,这地方水质不好,喝这水长大的人手脚都是大骨节,病情严重的人走路都瘸。可我还是偏执地想,天堂就是好地方。

十年后,我再来到招贤,你陪着我。

支教的学校变成幼儿园,学生被分流到县城学校,我站在操场,把头贴着仅剩的几间房子的木门板向内看。屋内没有家什,当年煎鸡蛋的油溅黄的土坯墙还在,我又想起那些养在天堂的鸡和我吃过的零碎美味。操场后面的门还在,那条路还在,我张望了许久,却没有那辆通向天堂的车。

我离开招贤,遍地盛开着格桑花。我和你坐在麟游县城的农户人家,等着他端野味。我给你讲关于天堂的故事,你把我也当成故事。

我们一起吃核桃饼、红烧兔肉、青蒜炒羊血、炒土鸡蛋。这是一户山里人家,我们干了一杯"勇闯天涯"。我说十几年前去招贤的路上能看见麂子,还有很多肥嘟嘟的獾。你兴奋地喊:现在还有吗?用辣椒炒!我觉得你是喝多了,这本来就是个事实,不是故事。我无须渲染,你听得认真,你是在陪我念一段人生,怎么能用辣椒一炒了事?你说:炒了你就不念想了。可我知道,这不能炒,听一听,能下酒。所有的相遇都是往事。我清醒又迷茫。

走了那么久,走了那么远,我从良舍向右走到招贤,从招贤向北本可以去天堂,我在车站查地图,知道天堂的尽头是灵台。这一走就是十年,十年我才走了一半,剩下的路我不想走完,青春用来消磨,岁月用来回忆。

我愿意带着你看看,爬到青莲山上给你指指点点,哪趟车通往天堂,哪家的饺子馆有熟悉的味道,哪座亭子上有熟悉的山风。我们走过的地方像被雪覆盖的原野,只留下崭新的记忆。

看着秋天在山林上蔓延,兜兜转转,我们都知道有一个地方叫天堂。

也做曲中求

位于宝鸡磻溪的钓鱼台是黄土地上的文化遗韵,它活在很久远的商周。那时候,历史记载有暴虐的纣王和妖娆的妲己,正义的文王武王,忠诚的比干和神奇的姜子牙。

我从小听姜子牙钓鱼。父亲讲故事时,我总要插话:他明明是个傻子,直钩当然钓不到鱼嘛。我骄傲自己的聪慧,父亲呵呵笑着不答,多年以后,我觉得父亲就是那只做直中取的姜子牙,我就是那傻乎乎的鱼,偶尔贪食得了一丝的精神食粮,而父亲总在安静地期待我的成长,不急不躁。

或许是它离我家太近,我从没有把钓鱼台当过景点,它只是我儿时听的《封神演义》里一段文字记录。春日无事,我读《论语》:浴乎沂,风乎舞雩,咏而归。文章光芒万丈,一片灿烂让人欣欣然。我想吹吹风,寻寻景,去看看钓鱼台,时间刚刚好。

黄土地上,哪怕是人造景观,也都有久远的传说,于历史都是有据可查。当日秦淮河畔,导游听说我来自陕西岐山,他不再夸口六朝古都如何繁华,自嘲道:陕西人随意踢一脚,出来的没准就是秦砖汉瓦,岐山人踢出来的就是甲骨文片,底蕴深呀,没法子。秦地的历史只言片语也说不清,我骄傲得如当年的姜子牙,不懂商周的人,不屑和他谈一段过去。

今天,我刚刚从严冬里苏醒,太阳暖暖地照,温暖得我似乎要化为饴糖,想象力也融化了,到处流淌。三千多年前,渭水畔文王访贤;两千多年前,庄子奇幻想象曳尾于涂。淡泊宁静的心境是一种永恒,我也要求,只做直中取。

景区在大肆修建，笨重的挖掘机轰鸣，火红的人造花树，人在忙碌地营造景点，我又有点伤感，今天的我们能做的事情就是用混凝土重塑想象吗？极卖力又让人怀疑。一切都是簇新的，会让历史无所适从，没有皱纹的老祖母是可怕的，没有厚重尘封的历史是不真实的。我又马上为自己的刻薄检讨，游玩散心的小女人，即使纳税，于家于国有贡献，也是小如牛毛可被忽略，怎能苛求今人恢复古迹的原型？可我心底的悲痛是哀其不幸，就像知父母有错却不指正是为不孝，历史典故已很厚重，稍加维护不去破坏，小心传扬即可，亭台楼阁假山假花树的堆砌用力过猛，容易把一个好端端的古典美女毁成东施。

心里有些堵，还是寻些真实的往事吧。

磻溪河畔孕育贤臣良相姜子牙，钓鱼得璜是他的发祥征兆，上天给钓鱼台降临了这块未曾雕琢的玉石。这块怎么看都是古朴憨厚的石头"孕璜遗璞"，是不是璞玉，大智若愚，大石含玉。旁边有妇人支起小摊售五色石块，石块上写求子、求财、求官等字样，美好的期许都写成红或黄的汉字，一元一块，游人买了心仪的石块远远投射，若能恰好搁在"孕璜遗璞"的大石平坦处，愿望即会成真。大石背部，众人愿望化作花花绿绿的一堆期望石，我也叹息人之渺小与愿望之大。记起一个故事，有人进庙拜观音，看见正磕头的人面貌好像观音，疑惑一问，正是观音，问他为何拜自己，观音答：求人不如求己。我再回头，那一堆彩石已和遗璞融为一体，璞石的能量也许超越了观音，包容万物，解决不了眼下的难题也无所谓，先替你收着，等熬过了这一段，难题也就不难了。太公都在等待呢。

太公钓鱼石很偏僻，夹在流水喧闹与远处绚烂纷呈的人造景观之间。我仔细辨认找到那石，旁边石壁刻着愿者上钩。大石离水边还有距离，远不是想象中的水之滨，它能容膝盖半跪，我穿鞋子的脚放进大石的两个脚窝里也合宜。凝神屏息，想象我手执钓竿，那钩也是一枚针，不曾弯。很久，很久，我在安静地钓鱼。没有文王唤我，突然听到旁边一句介绍：当年那块石头已被替换。煞风景却也真实，我也不恼，美丽的景观如果附带着历史，那就请还原历史，至少复制同样的安静也是好的。旁边雪白的亭子有点不协调，石柱上刻的"百世江山但愿凭此钓"却很坦荡。

我拍拍身上的尘土，用冰凉的流水洗手，腋下的绿茶瓶掉进湍急的水里，打着旋儿,它一路起起伏伏地远去。我有些不安,它离开我也算是污染物,我却无法召回,我在事情未发生之前没有先知,而太公的高明之处就是能知道事情的下一步,他还为此付出了执着的等待。智人愚人都是等待机缘,智者从不盲从。

转上石阶,一处迎春花开得疏落又精神,我欣喜,为它拂去尘土。与那桥边开得妖娆娇艳的人造桃花相比,只为春而开的迎春花是胜了,它是真实地开过,而不是一直开着,就像爱情里,人哪怕投入真实地爱过一次,也不要苍白地爱着一世。

既来之,则安之。看到水库里汪着碧绿,有人去坐大船。这湖水蓄得久了,温润的绿像学识饱满的儒士,连同岸上的白沙和土崖上倒挂的松柏成了一景。绕着水流走,它弯弯曲曲,如绿色丝带,牵牵绊绊又清清爽爽,流着流着沙滩渐起,水渐渐干涸,大片的沙地像荒漠。这里水还可以自己流淌,想拐弯就拐弯,流不动了就消失;人可以自己游玩,想坐船就坐船,想踩沙地就踩着捡石头玩。偶尔有山雀掠过,停息在水边,呆头呆脑地看看游人,仿佛问:当年钓鱼的老头去哪里了?我丢过去一枚石子,水面疾驰过一道白光,鸟竟然没有吓飞走,它再回头看我,眼睛滴溜溜全是古怪。也许是我多心,它不过就是一只雀,哪里来那么多心思?它就算从西周飞,飞成凤凰,也是落在岐山;它就算是从西周飞,飞出《诗经》,也是成了昨天,如何还能看得见我的悲喜?

我还没有想好它是黄鸟还是关雎,那雀就啾的一声飞入云端,让我想起雪莱:

你好啊,欢乐的精灵!
你似乎从不是飞禽,
从天堂或天堂的邻近,
以酣畅淋漓的乐音,
不事雕琢的艺术,
倾吐你的衷心。

我明白了,许是那雀见过太公钓鱼,它知道生死轮回,它定是见识了太多,才变得如此渺小,托生得如此灵巧,身体皮囊都不重要,它是懂了自由和心的畅想。我不再叹息景观大红大绿,雅俗本就该共赏,我竟然不如一只雀,汗颜。

今日出游,我被春日的云雀唤醒。太公钓鱼之处有灵气,我咏而归。

翻过一座山

重感冒的我在周末看《唐山大地震》无疑是雪上加霜，自虐。听一句"救弟弟"的台词我就流泪，到父亲为女儿打了让人心寒的男孩，他嘶吼：我不找你也不找吗？我的心始终很痛。生活应该还有另一面。我要去爬山，就算不能治忧伤也能缓解感冒吧！

一锅海带排骨汤喝完，我微微出汗，感冒好多了。三五老友轻松地聊，记起要为明天爬山采买，已晚了，街道拐角剩一家未打烊的小店铺，有啤酒和巧克力，够了，那只是一座小小的山而已。

初冬的凌晨寒意阵阵，年轻人装备齐整，雄赳赳气昂昂，迫不及待地要显身手。我自惭，流着鼻涕，穿着休闲装，精神还是慵懒。领队关心地提示我：运动鞋不行，要换登山鞋，你登山怕是吃力，实在不行，找人给你背背包。我不好意思地笑笑：要换都来不及，让大家担心很过意不去，我保证不拖后腿。

鸡峰山在我眼里，充其量比土塬高一点，要不是感冒想散心，它是不会出现在我计划里的。

领队讲关于鸡峰山的典故，历史传奇丰厚，主峰元始天尊峰海拔两千多米，西连吴岳，东接太华。传说有鸡栖山顶，惊人只在一鸣，从此就有宝鸡山或鸡山，宝鸡地名即源于此。我只记得安史之乱的紧要关头，玄宗避乱四川，太子李亨在凤翔府提前登基，史称肃宗，挂帅平叛，闻神鸡鸣叫，唐军节节胜利，叛军一蹶不振。肃宗认为神鸡为国之宝，鸡鸣乃是吉祥之兆，遂改陈仓为宝鸡，沿用至今。无论怎样传说，我都信历史让这座山厚重了许多。

景区有正门,领队不屑地说:我们是穿越!穿越后山攀登山脊,登顶!他带的路窄峭无人,多是放牧人踩踏出的羊肠小道。领队再次强调:今天是大强度穿越,路也险,徒步十五公里山路,海拔两千多米,至少得八个小时。领队说得越有难度年轻人越激动,似乎他们就是为了征服此山而生。领队眉飞色舞,他骄傲地宣布:这条路有三个惊险的地方!陡峭处直上直下,紧拐弯于无路处柳暗花明,荆棘丛生处定要匍匐前进。我觉得他在发烧,说胡话!

初冬的山头残枝败叶,萧条颓落。树横斜着枝丫,皱裂着褐色皮肤,它们的躯干在寒风中瘦弱又坚强;草只有一种,平铺或挤成团一片枯黄。这里没有这棵树与那棵树的区别,当一棵树的叶、花、果都离开后,树们已没有区别。当人除去权势、金钱、地位、出身这些浮物,剩下一具躯体时,与此时裸露的树有何异?今天的我有点低烧,脑袋不是很清楚,随时都会走神,走得摇摇晃晃,想得也是稀奇古怪。

脚下的落叶厚厚一层,这里连牛羊都不曾来过。领队喊着后面的人不要掉队,走得太急,有人气喘吁吁,有人摇摇晃晃。山变得陡峭,路也崎岖,大家三三两两撒在山路上,唱歌的人少了,安静下来全心赶路。我自信爬山带的东西愈多愈用不到,曾多次把食物背上山顶转一圈再背回来,从此我都是轻装上阵。现在我饿了,早晨没吃早餐,包里没有存食,像人生空荡荡没有目标。我的背心湿了,毛衣被汗渥湿,感冒的我只剩下一具轻飘的皮囊。

三个半小时后,我重新审视这次活动,真是有强度,不过我自信还是高它一筹。我靠着一棵树休息,打量着它每根枝条上生出的斑点片状物,问人这是何物,答案都不确定,怕是楸树或者山楂树。我摸摸它的枝丫,问道:你到底开白花还是开红花?山楂树下的故事是:我不能等你一年零一个月,也不能等你到二十五岁,但我会等你一辈子。爱情曾在这样的树下存活,三哥说:你活着我就活着,如果有一天你死掉了,那我就真的死掉了。这样的话已没有忧伤,我们都只活在很少的人心里,我们也都只在意个别人的快乐。感冒让我多愁善感也感念生活不易,爬山是挑战自我、珍惜生命的好活动。

中午到达山顶,豁然开朗。我讶异光秃秃的山里,顶峰如此俊美!我在华山见过这样的大石,在黄山见过这样挺拔的松,此刻全都汇聚到眼前。这里有直上直下的扶栏,有两山相对的罅隙,有木栈道蜿蜒,有破屋断瓦残垣,攀爬到顶还有庙宇,粗糙大气也古朴。我看到一只啄食的大公鸡,羽毛油亮,大家欢呼看到鸡峰山的鸡了。其实真正的鸡是石鸡,线条轮廓粗犷得像只鸡,它被信佛的老太们用红绳绑着脖子,在山顶昂首站立,为鸡峰山做证。故事也是历史,历史就是事实。

坐在山顶吃一碗搅团鱼鱼,通透清凉。湿透的衣衫被冷风吹,毛孔收缩,我的感冒瞬间就没了踪影。领队夸赞我好耐力,大家也刮目相看。有人借我厚夹克,又在言语里埋怨:出门自己都照顾不好自己,还说走过那么远。我微笑着,却不告诉他们,有你们这么热情的同行,我的坚强都不需要表现。

人说上山容易下山难,而我每一次下山都轻松,我是在成功的征服中有点飘然,心里多了愉悦,脚下的路就少艰难。这座我没放在眼里的山头,平路坦途很少,在近九十度的直上直下里,登山的强度大,下山的难度更大。落叶盖住路,脚踩着叶子打滑,我只能前进不能后退,顺着山路奔跑,人像放开绳的辘轳,顺势而下。对山路熟悉的几个年轻人一阵烟般飘过,声音都没有留下,我的身后空荡荡的,除了脚下的落叶和不远处的鹧鸪,周围静得可怕。

夕阳下,山美得出奇,零星的芦苇雪白灵动,偶尔几树枯叶像火把,大片枯黄的莎草如棉毯,如梦幻。一路小跑见到小溪,离山下剩一半路。我想坐下休息,就有平坦的大石头;想晃悠着腿,就有横着卧长的大树,心情舒畅。我有一罐啤酒就可以陶醉,悠悠然哼着曲,拉扯无聊话:我们这代人死后还能土葬吗?葬只是个形式,人所有的归宿都是分解再聚合。至于下一次你是聚合在一棵树上成了一片叶子,还是参与了一朵云凝聚成雨,甚至是成了某个人的一分子,那都是巧合,这个话题无聊也玄幻。山成了一个空旷的房间,我得了闲暇不再说话,如阮籍一般猖狂,独行侠般游荡。同行纳闷地问:你饿了吗?我不回答,我感觉从未有过的充实,而他看不见。

穿越一座山,也就穿越了一次内心。我从审视、怀疑到自信,我的感冒痊愈,我的精神丰盈。一个痛苦的过程如蛹的蜕变。人都在成蝶,心灵被涤荡,剩下勇气和力量。

雾蒙蒙的暮色里,山脚下有大片的芦苇在风中飘摇,暗蓝的天际是它的舞台。我能听到一种声音,缥缈悠长,归去来兮,性本爱丘山。很多时候我们并不知道自己要寻找什么,可是当我遇到你,心就一下子了然,我就明白原来我要找的在这里。

行到水穷处

炎炎夏日,烈日如火,如果有一个地方能让你呼吸到自由的空气,吹着清新的山风,让心情单纯如一页白纸,让你纯粹得如一溪清流,你去吗?

我去秦岭山麓避暑气。盘山路上,山岭成峰密树成林翠色隐隐,远远看到三面佛,终南山观音禅院就在眼前。

我的姥姥皈依佛教多年,母亲也拜佛,遇佛寺我总是敬重有加。天地寂寥山雨歇,几生修得到梅花。人生路上,我还未行得山高路远,一路风景领略点点,有了些心得:凡事莫强求,眼前不避开。今天我来到终南山观音禅院就是偶然里的必然。

禅院掩映在淡淡夕照里,木门槛高高,两扇木门微掩。我小心翼翼推门进去,还未看见月光,倒有贾岛推敲之争的趣味。没有香客盈盈,也没有僧侣往来,曲径通幽的石桥架在人工湖上,果真廊腰缦回,檐牙高啄,庄严自带,青砖铺地,凉意顿生。大殿上烛火通明,听到深沉和缓的敲钟诵经声,我才深深吁口气,心神又回到这生气勃勃的人世间。这一遭进寺冷然孑然的孤寂让我在山外多日的暑热之气瞬间消散,心归了清净,莫名就有无欲无求之豁然。

修行之人聚于大雄宝殿做晚课诵读禅经,空阔的院内并无闲人。偶然闯入净地,我还未见佛,心却空明如度化一般。

禅院是三进的院子,做晚课的大师居士都在大殿,难怪院落里空无一人。在殿外的蒲团上磕了头,撑开帘子一角,我往功德箱里投了香火钱。诵经的还在诵经,敲磬的还在敲磬,一众人连绵不断的诵经声穿过大殿中央高高悬挂的经幢,直升至原木大梁,再从瓦檐的缝隙送出大殿,经声一直随了夏夜的山风,传出很远,它必是经过林木、花草、溪涧,一切众生都是听众。偶有山民赶牛羊回家,那牛羊水蒙蒙的眼,哞哞的叫声与经声相和,它们仿佛在参禅,众生皆受此度化。

观音殿靠后院更显深幽。一盏油灯摇曳,几炷香燃到一半,明灭的烟火让人心生暖意。大慈大悲观世音,善男信女的精神寄托。不远处那尊汉白玉观音三面佛像在夕阳里更有层次感,它有终南山佛教标志之名:

八座奇峰酷花瓣,

莲台中心托禅院。

鸟啼蝉鸣寺门深,

三面观音渡生泉。

修行之人看造化。今日此地清净是我的造化,我且享用这圣地的片刻清凉。

后院的小角落居然养着两只梅花鹿,都还是鹿少年。鹿儿正小心啃食青草,墙边还立着个小尼姑,我们彼此吓了一跳。我说冒昧进来,她疑惑道:怕是做木工的匠人量完尺寸走时没有拉上院门。我心下再叹机缘巧合。听我进来已然多时,小尼姑也不恼。我对鹿儿好奇,她娓娓道来:前些日子雨涝,山上发大水,早起师父发现后院多了两只鹿儿,怕是从后山上失足掉落在后院。一只腿受了伤,师父包扎了让好好喂养。这个角落偏僻,也好避开人眼喂养着,等它们恢复了腿脚再放回山里。我们说话间,鹿儿警觉地抬头盯着我看,小尼姑笑说:不怕啦。我和鹿儿都安静下来,它们斯文地吃,我静静地看。

我喂鹿儿吃了几把青草,和小尼姑捡拾了坡上掉落的橡子,鹿儿竟然细细地叫了几声。呦呦鹿鸣,食野之苹。《诗经》记载的那么久远的诗句,今日再现,只不过角色换了。鹿也非遇到鲜嫩的蒿草,我也非招贤纳士之主,权当是鹿儿和我有缘,我总算喂了它几颗橡实,我们佛门相识,造化不浅。

出禅院不远处,有一众嬉闹的人。他们高处探深处寻,觅到一潭清澈的山涧溪水。大家把带来的啤酒浸入细沙聚起的凹地水池里,卤肉凤爪摊开在大石头上,各色零食摆放在格子布单上,偌大的石背顿时琳琅满目。螺蛳壳里做道场,我们真真要热热闹闹地清修。独乐乐不如众乐乐。

潭水清澈见底,潭水清寒凛冽。上游的泥沙枯枝落叶在大坝上被隔离,流到它这里就汇成一潭温润的软玉。对面的盘山公路好远好远,山里盘旋高耸仿佛入了天,车辆的噪声被水声和峭壁枝丫上的知了声淹没。这里独留空荡荡的一片天。目力所及,安静的石头,潺潺的流水,动静分明。手拨拉着流水,我说:你我都是石头,流水就是时间,当下就是生活。大家笑得模棱两可,禅院是听经的,还没有人讲佛,我就悟了道。

不时还有人来,他们也拎着啤酒零食,携了儿女。断断续续又来几拨人,各家相安无事,一涧清泉,各取所需。在这清凉的水边,人好像都有了水的包容柔和,上游孩子的玩具鸭子随水漂了下来,下游的小伙子截住,飞快地送还,有人借个火,有人搭个话,这短暂的纳凉其乐融融。

果然是一方山水一方人,终南山终是钟灵毓秀,要不然王维晚年怎会选择居住在长安郊外这座终南山。辋川山水于我眼前溪水该是同源,它们一起潺潺流过千百年。行到水穷处,坐看云起时。诗人、世人,能想明白人生何去何从就是圣人。

夜深了,盘山公路上车辆穿梭,它们呼啸着来,奔驰着去。路边葡萄园地头搭棚兜售,亮起一盏灯,写着:户太八号,甜赛蜜。如果是蒲松龄,那葡萄定要换故事。我跳下车掂起一串黑紫饱满的葡萄,买果子的姐弟争着说:甜得黏嘴!甜得黏手!

行到水穷处,我纳凉归来。我带着葡萄,带着山水的清爽,还带走一丝禅院的安静。心静自然凉,足以过盛夏。

游园

凤翔东湖,我少年时读书游玩的地方。今天再忆它和苏轼有关。

大雪纷飞,课堂春意融融。我正讲《赤壁赋》,谈到周文王时的饮凤池,苏子言:翠凤栖孤岚,飞鸣饮此水。学生问:是不是一只凤凰鸣于岐山后路过此地?我说:目光不要被凤凰带走,我们要关注九百多年前做凤翔府签判的人,他带领百姓疏浚水利,引凤凰泉水,种莲植柳,造亭台轩榭,成就东湖为景,造福一方百姓。学生哑然,景在家门口容易当寻常,湖光山色于他们只是个大公园。有人惊醒:西湖也是苏公治理,他难道是水利系高才生?教室里顿时一片哗然。我肯定,一个站在诗词巅峰的人可以右手执笔绘画书写,左手烹饪探究药理,既胸怀苍生也可兴修水利,此赤壁和彼赤壁只是音同,此东湖和那西湖却有三十年的渊源。

大家兴致盎然:踏雪寻梅应去游园,春日赏牡丹更应去东湖。他们叽叽喳喳把我的思绪拉回很久以前。

越剧我不大懂,可我叹服越剧《白蛇传》唱段:西湖山水还依旧,憔悴难对满眼秋。山边枫叶红似染,不堪回首忆旧游。张茵那一个"游"字余韵绕梁。东湖西湖本就是姊妹湖,同根生源于一人手。景观有一半美是靠历史渲染,多一层苏子的少年情怀,我看东湖就欣喜多于忧患。年轻的苏子是人中翘楚,风头正健,多么美好的阳光少年!二十多岁的仕途中,东湖不仅仅是景观,水利造福百姓最直接的是口粮,一池水承载了美妙的理想与现实,这东湖又岂能只当一个湖?

二十多年前,我就是东湖边的读书少年,带几本书、一个烤红薯,亭子里一坐就是半天。附近高中学子也散在东湖里晨读,琅琅书声是那时园里一景。

有一年正月十五积雪未化,我和几个舍友相约去东湖观雪,其时北风凛冽,积雪皑皑,元宵节的灯笼稀稀疏疏,东湖寂静又落寞。五六个青春女孩漫步在湖边,谈天说地畅想未来,冻得瑟瑟发抖又兴致盎然。淡淡的月光下,我们五毛钱买了一束蹿天猴,小贩送我半支燃香。我们哆哆嗦嗦点燃,嗖的一声它腾空而起,好像少女的心事,瞬间就无声息。两元钱买两串冰糖葫芦六人分食,咬糖葫芦时不小心脸贴着脸,冰冷也温暖。湖面结冰,黑暗处芦苇草滩惊起几只飞鸟,扑簌簌振翅飞走,吓得我们仓皇逃窜。笑声如铃铛,青春洒落一地。

断桥亭虽是后人补建,也与园景相容,相得益彰,我喜欢它是另有原因的。一个秋天,十五岁的弟弟坐车来看我,我们在桥上合影,他矮我半个脑袋,当年的我满脸稚气也是为人姐。带他游玩,我们看湖里的船,却没有余钱坐船,给他买烤红薯,他就很喜欢。这个园子承载了我们姐弟的青葱岁月。二十年后我们一起重游,弟弟已是人父,他站在我的身边,我矮他半个脑袋,从此他是我的支柱。人生没有再少年,我再也长不过他,过不了几年,孩子们就会超出我们半个脑袋。岁月催人老,可一池水帮我记住了成长,偶尔忆起,回头看看,湖面荡漾起阵阵涟漪,人也如树有年轮,湖都记着呢。

又想意气风发的苏子,二十多岁的他修建东湖,五十岁时修建西湖,这中间的三十年里路漫漫水迢迢。他也如你我一般,可他又超越你我太多,苏子岂是常人,东湖哪里又是凡景?

我喜欢君子亭、望苏亭,前者是我所敬佩,后者是大家都怀念。

我问学生可知道东坡肉,学生说:我还喜欢吃东坡肘子哪。可学生也困惑苏子名言:宁可食无肉,不可居无竹。我说周敦颐和苏东坡都是借物言志,莲花也罢,竹子也好,都有君子风范。人总要有追求,格局总要宽阔,眼光总要长远。食人间烟火却不沦为人间杂尘,活在泥土里总能开花在云端。若东湖景只是苏子年少梦想所为,那西湖景便是他历尽沧桑却仍是少年的壮举。看一池水便知人生,管他春夏与秋冬,我自花开我自笑,你便是东风西风又奈我何?苏东坡当年给它取名为君子亭,实是妙哉。

人世间有凄惨哀婉,却也不全是悲观。

命运总是一手执着糖果一手执着大棒,苦苦甜甜,你要努力地坚守,执着地奋进。三年的签书判官,苏子做得有声有色有作为,百姓从此长久地怀念。八百多年后的一天,一位贾姓人修望苏亭,东湖又添了一景,也是还了一愿。雁过留声,飞过的鸟儿,天空总会留有痕迹。

东湖其实不大,可一个人胸怀却可以很大,这园子值得留恋。秋日里天色很好,云很蓝。我拍各个亭子,远远近近;拍各种柳树,高高低低。树比二十年前粗了好几圈,我也念叨:树犹如此,人何以堪?还好,卖风筝和凤翔泥塑的铺面还在,卖皮影的店还在,卖糖葫芦的换了稻草束子,糖葫芦的味道还如青春岁月酸酸甜甜,奔跑在园里的孩子还是跌跌撞撞笑语连连。一切都已不似从前,可仿佛什么都没有改变。若苏子今日重游,只怕也说:江上清风,山间明月,取之不尽,用之不竭,吾与子之所共适。你我如蜉蝣于天地,可有园为证,这一遭游园,我没有白走。

岁月荏苒,我知道有些东西永远都不会变。东湖览胜,苏子与那段历史同在凤翔,我重游此园,得了苏子教诲。今天,我也吟一句:归去,也无风雨也无晴。

隆重地过春天

还好春风乍起,幸有乱花相扶。

春天该怎么过?我没有情结,无须仿那古时深宅的大家闺秀,春来秋至要恹恹地生一场不痛不痒的病,装模作样吟几句应景的诗词,叹息韶光一丝又归昨日。我的心里养着一匹马驹,偶尔活蹦乱跳地奔腾,压不住的喜悦随着春风落在眉梢,看柳也有少女腰身,看花也有儿女情怀,春于我总是一种浓浓的欣喜。

我把写在冬日的诗句收起来,把冬日里经历的寒冷都忘记。春已至,树都开了花,还有什么不能释怀?你说:油菜花开了,铁线莲要种下。我就明白春暖了,美好的东西都在生发,毕竟能看见花的眼里心里都是爱。

我们隆重地商议一场春日的私奔,就像孩童散学归来,田野里放飞纸鸢,无拘无束才是最好的踏春。我计划路线,最好一路花开,顺着油菜花蜿蜒到秦岭的那边,桃花灼灼引着我们蹚过汉水。总该去洋县吧,看看朱鹮,据说还有熊猫,我激动地要为还未出发的旅程写诗篇,你也说时间怎么这样慢。春天撩拨得我们彻夜难眠,这是多么美好的季节!

一场春雨后,一场花事来。

我们把春日的欢聚定在秦岭山下的土塬边。没有高山可攀,也没有流水潺潺,更不是农家小院袅袅炊烟。我们只是说,随着花树一路走吧,哪里花茂就在哪里停下,哪里树绿就在哪里停下。我想起大观园里姑娘们玩骰子对对子,借传一枝花来作诗,这些事都和生计无关。可正因为不关乎粮食,不关乎性命,这样的出行才能让人轻盈,让经历寒冬的灵魂像三月的桃花瓣,忽隐忽现。

穿上长裙,长发散开,我袅袅娜娜。春天里,我总渴望把身体还给自然,把心灵放飞在春风里。哪怕脚踩在尘土里、田野里、泥泞里,人总是要把心高高地捧起,和桃花梨花一起开,这样的春才有别样的风采。

夜里闪几点星光,我们突然就改了方向。汉中在哪里?鄠邑在哪里?高德地图知道,我却关了导航。我期待的油菜花田一路旖旎风光好像已经开过,原来想得太久,见不见都会牢记它的模样。我终于意识到疲于奔命地跑怕是要累死在路上。你说夸父死在路上后才有桃林,我说绿柳成行是灞桥送别成殇。我等你问我去哪里,不提防你说:念个柳的诗句听听。我说:长安陌上花千树,唯有垂杨管别离。你说:就念二月春风似剪刀吧。大家笑得前仰后合,就是,二月春风似剪刀的确最最好,好得能让我心无旁骛地在田野里游荡。

我们为何不是骑着一匹马?要不然,信马由缰才是寻春最好的由头,那样寻的春才最有看头!我们忘记要去哪里,认认真真地讨论养怎样的一匹马,最好是全身乌黑油亮,四蹄雪白,我就叫它踏雪。对,还应该有一匹汗血宝马,来自西域的纯种马驹。我们兴奋地畅想着马厩里的幸福明天,车子已经离汉中太远。不经意间,我们被一条小路带偏。

春在这里是一棵树、一块林子、一片田,这就是秦岭山下的一片土塬。

春在这里是一群鸡、几只鹅和鸭、一地苜蓿和青蒜,还有一只大黄狗和两个老人。

我忘了要去汉中看油菜花,你忘了养在想象里的马匹。我们把院落想成青砖碧瓦,木栅栏木楼梯,还要种半亩鲜花,都种成铁线莲。可眼前一孔窑洞就让我彻底臣服,原来院落需要的只是人烟。有一个憨厚的男人,养几头牛羊和几只笨笨的鸡鸭,再有一个纯朴的女人,栽几树俗气的花木,种一茬新韭,盛开着几朵指甲花。这样有四季才是当下,春日里我们还能一起看看花。

桃林花纷飞,我抱着一束鲜嫩的紫罗兰。我靠着一树繁花,我还有一大束和树一样粗壮的百合。我又开始漫无边际地想,桃花林里我给大黄狗弹一曲古筝,鸡鸭也会摇摆着起舞吧!如果真的还能有一把木椅,我定要摆起茶桌,煮一壶千秋大业,说半天庄稼收成。最好再有竹林山泉,那就要聚聚贤人,看你们谈天下。春风里，我们隆重地赏花烹茶。

黄狗又吠，是有人捉了一只鸡，中午是焖鸡米饭吧，还应该有蛋炒椿芽。春天的餐桌该是五色斑斓，春天的味道都在舌尖。

我在苜蓿地里一根一根掐着春的嫩芽，据说苜蓿还叫红花，我想不出为何开着紫花、长着绿叶的它会叫红花，就像我想象不出随心所欲来到的地方就像世外桃源。春风吹拂下，这个世界奇怪的花红柳绿都毫无章法。

在这土塬上，我隆重地过着春天，徜徉花海沐浴春风，做着无数关于未来栽花种草的梦，真真是：荼蘼谢了春未老，有花正向心头开。

秦岭生花草

初夏久雨不晴,早起看天还是阴沉沉。我晃着杯子,红糖姜茶颜色正好,透过它,灰蒙蒙的天泛着红艳艳的灵动。

手边有新书,叶广芩的《秦岭无闲草》,图文并茂,形象直观。细看一遍,对比我在秦岭中的所见,竟然有近一半眼熟的花草,兴趣盎然,呼朋引伴,我要去秦岭看看。

我喜欢叶广芩,看她的短篇小说《黄连厚朴》,我读错了厚朴的音,到头来却还记得:雪过黄连淡,风来厚朴香。中医奥妙无穷,黄连苦寒,厚朴苦温,它俩暗合中医之道。我是中医的门外汉,却又热衷于探究花草根茎的奥秘,《黄连厚朴》暗合了我的口味。读完《秦岭无闲草》后去寻觅秦岭花草,也暗合地利人和之道。

朋友说我的兴趣是随机播放,随性随心变化太快,我说随心随景才是正道。早晨起来安安静静,想去哪里,说话间风一般抓起墨镜背起背包,擦个防晒霜,妆都不用化。

姜茶的余热还在心头,暖暖的心看什么都顺眼。心情好天也眷顾,太阳忽隐忽现。我不打算爬高山,不打算常住店,只是享受这云散雨霁后的暖阳,呼吸清凉的山风,要求越简单幸福就来得越容易。

斜峪关、石头河、药王山,说近也远。包车沿着"秦岭中的香格里拉"的宣传牌一路疾驰。司机是个快人快语的小伙子,他卖弄紧转弯的车技,风驰电掣,兴致勃勃地说山中四时和乡人趣闻。这一路他挣五十块钱,心神俱佳,我也因节约了时间而暗喜,独乐乐,众乐乐,大家开心难得。猕猴桃的园子渐渐稀少,狼牙槐盛开的山头忽隐忽现,养蜂人的帐篷此起彼伏,药王谷就在路边。

山路顺势斜去,景区空旷幽深。五一节才开始售门票,现在游人太少,我开心,这分明就是说一切初始,今天我是山的王啊!

来时听说此地木栈道最值得一看,想起厦门海边木栈道风景别致,便穿长纱裙,踩着镶了"钻"的鞋,袅袅娜娜来,想漫步云端。可当一段段粗细不一的木桩钉成的羊肠小道出现时,我彻底傻眼。木桩粗糙滚圆,结结实实一字排开,踩上去摇摇晃晃,仿佛脚底按摩。我提起纱裙,绣花鞋踩木桩别扭,也有趣得紧。一个小时的路程我走了两小时,这路难行,风景也独好。

我摇摇摆摆走得慢,眼睛瞄在路两边的花草上。同行人无奈地叹息:这孩子不好好走路,还能不能爬到山顶,难说哪。我疑惑地问:干吗非要爬到山顶?如果我能看到翻白草和灰胸灰雀鸟,我就不用爬到山顶。同行人好像第一天认识我:任性如你也是没谁了,爱咋咋的,我反正是要爬到山顶,你就自己玩,山门口见。我翻白眼:不仁不义,你连菟丝子都不认识,还好意思炫耀你征服了一座山?道不同不相为谋,谁稀罕你这个没文化的!同行人撇撇嘴:看着你长大,我就不信你比我强了几页书,不就是认个花花草草,有本事比比一个小时上山下山!如此斗嘴也就分道扬镳,我镶了"钻"的鞋要是健步如飞才是怪事。

三月伊始,秦岭的花草缤纷斗艳,也没你来我往地送迎,偏又开得异常热烈。反正山大着呢,你方开罢我登场,谁和谁也不搭理,你有你的妩媚多姿,我有我的光彩夺目;你有你的虬枝横斜,我有我的袅娜缠绵。一座秦岭山被这般渲染,想安静也是不能。偶尔到此的人会窃以为花为他开,几分得意,岂不知旁人来,也是花开如荼。我是这一年的这一天到来,这一刻,我看见盛开,看见蝴蝶;明日来,也许我就看见山果和象鼻虫。山永远没有看完的时候。

我提起纱裙,慢慢走慢慢寻。同行人临走不放心,又折根长树枝给我防身,我苦笑着接住:又不做丐帮,要这劳什子做甚。不过有这棍子,我走起来利索多了,翻看花草丛也方便。很快我就找到苦糖果,吃到嘴里甜也涩,野果子本性尽显,看它形状像两条腿叉开,哎,乡民们叫它裤裆果真很贴切。我还找到麦冬、小人血七、云雾七花。热蒸现卖,从昨夜读的书中找出自己眼熟的,就像玩连连看。我沾沾自喜,也遗憾书没带在身边。

放眼望去,行走木栈道一个小时,周围植被就变了模样。鸡血藤缠绕高大的械树、构树,五味子一串串绿色的浆果密密实实拥挤地结着,八月成熟时该是深红一串串,艳丽明亮。它还没有到流光溢彩的成熟期,纤弱的藤长得茂盛,缠着大树。有藤的地方必有树,必是高耸入云的大树才伴生茂盛的藤。彼此相依,这是生存的一种方式。藤缠树,树不一定都是受其害,树干若是强大,藤倒给树以异样的美丽。我该长成一棵参天大树还是一根开花结果的藤?若都不是,那就做橡树旁边开着红硕花朵的木棉,根紧紧盘结在地下,叶密密相拥在云里。舒婷是鄙弃藤的,我也想做树。

漫山的花草,我认识的少得可怜。郁郁葱葱的高林中,开枝散叶的花草树木都像娘的孩子,都有名称,我心中对它们莫名地敬畏,不乱采摘,也不乱拍照,棍子收起来,随意地拨拉总是冒昧,花草底下的天地真是另一个世界,看宫崎骏的《借东西的小人》后就相信我的世界之外还有更多的世界。

我看着身边的败酱草、仙鹤草发呆,惊叹它们的花瓣怎么会如此细致,它精巧地盛开是造物的安排。同行人气宇轩昂地归来,登顶的人果然不一样,呼之欲出的征服感都是在笑我没见过世面。他讲爬高梯,观瀑布,吹着山顶的风大喊:大王派我来巡山喽!这是金角大王的小喽啰的唱腔,我能想出他在那一瞬间的促狭和嚣张。两个游人在山顶合影,四个人在溪水边的大石头上烧烤,烟火袅袅,喧闹此起彼伏。同行人说得眉飞色舞,我听得津津有味。坐在浓荫筛下的漏光中,我摊开米皮盒子吃午饭,茶叶蛋,还有一罐9度啤酒。同行人仿佛骆驼,不吃不喝,骄傲的人此时沉浸在自己的胜利里,美景能看饱肚子。也罢,不强求,有人游山就有人观景,心情都在山水间欢愉。

我喜欢下山,本该走得小心翼翼,镶"钻"缎面鞋要被木桩刮根线,鞋子就毁了。可顺着圆滚滚的木桩一路不由自己要小跑,偶尔喘气,疾走如风,花草都被遗失在路上。

走出山门,我把毒辣辣的太阳背在背上,倒退着走,在无人的水泥路上嘻嘻哈哈。为了游玩,谢灵运都能发明木屐,我只要转个身,上坡下坡如此轻松就化解了。一辆出山的车停在身边,车主热情地邀请,送至路边,说欢迎常来。我心头暖暖如姜茶汤。生活的感动不一定都感天动地,孔夫子说:吾日三省吾身。

要时刻感悟体会人生的各种滋味,让此生过得充盈。

去年此时我去铜川看药王庙,今天游药王谷,它也跟孙思邈有瓜葛。到底医圣归哪里我不去考证,游医游医,天下是家。医者仁心,百姓安康才是行医本意。从中医角度说,我今天很快乐源于姜茶暖胃,红糖开心,中医角度是不是还应该有:大山能生草药,大山也能医人心,常行山里百病消。

把春留下

刚过谷雨,狼牙槐开花了,草莓红了。我风尘仆仆来到钟吕坪。

春脖子短,从有全球变暖的说法后,我感觉春天在冬天和夏天之间似乎就是个摆设,一夜春风后就换了季。暖风熏得游人醉,几日春风吹,女人们短裙飞舞,每年我都叹念一遍朱自清的《匆匆》。今年我仔细地等待春天,它来了,大大方方待着,这个月没有变暖的气息,可是我的爱把春天拉长了?

朋友热情得像春天的风,嘘寒问暖,分享愉悦,约好一起坐坐,我们去看看春天里的钟吕坪。

春日的暖阳,泡一杯苦荞茶,透着金黄,我们围着一本中医处方书,瞎聊着高深莫测的行医之道。黄芪、乳香、没药、穿山甲、五灵脂,那稀奇古怪的名词读过后,嘴里都是一股子浓浓的药味。我喜欢甘草、茯苓、豆蔻、紫苏,看名字就会有遐想,它有妙龄女子的细腻,可我辨不清枝叶花实的植物世界。悬壶济世我是不通,看中药铺子层层叠叠的铜环匣子,我总是满怀憧憬,深深迷恋小巧精致的铜杆秤,看伙计随手抓取花花草草根茎果实,砂锅里熬煮成汁就能祛病,中医真是魔术。外行研究药书终究不得法,我们趁早喝完茶去爬山。

走得有点急,我背上出汗,山风带着凉意。席地盘腿坐下休息,朋友讲起了趣事。一个女同事去他办公室谈事,事情说完刚要走,听见财务主任讲着话进来,女同事以迅雷不及掩耳之势躲在门后,朋友莫名其妙。财务主任大咧咧来,拉扯几句闲话要走之时看见门后的女同事,愣住了,岔开话说:哦,你在。

女同事脸红着说:我在,我在找纽扣!还用手拉着衣服前襟。

财务主任尴尬无比地退着出去,眼神满是自责。朋友回过神来,财务主任已经走远,女同事无比委屈地站在那里。

朋友气愤:你好好谈事,干吗躲门后?越描越黑,咋冒出来一句找纽扣?

女同事抱怨:不是当时着急嘛。

我笑得打颤。朋友为人我了解,不是龌龊小人,可硬生生被一个女同事给扮了花脸。这事越想越好笑,我不得不停下赶路,问他下文如何。他耸耸肩说:还能怎么办?反正身正不怕影子歪。我笑得又流出眼泪,人中自有龙凤,精通各路伎俩,尔等望尘莫及,就像花草中的另类极端,也美丽盛开,也芳香四溢,可总是容易给人带来麻烦。我正看一株鬼针草,纤细柔弱的花瓣让人爱怜,可还没等走近,那细针果实的倒刺就挂住人,甩都甩不掉。我指鬼针草给朋友看,两人不约而同地笑了。还是把目光移向远方这座山头,美好的东西还多。

一树一树雪白的洋槐花开在阳坡,清香阵阵扑鼻,甜得人想嚼一口蜜,它是北方最快乐的树。花开的日子,孩子们就像是槐树上生的,掰枝丫钩花串,怎么采摘都不为过。眼下的山腰密林,采摘的人少,槐花自开自谢。今天,我是它的知音。青石缝隙里长出来的野丁香,花开得肆无忌惮,大片的枝丫斜出来,香味顺风送出很远。槐花香里带着蜜,丁香花里却含着苦,它们都在旁若无人地吐露芬芳,像张扬的青春不在乎有没有人陪伴。我摘了许多通红透亮的果子,它们每个都开叉对生,仿佛一对羊乳房。这果子就叫羊奶子,它清热祛毒,带淡淡的一丝甜和略微的苦。有人说它是苦糖果,叫着叫着看它像两腿叉开,谐音就成了裤裆果。以讹传讹,只要时间不说破,世人谁又会计较?

钟吕坪还在修缮,据说吕洞宾曾在此修行。神仙的事都很遥远,我关心庙宇如今谁居住,山里还有没有人烟。台阶很陡,曲曲折折,很少人来。雉鸡飞过,扑棱棱带动一岭的风;还有水田里的呱呱鸟,咕咕地叫,好像它喉间有个水罐子;也有鹧鸪鸟,我总听它叫"姑姑——等""姑姑——等",一声声悲戚又悠长,仿佛真被亲人遗弃,它叫过不久天必阴沉欲雨。这安静的山头,此起彼伏的鸟鸣就是一个论坛,它们讨论东边田里的谷还是西边地里的米,或压根儿就是聊聊无关吃食的闲话。鸟也有它的世道,万物都卖力地证明自己活过。

爬到半山的大殿,梁高墙厚,室内空荡荡的,菩萨在昏暗的光线里面容模糊,我们磕头,布施,敲磬的是俗家弟子。他一把年纪,胡须泛白,对偶尔到来的香客很热情。朋友是无神论者,随处看庙宇的修建,我拜我的佛,他看他的景,彼此也不用解释,信仰本就是自愿。众生既生,佛就长存。我的佛我的主,都是给自己找的心安,求佛时才拜佛本就错误。种粮食是为了食用,种花草是为愉悦性情,种树木是为环境更美好,可心向善佛随行却不能求对等。山腰处来了一队妇人,她们要去东坪帮着搬砖拾瓦做善工,山上陡然热闹了,神仙之气还是要人来烘托,人敬着神,心里才有敬畏,做事才有分寸,幸福的人从此会更加幸福。

山路爬得越高,见得越奇,真正印证:世之奇伟、瑰怪、非常之观,常在于险远。松鼠、细细的蛇、各种甲壳虫和花脊背的天牛张牙舞爪地前行,天牛苏醒得太早,夏天还没到,它很孤单。我用树枝给它指路,想让它爬到一棵苦楝树上,它却老在我的手腕上徘徊,巴掌大的树叶度不了它,它生命的航向只能靠运气。风变了方向,山那边修庙宇的工地上大喇叭的歌声嘹亮。阿宝在唱:三十里的明沙二十里的水,五十里的路上我来呀嘛看妹妹;半个月我看了妹妹十五回呀十五回,为了看妹妹,哥哥跑成罗圈圈腿。罗圈圈腿,人为了自己心中所爱,总是千难万难都能克服。

登上山顶,一览无余。它就是个坪,闲散的平地上,庙祝种了一些土豆,今年春天雨水多,墨绿厚实的土豆苗已迎风飞舞。庙后有一口大铁锅、一堆柴火、一串红辣椒。土地平旷,屋舍俨然,有世外桃源的味道。一大片草坪在午后的阳光里让人慵懒,我们盘腿席地而坐。想起管宁,如果我也遇到华歆,会不会割席?朋友看着山下沉思,或许他也在想管宁?我不做华歆。此时听一曲《大悲咒》正合适,我用草棍逗弄着蚂蚁,长发被风吹散又吹乱,复得返自然。

回家路上遇妇人卖樱桃和草莓,直接倒了两袋,没挑也没拣,妇人很开心。车上细看,果实模样不是很好,混了隔夜的果子,可看妇人指甲缝被果汁尽数染黑,我也就不忍苛求,田里土生土长的哪里能有完美?

喝茶,喝茶,我们还是吃颗樱桃吧。钟吕坪的花草和鸟儿虫儿都是精灵,是它们让这座山生机勃勃,让这个春天在此停留。

春天里的花树

这个春天才开始,我本不想出门,管他柳绿花红,可孩子不能老圈养,她提醒我春天要春游,陌上花开缓缓归。

眉县有个西部兰花园,据说春天里繁花似锦,择日不如撞日,早晨醒来,我带女儿生龙活虎地直奔目的地。

兰花园的大温室里铺天盖地都种的是蝴蝶兰,且都是喜洋洋的玫红色,品种稀稀拉拉乏善可陈,没几个我不认识的。私下里我认为,一切我能养活的花草都排除在名贵花草之外,这话颇有自黑味道,但也是我尊重物以稀为贵。此地兰花仗着量多堆积,在气势上占绝对优势。成千上万盆蝴蝶兰整整齐齐,布阵如兵马俑。蝴蝶兰玫红、鹅黄、粉白都不稀奇。我在大棚门口站了几分钟,温室湿润润暖洋洋,我却不是喜盈盈,心想没有空谷何来幽兰?兰失去幽香如美人没有灵气,总是败兴。这温室里兰花如红云,艳比灼灼桃花,让我不自在,仿佛被扼住咽喉的鱼,天空、大地、高山峡谷才是兰花的生存王道。

走出兰花温室,空气清爽,景色豁然开朗。大面积的植被,独自成林成园子,各自色彩纷呈。阔大的园子,偶尔几声狗叫惊起飞鸟,路途遥遥,我走得脚痛,园子还是一片连一片。

大片的樱桃林正在开花,雪白的花嫩绿的叶,植株盘根错节。人为拉枝整形后,树像被施了魔法,姿态各异,它们头顶白云,连成一片便是浮云旖旎,地上绿草如茵,田园风光一派,若有嫩黄鸡仔放养于此,风光便自成画。想此地三个月后,樱桃成熟,又是红光迷人,黄土地真是好东西,种什么都能长出惊喜。樱桃园的篱笆是带刺的枳树,开零星的白花,香味清幽扑鼻,我知道它本来可以有更好的选择,橘生淮南则为橘,可它偏偏生于淮北,春天也开花,从此只能做篱笆。我曾在春天里采过一束枳的花,扎破了手,摇落了花,虬枝上只剩突兀的刺面目狰狞,我们无缘,从此再也不理睬它。

紫玉兰撑起高大的树冠,它是行道树,它开的花让土气的道路顿生光彩,花期也就十多天,可我刚好看到它最美的一刻。每棵树举着大朵大朵紫红的花,像是炫耀又像挑衅,它有这个实力和资本。它竟然开在料峭的初春,甚至不用绿叶来相衬,管它枝干枯黄,开它一树繁花;管它倒春寒五月雪,迎春黄柳芽绿时它大摇大摆地开个热热闹闹。我曾怀疑玉兰不是花,玉兰是花世界里的花木兰、女丈夫。它太强壮,花瓣太厚实,我想,所有花该是弱弱地让人心生怜惜,可白玉兰洁白如云,紫玉兰紫红如霞,它们开在荷塘就是荷就是莲,我曾想它应该叫旱莲才两相宜。我在中药铺里买过一味中药——辛夷,用来散风寒。被名字惊艳,查了书才知道,毛笔头般毛茸茸的辛夷就是玉兰花苞,从此我对它高看一眼。书上说玉兰花瓣揉汁清洁皮肤有奇效,使面庞清香光洁,这是爱花之人的奇思妙想。后来我又得知一味花食是把玉兰花瓣蘸蛋液油炸热食,想也不算焚琴煮鹤,物尽其用总是朴实的道理。玉兰花瓣厚嘟嘟的,它中间有夹层,像扬起的帆,这样的玉兰树是一树摇曳的美妙世界,荷生莲花,风姿绰约,两排蔓延开去,把一路娇媚开成英姿飒爽。我在这样的路上走过,脚下生风,影子也带香。

若把一树红花换成一林红花呢?

名叫碧桃的树开艳艳红朵千层花。碧桃一棵,你会感觉到春天;碧桃一行,你会感觉到温暖;碧桃若一片成林,你甚至会怀疑人生。没有人能把花海看穿,尤其在一瞬间被艳艳的红云笼罩。碧桃树和桃子的关系不大,它结的桃子瘦瘪苦涩不能食,也是,花都开到筋疲力尽,哪有力气结桃子?再说,花都开到拼命,那还用结什么果呢?一棵树的一辈子,或开好一季花,或结好一季果,甚至不开花不结果,就绿油油的一辈子,也是成就。桃之夭夭,灼灼其华。《桃夭》里的美丽肯定不是因为这棵碧桃,那一棵桃树用单薄的花就酝酿出三千年的绝唱。一棵碧桃是很多棵桃花的综合,新嫁娘的娇媚用它是多么合适,当然,碧桃只有灼灼的华,没有果实怎么能"宜室宜家"?是我想多了,哪能世事都如意,若碧桃有选择的权利,不知道它会不会后悔。子非鱼焉知鱼之乐？碧桃的心思我不知,我只是在春天凝视它,和它说那灼灼的华我不曾辜负。

连翘也在开花,黄灿灿像老虎尾巴,我曾误认为它叫荆条,甚至在门前种植连翘都喃喃自语:荆条怕是谐音"金条",开花似黄灿灿的虎尾。多年后,我看中药图片,自惭乱点鸳鸯,心存愧意。我喜欢它叫连翘,这名字更有韵味,清热解毒,它是实用的一味中药。这里是一大片的连翘,一拨游人来喊着:迎春花。我认真地纠正:它叫连翘。我仿佛给人介绍自己的孩子,游人似乎没听懂,自顾自拍照后走了。我对着他们的背影说:连翘消肿散结,是很好的中药。我在心里拼命要补偿对连翘多年的误叫。老家有棵连翘,枝枝蔓蔓长了多年,父亲修剪成树,后来捐赠给村头的广场,每年春天,我家的那棵连翘都是广场第一株报春的花树。

我来看兰花,看到缤纷的春天。每一棵开花的树都是春天的孩子,春天用温暖的阳光纵容它们,它们用肆意地盛开回报,我顺带感知了春天的第一缕花香。

教育是个多元方程

宜川人夸耀:壶口瀑布和宜川中学是小县城的两颗明珠,形象地说它们就是宜川的两大支柱产业。

壶口瀑布是自然景观,它的得天独厚是老天爷赏的饭,旁处也眼热不得,宜川中学却是人力所致,它只是一所由一百多个班级组成的初高中学校。

作为一名教育工作者,我有职业病,一面披星戴月带着学生在书山题海狂奔,一面不时回头心生疑惑:我们到底要教学生什么?有没有偏离了方向?中国教育一路走来跌跌撞撞,高考与时俱进地改了又改,还是被人诟病。课改教改就没有一劳永逸,探索前行,带病寻医是教育永远的状态。

宜川中学每月接待两千余人参观学习,参观费、资料费等年收入近两百万,每年有两千多名借读学生,学生家长亲友吃喝拉撒都在拉动经济,毫不夸张地说,它是该县绿色环保的高收入产业。作为一所县级学校,能被国内兄弟学校唯马首是瞻,能对同行有指导作用,定有其独特的一面,它曾七年高考蝉联全市各区县第一。在唯分是举的家长眼里,这无疑就是另一所毛坦厂中学,家长深信:只要进了宜川中学,孩子的一只脚就迈进了大学。

追根溯源,宜川中学的前身是明末丹山书院。清朝嘉庆年间复修为瑞泉书院。看似物华天宝人杰地灵都是光芒,可细究它的前身,也不过是火神庙由县令改成义学,没有白鹿仙人没有儒学大师,它是出身纯粹的学堂。宜川中学的升学率,客观来说,不在陕西省的前列。但它的七年跨越式增长让人惊叹,二本上线从二百多人到一千二百多人,这是一千多个家庭的骄傲。考好一次不难,难的是每年都考好。教育的良性循环是考得愈好,招得愈好;招得好,会考得更好。

神话的产生不是偶然,在家长学生被分数逼压的今天,谁能给一个家庭高分的承诺,他定是救星。

周一早晨七点钟,我站在宜川中学门前,全校升旗,庄严肃穆。孩子们快速集合,来早的学生带着小手册默念,整个操场安静有序。

中午三个小时,我走了高中部和初中部二十多个课堂。老师自如地讲,学生自若地听,该发言的发言,该讨论的讨论,观摩听课的人于他们好像透明人。校园和教室的宣传标语是疯狂英语,手抄报个性鲜明,学习标兵明星各有特色,大量学法分享来自学生手写,很多数据能看到是保持一两年的纪录。

从早操到早读,从课堂到宿舍,从老师到学生,我在看校园和校园有何不同。疯狂朗读、胸贴背式早操、学生自助式管理、开放式课堂,初看总觉得有些夸张。疯狂朗读时的夸张,胸贴背时的做作,学生管理的矫情,开放式宣传的噱头,我觉得是在看戏,我的同行也无奈笑笑,能把学生一个个活体训练得整齐划一如同机器,不易呀,不易。可我们眼里都有疑惑,彼此心照不宣的是这里的学生为何愿意像个机器,这样表演式的教学为何成绩傲人?

将心比心,最初的学生定是桀骜不驯,也是血气方刚,可棱角分明又如何?就高考要的分数和个性来说,农村的娃拼分数更可靠,一套管理教育模式就应运而生了。魔鬼式训练也罢,一个小时、一个中午、一天、一月、一年,你敢来我就敢教,你浑身的懒毛病去尽,你就会习以为常地奔跑。突然我明白:哪怕是作秀,只要坚持,就会成真。也许第一次,学生应付,老师无奈;日复一日,习惯成自然,当初的动机已被忽略,只剩下一个程序式的动作与坚持的信念。当所有宜川学生都认为自己是李阳,疯狂是本性,呐喊是真理,坚持是成功之时,山寨已经演变成经典。我又看了一次宜川中学的校训:追求卓越,敬业乐群。疯狂的巅峰是忘我,忘我是一种境界,学到如此境界,挑战高考已不是目的。

每天来此参观学习的同人一百多,我们对这所学校到底起了什么作用?

简单说是取经学习,深层思考,我间接地在那个时候做了课堂、学校的督导。每一位远道而来的客人,都帮助宜川的老师管理和肯定了那个瞬间的学生。每天有近两百双目光盯着他们教学,旁观者带着羡慕欣赏的笑容,抱着取经的心态,宜川的孩子们每天都有崭新的督导。教育最简单最管用的方法是赞赏,而每天都被人欣赏,对孩子来说是一件多么幸福的事情!简单地总结:宜川中学是借力打力,取外界的赞美,完成自我的内秀。我讶异自己的判断,可直觉告诉我这是对的。没有永远被压抑的心灵,没有永远被动的学习,哪怕前面是高考,孩子的天性、人的本性是难改的。我不能肯定宜川中学这种方法是本意还是无心插柳,但它成功的根源绝对是良性的参观学习,它激发师生的教学热情。即便是表演,一节课一节课地演下去,临时演员也成了名角,名也就实了,功也就圆满了。

课间休息,我身边穿校服的宜川孩子和所有学校的在校生一样,十点多三三两两来灶上加餐,吃得狼吞虎咽,课间操前播放的《流淌的歌声》让人忆起求学时代。我问一个吃馍夹菜的男孩:早饭没吃?他不好意思地说:早晨值日。两个女生喝着豆浆小声聊着 yummy 和 delicious,她们笑着走过,年轻的生命在闪光。

教育是长久的功德。就如没有众人拥护的法典一般,没有不被质疑的教育,哪怕是十年辉煌在漫长的教育史上也只是一瞬间。

客观地说:教育,没有骄傲,也没有失望,也无成功失败之说。教育是个多元方程,参与值、解都不确定。我们都在教育的路上摸着石头过河,深浅自知。

人说不忘初心,方得始终,却也要知下一句:初心易得,始终难守。教育的本心是为了让人有修为有包容变得美好,要让人成为更美好的自己,坚持这样的方向,教育将不囿于方式,百家争鸣才得美美与共。

最美在心里

儿时我听父亲讲《封神榜》,姜丞相掐指一算的前一句总是心血来潮。后来,我发现自己没有掐指一算的本事,却有心血来潮的冲动。

看着周围的洋槐花陆续开败,想着山寺桃花始盛开,推测秦岭里怕是花才开。游玩的事情经不住几个人念叨,有人提议去凤县,既直穿秦岭腹地,又能一览夜色旖旎。此举甚妙!那就一起追着太阳,赶在路上。春天里的人容易躁动,经不住阳光的诱惑,我们都有鼹鼠出洞般的张狂。

十多年前,我凤县的同学绘声绘色地描述过家乡,《西游记》里取经归来的事情就跟她家门前的河有关。她绘声绘色,煞有介事,到底凤县是晒了经文还是只有个通天河,我没记住。今天应该去看看,找出真相才好。

顶着火辣辣的骄阳,我们盘旋在秦岭上。路宽人稀,宁静的山涧一片葱茏。毕竟是蜀道,车辆爬行要留神急转弯、紧下坡、山坡滚石。司机小心翼翼,一路攀爬直到看见嘉陵江源头,刹车片要降温,我下车吹风。豁然开朗后的一片平地让人踏实,山风凉爽。碰到卖山核桃和蜂蜜的妇人,木耳干菇摊开在地上。我们看看周围的树,妇人看着我们说:狼牙槐的蜜。她要用一串白生生的洋槐花蘸蜜给我们尝,司机说:回来再买,不尝了。妇人笑笑自己蘸了一蘸,琥珀色的蜜裹着洋槐花,在阳光下泛着金光。妇人伸出舌头舔完蜜,再嚼了槐花,她开始纳鞋垫。我们上车呼啸着奔向山下。

这一路,我猫在车里懒懒地听歌,陈楚生沙哑地唱着:有没有人曾告诉你。

我后悔没有买些蜜,没有用鲜嫩的槐花蘸蜜尝。朋友说:这一路新鲜事多着呢,马上要到红花镇。我又来了精神:红花?是养美丽女子的地方吧!朋友不屑地笑:女子俊不俊不是靠地名,前面是黄牛镇,你再猜女子俊不俊?我反驳:高山出俊俏又不是不可能,刚卖蜜的妇人就很俊。车上的人都笑了:你想蜜想昏了头吧?那妇人明明是黄脸眯眼。我当然是看中她能用一串鲜花蘸着蜜卖,这是七窍玲珑心的人奇思妙想,爱屋及乌吧!

沿路民居多是两端翘起如飞燕的农家小院,栅栏里种着郁金香,或红或黄,开得落落大方。郁金香让人想起瑞士,可山谷里的郁金香看着也合宜,它们和一簇簇红艳的虞美人开成了一道风景,风姿绰约。

我把手伸出窗外,对着路旁后退的树做出取景框,收入手心的是一方鱼鳞般的金光。我急急招呼停车,带着相机奔过去,这是一地的塑料膜。披着夹袄的老人拄着一根棍站在田埂上,他的胡须泛着金黄,映衬着他褐色的脸膛。不远处有一棵白杨,更远处呼啸而来的一列火车,时光瞬间的交会是一幅油画。我如雀儿一般蹦跳在凌乱的石路上,站在小路的中间,我脚下是一地灿烂,地膜闪着光,地膜上均匀的孔里钻出嫩绿的小脑袋,这是土豆苗。壮观的一地土豆苗在山风里摇头晃脑,老人憨厚地给我点头,我赞他种植的好手艺,也好奇土豆也用地膜养。他更骄傲:秋日里你来,刨几窝洋芋烤着吃,甜着面着呢!

老人说:你们是去看喷泉的吧?每天都有小汽车拉着山外的人去看夜景,日子过得滋润了。他吧嗒着烟锅,火星明明灭灭,像在思考。我问:大爷,夜景好看不?他愣了一下说:没看过。听说星星都在山坡坡上,月亮也造出来挂在山上。我随口说:不远嘛,有时间就看看了。老人笑笑说:去看人造的星星月亮?我才不去。早些年住的破屋子,夜夜看星星,就怕没了星星月亮下大雨,再也不看了。我接不上话,对他笑笑说:对,看得多了就没意思了,人造景总没天然的好看。我们也是散心呢。老人豁达地说:看!你们当然要来看!你们来来往往,这路上才有了人气,这热闹我就爱看。我哭笑不得,也是心服口服,真想给大爷读一首《断章》:

你站在桥上看风景,

看风景人在楼上看你。

明月装饰了你的窗子,

你装饰了别人的梦。

下午四点,这座小小的山城被外来的车堆满。宣传墙面一路蜿蜒,画着各种传说,无耳大红袍如何长出别具风格的耳朵,唐僧师徒取经的晒经台有了故事,这里的一切演绎都顺理成章。狭窄的街道,熙熙攘攘的游人,绕着县城的嘉陵江给这座小城福泽,依水建出亚洲第一喷泉,傍山完成月亮星星的梦。有人营造梦境,就有人愿意欣赏,栽得梧桐树,引得凤凰来,各取所需,何乐而不为?

我不想爬人造景观的山,没走几步就耍赖不走了。众人也是自由行,我蹦蹦跳跳下山,找烧烤摊前坐定,要啤酒烤鱼烤肉和小菜等着夜幕降临。太阳收起最后一丝光芒,人造景观该亮的就会亮,能唱的尽情唱,这是今天的重头戏。一拨又一拨游人来,大家互相看,心也就踏实了,彼此作为参照物都吃了一颗定心丸,节目还没有开演,我们自己入了戏。

我把最后几块烤肉喂给桌下的黑狗,音乐终于响起,轰轰隆隆仿佛夏日里的闷雷,人们收起散乱的步伐,朝一个方向拥去。我莫名其妙地笑,这多么像向日葵围着太阳。

身着羌族服饰的男女随着音乐起舞,人多得好像雨后春笋,我和同伴猝不及防被人隔开。看着服装鲜艳的陌生姑娘我就开心,她要拉着我跳,我就随着她摇摆,至于同伴,他们也在跳。风情摇曳的舞把陌生人能跳成朋友,大家踩着鼓点默契地踢腿晃脑,观望的人也渐渐摇晃,左顾右盼的人也融入其中。一座山里的小城,一个羌族的舞蹈就能把游人拉近,不分年龄性别。一个能把欢乐的曲子跳得自如、脸上还挂着笑的县城值得大家来看看。

喷泉开始,我已疲惫,想做买椟还珠之人,可又不忍心打扰众人的热情。我坐在远处的长椅上看周围山上群星闪烁,一轮明月高悬。我知道,人造的群星连一百五十年的奔波都没有,天空里每一颗星星距离地球约一百五十亿光年,真相总是让人无语。

喷泉的音乐把心震得颤动,远处的天空正表演水的舞蹈,或是水柱参天或是水流潺潺或是水珠四溅,总有光和水交织,水滴聚拢再分散,它们是精灵,在完成盛大的使命。用瓷器拼成的龙凤在灯光下很传神,小到酒盅,大到平盘,被巧手捆绑成艺术品,让人感叹人力胜过鬼神。喷泉终于结束,曲终人散,还有意犹未尽者在水面的花船上高歌,此时,嘉陵江倒与秦淮河有得一比。夜色笼罩下,迷离顾盼,人总会心生各种念想,烟花这时候很恰当地演绎出人的心念,瞬间的璀璨,瞬间的迷乱。熙熙攘攘的人在夜色里又一次像归了尘土,大街小巷顿时安静下来,桥下流水潺潺,仿佛刚刚经历的是一次海市蜃楼。我来寻初夏的清凉,可怎么感到一丝蒲松龄的哀伤?不过若有狐女,怕也是嬉闹任性。

我也任性固执。我说看了夜景就要回去,住一夜要是看见日出,那今夜的繁华景就尽数归去,有了光,对夜的记忆就要消散。众人也是随和,我们浩浩荡荡地回家。小时候读课文《夜走灵官峡》,今夜我也在灵官峡,可我们是一群俗人,连革命战友都不是。

秦岭山路弯曲,车辆蜿蜒有序行进。大家的热情像被一场夜景盛宴耗尽,静静地坐,默默地想,车里回荡着 Vitas 的海豚音。这条山路从来没有如此清静漫长。又到嘉陵江源头,卖蜂蜜的妇人早已回去,我暗暗伤心错过了机缘,同伴安慰我:哪有养蜂的嘛,明明是勾兑的假蜂蜜。我却一心一意地念着,谁也化解不了我的懊恼。曾经沧海,谁都代替不了。从此,每年槐花开,我都会记起那琥珀的蜜,可无论在哪里蘸蜜吃,都比不过嘉陵江源头的卖蜜妇人展示的一串槐花甜美,那不曾尝到的蜜最甜美。

我此刻又佩服来时见到的老农。他不来看星星月亮,怕是心里有更明亮的东西。

寻找药王

我取道铜川皆因顺路,我拜见药王皆是偶然。

我得过一场病,被病痛折磨得死去活来时乱投医。西医救命中医治病,偶然间我结识了一位老中医。从他七十岁时我认识他,至今他已八十有二,十多年里,他的白胡须更白更长了,他清癯的脸颊更消瘦了,眼浑浊了,唯独灵活的是他的思维方式。

交情深了,他不再给我把脉,只和我拉家常:没和人怄气吧?千万不要动气,想想苦药汤汁,谁还傻得拿别人的错误惩罚自己?我噘着嘴答:人又不是神,吃五谷得百病哪。他呵呵一笑能容万物:你呀,尽是想得太多,忧思劳人也伤神。我反驳:不是有你的枣仁、龟甲、丹参、王不留行、石竹根、莪术吗?对!还有桃仁、红花、当归、川芎、白芍、穿山甲、白花蛇、全蝎、蜈蚣、地龙、鹿茸、菟丝子、牛膝、杜仲、桑寄生、天麻、木瓜。我背书般炫耀从他处得来的知识。老中医笑得咳起来,无奈地摇头说:看来你的病不碍事,还能耍宝,还能看医书哪。

他说的也是,久病成医,我几乎要成了他的关门弟子,反复研究他给我开的每一服药,一味一味问功效和禁忌。他不嫌烦,他为我开脱:心病难医,不过你把注意力放在医书上,也是好事。难得他糊涂,难得我也糊涂,我们因中草药结缘。

我看《本草纲目》《中医药大全》,就连《秦岭无闲草》也成了我的看图识草药课本。今日我来药王山,冲着孙思邈药王我也要细细寻,慢慢看,携带一丝药香离去才不枉这一遭，毕竟耀州区离我远，来一趟路也迢迢。

医与民的关系，自古就比民与帝王亲近。

岐黄之术，悬壶济世，治了病救了命，你就是万民的观世音。若医德高尚，医术精湛，亲民爱民，你就更是百姓心里的活菩萨。杏林春暖，橘井泉香，中医在中华民族的漫漫历程中扮演了母亲的角色，与民呵护，保其周全。

神农氏尝百草开先例，扁鹊、华佗、张仲景、孙思邈、李时珍，他们一路接力传承，功劳不亚于建功立业的帝王们。后人建药王山是为纪念孙思邈，他是唐代医学家，常年在终南山、太白山一带采药行医，著成《千金方》，记载八百多种药物和五千多个药方，被誉为药王。

今天我来寻访药王，追逐梦想。

农历五月天，农人在炎炎烈日下收割、碾打小麦，道旁尽是麦粒、麦秸，往来车辆开得慢吞吞，我去景点已经晚了。民以食为天，龙口夺食，占道晒粮食又算个啥？医者仁心，世人皆有仁心便能免诸多冤孽口舌，这个世界不缺某一个医生，缺的是医者的仁、菩萨的心，这一点，鲁迅用实际的弃医从文证实了。

景点处游人稀少，我们一队八十多人撒进层层楼阁的建筑群里，茂林修竹掩映众人，大家仿佛土遁消失。讲解员不时提醒跟紧别掉队，此地高低错落，回环往复，路况复杂。

北洞建筑让我心生叹：巨石为阶，平坦得近乎光滑，青石台阶被踩磨得圆润无棱角，它如耄耋老者，憨厚一笑包容万物。滴水穿石，这是要多少双脚踩踏，多少人往来？护栏的石刻古兽头像被抚摸得溜光水滑，要多少虔诚的手摩挲，才让我见到它们时有光滑的脸、灵动的眼？有匪君子，如切如磋，如琢如磨，温润如玉的君子是靠修养打磨，药王山的边边角角是靠世代人的求生膜拜打磨。我能想象二月二龙抬头的日子，四方善男信女浩浩荡荡，把药王山填得严严实实，红布红绸红绳祈福，纸表香文供果祭献，喧天的热闹是膜拜也是祭奠，药王庇护一方百姓，后辈儿孙铭记心中。时至今日，我们仍然相信药王爱心仁心永驻，人们还会认真抄写石板上刻的《千金方》，治病续命都是功德无量的传承。

大殿里拜药王，大家鱼贯而入磕头祭拜，我放进香火钱，烧香表拜三拜，药王怕是没时间听我诉说不适病灾。我后面的大妈已念念有词，她的孙儿吐奶，她满眼的焦灼和祈求，但愿药王能护佑小儿吃喝顺畅。我站在大殿东南角看敲磬的老人，每一个香客放进香火钱，他就一脸严肃用木棍敲磬一记，当！这一声余音袅袅盘上房梁，仿佛和药王感应：弟子有求，保佑安康。我心里瞬间就开朗，每个人一跪拜敲磬一次，众生平等，你的牙痛和他的绝症都是眼下最大的病灾，没有孰轻孰重之分，不偏不倚，刚刚好。

我寻隋唐摩崖造像，它是我意外得来的惊喜，顺带还看北魏以来的造像碑与记事碑。久远的年代，精湛的技艺，此地久留玩味是享受。北魏至隋唐的佛教造像碑及其他碑碣共八十多通，还有佛像，寥寥几下，雕琢得人物情态呼之欲出。他们造型别致，姿态柔美，各种慈眉善目的菩萨，祛病消灾的，富贵长随的。看得久了心下也有遗憾，有佛像缺了脑袋或是胳臂，是年代久远，也是保存不易。我找了个理由让自己释然：残缺的佛像是应了舍得肉身救赎万千众生的典故。

庙宇外有金盆，香客净手，挪步上前，依次抚摸菩萨额头、肩膀，住持念念叨叨解释，香客因人而异，哪里有病痛对应摸佛像，摸完贴着身体的对应部位，心诚则灵。大家都抚摸，小心翼翼在头上脚上比画，没人含糊。刚跑得飞快的人也摸得一丝不苟，多一份药王保佑总是好的，心里踏实行才无碍。

抄碑刻药方的人多，我细细看了几个处方，惊叹也欣喜。大中华最骄傲的怕是秦始皇的统一文字吧，一脉相承，三千年里，我们无代沟。

收获满满，我出了景区，司机不知在哪里凉快，炎热的太阳下，远处收麦场的人挥汗如雨。一阵风吹来，夹杂着麦香，伴着秸秆碎屑。我的医生曾说忙碌的人不得病，他们没时间琢磨身体哪里不舒服。也是，闲出病来的大有其人。人活着是要参加劳作锻炼筋骨，还要担负责任开阔心胸，更要昂首向前少计较。

拜药王，我爬千层石阶汗流浃背；参药方，我读了半晌饥肠辘辘；看夏收，我心生感慨敬畏自然。人要生活在泥土里，食五谷接地气；人要解除杂念和恐惧，坦然面对生命轮回。如果都能做到，你就是药王。

美得像《诗经》

蒹葭苍苍，白露为霜。所谓伊人，在水一方。

阿甘推荐我听《山谷里的居民》，民谣歌手的音色空灵悠长。听完歌曲我说：那样的山谷我去过。我见过山谷里的风、山谷里的雨，山谷里的居民祖祖辈辈不曾挪。

蒹葭萋萋，白露未晞。所谓伊人，在水之湄。

半天的时间，我追逐着秦岭的隧道，一个隧道接一个隧道，就像女人的心事重重，或长或短的黑暗过后，豁然开朗的天也像女人的心绪。漫长的路途明了暗了，暗了又明了，就像人生。坐一趟这样的长途车，思绪万千，我像穿越了时光。

半山腰开垦出一片田，收割毕的稻田，稻草三五束竖立在田间，像祈祷的老人；远方的玉米正在成熟，如临产前的寂静；黄豆田里金灿灿一片，如孩童般喧闹；边边角角的辣椒田里红红绿绿，大俗即大雅，红绿也是绝配。一湾清泉汩汩流淌，遇到大石，分成洁白的浪花，继而汇聚，不紧不慢地一往无前。佝偻的妇人或牧羊的老人步履蹒跚，我猜他们一定是不着急采摘，不着急播种。不急，不急，这片地一年才播种一次，我慢慢地长熟，你慢慢地收获。这里的雉鸡展翅飞得很远，冷不丁吓人一跳，追寻扑棱棱的声响，你只能看到它细长的尾巴，就像我们转瞬即逝的青春。

山一座连了一座，盘旋到了山顶，也就没有山。一个或高或低的峰头如睿智的老人,不言语,我只管踏过它去。当我和山处于同一高度时,我窃喜一览众山小,它坦荡荡只用无限远的苍翠包揽我的无知。我迷恋这棵芭蕉,就会忽略远方的苦楝;我庆幸发现秋豆角盘旋开出紫色的蝴蝶,眼光却要离开坡地上的苦荞花开。每次与山的对峙,败的都是自己。不知道哪一步没走妥就全盘皆输,输在气势上,渺小的我如疾奔的松鼠,话语飘忽得没有力量。它不能停留在风中,大声地言语似乎都是一种罪过。我大着胆子长长地一声吆喝,被山接纳,很久,很远处传来一声回音,山也好客,不能让我失落。牛羊低头吃草,粉蝶自在飞舞,鸟鸣旁若无人。只有我,是仓皇闯入的不速之客。

汉江源头大坝水连水,一只白鹭优雅振翅飞过江面,对面没有人家,沼泽地、芦苇荡是它的家。我静静地等它回旋着飞来,它却在等另一只白鹭。大坝的落差造就了小瀑布,水声轰鸣,垂钓者三五盘坐,仿佛入定。偶尔有鲫鱼跃起,白鹭就会迅疾飞来,我盘腿坐在河岸操心着白鹭、鲫鱼和河虾。

云开雾散,午饭在江上人家,吃干炸河虾、椒盐小鱼、汤奶白浓香的椒叶炖鲫鱼、凉拌鲜藕,喝罐装啤酒。鱼汤能醒酒,一罐一罐地喝酒,一碗一碗地喝汤,也不知道是哪一碗汤醒哪一罐酒。喝晕乎本该睡不择床,水声轰鸣却扰我酣睡,原来我是俗人。我常被人生的变数困惑,喝晕了自己倒很清楚,凡是做不了主的,就不存在选择。想来,就来了;想喝,就喝了;该回,就回去。简单问题复杂化,常常会难倒自己,归罪于其他是辜负了生活。这鱼汤不但醒酒,还醒脑。我终于在汉江源头思考出来一个众人周知的答案:饿了就吃,累了就睡,开心了笑,不开心随他去。

鸿雁于飞,哀鸣嗷嗷。维此哲人,谓我劬劳。维彼愚人,谓我宣骄。

这里白鹭于飞,没人笑我思考发呆。大坝也有尽头,对岸渺渺,烟波微荡。一江水的距离有多远?两岸是永远的平行线。淇则有岸,隰则有泮,最莫测的变数不是水与水、山与山,而是我坐在你的对面,你可知我是欢喜还是幽怨?王洛宾的《一江水》此时听来更增悲伤。埋葬亲人的山包,养育祖辈的山坳,回首向来萧瑟处,归去,也无风雨也无晴。我总想把此行打扮得喜庆,为何无端生出愁绪?怪只怪那只白鹭在嘶鸣,我却无法听懂它的心声。

我想去的地方在很远的山上,在那遥远的地方,没有好姑娘,只有我的梦。月亮出来能照到,太阳出来能照到,我长了腿脚却无法走到。从夜市卤货中寻到一只卤乌鸡脚,它矍铄,熠熠生辉。毫不犹豫地吃掉它,我想多一只脚,能不能走得更远?夜里总是魔幻般的梦魇,我驾驭不了初到此地的夜晚,换床会失眠,我又乐此不疲地行走。我不是蜗牛,不能背着我的家当,还好太阳出来妖魅会散去,吃一碗热米皮、菜豆腐,一切平和温暖。

我到汉江源头,看看你的山、你的水、你的风、你的山谷。你是大鲵也好,你是团鱼也罢,循水就能找到你家的门。我敲打门环,会不会出来一位老太?我敲打河岸的枯柳,龟丞相会不会避水开路,邀我赴宴?我若是柳毅的容貌,会不会去水下的琉璃世界告诉龙王,我也是带着口信?这故事倒不俗套。才子佳人悲欢离合才会落了俗套。待有龙王问一句何故,我的故事就在那东山顶上。汉江不是东海,龙王怕是不会常来,只说河神才对。那我就遇到河伯或是北海若,我会惭愧,今吾不至于子之门则殆矣,大方之家会笑我没见过秋水时至,百川灌河的浩瀚。我不去理会井底之蛙的尴尬,我会讲西门豹和那些可怜的祭神姑娘。河神会发怒,假公济私是罪恶,草菅人命天理不容。河神到底要不要媳妇?河神的新娘会坐一席顺流而东吗?我想我是不是又醉了?汉江平静如镜,仿佛我刚才的絮叨都沉入水底,喂了鱼虾。

白鹭振翅,斯人于飞,凤凰鸣矣,于彼高冈。

我从凤凰栖的地方来,汉江水路,一脉秦岭,白鹭飞着飞着就变成了凤凰,抑或是凤凰飞着飞着就变成了白鹭?列子御风,白鹭有翅,我却乘着天马,走了一遭山川。

不过就是一座山,不过就是一河水,有了想象就有了灵气,有了白鹭和关于白鹭的诗句一切就都很美,美得成了诗句,写在三千年前的《诗经》里。

繁星满天去抓虾

我在睡午觉,听陈奕迅唱《好久不见》:你会不会突然地出现,在街角的咖啡店。迷迷糊糊中,我感觉走了好远,行走在水边。

窗外的天蓝得不正常,像凡·高的调色盘。我起身看北边的山,它仿佛离我几步远;我又看南边的山,也清晰可见。其实它们都好远。南边是秦岭,山顶积雪根本看不见。我怀疑梦里获得了某种能量,对未来看得清又看得远。

朋友给我连载一段爱情故事,今天已是结局,主人公劳燕分飞。我慨叹:人生里总有一段时间在抓瞎,忙得昏天黑地却又毫无意义。朋友笑得没心没肺,突然问我:要不要去抓虾?湿地的小龙虾繁密成灾。我欢呼雀跃,这样的黄土高坡,湿地难求,何况还有活蹦乱跳的小龙虾。一番联系好不热闹,最终响应者寥寥,我做孤胆英雄备战小龙虾。人生变幻,谁知道下一秒谁是主角?我又想起抓瞎一说,唏嘘不已。人都在迷途中奋然前行,心若还踏实,就大步向前走吧!

蓝天退去时,太阳很迷茫,红红的光晕却没一丝温暖。车子一路疾驰,我遐思无限。我想如果小龙虾多得袋子装不下了,手套里能不能装?我还想要不要现在就联系吃龙虾的人?朋友冷冷地扔过一句:任何不现实的狂想都是抓瞎!我幡然醒悟,自嘲地笑,想太多都是白搭。

暮色里,成熟的麦子地散发着阵阵麦香和泥土香,夹杂着旁边果园的桃子香、樱桃香,这是一派安静的田园好风光。零星的荷叶、茂盛的芦苇围起一大片泥水淖,大叶杨的林子延伸到远方。此地正筹建湿地公园,现在它就是个大沼泽。

天突然间就黑透了,群星璀璨,这样的夜空已好久不见。绕过果园,窄窄的水泥路上热闹得像摆地摊,沿路停着大大小小的车,聚着各色人,这有趣的夜里赶场!

人们打着手电筒,戴着手套,提着桶或篓子,大家散在水边,像忽明忽暗的萤火虫。小龙虾藏在浅浅的水里、烂泥里。有人用白花花的肥猪肉下饵垂钓,有人用网兜包抄,也有小伙挽起裤腿赤脚下田用手抓。我看得心跳加速热血沸腾,却又赤手空拳,既没肥肉当饵又没胆量打赤脚,我和龙虾就差一个网兜。一个壮汉欢快地晃动手电筒,大喊:又装满一袋!他赤裸裸的炫耀让我嫉妒又着急。

朋友备了棉手套和手电筒,这装备太简陋,估计我们真要抓瞎。我忏悔自己只会无边际地遐想,都没有备个网兜或一吊子肥肉。我真是思想的巨人、行动的矮子。诚恳地请求原谅,朋友豁达得像武士,说小龙虾就是个小玩意,赤手也能抓。我又被鼓舞得忘乎所以,朋友抓虾,我已经考虑怎样炒好一盘小龙虾,随时做梦臆想是我的长项,也是顽疾。

小龙虾威武霸道,钳子舞动,胡须翘起,它对光反应灵敏,能快速倒退,划拉几下就消失在浑水中。赤手抓虾的人抓瞎了,做春秋大梦的人更一无所获。我们在一群龙虾面前败下阵来。

小龙虾也有弱点,贪吃,没记性!我捡了别人丢弃的肥肉,十分钟内准有贪吃的虾聚集过来,大块头的虾在肉饵上不丢口。我等在一旁,看水里隐隐约约的红色,瞅准点探水抓起,张牙舞爪的虾们就被扔在路上,屡试不爽。污泥地里的快乐是把自己也变成泥巴人。我们和小龙虾奋战在沼泽地里,儿时逮蝌蚪、捡知了的记忆都被打开,童年流淌一地,我们是这样快乐。乐极生悲,袋子敞开着,战利品早逃之夭夭。看看空空如也的袋子,我们狼狈又失落。抓虾不得法真是抓瞎。

我把袋子挂在高高的树枝上,小龙虾们不能脚踏实地,它们这回抓瞎了!看看天上的星星再抓抓虾,聊聊天再抓抓虾,喝瓶水再抓抓虾。人都陶醉在这个模糊朦胧的夜,它是童话世界。我拍别人桶里的虾,拍沼泽地的小姑娘,拍湿地上闪烁的手电光。沼泽地是一片乐土，大家欢畅地喊叫，歌唱。夜色给我们勇气，人都放下了白日里的模样。

夜半时分，拎半袋子虾回去，我像打了胜仗。烧烤铺还亮着灯，烤肉、毛豆、花生、啤酒，我们都是下了梁山的好汉，酒精让人迅速地融入夜色，这样的时刻比白天好玩。

这一夜，小龙虾在水盆里划拉，每一只都不甘心沉沦，每一只都拉住爬到上面的虾腿。小龙虾的世界里，攀爬是唯一的挣扎。有一只虾幸运地爬出水盆，却又不幸地被野猫叼走。我不想告诉水盆里的其他虾，这个世界太复杂，想爬你就爬，反正生命的折腾总有道理。

一盆小龙虾，我抓了半个晚上，细看了半个晚上，已经不想呼朋引伴地来吃它们。又养三天，看它们时满眼都是怜惜。人生不易，虾的生存也不易哪。断断续续又死了几只，它们每天不吃不喝就是爬，仿佛我这里就是魔窟地狱。百思不得其解，臭水沟沼泽地里都能生存的东西，为何我用玻璃大缸清水伺候，鱼食喂养，它竟然要绝食身亡？又想起劳燕分飞的爱情，一厢情愿的付出总不能地久天长。

我电话求救，朋友说离开沼泽地的龙虾就没有幸福可言。我一脸忧伤，罪孽深重。朋友又问：抓虾开不开心？想起繁星的夜晚，我又一脸痴相。朋友爽朗地说：死了的虾丢掉，活着的虾炒着吃了。加姜加蒜加红椒和花椒，香喷喷的。你要吃得红红火火热热闹闹才对得起那些小龙虾，要不然你这也就真抓瞎了！

醍醐灌顶一席话，我不用咬舌悔过，终于又能看得清楚看得长远。世事轮回变迁，造化的道理交给造化，谁是我谁是星星谁是虾，这都是大事，大事是定数，它们不归我管，我且享用这夜的乐趣好了。

陈奕迅还在唱：我会带着笑脸挥手寒暄，和你坐着聊聊天。我又畅想戴着手套，带着篓子，暮色里，一起去繁星满天的沼泽地里抓抓虾！

延安是感叹号

延安是黄土地的缩影,腰鼓窑洞洋芋蛋,成长里的我把它和路遥联系在一起,和孙少平刘巧珍联系在一起。我迷恋过陕北的信天游,逐字逐句学唱浓浓鼻音的陕北话:这嘎达,那嘎达,你我一起拉话话。

有一天,我来到延安,远远看见宝塔山,我这个见识短浅的人突然发现珍珠要比楠木匣子还好哪。

一个下午我在琢磨一段往事,小米加步枪的年代,过雪山草地,建立革命根据地,十四年抗战,解放战争,打土豪分田地,新中国成立了!1935 年到 1948 年,延安是中国革命的摇篮,老区就是一位包容博爱的母亲。

我总算懂了为何近现代史老师讲起《论持久战》时那么激动。持久是一种对命运的挑战,当个人的力量转变为一个民族的坚持,当五大书记的思想被一个时代所认可,当延安成为一个鼓舞人心的符号,中国革命已初步完成它的使命。

我也蹲在杨家岭的土塄上,儿时学课文《杨家岭的早晨》:太阳刚刚升起,毛主席走出窑洞,来到他亲手耕种的地里。我眼前的这一方土坷垃薄田就是当年主席的菜地,几根菜苗孱弱得像燎原的火星。我扒拉着几个土坷垃,它和我家地头的土块一模一样,可在这里它就有了特殊使命。生产自救,轰轰烈烈的一场运动是闪着亮光的岁月。贫瘠困苦算什么,只要人的血性还在斗志还在,敢叫天地换新颜!当年的那个早晨,毛主席想到了中国的今天吗?人每天只能做渺小的事情,不一样的是,有的渺小的事情本身就是伟大宏图的一个环节,它早已被规划。成功绝没有偶然,相信命运无非是确信上辈子有积修,可那还不是有因才有果吗?

无论是杨家岭还是枣园,窑洞总是呈现历史真相的地方。我从这个窑洞出来,那个窑洞进去,你是主席家也罢,你是书记家也罢,窑洞就是休憩的居所,是工作的阵地,是精神的家园。窑洞的布置大同小异,藤椅扶手光滑,靠背处的黄土墙已经被磨得深深地凹陷,八仙桌油漆不再,厚实的木纹如裸露的经脉,简单的躺椅布是厚实的帆布,板床上的蚊帐是竹竿撑起四角,还有书架、脸盆架、水瓮。若不是门口标注"故居",我将会把它与老区任何一个五十年前的农家院落混同。主席家也没多出特别的物件,电话是很古老的黑色,书籍很多,如果说我太好奇,就是我看到一个木澡盆,材质粗糙,它证明这里曾是一个家,也有过人间烟火。这才对嘛,哪怕革命是救苦救难解放劳苦大众的伟业,落到实处,它也是孙少安一般血肉人干的事业,我总算找到了一个对应点,让我这个人民群众没有远离革命。

在杨家岭的主席故居里我找到那个石桌石凳,主席和埃德加·斯诺在它上面摆过龙门阵,后来斯诺就完成了《西行漫记》。我摆了和阿甘一样的造型,摊开手坐在石桌旁,眼神迷离。我找不到主席和斯诺交心的一瞬间,却顿悟阿甘那诡秘的一笑,阿甘的确聪明,这不起眼的石桌凳值得一坐和沉思。

延安革命纪念馆里,我看得心发酸:半截吃剩的皮带,辗转相赠的毛毯,简陋的武器,粗糙的食物,真的是一贫如洗。人若真到了一箪食、一瓢饮足矣的境界,就算不成神,也离圣贤不远矣。

老区曾是贫穷的代名词,它也是红军精神的承载体,与其暴富得只剩下钱,还不如让我赤贫如洗,精神充实。这是一种穷开心吗?自嘲者会这样走向消极,勇敢者却以此来自勉。

中国革命的成功是个必然,若说成事有天时地利人和,当年的延安值得骄傲的只怕只有人和。穿插一段历史,《论语·子贡问政》篇:

子曰:足食,足兵,民信之矣。

子贡曰:必不得已而去,于斯三者何先?

曰:去兵。

子贡曰:必不得已而去,于斯二者何先?

曰:去食。

> 自古皆有死，民无信不立。

实践是检验真理的唯一标准，毛泽东用事实证明了这一论断。

来延安看看吧，喝喝延河的水，吃些南瓜洋芋，住住热炕头，你就会明白一些，凡事能坚持的人都可能成为伟人，能被坚持的事也有可能改变历史。读毛泽东、周恩来传记，我曾对生命有反省，对信仰重新审视，今天看窑洞枣园，我明白什么是创造奇迹的必要条件。

枣园的五大书记塑像在夕阳里闪着光芒，毛泽东、周恩来、朱德、刘少奇、任弼时站立一排，巍然如塔，这一站就成了丰碑。保尔·柯察金说：人的一生应当这样度过，当他回首往事时，不因虚度年华而悔恨，也不因碌碌无为而羞愧。我曾感觉那是英雄式的口号，今天再看铜像泛起的微微光芒，我明白：人生无长短，只有薄厚，青春必定要在奋斗里闪光。

走出枣园，太阳只剩余晖，延大的学生穿着学士服照毕业照。年轻的生命即将远航，他们留下一段青春时光即将奔向四方。人都要为自己的人生负责，切莫辜负韶光。

枣园门口，一位老人旁若无人地拨弹三弦大声喊唱，他头上扎着白羊肚手巾，腰缠红绸，古铜色的脸上核桃般的纹理如雕刻。他嗓门大得出奇，表情丰富得近乎夸张。他一个人热热闹闹地歌唱，大摇大摆地舞蹈，红绸甩出去收回来就是他的一个小世界。他唱《圪梁梁》再唱《翻身道情》还唱《三十里铺》和《绣荷包》，周围游人看得笑逐颜开。老人仿佛在哗众取宠，渐渐地，他唱进了他的世界，也把围观者带入了他的世界。一个人认真地做一件事，他的头顶会有光环，这时的老人就是一部留声机，一页一页翻开历史，一件一件讲述往事。毛主席说：做一件好事并不难，难的是做一辈子好事。这个执着的老人在改变自己，改变他人，也许他就改变了一段历史。游人渐渐表情严肃，在老人身边的腰鼓上放下几块钱，老人挥挥手继续唱，大气又豁达，红绸映得脸更红，此刻他身上有枣园伟人的气势。

革命之火在此地燃烧过，几十年、几百年过去，有些东西是融进骨子里，流淌在血液里的。这些后生婆姨们自己都不知道，他们某个时候的言谈里就有一种坚忍，某个时候的举止里就多了无畏。历史曾经选择了黄土高坡，时间也证明了这里能耕种理想，它让我们能找到自己的位置，大步向前。

延安若是一个符号，它定是中国革命史篇章的里一个感叹号。

寻根

祭祖寻根是功成名就衣锦还乡的灿烂绽放。它本与我这只顾开眼界逛花花世界的俗人没有交集,但谁又能说百家姓的源头没有自己的祖先?谁又能分得清楚血脉万分之一的起源与自己无干?这样想着,我是西岐人,从炎帝陵来到黄帝陵,也就更有使命感。炎黄子孙里,我是那沧海一粟,寻根也是必然。

黄帝陵宽阔得一览无余,仿佛华夏五千年的历史,就剩时间一条长河,清晰明朗。

我在壬辰年的一个正午时分到了轩辕庙,是不是良辰吉时?太阳正炽,晒得我蔫蔫的。昏沉沉的我忽略了九五至尊的前世今生,跨过轩辕桥还没回过神,思路稍清楚后我问同行:九十五个台阶是从哪到哪?身边已无人。人都去了象征黄帝至高无上的台阶,脚踏上九五至尊就有了王者荣耀?我看还是不像。哪怕披麻衣布缕,王的气势会光芒四射,恐怕不是诳语。

传说黄帝战败蚩尤,建立了部落联盟,定居桥山。村民在坡上砍树造屋导致山洪暴发,洪水冲下来,把黄帝的得力大臣共鼓、狄货卷走了,黄帝悲痛万分。他植了一棵柏树,臣民纷纷栽树植草,桥山从此林草茂密。今天的陵园松柏最多,它让陵寝庄严肃穆。八万多棵千年古柏四季常青,郁郁葱葱。我好奇这么多树木如何数得过来?原住民骄傲地讲:1939 年,中部县长卢仁山调集一个团,把桥山划地为段编列号次,他命士兵按树贴号,错者罚大洋五块打四十军棍,近一月统计古柏六万一千二百八十六棵。从远古长到今日,这些树木已得日月之精华,闪烁着岁月之荣光。

　　轩辕黄帝手植的世界柏树之父已五千多岁,作为一棵树,它是历史宝塔顶上仅存的硕果,它该有何等的荣耀和威严! 当地民谚说:七搂八拃半,疙里疙瘩不上算。是谦虚还是超然? 我细细看它的枝叶,慢慢摩挲树身,站在它的阴凉下,我竟然没有发现它的与众不同!

　　我不知从何赞它,它也无视我的存在,或者在它眼里,我和蝼蚁、王和我都无异。这个想法很突兀,可我很欣慰。我坐在树下细细吃了一个苹果,我跷脚晃悠着心里很快乐,这个苹果清脆甘甜。我舒心地仰头对古树笑:你是真神,用这样的方式开化我,我有福气。一棵树有了年轮的堆积,才是人仰观它的理由,可真正的威仪来自人内心的仰视和诚心的奉献,就像满脸皱纹的老祖母任由儿孙绕膝嬉戏,而不是六十岁就板起脸正襟危坐,用接受晨昏定省来增加威严。

　　轩辕庙内的一双大脚印前游人众多。以前人能把脚放进大脚印中,投钱币看运数,现在保护文物,它被玻璃罩住,今日不巧,玻璃罩被雾气凝结的水滴堵得严严实实,连大脚印都看不见。《史记·周本纪》载:姜嫄出野,见巨人迹,心忻然说,欲践之,践之而身动如孕者。脚印神奇得能让人类得以繁衍。泰戈尔说:天空中没有翅膀的痕迹,而我已飞过。鸟儿无脚,却有翅膀扇动留下的痕迹。我埋怨自己活过这么多年有什么证据,人总得好好做一件事或做好一些事才不枉一生。脚印是前行的凭证,人走过要有痕迹。

　　轩辕庙内的翠柏下有香港、澳门回归纪念碑,它们安静地立着,这是两个远归的游子。寻根是一个坚持不懈的历程,但凡有些历史的民族,无一例外都有自己的苦难史,分分合合,我们走得步履蹒跚。时间是唯一公正的法官,谁是谁的血脉,谁是谁的孩子,总有清清楚楚的一天,看着一切归结圆满,我逛得风轻云淡。

　　祭祀大殿由师承梁思成的张锦秋设计,汉代造型风格古朴庄严,山水形胜,一脉相承,天圆地方,大象无形。这广阔的祭祀广场,蓝天白云让巍巍建筑散发光芒,祭拜的老阿婆说神佛自带金光,我纳闷,这又不是庙宇何来神佛? 她豁然一笑,挥挥手里的红绸带和香表说:祖宗归位就和神灵菩萨共处,拜神佛拜祖先都没错。她和一众老太去黄帝陵,走时对我说:姑娘,你也别听我老太婆浑说,你们是读书人,心里亮清呢。我被她醍醐灌顶,拜祖先和读书知礼有何干系,目不识丁难道就没有孝贤之德？我买门票时只是想到逛景点,生拉硬扯想到寻根,还自嘲没有功成名就,这样的我还不如一个乡村的老太。

我重新收拾心情,循着老太们的脚步去黄帝陵。诚心亭里整理衣衫静心净面,准备进大殿。任何事情,只要有了仪式感就真的神圣。我收起笑颜,提提衣领,抿抿头发,若臣子觐见,沿途经过毛主席手书的《祭黄帝陵文》,看到武帝的"十八万大军祭黄陵"的挂甲柏,我如穿越了历史,一步一步靠近遥远的昨天。一棵树若是一百年,我就能走一千年。

黄帝陵古树参天林立,一座墓冢仅由黄土堆就,周围青砖架空砌成半人高的围墙。山不在高,水不在深,一抔黄土成了子孙后代心里的麦加圣地。今日游人稀少,老太们在陵前烧香祭拜,我走了一圈。她们起身收拾纸灰,顺便也捡拾地上的杂物,把蒲团归位,擦拭祭台,熟门熟路地做着杂活。我问一位老太可是经常来,她笑答:有时间就来拜拜,心就安静。她和我拉扯故事:黄帝活了一百一十八岁。有一天,晴天霹雳,一条黄龙自天而降。它对黄帝说:你的使命已经完成,与我归天吧。黄帝知天命难违,便上了龙背。百姓谁也不让黄帝离开,从他身上拽下衣帽、靴子、宝剑等,黄龙载走了黄帝,百姓把衣冠葬于桥山,起冢为陵。我有些惊讶这老太的表达,夸赞她讲得真好。她不好意思地笑笑:给儿孙讲了多年的事,背熟了,我不识字。我更是惊骇,刚看到龙驭阁亭柱上有对联:观天地生物气象;读古今经世文章。眼前老太纵没有读经世文章,也是观尽生物气象,我想应该对着她一拜,她是开悟我的人。我递给她一瓶水,她说:自己家门口,我不渴,你们远道而来,快别推让。Welcome to Huangdi Mausoleum！我怀疑我的耳朵,老太太有些不好意思地说:常听导游给老外说,我学着瞎说的。我对她竖起大拇指:你是最好的导游！

我没有烧高香,没有撞大钟,临走,我对着老太忙碌的身影拜了一拜,感念祖先之灵护佑万物共生。寻根,根在远古,根也在眼前,根就在心里一念间。

诚朝圣地人文祖,心祭神州儿女情。

你等着我

黄河,古往今来文人墨客留下无数诗句,我班门弄斧咿咿呀呀便是造次,但我今天看到了滚滚波涛,听到了雷霆万钧,闻到了泥土芬芳,黄河便在我心中激起浪花朵朵。

纵然语笨词拙,我也要写,娘不嫌儿丑,母亲河,她会理解和包容我的爱和我的拙。

黄河,五千多公里的蜿蜒,今天,我也只是看到它的一个片段,偏偏我又看到它的精华——壶口瀑布。《禹贡》记:盖河漩涡,如一壶然。《古今图书集成》谓:山西崖之脚,尽受黄河之水,倾泻奔放,自上而下,势如投壶。当地人说它是大禹治水时凿石导河之处,壶口瀑布承载着神话也延续着现实。

黄河东西两岸隔开山西和陕西。我沿着陕西的水岸,踏进孟门山,沿河拜谒了大禹,穿越陕西人修了三分之二的友谊桥。一个下午的时间,我在山西境内看黄河。

旦辞爷娘去,暮宿黄河边。不闻爷娘唤女声,但闻黄河流水鸣溅溅。此时,我体会到木兰从军的心,轰鸣如雷的黄河水在嘶吼,哪一个远行人闻它不起乡愁?我站在孟门山远眺,蜿蜒流淌的黄河水,静静缓缓,不见浪花,静如处子,拐弯处水位下降,河流瘦成一道线,似乎枯竭就在下一秒。我的心猛然一颤,放眼远方,河水又似乎大病初愈,宽了厚了流得浩浩汤汤,了无挂碍。它是心无旁骛勇往直前,根本没有把一道弯当作挑战,天下黄河九十九道弯,它是黄沙百战穿金甲的武士,不经坎坷磨难怎能功成名就?

夕阳的余晖下,游人骑黑驴戴红花拿烟锅装陕北后生,裹红头巾穿大花袄装陕北婆姨,驴也不惊不诧,大眼睛水汪汪,村民牵着驴缰绳招呼游客摆姿势。遥远的天,流淌的水,有人高唱信天游:上河里的鸭子,下河里的鹅,一对对毛眼眼照哥哥。这片天地顿时有了灵气,憨憨的纯真,瓷实的诚恳,黄土地就养这样的人。

我问唱歌谣的娃娃:这时间还能看到山飞海立的壮观不?陕北的女娃娃自信而又骄傲地答:莫得说!

日落时光线魔幻,我产生了幻觉,瞬间把纳木错、草海、洱海串联,所有朝霞暮色里的水与光都魅惑人眼,直击心灵,它搅动多年的尘封往事,或忧或喜,如嚼橄榄。黄河在不远处,我却看不到它有一丝一毫大河的气势。一片片裸露的巨石光滑如鱼脊,高高低低错落,形成深深浅浅的水洼,一只搁浅的木船,孤单又任性地横在茫茫的沙滩上。我敲打木船沿,笃笃笃;黑驴抬起蹄子磕石头,笃笃笃。我看它,它一脸无辜。我怀疑它懂我的秘密,给它喂了几颗花生,它带着涎水伸舌头卷了去,还是一脸无辜。

有人喊:瀑布就在前面!旱天惊雷在前,我却胆怯了。近情情怯,我竟然停了脚。难不成我也因爱而怕?我提着拖鞋,光脚在沙滩上磨蹭,坐在光洁宽阔的石背上,光脚踩踏着水花,真的不想冲过去一览无余,怕一眼看尽景,心里没了念想。

黑驴嘶鸣,它又驮了个壮汉,我对它做个鬼脸,我们都要牢记使命。

我站在黄河壶口,对面是观景台,黄河水在我的脚下咆哮、翻腾、倾泻、撞击、散开来做了雾或浪,好像是被孙猴子开了栅栏的天马阵群,奔腾出一层水雾。它从哪里来?要到哪里去?它是执着的勇士不问前生今世,所有水柱倾其所有,铆足劲要经历一次重生。我睁大眼睛看它奔腾,我闭眼听它喧闹,我睁开眼时它怎么还在奔腾?我站了四十分钟,它就一直气势磅礴。我抱紧双臂,我的能量也只是靠着有限的饭量供给,它怎能昼夜不息如夸父?它不是因我的到来才欢腾,它不是因今天的日子而怒吼,更没有因哪一个年代而壮观,它从来就是这样的滔滔激流,千山飞崩,四海倾倒。是谁给了它如此浑厚的底气?李白说是老天,黄河之水天上来,怕也不假。

我心酸又欣喜，黄河水浪滔滔，是像日子一样流淌。母亲河就有母亲的情怀，不问你的归期，只在等待，把每一天都当作最美丽的思念。你是健美少年也罢，你是白发老人也罢，它用不变的水声诉说衷肠；你衣锦还乡也罢，你落魄罹难也罢，它用亘古的赤黄期盼游子；你今天回也罢，你他年来也罢，它用千年的泥土芳香等待久长。李白来过，王之涣来过，王昌龄来过，刘禹锡来过，贺敬之来过，冼星海来过……千古文章，黄河精神，世代传唱。

黄河水，不尽滚滚来。我带不走水声，带不走水味，闭眼就浮在心头的是水势壮观！我也拍照，靠着母亲河的石碑，踩着龙洞的石阶，踏着翻滚的浪花，周围弥漫起云烟般的水雾把我托浮。我沉思，我也欢呼，它纵容我孩子般光着脚丫踩踏。想知道"黄河之水天上来"，只须抬眼远观；想知道"黄河入海流"，只要回首眺望；想领略"黄河水来无尽时"，只要低头俯瞰；想知道"九曲黄河万里沙"，就看半是水来半泥沙；想尝试"责令李白改诗句，黄河之水手中来"，只要捧起一束水花；想哼一曲黄河的赞歌，我就唱响《保卫黄河》吧！

我吟咏千年的经典抒发了内心感慨，我终于疲倦，像一棵收获了果实的树，也像一个在母亲面前邀功的娃娃，掏心掏肺的一番倾诉后，挥手自兹去，萧萧班马鸣。

你等我吧，母亲河。有一天我也要写歌，我也要作诗，那时我再用自己的话语倾诉心声。

四方城里我随意

蓝天上像是谁种了一层云,一层一层的棉花云翻着波浪,浮在秦岭山头就成了积雪,气温骤然降了,六月天的午后,寒气逼人。

翻箱倒柜,我找那条穿着显得腿细长的牛仔裤。如今的我被麻纱裙惯坏,众多的长裙是三宫六院,我是任性的帝王,临幸谁是它们的运气。今天想穿牛仔裤,仿佛找后宫中被遗忘的女子,幽怨的它有些晦暗,厚实的布料却永远忠诚。配一件白T恤,再束起长发,戴上墨镜,我在四方城里走一走。

我背双肩的帆布包,洗得发白都舍不得扔掉,它跟我行在路上多年,就像脚和鞋子的默契。临出门,想一想我放下相机。带着它,我会记得拍照而忘记自己的眼睛和心。人的精力真正有限,在一切无挂碍的状态下,感受细微的能力才会饱满。出行带的愈少,心思就浪费得愈少,自由就相对多了。

如果我有一匹马,我会走得山远地远。火车动车飞机淘汰掉马匹,高楼大厦占尽草原,我都没有能力保护一匹马。疾驰的车上,我看着退后的白杨变成繁花似锦的夹竹桃,我知道我的一匹马是跑不了这么快的。我怅然,就算追风马也难让我心想就到达。我的花海总在脑海,眨眼我就一日看尽长安花。如此游玩,真正的马匹我是不要的,天马行空是指思维,思想真是个好东西。

没有马,我也不用备草料,也不用费心把马拴在树上。没有马声嘶鸣提醒我时间,我坐在一块石头上喝酸奶,牛仔裤能让我席地而坐。装酸奶的是黑沉沉的木质碗,酸奶嫩白泛黄,我用木柄小勺挖着喝。我看来来往往的脚,它们或丑或俊都步履匆匆,脚在鞋里,人在路上。人也可以和不穿鞋的蚂蚁一样,就像马,钉个掌就行走江湖。你看我,拒绝马又不停地想起马。

酸奶黏糊,入口充盈饱满,活生生的酸和甜。卖酸奶的女人有些俗艳,三块钱一双的红塑料拖鞋,手上三个宝石戒指,呆呆的假宝石没有光泽。我想象卖这样好滋味酸奶的她应是纤瘦,穿棉裙布鞋,头发木簪绾起,她眉眼低垂,好好地坐着,酸奶一碗一碗顺畅地被南来北往的风尘人喝掉。六块!女人大腔一声吼,我惊醒般放下木勺。钱是唯一能证明酸奶价值的,虽然老板娘凶悍,但这酸奶的货真价实让老板娘理直气壮。我没有留恋地走向别处,感谢现实,它用热气腾腾的吼叫让我不心痛地分别。

四方城里,小巷子多。一字排开红红绿绿的洗头房,这里充斥着搔首弄姿的女人。她们嗑着瓜子,眼神睥睨天下,让我想起伺机捕食的马林鱼。我自然不是她们的对象,可我会莫名地心痛。我不敢用浆洗干净的麻布衣裙裹她们的身体,她们的长发已漂染烫卷,唇也红红的,这样的嘴巴不可能慢声细语。我只愿她们有真心的快乐,俗到尘埃里也要心里踏实,只要自己愿意做尘埃。

一条窄巷里时常有鸟叫,我听不出是画眉还是鹩哥,也许它仅仅是只灰雀。有个瘸腿老头喂养它们,谷米撒得到处都是,老头和它们拉家常。隔壁墙头有只黄狸猫虎视眈眈,鸟笼子不时一阵悸动,老头趿着拖鞋出来看看,嘟囔几句,又去躺在凉椅上。鹩哥还是身形大了,有些丑笨。我也不太喜欢猫。我老了之后养什么?巷子太窄,丁零零喘着粗气的三轮车不时打断我的思绪。有一段路的凹处积了水,不知是淘米洗菜水还是前些天的雨水,死水容易生虫生味道,它成了窄巷子的溃疡。三两块砖垫成路,我踮着脚踩着砖跳过去,想象自己是只蜻蜓,我一点一点,背包在我背上一起一落。

一条深巷子里有大青石、三角梅和丝瓜藤,一派江南风味,就连女人,这里走出来的都清爽利落。我从不怀疑近朱者赤。同样的窄短小巷子,钉鞋补带的拢一处,蒸馒头卖茶叶蛋的在一起,泡脚按摩的就不分开。这条养着三角梅的巷子偶尔传出钢琴声,弹得疏疏落落,偶尔断了再续。演奏者也是初学吧?听得人心里痒痒,我想拨开他顺畅地弹一曲。花架子后面隔三岔五地晾些碎花裙,女人内衣都是顺眼的棉麻。只有一次,我看到女人剪丝瓜,估计她中午做丝瓜汤或毛豆老油条炒丝瓜吧。我兴起乱吹一通口哨,穿着牛仔裤、背背包戴墨镜闲逛的女子不会有恶意吧,剪丝瓜女人看一眼我,浅浅地笑。我像逃学的顽童,飞奔到巷子口找大瓦罐煨汤,点了一盅乌鸡汤,挑出参须和两颗枸杞摆成老人头像。三块乌鸡肉炖成木渣,滋味全在汤里。喝一口好汤,念起在土楼喝过的罐罐汤汤,昨天像失色的老照片。

我的手机收到信息,明天三百里外有个聚会,朋友是有良心的精英。可看看我的板鞋白袜,没有长裙、高跟鞋,我们还怎么为伍?算了,你过你的花花世界,我游我的平民人家。拒绝繁华,我倒坐在一家店门口的石磴上,想拍天上的云和榆树叶子重合的景,可云怎么越飘越远?卖气球的男人抓着花花绿绿的气球,他快乐得像孩子。榆树叶子刚好像草帽,我抓拍了一张照片,男人手里的叮当猫、光头强都戴着榆叶帽子!

我从背包里摸出个苹果啃,下午三点需要补充水果。以往这个时候,我刚睡过午觉,吃葡萄或者桃子。我慢悠悠走,啃得苹果坑坑洼洼。墨镜下的世界模模糊糊,看哪里都是美好。听许巍的歌,不喜欢《空谷幽兰》,反复听《蓝莲花》。人总在尝试,找合适自己的风格,可有时候寻一路又回到起点。手插兜里,无意识竟摸出一张钱,面值一百。很久以前有随手装钱的习惯,是随意也是刻意,那是怕自己哪天性起随时走,有个零钱总是好的,真爱自己能如此细心,心情又大好。

夜幕降临,四方城的巷子还有很多。我从南走到北,明天若有时间,我还要从东走到西。现在我卸下包,让肩膀歇息,右肩总是忍辱负重,左肩太矫情,得贴一剂药,包里就有。我的包里有好多必需品,我的肩头负着我的世界。

六月的天就像孩子的脸,今天它又没羞没臊地燥热起来。气温高,人就活泛了许多。夜里,街道闹腾得摆开烧烤摊子。喝喝啤酒吃毛豆花生烤肉串,我也就成了四方城的主。游走时是客,静思时是主,这四方城厚道,总之它不苛责,我也就随意许多。

途中遇到你

  我听过一句有意思的话：蜗牛的路上只看见蜗牛，因为别的牛它跟不上。如此说来，我出门在外，遇到的人都是如我一般，别样生活的人我看不见。可这样行走分明就走入怪圈，那我还出门作甚？
  我刻意地想了我喜欢和不喜欢的人，以后出门，我要做不一样的蜗牛，看看天牛或者黄牛水牛的生活，当蜗牛用眼睛和心去看世界，总能遇到不一样的人。
  我不喜欢活得粗拉拉的人，睡眼惺忪不修边幅，穿拖鞋睡衣就出门。我也不喜欢男人光脚穿皮鞋，女人穿睡衣戴发卷上街，尤其讲话不离"三字骂人真经"的人。遇到这样的穷苦人，我会深叹命运悲苦；遇到这样的富人，我会感慨造化弄人。
  我背包在艳阳下走了两个小时到镇子上，一个地图上没有的小镇。前面一大片荷塘，荷苞点点，蜻蜓偶尔点出一圈涟漪。我看见他背靠柳树，身边有鼓囊囊的背包。看到背包我有些激动，若他乡遇故人，这条路线经常有驴子徒步。我打听附近的饭馆，他抬眼打量，没有敌意，微微笑着点头：你也走？我点头，半天没微笑出来，很不协调。他看着荷塘说：没有客栈，你再走俩小时就能吃能住。被人看穿心思，我不好意思：出门仓促，计划以为只有两小时的路程。他笑笑：在外何来计划？我不知道怎么回答，也没想好继续走还是再磨蹭打听午饭。他说：我对芒果过敏，吃了嘴唇会红肿一圈。朋友偏给我带了芒果味的面包。我觉得一点都不好笑，他真掏出来一袋面包。我有些诧异，也警惕。他提袋子递过来:村南村北响缫车,牛衣古柳卖黄瓜。黄瓜今天是没得卖,送你面包吧。苏子一句词好像密码,我们仿佛对上暗号,好感顿生。他指着地上一圈蚂蚁说:这只有翅膀,应该是公主。我问他:你也看《虫虫特工》?他笑着不回答。我感觉他就是小蚂蚁阿力,热情的独行侠。

后来在镇上吃饭遇到他,老板说他是快递小哥,他顺带解释没文化的人都只能做苦力。我笑自己眼拙,也笑老板没看出来,他原来是功力高深的扫地僧。世人多凭文凭辨,不在特殊的环境,哪里能清楚地看到真正的他?

松柏成林,茑萝松盛开,空气闷热中饱含水滴,我听人柔媚地唱:良辰美景奈何天,赏心乐事谁家院?我惊他为天人,何况是在清晨的茑萝松下,他如此温婉,这个词用在男人身上会有些不妥,可我实在找不到更合适的言辞。我环顾左右无美貌女子,他又哼唱:朝飞暮卷,云霞翠轩,雨丝风片,烟波画船。茑萝松羽状的叶子像撑起一方绿色的云,他好像在云间。他穿白衣白裤,手里掂一把钥匙,盯着远处的烟波浩渺,我一度认为自己在梦里。我不会冒昧去问他为何唱杜丽娘的春愁,但好奇得厉害,我装作看远处的青砖墙,实在是想听他还会唱什么。

卖煎饼馃子的小车停下,他仿佛后背长眼,转身走向小车。一卷热气腾腾的煎饼馃子被他掂在手里走了,鲜香味一路飘来。我哑然失笑,如此仙风道骨之人,竟然也食人间烟火?我要煎饼,老板边做边说:他现在是酒吧驻唱,一般这个点都补觉,最近家里遇到事,他不唱了。在他身上,我看不出来任何喧闹的灯红酒绿,也没有一丝丝潮人范。在夜店熏染,怎么会古典得像一首宋词?老板说不出来所以然,我也没再打听。一个人骨子里的气质是与生俱来的,在某些时候会像花开,噼里啪啦地散发芬芳,那属于他的味道,只在安全无备的时候散发出来。

我不想与人合住,为了自由安全,也为享受孤独。夜里散步到十一点回来,我躺下,睁着眼关掉灯。一抹月光透在地上,窗台有盆茉莉,花苞稀疏,看来房东不太懂花,三片叶子时没掐尖,这盆茉莉疯长得厉害,没有骨架,花苞凌乱,看得人心疼。我跳下床,端起茉莉准备去水池清洗,它应该放置在散光的地方,等风轻轻地吹。天台是公用的,摇椅上有个女人,背影年轻纤柔,头发蓬乱,她右手的烟头时明时暗。我有些惊,脚踢到空的易拉罐,声响巨大。我抱歉地对她点点头。她回头睁开迷离的眼,看见茉莉顿时有了神采。你养的?她问。我答:房东的,我只住几天。她灭了烟走过来,手拨弄着头发,看我洗花盆,洗叶子便道:我妈妈能做茉莉茶、香片,我家在福建,南靖。我搭话:四菜一汤的土楼?她笑了,眉眼弯弯。

她回屋再出来时,手里多了甘草杨梅、一包腌笋。我没推辞,月光下,我们旁边放着一盆歪歪斜斜的茉莉,淡淡的香。她讲她的职业,有些不体面,甚至不好意思说出来。我吃杨梅,没反应。她挑衅地问:你还听?我反问:你还说?她笑得花枝招展,有些职业特征。她说三个女儿乖巧,她们在这里最好的小学、幼儿园上学,她的丈夫因连生三个女儿对她失望,离家去找别的女人。婆家收了房子,她不忍心孩子遭罪,娘家没人看好的婚姻自然少有人帮她。我没问她以后怎么办,她让我看手机里孩子的奖状和笑脸。她问我一道题,说是女儿上周问她:一条鱼的记忆有七秒,那么它每次开口的第一句是什么?我笑笑说:这没答案。鱼说:你是谁?我是谁?他是谁?她笑得厉害,嘴里说:小丫头片子!我进屋,她送来一兜芭乐。我收下,送给她三个红富士苹果和一些葡萄,她说要留给孩子。我们明知道没有再见,却像朋友一样道别安睡。我对母亲都有悲悯心,对这样的母亲怀有爱意。

我出门最大的收获是看没见过的景,遇到形形色色的人,感受他们组合出的一个世界。当我明白自己的喜好,我刻意地把眼光放在喜欢的人和事上,这样,我的途中遇到你就太正常,你必是那里别致的一道光。

蜗牛行走在路上,只要心里想着美好,必定能看到别的牛看不到的世界。

北杨村的红月亮

有一轮红月亮,升起在北杨村的麦田上。我还是个小姑娘,你也就是个少年郎。

麦子刚刚收割毕,广袤的田里只剩高高的麦茬和麦子遗留的清香。墨绿的莎草似我的长发,柔顺地垂在田垄上,这是毛茸茸的一条绿毯。偶尔开着粉嫩的打碗碗花,倔强地在莎草上攀爬,它刨根问底要寻找着黄土里的啥?桀骜孤独的刺蓟顶着紫色的毛球,笨笨的脑袋在风里摇摆,它仿佛刚弄明白一件困惑很久的问题,像十七八岁的少年郎。还有挂着疏离干瘪的枸杞枝丫,它如老妪佝偻的躯干,又仿佛洞悉了这个世界的秘密,风轻云淡。还有一株淡粉色蜀葵鹤立鸡群,它是这方世界里唯一的明艳,许是风不小心遗落的一粒种子,也是湘夫人般的存在,亦梦亦幻,我们顶着它许愿,人生需要一抹明媚的温暖。

北杨村,这个北山脚下的小村庄正在画里。夕阳缓缓,牛羊缓缓,炊烟缓缓,这是一个没有时间的世界,这是一段缓缓飘过的岁月。孩子的成长里,每个人都有缓缓流淌的一段时光。

我和你走在画里,把自己定格在画里,说出的话都是承诺。

我看见一树合欢,花开满树,像粉色的羽毛,似乎凤凰刚刚停留过;你寻找落日的余晖,金光映照在一棵核桃树干上。我们没有机会看看周围的村庄,有只蚂蚱蹦过,留下一地歌唱,还有金龟子和瓢虫在周围伴唱,我们也大声地歌唱,二十年前的歌曲听起来格外悠扬。我们深深地拥抱,在这收获完毕的田野上。我看到你身后的土墙,墙里烟囱传出娘的呐喊,谁家儿郎又奔跑在娘的心上? 此刻,我是你的陪伴,你是我的依靠,我们畅想明天的模样。

我想起儿时看到童话书里的神秘树林和糖果房屋,还有蓝色精灵和长着翅膀的仙子。我手里正握着一根构树的枝丫,拉在身后把它当一匹马,嘚儿驾,它就四蹄生风,我就是关羽大将。风吹来,我自横刀向天涯,挥剑霍霍,一株又一株的野蓖麻惨死我的刀下。我是暴君! 我四处挑战厮杀,有一丛结籽的蒿草,还有几棵扫帚菜都败在我的手下。我笑得惊天动地,我奔向远处碧绿一片的马塘草,它们都是妖魔鬼怪,我在除暴安良!

我把梧桐叶捧在手心,绿色的跑马场上有两只长腿蚂蚁,它们惶恐又急切地想找到出路,每次到边缘绝境又快速返回。我端着它们,念念有词,我超度它们。你大手带过一阵风,笑哈哈,叶子落下,蚂蚁被你超度到九霄,田野里一片安静。我感觉四周在我的治理下温顺安良,我放下屠刀,我还是一个安静的姑娘。

新鲜的麦茬在夕阳里泛起金光,我拉着你的手,我们都是怯怯的模样,刚刚是谁在田野里肆虐耍赖当自己是木兰出征,现在,箭筈岭上升腾的一抹白光,那狼烟四起的战事都与我无关,我已然是低眉顺眼的乖巧模样。

你揉碎一束青叶给我闻,我闭上眼睛猜:椒蕊、刺槐、油桃、酢浆草,我得意无比。可当一阵恶心的臭味扑面而来,我恨不得咬你胳膊,我知道那是椿象,太坏了,我要咬死你! 我们脚下生风,北杨村的村庄被我们跑得只剩下模模糊糊的一片。

我们闯入田野,土拨鼠一样四下里张望,就在那一瞬间,你我都看到了天边突然出现的红色月亮!

你看着我问:是不是我们的呐喊喊出了月亮? 我看着你回答,是我的思念惹哭了月亮。月亮红了,红的是眼,你若离开,我便在远方呼唤! 你狡辩,月亮红了,红的是脸,月亮是害羞的女子,一副通红通红的脸和娇羞模样! 桃之夭夭,桃花灼灼,多美的画面。我蓦然心疼,为何我总害怕别离?

我们争辩的时候,红红的月亮爬过近处的树梢,它爬过远方的高塔,它红得透亮,红艳艳的月亮挂在黑蓝的天幕上。天幕是丝绸的帷幕,点缀着几颗忽闪忽闪的星光,看得久了,那帷幔就轻轻地摆动,星星点点的亮就像眼睛。我手里还拿着你采的泥胡菜的紫色花球,你又风风火火地寻到一束芨芨草,我想问你,可不可以这样拜祭红月亮?你狡黠地笑,指着脚下的萤火虫,这些都给月亮。还有你,还有我,一个小姑娘,一个少年郎,我们的梦都给红色的月亮!

　　我们许了愿,红月亮才慢慢变黄,夜微凉。北杨村这个小村庄,它要睡着了,安静地进入梦乡,我不能再扰了它。

　　深蓝的夜空,一望无际的麦茬地和麦子的清香相互依偎,我们手拉手走在路上。北杨村的那一轮红月亮,洒下一片光,我心里再不要忧伤。

穴居院落的春天

过春风十里,尽荠麦青青。春不仅在那一年的扬州城,也在岐地北坡畔这方穴居式的地下天井小院。

四方四正的地穴式天井小院是黄土高原少有的建筑,它是西府古老居住方式的一个奇迹。这样的院子现在退缩在光阴里,掩藏在山脚土塬下,它是窑洞的孪生姊妹,却又远远超出窑洞的依山靠塬,它是典型的穴居缩影,也是地下洞穴式挖掘的拓展和完善。

今天能住人的地下天井小院已传了三四代人。初见它的人无不啧啧称赞其构思诡异,也叹祖辈人不惜气力。从平坦的黄土地上,空旷突兀垂直向下凿出一块四方天地,中间空地做中院,四面挖出几眼窑洞。人要住炕,家畜也要休息吧?道理朴实得像这黄土地,它们分别做卧室、厨房、粮仓和牛羊鸡鸭的圈。人站在四方院中,湛蓝的天空被切成四四方方,脚下是厚重的黄土,这座院子带着柔柔母性的呵护。

这家的孩子个个在土中长大,早年掰着西墙上油黑发紫的板板土当馍馍嚼。前些年,有老中医带个面黄肌瘦的孩子来,说是让接地气,孩子初来时摇摇晃晃站不稳,混在泥土堆里滚了几个月,竟不药而愈,比黄牛犊跑得还快,老中医说恨不得把自己埋在黄土堆里。怪不得他喜欢,这里家什都成古董了。

院落里的小脚老太盘着发髻,院里保留着年代久远的辘轳和井水,台阶上堆有大捆的青草,院落里弥漫着狗尾巴草的气息,不远处黄牛吐着沫子反刍,几只母鸡在麦垛边刨食,肥肥的黑猫在井台上伸懒腰。厨房案板上热气腾腾的是玉米面窝头,坡口成片的野菜绿生生,还有青石狮子门墩、纹理模糊的炕桌、漆黑沉重的大铁盆、搓衣板、熏黄的墙壁和油腻的烛台。三个铁锅的连锅灶,一口比一口略小的锅像孪生的婴儿,风箱的手柄溜滑黑沉,细腻的木纹已被岁月侵蚀,像皱纹充满笑脸的老人,木头辘轳上缠绕的粗麻绳光溜溜不带毛刺,系桶的铁链叮叮当当明晃晃。

太阳从西墙上一寸一寸地挪,摘豆角的小脚老太也一寸一寸地挪着蒲团到阴凉处,就这样,三挪两挪,晌午到了。时间凝滞,这是一户被时间遗忘的人家,陪伴他们的是山野的杏花和叽喳的鸟雀,春在这里溜溜达达久不离去。

天井院子的四面土墙上密密实实垂着迎春花,每年自觉报春。阳坡的先开,嘀嘀嗒嗒的花朵像吹起金黄的小唢呐,这边黄花一拨一拨赶趟儿开过,那边阴坡的墙仿佛得了讯息,一夜之间绽放金星点点。春天在四面黄土高墙上也有了次序,前前后后热热闹闹开了近半个月。迎春花花事才毕,瀑布般的枝条上疯长叶子,叶子细碎得仿佛眯着的眼,层层叠叠像一道密不透风的墙。春就这样被挂在这家墙上,人也不管收也不管种,每年在第一朵黄花报春时,人才念叨一句:这又到春天了?

得一场春雨的滋润,门前一方菜地湿漉漉地泛出一丝丝绿,那里种着一地人和黄牛共食的苜蓿。苜蓿芽见天儿抬头,一芽嫩绿,星星点点地簇成团,照过几次太阳就有了三片叶子,微风里也能摇摇晃晃。饭时,妇人用锋利的刀片齐脖刎几棵嫩苜蓿,碗里就有了碧莹莹的春色。等叶芽儿稍稍舒展,手能揪住,妇人半天的时间就消磨在苜蓿地里,晚饭便可尝到香甜的苜蓿饼。葱黄的饼阵阵飘香,不远处的黄牛怔怔地看着,人便尴尬又得意地对它笑笑,补赔似的说:我尝鲜呢,你再等等,苗长齐十二片叶子就给你割。牛好似听懂了,头偏向脚下的刺蓟草,涎水顺着铁鼻环流成一条线。

窑洞顶上的土坡有成片的雪儿薹和蝎子花,春夏时节,野菜就像窑洞的花帽子。

雪儿薹模样极像蛇床子,春末也开白色伞状花,我翻遍医书也找不到它的本名,怕也是乡里山野的无名小卒。初春,它平平地铺展开羽毛似的叶子,墨绿墨绿的叶抓着土生出来,妇人用利刃深深地旋着挖到完整的植株,根入药,嫩叶煎炒有异香。四月的太阳暴晒,雪儿薹随一场雨拔节抽薹,香味浓得夜里都不散,天井院子被异香包裹,猫不时都要打个喷嚏,它是让那浓香呛住了。雪儿薹的薹芯,等不得它开花就被妇人掐下来,绿油油的嫩茎嚼着浓香扑鼻,吃一根嫩茎舌头都染成绿。雪儿薹炒个老豆腐,煎玉米面鱼鱼,能把人香个跟头,今年吃了还想着明年。

蝎子花是紫花地丁,算是雪儿薹的陪衬,它味苦入药,清热解毒,叶子像个扁扁的勺子铺展开,细细的茎上顶出几朵紫莹莹的花,像翘翘的兰花。紫花小得不起眼,可也有本事,当蓝紫色花盛开铺成一条毯子时,它就成气候了,嚣张又霸道,自带着氤氲的仙气。那几天,这座土院子像在水上漂,雾气腾腾,花香盈盈。

春把这院子装扮得有了黄绿,有了紫蓝,这户人家没闲工夫赏花。可老天爷管下雨,风阿婆管吹风,该开的花迟不了,该生的菜都缺不下。一场春雨,一场花事,一场春天的梦就到家了。

天井院子真是美,花草养着人,老天爷经管着风雨。活在这里的人,只管日出作日落息地过日子。

写在《一纸流年》后

语文要学以致用,它体现在学生的口头表达、书面写作上是锦心绣口,佳文美篇,而思想的修成又反哺语文,最终文如其人,文以载道。

素质教育下,语文教学不仅仅体现在分数上、考试卷上。生活是学不尽的课本,自然是看不尽的文章。如何让学生把语文学会学活,用语文这把钥匙打开古今知识宝库之门,与千古名流贤者交心对话,这才是语文真正的任务。谦谦君子,温润如玉。腹有诗书气自华,培养学生深厚的文学积淀是语文教育的长久之计。

岐山高级中学编写校本教材是素质教育改革探索的必行之路。在写作方面,我校语文老师侯玲做了大胆尝试。她探寻岐地历史,传承地域特征,彰显陕西风情,写出散文集《一纸流年》。这是我校语文写作教学的成功探索,也是我校校本研修扎实有效的明证。

岐山人杰地灵,岐地风俗淳朴。膴膴周原,肇启先周灿烂的文明。这里既有耳熟能详的亶父迁岐、岐阳肇基、泰伯让贤、召伯甘棠、卷阿涣游的典故,也有文王推演《周易》、《诗经》发源、母仪天下的历史。它历久弥新,待人传承。岐山高级中学是岐地优秀文化责无旁贷的传承者。

岐山高级中学近百年的历练,熔铁铸人是不变的信念,坚持"传承文明、启智求真、尚礼弘毅、质量强校"的办学理念,积极推进教育改革,教学质量稳步提升,各项成绩连年位居全县首位。2006 年,岐山高级中学被陕西省教育厅命名为"省级标准化高中"后,荣誉接踵而来:陕西省科研兴校明星校、陕西省校本教研示范校、宝鸡市教育质量优秀校、长安大学生源基地、衣恋阳光助学基地等,这是众望所归,实至名归。

侯玲老师用十年时间，写出近百篇散文。她以细腻的笔触描写岐地风土人情、历史文化和山川形胜。念岐地岁月往事都在眼前，尝岐地美食百家滋味再现，看岐地一花一木皆是天然。岐地风物写身边常见的人和物，挖掘遗失和被忽略的美好。岐地美食写美食和乡音乡情，写和美食有关的往事与故人。漫游三秦盛景，一路走来一路看，看景观思考历史与未来。《一纸流年》是她用文字书写的最美记忆和流年。

散文集《一纸流年》，让学生看到身边人和事皆可为文，它把语文学习从课堂引领到学生身边，把写作落在实处，这是语文教研的新尝试。

散文集《一纸流年》的出版，是我校语文教学探索的成功示例，它也是我校校本研究成果的精彩亮相。岐山教育需要发展，岐山高级中学倡导在教书育人的同时积极探索。学校及时推出老师的教学成果，为老师的发展搭建平台，这样的良好互动必将推进我校教研工作再上新台阶。天道酬勤，艺道酬精，岐山高级中学必将成为岐山教育的反思者和开拓者。

岐山高级中学

2018年仲夏